MARÉE ROUGE

Né en 1947, James W. Hall vit en Floride où il enseigne l'anglais à l'université. Trois autres de ses romans ont été traduits en français : *En plein jour* (1989), *Bleu Floride* (1993) et *Court-circuit* (2000).

Paru dans Le Livre de Poche :

COURT-CIRCUIT

JAMES W. HALL

Marée rouge

ROMAN TRADUIT DE L'AMÉRICAIN PAR WILLIAM OLIVIER DESMOND

LE LIVRE DE POCHE

Titre original :

MEAN HIGH TIDE

Publié avec l'accord de Delacorte Press, filiale de Bantam Dell
Publishing Group,
une division de Random House, Inc.

Pour Evelyn, avec tout mon amour

« Dieu dit : que les eaux produisent en abondance des animaux vivants... »

Genèse, I, 20

« Lorsque vous rapporterez cette malheureuse affaire,
Parlez de moi comme je suis ; n'atténuez rien,
Mais n'y mettez aucune malice ; ainsi devrez-vous parler
De celui qui aima beaucoup, mais sans sagesse ;
De celui, peu jaloux par nature, qui fut manœuvré
Et mystifié à l'extrême ; de celui dont la main
Comme celle de l'Indien stupide jette au loin la perle
Plus précieuse que toute sa tribu. »

Othello, V, 2

1

C'était par une matinée d'août, claire et chaude, nullement oppressante : le genre de journée où l'on croirait volontiers que rien de tragique ne peut se produire. L'Atlantique était aussi calme et tiède que l'eau d'une baignoire que l'on a oublié de vider. Toute cette tranquillité était le fait, expliqua Darcy, d'un front de hautes pressions qui stationnait au-dessus de la pointe de Floride, comme un couvercle solidement posé. Pas la moindre brise; l'air était ici le même depuis plus d'une semaine. Il se chargeait peut-être d'un peu d'humidité, mais Thorn le trouvait à son goût. Un sacré bon air d'été, un air chargé de substance, roboratif.

Le ciel avait la fraîcheur d'un émail sans défaut; un bleu profond, celui du sang dans les veines. A l'est, à l'horizon de l'est, mouettes, hérons, frégates, même les pétroliers les plus éloignés circulant dans les rails assignés à la marine marchande, tout se détachait avec une exquise précision. Seuls quelques nuages effilochés montaient la garde à l'ouest, immobiles comme les veines dans le marbre.

Ce samedi, à six miles des côtes de Key Largo, Thorn et Darcy jetèrent l'ancre au-dessus d'un fond sablonneux à quelques encablures d'un récif, le Broken Conch Reef, aux limites du parc national de Pennekamp. Il n'était pas encore midi qu'ils avaient déjà trois belles langoustes au frais. Par deux fois, Darcy en avait aperçu une d'une taille gigantesque, sans pouvoir s'en approcher suffisamment pour l'attraper. Ils venaient de s'arrêter pour reprendre leur souffle. Thorn se tenait près du tableau de bord et regardait Darcy nettoyer son masque de plongée.

« Tu n'as pas faim ?

— Non. Mais commence, si tu veux. »

Elle lui sourit et revint à son masque. Thorn s'appuya contre le tableau de bord et se contenta de continuer de l'observer.

Cela faisait deux ans qu'il consacrait fichtrement de temps à cette activité, regarder Darcy Richards tandis qu'elle s'adonnait à de petites tâches — ou ne faisait rien du tout. Darcy qui dormait, qui lisait, qui mettait le linge à sécher, qui se brossait les cheveux. Il l'avait vue émincer la chair blanche et coriace d'innombrables conques, puis jeter les boulettes panées dans la friture. Il l'avait vue mille fois lancer sa ligne et attendre pendant que s'enfonçait l'appât, une lueur d'espoir dans le regard ; et presque chaque jour, il l'avait vue se savonner sous la douche extérieure, puis se sécher avant de s'enrouler dans la serviette et de venir s'asseoir dans l'une de leurs chaises Adirondack, rejetant ses cheveux en arrière pour les présenter au soleil. Au cours des deux années où ils avaient vécu ensemble, il l'avait vue faire mille petites choses, et il se sentait toujours aussi fasciné.

Récemment, elle s'était fait couper les cheveux pour retrouver la coiffure qu'elle avait à l'époque du collège. Disparue, la permanente de la période Miss Météo à la station de télé de Miami ; maintenant, ses cheveux retombaient, raides, sur ses épaules, une frange venant lui effleurer les sourcils. Les poussières de la ville presque complètement chassées par les brises insulaires.

Elle avait une chevelure couleur miel, nuancée d'une

note rubis, comme dans les plus rares couchers de soleil, des yeux d'un vert somptueux d'avocat ; mais parfois, lorsque Thorn s'approchait tout près, ils semblaient jouer des tours avec la lumière et osciller dans un spectre de couleurs qui leur était propre. Gris vaporeux un instant, aigue-marine le suivant.

« Au fait, comment étais-tu au courant qu'il y aurait encore autant de langoustes, ici ? » demanda-t-il.

Elle leva un instant les yeux vers lui puis revint à son masque. « Tu sais bien que je ne peux pas révéler mes sources, Thorn.

— Ouais. C'est l'un des six cents trucs que j'aime chez toi. Ton intégrité. La confiance qu'on peut avoir en toi.

— Seulement six cents ? C'est tout ?

— Six cents à la puissance dix, répliqua-t-il. Multiplié après par un facteur quatre.

— Un facteur quatre ? Qu'est-ce que c'est que ce machin ? »

Thorn haussa les épaules. « J'ai entendu ça quelque part. Euh... je crois. Je l'ai peut-être inventé.

— Dans ce cas, ça va, dit-elle, tandis que sa moue se transformait en sourire. C'est mieux que six cents. »

Il se pencha sur la glacière et en sortit ce qui était sans aucun doute la bière la plus fraîche au sud d'Anchorage. Thorn et ses jeans coupés au-dessus du genou, son T-shirt orné de la publicité d'une boutique de matériel de pêche locale, ses lunettes de soleil polarisées ; ses pieds et les parties exposées de sa peau couleur de châtaigne ; ses cheveux rebiquant par-dessus son col — cela faisait deux mois que Darcy ne les lui avait pas coupés —, blond d'été, blond délavé, secs et cassants comme de la paille.

« Est-ce que tu ne t'es jamais dit, reprit-il, que si la population de crustacés continue de diminuer à ce rythme, ce pourrait être aujourd'hui la dernière fois qu'on en attrape ? L'été prochain, il ne restera plus que les bestioles des grands fonds... ça ne t'est jamais venu à l'esprit?

— Je préfère ne pas y penser. »

Elle avait répondu d'un ton neutre, sans le regarder, et elle souffla de la buée sur le masque pour nettoyer une autre tache.

Thorn attendit un peu, mais elle ne releva pas les yeux sur lui; il poussa un soupir, s'étira et étudia l'eau limpide.

Il y avait à peu près sept mètres de fond, à cet endroit, mais l'eau était tellement claire qu'on distinguait parfaitement un bloc de corail arborescent, un banc fluide de demoiselles un peu au-dessus et, plus près de la surface, deux sergents-majors ou cobias. Une journée ordinaire sur le récif avec les allées et venues de milliers de vairons iridescents qui picoraient la roche vivante du corail, nuages violets, sang de bœuf, écarlates, teintant momentanément l'eau de leurs reflets. Une fresque aux couleurs éclatantes qui ne cessait de se transformer.

Thorn cligna des yeux, aveuglé par l'éclat saphir des eaux, et parcourut lentement la surface calme. Presque pas de bateaux, aujourd'hui. Un seul pêcheur, à un demi-mile, se dirigeant à petite vitesse dans leur direction. Son embarcation était sans doute un Grady White.

Un seul bateau, là où deux semaines auparavant on en aurait vu des centaines, peut-être même mille. Tous pleins de plongeurs amateurs venus pour le week-end prolongé qui marquait l'ouverture annuelle de la pêche à la langouste. Un spectacle d'horreur de quatre jours, une ruée sinistre d'étrangers entassés sur les îles trop petites, avec leurs filets, leurs harpons, leurs caisses de bière, leur radio bruyante, suivis d'une armada de touristes embouteillant la US 1 de leurs voitures de location rutilantes.

Le soir, rubiconds de coups de soleil, arborant des T-shirts ornés de langoustes et de répliques soi-disant comiques, ils envahissaient les restaurants, les motels et les bars, et, pendant ces quatre jours, louaient tous les bateaux en état de flotter de la côte, s'agglutinaient dans les marinas, les rampes d'accès, les boutiques de matériel de plongée, et mettaient tous les matins le cap vers le large en groupes tapageurs pour ratisser tous les fonds à leur portée.

Les commerçants adoraient en général ce week-end et, les semaines précédentes, inondaient l'Etat et les Etats voisins de publicités pour attirer encore plus de gens. Pour Thorn, c'était une période infernale. Pendant quatre jours, il ne voyait partout que des étrangers, des étrangers pris d'une frénésie gloutonne, qui pillaient les moindres recoins, retournaient les roches, piétinaient les fragiles lits d'éponge, harponnaient, trucidaient et bouleversaient tout sur leur passage.

Et comme d'habitude, la patrouille de la police maritime en avait attrapé quelques-uns. Deux hommes de Géorgie qui avaient dépassé le quota journalier par personne, à savoir six langoustes par jour, de plusieurs *milliers*. Prêts à repartir pour Valdosta avec leur camionnette bourrée de langoustines trop petites sur un lit de glace, sans compter quelques centaines de livres de corail arrachées au récif, comme souvenir.

Mais cela, c'était deux semaines auparavant. Les eaux avaient retrouvé leur calme, depuis, et les langoustes survivantes attendaient les hommes et les femmes qui les attrapaient dans des cages de bois pour les restaurants, ainsi que les quelques acharnés qui avaient la patience de pourchasser un traînard par-ci, par-là pour en faire un repas.

La nouvelle invasion, moins importante, aurait lieu en septembre, pour la fête du Travail, puis les Keys retrouveraient leur quiétude et les habitants pourraient se sentir chez eux pendant quelques mois — jusqu'à ce que l'hiver fasse revenir les riches Yankees. C'est ainsi que les choses se passaient dans les Keys. Une vague de sauterelles, puis une autre. Leurs essaims se posaient des jours ou des mois, et dévoraient jusqu'au moindre morceau laissé par les essaims précédents ; puis, comme à quelque signal magique, ils s'envolaient, nuages voraces, vers tout autre endroit fertile qui avait titillé leur imagination.

Thorn en était malade. Un peu plus malade tous les ans, même. Ne sachant pas trop ce qu'il fallait faire. Il n'avait pas la fibre politique. Il ne maîtrisait pas l'art de prononcer des discours, ignorait comment regrouper les habitants en associations pour lutter contre le pillage de ce qui était leur raison d'être. Récemment, il avait envisagé de quitter l'île, de s'enfoncer avec son bateau plus au sud, dans les Caraïbes, là où les essaims seraient peut-être moins gros et moins voraces.

Mais voilà, il était ici chez lui ; cela faisait quarante-deux ans qu'il habitait à Key Largo — l'île frappée de malédiction pour s'être prostituée, couchée les jambes écartées, à l'heure ou à la semaine. Vendant son âme. Mais c'était chez lui. Et comme il n'était pas capable de sauver le sol natal, il faisait ce qu'il pouvait pour se sauver lui-même. Il courbait le dos. Et quand ça ne suffisait pas, il le courbait encore plus.

Il ouvrit la glacière et en retira l'un des sandwichs au thon et au fromage qu'ils avaient préparés avant le lever du soleil, ce matin. Un sandwich comme il les aimait, tartiné d'une épaisse couche de moutarde, avec une ou deux feuilles de laitue et une belle tranche de tomate. Il grimpa sur la plate-forme d'observation, au-dessus du moteur, déplia le papier sulfurisé et commença à manger.

Ils avaient pris le dix-huit pieds, dont le tirant d'eau n'était que de quinze centimètres, idéal pour la pêche à l'albula, mais qu'il valait mieux utiliser pour naviguer sur de la rosée ou une mer d'huile que sur les gros rouleaux de l'Atlantique. Pour se rendre à une telle distance de la côte, il aurait choisi, en temps normal, le

Chris-Craft de trente pieds, le vieux bateau en teck et acajou dont il avait hérité. Mais avec une eau aussi calme, un horizon aussi précis que s'il avait été tiré au cordeau, ils auraient même pu venir jusqu'ici en kayak, voire même pousser tranquillement jusqu'aux Bahamas en traversant le Gulf Stream en quelques coups de pagaie.

Il observa l'embarcation non pontée qui se rapprochait. Son pilote coupa le moteur à environ quatre cents mètres et alla à l'avant pour jeter l'ancre, ainsi qu'un drapeau rouge sur un flotteur blanc pour indiquer qu'un plongeur était sous l'eau.

« A quoi ressemble le fond, là en dessous ? demanda Thorn avec un geste vers le Grady White. As-tu une idée ?

— Quelques rochers épars, c'est tout.

— Le type connaît peut-être un coin que tu n'as pas exploré.

— Ça m'étonnerait. »

Darcy regarda à son tour le Grady White en plissant les yeux, mais n'ajouta rien. Elle cracha dans son masque, étala la salive sur la partie intérieure du verre puis jeta de nouveau un coup d'œil à l'autre bateau.

« Tu as déjà amené quelqu'un ici ? » demanda Thorn.

Elle se tourna vers lui, posa le masque, croisa les bras sur les genoux et secoua négativement la tête. « C'est mon endroit secret. Tu es le premier à y venir. Et tu es tenu au silence !

— Personne, vraiment ? Même pas Roger Machintruc, ton petit copain de promotion ? »

Elle lui jeta un regard légèrement caustique.

« Je peux tout de même en parler à Sugarman, non ? insista-t-il.

— Sugarman est déjà au courant.

— Je croyais que j'étais le premier.

— Tu l'es, répondit-elle avec une esquisse de sourire.

— C'est quoi ? Une devinette ?

— Mais non. C'est Sugarman qui m'a amenée ici. Avec Gaeton. Mais ça fait tellement longtemps que je suis sûre qu'il a oublié. » Elle s'adossa au plat-bord et plongea le bout des doigts dans l'eau. « Je devais avoir quelque chose comme douze ou treize ans. Autrement dit, Sugar, Gaeton et toi aviez pas loin de vingt ans. Sugar et Gaeton voulaient surtout s'amuser et faire un peu d'exploration, ce jour-là. Pêcher le mérou, si je me souviens bien. Je ne sais pas où tu étais, sans doute chez toi à bricoler des mouches artificielles. Je me souviens qu'ils n'ont rien attrapé, et je suppose qu'ils n'ont pas pris note de l'endroit. Moi, j'avais fait un peu de plongée avec le masque et le tuba et je ne l'ai jamais oublié. La taille des langoustes... Je ne leur ai pas dit ce que j'avais vu ; pas un mot. Mais je me suis arrangée pour y venir autant que possible tous les ans, sans jamais en parler à personne. Même pas à mon frère, ni à Sugar.

— Jusqu'à aujourd'hui.

— Ouais, jusqu'à aujourd'hui.

— Et pourquoi, aujourd'hui ?

— Il m'a semblé que le moment était venu. On ne sait jamais. Il y a peut-être un astéroïde qui va dégringoler avec mon nom écrit dessus. Ou un autobus qui foncera à toute vitesse sur la US et que je ne verrai pas arriver. Je ne tiens pas à mourir en emportant des secrets de valeur. »

Elle le regarda un long moment, consciente de l'écho de ses paroles. Au milieu d'une conversation légère, elle adoptait brusquement un ton inquiétant. Il la connaissait depuis toujours ; il avait été le meilleur ami de Gaeton, son grand frère, et depuis deux ans, il partageait sa maison et son lit avec elle. Mais cela ne faisait qu'un mois que Darcy Richards présentait ces sautes d'humeur. Comme une soprano dont la voix devient soudainement rauque.

Thorn pensait que la cause était peut-être physiologique — une douleur d'enfance qui, en montant du plus profond d'elle-même, la rendait mélancolique. Ou peut-être était-ce une question d'âge, la fin de la trentaine, les quarante ans se profilant dangereusement à l'horizon. Elle s'était levée un matin, le calendrier avait laissé tomber une autre page pendant la nuit et à partir de ce jour, une espèce de chose épineuse avait pris naissance dans ses entrailles et s'était mise à y pousser en les dévorant.

Il mangea son sandwich en la regardant. Quand il eut terminé, il descendit de la plate-forme, jeta le papier dans la poubelle et vint s'asseoir à côté de Darcy. Elle contemplait l'horizon.

« Qui t'a fait poireauter, sur le quai ? »

Elle se tourna vers lui ; elle avait beau sourire et soutenir son regard, il y avait néanmoins quelque chose de louvoyant et de fuyant dans ses yeux, une forme sombre qui cherchait à se dissimuler derrière l'éclat du sourire.

« Simplement une personne que je voulais te présenter. »

Un peu plus tôt, au moment où ils avaient fait le plein d'essence à la Snake Creek Marina, Darcy avait fait les cent pas sur le quai, attendant quelqu'un. Thorn avait patienté une dizaine de minutes après avoir terminé. Ils avaient finalement renoncé et pris la direction du récif.

« Dis-moi ce qui se passe, Darcy. »

Elle baissa les yeux et étudia le dos de sa main droite. « Ce qui se passe ?

— Tu sais bien. La façon dont tu te comportes, depuis quelque temps. Tu parais songeuse, tu ne dis rien. Cette histoire d'astéroïde et d'autobus...

— Songeuse, moi ?

— Est-ce... un problème médical ? »

Elle afficha un sourire un peu forcé, le regarda et

secoua la tête. Thorn sentit la tension qui lui serrait la gorge se dissiper. Au moins, ce n'était pas ça. Grâce à Dieu, pas ça.

Elle respira profondément, souffla et répondit : « Oh, je ne sais pas. Rien d'important.

— Tu peux m'en parler, non ? »

Elle se pencha par-dessus bord et effleura la surface de l'eau d'un seul doigt, comme si elle y écrivait des hiéroglyphes.

Elle portait un bikini jaune avec des taches d'un vert vif. Ses cheveux étaient retenus en queue de cheval et sa peau brillait sous l'effet de l'eau qui s'évaporait et de la sueur qui perlait. Les sels qui vont et viennent.

Il s'éclaircit la gorge et prononça son nom. Mais elle ne quittait pas des yeux le message qu'elle écrivait.

« C'est simplement un truc sur lequel je suis tombée dans mon travail, répondit-elle. Je ne sais pas exactement ce que cela signifie, alors je me suis mise à chercher à droite et à gauche, toute seule, pour essayer de comprendre un peu.

— Mais quel genre de truc ?

— Je n'ai pas envie d'en parler. »

Elle suivit des yeux un cormoran qui vira de l'aile, passa juste au-dessus d'eux et plongea bruyamment à quelques mètres du bateau. Il revint flotter à la surface et se tourna dans leur direction, attendant des débris de nourriture.

« Tu sais, Thorn... », enchaîna-t-elle. De nouveau, elle prit une profonde inspiration et laissa échapper l'air lentement, sans cesser d'observer l'oiseau. « J'aime bien comment on est, tous les deux. J'aime bien nos petits rituels. Tous. Vraiment. La pêche, le vin... pas de téléphone, pas de journaux. Debout à l'aube, en bateau tous les jours... La bonne vie. Une vie pas compliquée. »

Elle soupira, toucha une mèche de cheveux mouillés collée à sa tempe. Puis elle regarda fixement par-dessus l'épaule de Thorn, comme si quelqu'un s'approchait de lui en cachette. Il tourna vivement la tête mais il n'y avait rien, qu'une étendue d'eau bleue.

Lorsqu'il pivota de nouveau, Darcy regardait fixement le plancher du bateau. « Mais vois-tu, c'est ton existence que nous menons, Thorn. Toi, tu vis exactement de la même manière qu'avant que je m'installe chez toi. C'est moi qui me suis adaptée à tes rituels, à ton emploi du temps, qui ai adopté tes préoccupations. Depuis quelque temps, j'ai éprouvé l'envie d'avoir de nouveau une existence à moi. C'est tout. C'est aussi simple que ça. »

Thorn reposa sa bière. Essaya de trouver quelque chose à répondre, sans y parvenir.

Elle leva les yeux vers lui. « Ce n'est pas une critique, Thorn. J'aime la vie que nous menons.

— Mais tu as envie de quelque chose de plus. D'autre chose. »

Elle soupira. « Oh, Thorn... je vois bien que je t'ai blessé.

— Un peu, admit-il. Qu'attends-tu, exactement ?

— Il est simplement question que j'aie quelque chose qui n'appartienne qu'à moi seule. Tu as cela, toi. Des choses que tu gardes pour toi. Des soucis. Des rêves, des trucs dont tu ne parles à personne.

— Non, rien de tel.

— Dis-moi la vérité. »

Il réfléchit, observant que le cormoran commençait à trouver le temps long ; l'oiseau partit finalement à grands battements d'ailes vers le Grady White.

« Il doit bien y avoir des choses que je ne te raconte pas. Rien de bien important.

— Exactement. C'est de ça qu'il s'agit, Thorn. Rien d'important. Un petit problème que je veux régler toute seule. C'est tout. D'accord ? Comme toi avec tes mouches artificielles pour l'albula. Ce sont des créations personnelles.

— Je vois. »

Le cormoran se laissa tomber dans l'eau à côté du Grady White. On ne voyait plus personne à bord du bateau.

« Thorn... », dit-elle en se levant et en s'approchant de lui. La transpiration faisait briller ses épaules et le haut de ses seins. « Je t'aime exactement comme tu es. Et je t'aimerai encore quand on aura quatre-vingt-dix ans, assis dans nos fauteuils à bascule, sur le porche, à regarder le soleil s'enfoncer dans le Blackwater Sound, en écrasant des moustiques et en buvant du vin blanc. Je veux rester avec toi jusqu'au jour de ma mort. Tu as bien pigé ça ? Est-ce assez clair ? »

Il se leva à son tour. Darcy, du bout du doigt, suivit le contour de sa clavicule. « Rien qu'une chose, dit-il.

— Quoi donc ?

— Faut-il que ce soit toujours du vin blanc ? On pourrait pas essayer le rouge, de temps en temps ? »

Elle sourit et le prit dans ses bras. Il sentit le goût salé de ses lèvres, sentit aussi que des années de baisers n'avaient rien enlevé à leur feu et à leur intensité. Les yeux fermés, une obscurité opulente l'envahit, comme s'il avait les yeux retournés vers la tête. Il aurait pu rester indéfiniment ainsi.

Ils se séparèrent et Darcy fit un pas en arrière, un sourire endormi flottant sur ses lèvres. Thorn voulut la reprendre dans ses bras, mais elle secoua la tête. « Pas maintenant, dit-elle. Au retour, à la maison. D'accord ? Pour le moment, j'ai vraiment envie de choper cette langouste avant qu'elle me file sous le nez.

— D'accord... mais trouve-la vite ! »

Elle se pencha pour prendre ses palmes et les enfiler. Thorn retourna chercher une bière dans la glacière. Il vit un poisson volant surgir de l'eau et passer en planant sous la proue de l'embarcation ; il fila ainsi sur une trentaine de mètres et replongea.

Assise sur la partie large du plat-bord, tournant le

dos à l'eau, Darcy demanda soudain : « Ça fait un moment que je voulais te poser la question, Thorn. As-tu jamais rencontré un poisson appelé le tilapia rouge ? »

Il ouvrit la bière glacée et la glissa dans l'enveloppe isolante.

« Ça ne me rappelle rien. Pourquoi ?

— Oh, simple curiosité. C'est simplement quelqu'un qui en a parlé l'autre jour, et je me suis dit que tu savais peut-être ce que c'était. Tu t'y connais tellement, en poissons !

— Et c'est ça qui te tracasse ? Un poisson ? »

Darcy afficha un sourire étudié. « Ne te fiche pas de moi, Thorn. »

Avant qu'il ait pu ajouter autre chose, elle appuya une main sur son masque, lui adressa un salut de l'autre et se laissa tomber à la renverse dans l'eau.

Cela faisait une heure que Darcy explorait la forêt corallienne, toujours à la poursuite de sa langouste géante, tandis que Thorn pêchait de l'autre côté. Au lancer à la mouche artificielle, avec un fil de douze livres lesté d'un plomb de 850 et un moulinet de quinze livres. Il venait d'inventer la mouche à tarpon qu'il utilisait. Un fil de Mylar rouge formant une figure compliquée en huit autour d'un morceau de fourrure de bélier, avec une courte jupe violette qui pendait sous la fourrure, à l'arrière et, en guise de tête, un bouton de nacre emprunté à l'une de ses vieilles chemises western.

Il avait prélevé le morceau de fourrure sur une tête de bélier naturalisée que la femme de Sugarman, Jeanne, avait achetée, par impulsion, lors d'une vente de garage (un voisin qui liquidait tout). Une fois arrivée à la maison, la tête prenait tellement de place sur le mur, écrasant tout, que Sugarman l'avait chargée dans sa voiture et était venu chez Thorn pour lui en faire cadeau.

Et bien entendu, Thorn s'en servait à d'autres fins — et pourquoi pas ? — que décoratives, combinant des bouts de fourrure vieux d'un siècle avec des rubans de plastique de l'ère de l'espace. Et — surprise, surprise ! — une semaine après en avoir vendu une première douzaine, il apprit, par l'un de ses amis guides de pêche, que sa nouvelle mouche faisait un malheur avec les tarpons, des poissons pourtant difficiles à attraper. Si bien qu'aujourd'hui, il avait décidé de tester lui-même son produit.

Il n'était pas de ceux (il ne l'avait jamais été) qui sont persuadés que seules sont efficaces les mouches qui imitent les insectes au cours de leurs différentes métamorphoses, selon le moment de l'année. Ceux-là croient les poissons programmés pour éviter tout ce que leur almanach biologique déclare ne pas être de saison. Deviennent nerveux quand tout ne cadre pas.

Mais pour Thorn, l'art de la fabrication de mouches artificielles était loin de se réduire au trompe-l'œil. Au contraire, même, il trouvait déprimant de ne pas avoir à faire preuve de plus d'imagination pour attraper ces abrutis de poissons. Car à ses yeux, le seul poisson digne d'être pris était celui qui avait envie de se jeter sur quelque chose qu'il n'avait jamais vu auparavant ; qui prenait le risque, qui ne résistait pas à l'impulsion, qui avait une foi sans limites en ses capacités.

Il jeta un coup d'œil à Darcy, qui, flottant sur le ventre, scrutait le fond de la mer. Il entendait sa respiration par le tuba. Un son râpeux, qui arrivait par à-coups en fonction de ses déplacements pour changer de poste d'observation.

Bon, parfait. Elle pensait à autre chose qu'à la retraite paisible dans laquelle elle vivait avec lui. Elle avait raison, bien entendu. L'emploi du temps quotidien de Thorn ne variait jamais, depuis des années. Fabriquer des mouches artificielles pour la pêche à l'albula tous les matins, afin de gagner le peu d'argent dont il avait besoin; faire une sieste dans le hamac après le déjeuner, puis embarquement sur l'un des bateaux pour aller pêcher une truite de mer ou un mérou pour le dîner. Au crépuscule, ils buvaient un peu de vin blanc, allumaient le gril et étudiaient les arabesques fluides des oiseaux. Le soir, ils lisaient des romans ou étudiaient les cycles de la lune et le mouvement des constellations. De temps en temps, ils dînaient dans un restaurant de Key Largo.

Pour Thorn, ce rituel n'avait rien perdu de sa fraîcheur. Il le reprenait tous les jours, mais jamais il ne lui semblait monotone. Il présentait toujours quelque nouveauté familière, lui offrait toujours les mêmes joies. Il voyait ce mode de vie routinier comme un perfectionnement sans fin de quelque chose qui était déjà très, très bien.

Il regarda Darcy plonger dans les eaux paisibles. Ses palmes battirent l'air pendant un instant et elle s'enfonça. Il repensait à ce qu'elle lui avait dit une heure auparavant; qu'elle voulait son domaine réservé, résoudre elle-même ses problèmes. Il avait eu un mouvement de recul, sur le moment. On aurait dit le préambule d'une annonce de séparation. Mais maintenant, il se sentait bien. Grâce au baiser qu'ils avaient échangé. Aucun doute ne subsistait, dans ce baiser. Aucun malaise. Aucun pourquoi.

Thorn se tourna et lança de nouveau sa ligne, dont les plombs tombèrent délicatement devant une ombre de belle taille. Il vit la mouche s'enfoncer lentement sous la surface brillante. Vit aussi l'ombre s'approcher, prendre rapidement forme, devenir du vif-argent, un tarpon, un poisson massif — qui passa à côté de l'appât, croisa l'avant du bateau et prit la direction du large.

Thorn le suivit des yeux. Le poisson se mit à tourner vers la gauche, lentement, à une dizaine de mètres du bateau, transformant sa trajectoire rectiligne en arc pour revenir avec prudence sur son itinéraire.

Apparemment, la mouche artificielle avait déclenché quelque chose chez le grand tarpon, une petite pointe de curiosité. Un début d'appétit qui allait grandissant au fur et à mesure qu'il revenait, luttant contre sa méfiance, l'envie d'y toucher de plus en plus irritante pour devenir peut-être autre chose, un besoin, un désir si puissant qu'il ne pouvait être satisfait que par l'engloutissement de l'objet de sa fascination, ce brillant et tentant bout de fourrure avec son hameçon dissimulé dedans.

2

De la surface où elle flottait, Darcy observait les antennes de la langouste qui s'agitaient à la base d'un gros bloc de corail-cervelle. Entre elle et la bestiole, sept mètres d'eau. A cette profondeur, elle disposerait d'environ trente secondes pour attirer la langouste hors de son trou et la mettre dans son sac, avant de manquer de souffle et d'être obligée de regagner l'air libre.

Elle avait l'impression qu'à une époque, elle était capable de rester plus d'une minute au fond... un peu plus de vingt ans auparavant, quand elle avait quinze ans, au cours des nombreux après-midi, comme celui-ci, qu'elle avait passés avec Thorn, Sugarman et son frère Gaeton; tous paraissaient capables de rester des heures sans avoir à reprendre leur respiration. Mais sans doute était-ce un tour que lui jouait sa mémoire. La nostalgie embellit et exagère nos souvenirs.

La vérité était qu'elle n'avait jamais pu retenir sa respiration assez longtemps pour attraper les langoustes les plus rusées. Il fallait qu'elle réussisse du premier coup, sinon elle devrait remonter à la surface reprendre son souffle. Avec Thorn, cependant, c'était différent. Lorsqu'il plongeait, il donnait l'impression de ne pas se charger spécialement d'air : il coulait nonchalamment et restait au fond longtemps, longtemps, très longtemps. Darcy remontait à la surface, haletait un peu puis reprenait une grande bouffée d'air avant de redescendre — et cet animal de Thorn était encore là, le bras enfoncé dans un trou dont il sortait une autre langouste.

Jamais elle n'avait pu l'égaler, pas plus, d'ailleurs, que Sugarman et Gaeton. Thorn avait quelque chose de spécial, un don, un avantage biologique qui lui permettait de rester sous l'eau plus longtemps que n'importe qui. Personne ne l'avait jamais chronométré, mais elle était sûre qu'il ne devait pas être loin des trois minutes. Comme les pêcheuses de perles du Japon.

Lorsqu'on le taquinait à ce sujet, Thorn se contentait de hausser les épaules. Ou de donner une explication stupide quelconque. Une fois, Sugarman prétendit que si Thorn n'avait pas besoin de respirer comme tout le monde, c'était parce qu'à force de manger du poisson il avait fini par muter et en devenir un — d'ailleurs, il avait des ouïes sous les bras ! A chaque fois qu'il faisait une brassée, hop ! il extrayait de l'oxygène de l'eau. *Hé, Thorn, lève le bras, qu'on voie un peu.* Darcy revoyait la scène. Tous s'étaient massés autour de lui, sur le bateau de Gaeton, tandis que Thorn, avec lenteur, théâtralement, levait les bras ; Sugarman avait enfoncé un doigt dans les poils. Puis Gaeton avait poussé un petit cri. *Bordel de merde, c'est vrai !* Darcy s'était mise à hurler et tous les autres à rire.

Quand tout le monde eut repris son calme, Thorn avait dit : « Bon, d'accord, puisque vous tenez à le savoir. Le secret, pour rester longtemps sous l'eau, c'est de ne pas y penser. Faites-le, n'y pensez pas. »

Darcy avait tout de suite compris que cette explication était la bonne, qu'il n'avait pas menti. Et maintenant qu'elle le comprenait infiniment mieux qu'avant, elle se rendait compte qu'il y avait un certain nombre d'autres choses auxquelles Thorn ne pensait pas et que c'était en général dans des domaines où il était bon. Où parfois même il excellait. Ce don pour arrêter de penser, elle ne l'avait jamais eu ; elle était incapable de faire quelque chose dans un vrai silence intérieur.

Mais peut-être devrait-elle au moins essayer ; rien que se laisser couler dans ces sept mètres d'eau, récupérer tranquillement cette fichue langouste, celle qui la saluait de ses antennes, comme pour lui faire signe de venir et peu importait le temps qu'il lui faudrait, elle ne penserait ni à la pression ni à la brûlure de ses poumons.

Elle redressa la tête et regarda en direction de Thorn. Il lançait sa ligne de l'autre côté du bateau. Avec ce geste élégant, cette ondulation souple qui lui était propre, comme des coups de fouet au ralenti — et la mouche allait flotter et se poser si tranquillement sur l'eau, bien que Darcy ne la vît pas d'où elle était, qu'elle ne ferait même pas une seule vaguelette.

Il se tourna légèrement, remarqua qu'elle l'observait ; il lança son nom et lui demanda si elle avait vu quelque chose là en bas.

« Cette grosse bestiole, encore une fois. Elle se planque dans une crevasse, sous un corail-cervelle.

— Eh bien, qu'est-ce que tu attends ? »

Elle remit son masque en place, toujours tournée vers lui. Il fit un grand geste du bras qui balayait tout l'horizon, souriant devant la beauté du jour. De la tête, elle lui fit comprendre qu'elle partageait son émerveillement ; puis elle glissa l'embout du tuba dans sa bouche, le cala entre ses dents et se remit à étudier le fond, à la recherche de ses repères.

La mer était étale et elle ne s'était donc pas déplacée ; elle flottait toujours au-dessus du même massif corallien. Sur sa droite, un banc de labres violets se rapprocha d'elle, semblable à un seul poisson qui aurait mesuré mille centimètres, ondulant avec un synchronisme parfait. Le banc se sépara en deux à sa hauteur, l'eau devint couleur lavande, puis il s'éloigna. Elle ressentit un chatouillis à leur passage.

Dieu du ciel ! Elle pouvait venir ici autant qu'elle voulait, c'était à chaque fois un éblouissement, à chaque fois quelque chose de nouveau. Des milliers d'éclats de couleur en perpétuelle transformation, en perpétuelle métamorphose. La lumière jouant sans fin de tous les chatoiements de son spectre. Jamais deux fois semblable, une danse bariolée de nuances et de formes, de mouvements tranquilles et d'accélérations qui brouillaient tout pendant un instant. Les gorgones déployées comme des éventails, passages de bancs de raies, de grogneurs, de maquereaux, d'exocets, de lutjanides, un requin solitaire en patrouille, branches tordues or et jaune des coraux bleus et des coraux rouges, éponges-paniers...

Pour les millions et les millions de poissons qui hantaient ces eaux claires, ce récif qui s'étendait sur plusieurs centaines de miles était le lieu où ils se reproduisaient, se nourrissaient, chassaient, un lieu de grâce, de danger, d'activité sans fin. Certes, personne n'ignorait, à l'heure actuelle, que le récif se mourait. Darcy observait son déclin depuis maintenant trois décennies, voyait ses couleurs éclatantes se ternir, les bancs de poissons être moins denses et moins variés. L'eau devenait plus trouble. Trop de passages de bateaux, dans le coin, trop d'abrutis qui jetaient l'ancre sur le fragile corail, rompant en une seconde ce qui avait mis un siècle à croître ; trop d'écoulements d'égout qui accéléraient la croissance des algues, trop d'êtres humains entassés sur la côte, trop d'huile rejetée goutte à goutte dans les baies, les canaux et les détroits qui conduisent au large.

Elle flottait sur le ventre, regardant les grandes antennes osciller ; un banc de cavailles défila, un petit requin et une raie-léopard explorèrent la bande de sable, en dessous ; elle vit encore un ange de mer, une rascasse, un mérou : oui, certes, le récif paraissait en parfaite santé. Dans des moments comme celui-ci, sur le fond sonore de sa respiration dans le tuba, à regarder ces millions d'éclats de couleur, l'idée que la destruction guettait cet écosystème paraissait infiniment lointaine, quasiment repoussée à l'époque de l'extinction du soleil.

Tel était le problème. L'évolution des choses était tellement lente qu'il était difficile de s'en rendre compte. Un bloc de corail disparaissait ici ; des éponges tubulaires jaunes viraient au blanc et se racornissaient là, puis un peu plus tard, des gorgones filtreuses d'eau, ces proches parentes du corail, commençaient à s'affaisser doucement, avec des trous de plus en plus grands dans les milliers d'éléments de leurs filigranes.

Il fallait venir tous les jours, pendant des années. Il fallait avoir une mémoire de haute précision, le sens du détail ; il fallait constamment comparer le passé et le présent. Si bien que pour un plongeur amateur qui restait dans l'eau une heure ou deux, deux ou trois jours par an, il n'y avait aucun moyen de prendre conscience de la terrible catastrophe qui se déroulait. A ses yeux, tout paraissait magnifique, riche, opulent.

Elle releva la tête et vit Thorn qui continuait à pêcher, tout à son bonheur. Puis, tandis qu'elle cherchait de nouveau la langouste des yeux, elle eut l'impression que quelque chose passait près d'elle, l'impression d'une présence imposante juste à la périphérie de sa vision limitée par le masque. Elle tourna brusquement la tête, à droite puis à gauche, parcourut des yeux tout le secteur autour d'elle ; mais elle ne vit rien.

Elle prit une profonde inspiration, se mit sur le dos et souffla l'eau accumulée dans le coude du tuba, restant un moment dans cette position pour se calmer. Parce qu'une telle chose ne lui était encore jamais arrivée. En réalité, à chaque fois qu'elle était venue nager sur le récif, depuis un certain temps, elle avait eu quelques instants d'une légère panique. Peut-être s'agissait-il d'un autre phénomène lié à l'âge, d'une tendance à s'imaginer un requin blanc de douze pieds l'attaquant par en dessous. L'instrument à ailerons du temps. Quoi qu'il en soit, cela la rendait furieuse. Ça ne lui ressemblait pas, ces accès de frousse. Ça ne lui ressemblait pas, de ressentir autre chose qu'une grande paix intérieure en nageant au-dessus des récifs.

Elle réajusta son masque, mordit dans l'embout du tuba et se remit sur le ventre. Elle repéra de nouveau les antennes ; sans s'hyperventiler comme elle faisait d'habitude, elle se laissa couler dans l'eau, s'efforçant d'imiter la manière de procéder de Thorn pour voir si c'était efficace ; elle descendit avec aisance, en quelques battements décontractés de ses palmes.

Darcy avait un filet de nylon attaché à la taille, ainsi qu'un calibre pour mesurer ses prises. Elle portait d'épais gants de nylon et tenait à la main le même bâton à langouste qu'elle utilisait depuis plusieurs saisons de pêche : une sorte de tisonnier en aluminium de soixante centimètres de long, à l'extrémité légèrement recourbée. Comme toujours, son couteau, un Medlon dont la lame mesurait vingt centimètres, était logé dans un étui en plastique, le long de sa cheville. Elle s'était fait copieusement charrier, à cause de ce couteau : Darcy, la plongeuse de commando, prête à couper la gorge du premier qui l'embêtait. Néanmoins, un nombre incalculable de fois, l'arme s'était montrée rudement pratique et ceux qui la persiflaient avaient été les premiers à l'apprécier. Elle s'en était servie pour dégager les hélices emmêlées dans des filets, pour détacher des ancres prises dans des fissures de rocher, pour fabriquer des flotteurs avec des branches de la mangrove et pour assurer d'innombrables réparations mineures sur les bateaux. Sans parler du nombre considérable de bières qu'elle avait ouvertes avec.

Pendant toute sa descente, elle ne quitta pas des yeux les deux grandes antennes qui dépassaient de sous le bloc de corail. S'il s'agissait bien du monstre qu'elle avait aperçu à deux reprises, ce matin, il s'exposait cette fois-ci bougrement plus. Peut-être commençait-il à avoir un peu trop confiance en lui. Il faisait le malin.

Au vu de sa taille, la bestiole devait être âgée d'au moins douze ans, peut-être quinze. Ce qui signifiait qu'elle devait être rudement maligne, pour avoir réussi si longtemps à éviter les hordes de plongeurs, les milliers de casiers à langoustes. Elle connaissait tous les tours, savait distinguer les mouvements de l'eau anodins de ceux qui étaient mortels pour elle. Darcy se doutait qu'elle ne devait pas être la première à l'avoir repérée et à tenter de l'arracher au monde aquatique.

En arrivant juste au-dessus du sol sablonneux, elle se pinça le nez pour rétablir la pression dans ses oreilles ; en deux coups de palme, elle se retrouva à la hauteur des antennes. Ses mouvements soulevèrent de petits tourbillons de sable et troublèrent l'eau. La langouste paraissait avoir perdu son ancienne prudence. Peut-être dormait-elle, digérant quelque morceau de cartilage pris sur un cadavre de poisson.

De toute façon, Darcy n'attendit pas d'être repérée ; elle dirigea la pointe de son bâton devant la bestiole et passa son autre main derrière. Elle lui donna un petit coup de bâton et elle recula brusquement dans sa main, comme elle était supposée le faire. Elle l'attrapa vigoureusement, mais la langouste se libéra d'un violent coup de queue.

D'une poussée contre la roche, Darcy s'éloigna ; ses poumons commençaient à la brûler. Elle fit cependant demi-tour, luttant contre la force qui l'attirait vers le haut, pour regarder sous le bloc de corail. La langouste y était toujours tapie, coincée aussi loin qu'elle pouvait reculer dans l'étroite fissure, ses antennes prises d'une grande agitation et fouettant l'eau comme une paire de fleurets.

Elle se laissa remonter, ne donnant qu'un coup de palme en chemin. Elle n'était pas vraiment pressée, mais lorsqu'elle creva la surface de l'eau, elle recracha l'embout et prit une grande bouffée d'air, puis une autre. Telle était sa limite, ces temps-ci : un peu moins d'une minute. Elle repoussa le masque sur son front et nagea sur place tout en reprenant son souffle. Juste un coup d'œil à Thorn. Il lui tournait le dos. Un gros truc au bout de sa ligne. Elle était contente pour lui.

Elle remit le masque en place, l'embout du tuba entre ses dents. Cette fois-ci, elle utilisa sa vieille méthode. Elle prit trois inspirations mesurées, souffla à fond, puis inspira profondément avant de se mettre en chien de fusil et de plonger au milieu des eaux soyeuses, en direction de la paroi de calcaire à côté du corail-cervelle.

Cette paroi était percée de multiples crevasses sombres, et il lui fallut un moment pour retrouver celle qu'avait choisie la langouste. Tandis qu'une escadrille d'anges de mer passait non loin d'elle, elle donna deux coups puissants de palme et plongea la main droite dans le trou, fente étroite et irrégulière dans laquelle elle enfonça tout l'avant-bras.

Cette fois-ci, elle la tenait. Elle l'étreignit de toutes ses forces, résistant à ses coups de queue, et commença à la retirer du trou. Mais celui-ci était trop étroit ; elle n'arrivait pas à l'en dégager. La langouste savait s'y glisser, sans doute au moyen de quelque subtil mouvement oblique. La bestiole se débattait dans tous les sens, prisonnière de la main de Darcy, dont le bras s'égratignait contre l'entrée de la fissure.

Impression d'essayer de libérer une clef d'une serrure récalcitrante. Il fallait trouver le bon engrenage, il existait nécessairement, mais elle n'avait jamais été très douée pour résoudre ce genre de problème ; plusieurs fois, au cours de sa vie, elle avait dû renoncer et laisser faire l'homme qui l'accompagnait. Elle s'en voulait. C'était un talent qu'elle n'avait pas, il fallait s'y résigner.

Darcy sentit la pression augmenter dans ses poumons. Elle fit encore deux tentatives pour extraire la langouste, mais elle sentait qu'elle n'y arriverait pas. Pour tout arranger, une murène sortait d'un trou voisin — dépassant déjà de presque un mètre — la gueule ouverte. Simple démonstration de force, sans doute. Se gonflant pour effrayer cet envahisseur venu d'un autre monde, cette créature qui soulevait des nuages de sable.

Darcy lâcha la langouste et voulut retirer son bras du trou. Il resta pris. Elle marqua une pause, repoussa une bouffée de panique. S'obligea à se relaxer, à laisser s'amollir le tissu et les muscles de son membre, à dégager délicatement la main de la fente rocheuse. Mais ça ne marcha pas. On aurait dit que sa main avait gonflé et doublé de taille. Elle n'arrivait pas à trouver le truc pour se libérer.

Gaeton avait vécu un incident identique alors qu'il était encore enfant. Sa main s'était prise, elle aussi, dans une fente rocheuse ; il avait réussi à se dégager, au prix de profondes écorchures. Il avait ensuite expliqué que l'astuce était d'avoir le membre aussi mou que possible.

Elle se força donc à relâcher ses muscles. La brûlure, dans sa poitrine, devenait de plus en plus douloureuse. Elle essaya sous tous les angles, poussa, tira en tous sens, mais elle avait la main bel et bien coincée, les doigts qui commençaient à s'engourdir et une brume sombre montait du trou de la langouste. Son sang, qui se dissolvait dans l'eau.

Cela faisait plus d'une minute qu'elle était en plongée, près de deux, peut-être. Elle dut lutter contre la terreur qu'elle sentait monter en elle et se mit à se tordre, pesant des pieds contre le rocher, poussant dessus de toute la force de ses jambes pour arracher sa main, mais la douleur commença à rétrécir son champ visuel, qui lui donnait l'impression de se recroqueviller sur lui-même.

Elle chassa la dernière bulle d'air qu'elle avait dans les poumons et se tourna, impuissante, vers la surface brillante, au-dessus de sa tête. Un petit requin-marteau croisait entre deux eaux ; au bout de leur excroissance, ses yeux pivotaient dans toutes les directions. Il hésita une seconde, goûta son sang, puis disparut précipitamment.

Darcy se pencha pour retirer de son étui, de la main gauche, le couteau attaché à sa cheville droite. Elle s'efforça de nouveau au calme, s'inclina du mieux qu'elle put pour voir dans l'anfractuosité où sa main était prise. Son sang montait en nuages plus épais, sa main était complètement engourdie. Elle n'avait plus le temps.

Elle attaqua le rocher tout autour de son poignet, détachant de petits fragments de calcaire. Regarda dans l'ouverture élargie. Et faillit s'évanouir.

Une main gantée de blanc l'agrippait par les doigts, les retenant dans une sorte de prise bizarre. Alors, au-dessus d'elle, elle aperçut le fin chapelet de bulles qui montait d'un scaphandre autonome, de l'autre côté du rocher à la langouste.

Battant follement des palmes, elle essaya de s'arracher une fois de plus à l'étau qui la retenait. Mais il ne bougea pas. La panique l'envahit, incontrôlable. Elle pesa de nouveau des pieds contre la paroi de pierre et poussa de toutes les forces qui lui restaient, poussa vers le haut, poussa pour se redresser. Celui qui la maintenait depuis l'autre côté du rocher, cependant, ne fit que l'étreindre encore plus étroitement.

Son visage revint à la hauteur du trou ; repérant le

gant blanc, elle porta un coup de couteau dessus, cisailla à la hauteur des articulations ; un nuage de sang en jaillit. Toutefois, elle ne savait pas trop : c'était peut-être le sien.

Un chapelet de bulles plus grosses monta depuis l'autre côté, et le plongeur tira un peu plus sur la main de Darcy.

La lumière lui donnait l'impression de décliner. Elle se sentit soudain envahie par une grande paix. Ses muscles se détendirent. Au-dessus de sa tête, elle vit une rascasse nager au milieu de son sang, mâchoires en mouvement. Elle contempla les reflets chatoyants de la surface, à travers les sept mètres d'eau, et aperçut un gros tarpon au bout de la ligne de Thorn ; le poisson fonça loin du bateau, sauta en l'air, et retomba pratiquement à sa verticale.

Elle repoussa la douleur qui lui incendiait la poitrine, concentra son regard sur l'éclat lumineux, au-dessus d'elle. Elle eut une courte oraison sans paroles, et regarda une dernière fois, autour d'elle, les couleurs brillantes, les coraux aux formes délicates et tortueuses.

De toutes ses forces, elle tira une dernière fois, y mettant tant d'énergie qu'elle eut un mouvement involontaire de déglutition. Elle s'étouffa. Ce fut comme si le soleil passait brutalement derrière une énorme masse de cumulus. L'eau devint plus sombre, plus froide. Tout se mit à ralentir cependant que son corps arrêtait de se débattre et se détendait progressivement. De longs moments vides s'écoulèrent avant qu'elle ne se rende compte qu'elle était libre.

Libre de l'étau, libre de tout. Les poumons pleins d'une eau de mer riche et fraîche. Et tandis qu'elle s'élevait, lutjanides, mérous, toxotes bleus, anges de mer, spatules, civelles se mirent à l'entourer de leurs bancs. Puis un groupe d'étranges poissons, d'une couleur rouge comme elle n'en avait jamais vu, passa près d'elle. L'eau était remplie de poissons. De toutes les couleurs, de toutes les tailles, allant en tous sens, en quantité astronomique. Ils la suivaient des yeux pendant qu'elle remontait au milieu des bulles d'air, enroulée dans un voile brumeux, iridescent et mouvant de vairons cristallins, des millions et des millions de vairons, la mer grouillant de poissons et partout où elle regardait ce n'était que des yeux, des yeux transparents comme des bulles dans l'eau bleue, des yeux qui accompagnaient Darcy Richards dans son impossible poursuite du ciel, là-haut.

3

A l'ouest, le Grady White décrivit lentement un vaste cercle, puis, déjaugeant sous l'effet de l'accélération, fonça vers la côte. Thorn le suivit des yeux, tandis que son sillage parvenait jusqu'à lui en vaguelettes amorties. Le bateau oscilla légèrement. La glace bruissa dans la glacière.

A cet instant, il éprouva le besoin de regarder derrière lui. Comme s'il avait une vague impression périphérique de quelque chose qui clochait. Le tarpon choisit ce moment-là, pour se lancer dans une course qui épuisa presque toute la ligne et fit chauffer les roulements à bille du moulinet ; puis il jaillit dans une explosion hors de l'eau calme, debout sur sa queue pendant un extraordinaire instant, précisément celui où Thorn détacha ses yeux de cette merveille animale suspendue en l'air et vit Darcy flottant sur le dos, le masque de travers. Il était manifeste qu'elle ne se reposait pas au soleil après une plongée un peu longue.

Il lâcha la canne au moment où le tarpon retombait ; le poisson repartit de plus belle, la ligne se tendit et la canne roula sur le pont, heurta le plat-bord et vola par-dessus. Thorn regardait intensément Darcy, attendant qu'elle relevât la tête, se mît à nager, lui adressât un sourire, espérant que l'apparence qu'elle présentait était trompeuse. Mais rien de tout cela ne se produisit, absolument rien, et Thorn inspira un bon coup avant de bondir vivement dans l'eau, vers la tache écarlate qui s'étalait autour d'elle.

Il déposa son corps sur le pont avant, lui renversa la tête et ouvrit de force sa bouche qu'il inspecta pour voir si rien ne l'obstruait. Puis il lui pinça le nez et commença le bouche-à-bouche, soufflant autant qu'il pouvait. Soufflant tout en s'efforçant de se calmer, oui, c'est comme ça qu'il faut faire, c'est comme ça que je l'ai vu faire. Il pesa de tout son poids contre la poitrine de Darcy pour que son cœur se remît à pomper le sang, recommença, recommença, trouvant peu à peu un rythme, l'ajustant à un cycle plus naturel. Il était agenouillé à côté d'elle tandis que s'écoulait toujours le sang des entailles faites à son poignet.

Pour quelque raison absurde, pendant qu'il s'escrimait à la ranimer, qu'il combattait la panique, l'image du tarpon lui vint à l'esprit ; il le vit s'éloigner, toujours accroché à la ligne avec au bout la canne et son moulinet, entraînant le tout sur des miles et des miles, dans l'océan paisible, tandis que l'eau bouillonnait dans ses grandes ouïes, que des bulles d'oxygène jaillissaient dans son sillage et que le poisson sondait, se réfugiait dans les grandes profondeurs, avec derrière lui la canne à pêche en graphite de Thorn, cet objet fait par la main de l'homme, cette chose artificielle et ridicule qui le pourchassait aussi profond qu'il aille dans les eaux froides et dans les chenaux extatiques de la mer. Thorn suivit le tarpon dans sa tête pendant qu'il soufflait l'air dans les poumons de Darcy, vit le poisson s'enfoncer dans des eaux de plus en plus sinistres, essayant de se débarrasser du poids terrible qui le freinait. Et pendant tout ce temps, le poisson respirait l'eau, respirait l'eau.

Quelque chose se produisit alors dans la gorge de Darcy, un tressaillement, puis une toux engluée. Thorn se retira à temps. Elle rejeta un litre d'eau de mer. Lorsqu'elle eut terminé, il scella de nouveau de ses lèvres la bouche de Darcy, souffla, pesa des deux mains sur son sternum, pressant violemment pour comprimer ses poumons. Un filet d'eau sortit de ses lèvres et elle commença à respirer d'elle-même. Sans rythme, faiblement. Mais d'elle-même.

Il attendit quelques secondes, surveillant attentivement ce maigre souffle de vie. Quand il eut l'impression qu'elle n'avait plus besoin de lui, il bondit jusqu'au tableau de bord, régla la radio sur le canal seize et lança un SOS. Au bout de trente secondes, il entra en contact avec le skipper d'un bateau-charter auquel il fit un rapide tableau de la situation, et demanda qu'une ambulance vienne attendre au quai de la marina de Snake Creek, le port le plus proche ; puis il lâcha le micro et retourna d'un bond auprès de Darcy.

Sa poitrine ne bougeait plus. Thorn s'agenouilla et se remit à souffler dans ce corps inanimé. Bouche à bouche, avec le plus grand soin, comme s'il faisait l'amour au reste vacillant de vie qui était en elle, comme si chacun de ses souffles était destiné à ranimer un feu mourant. Trop de force l'éteindrait, pas assez ne suffirait pas à le faire reprendre. Il essayait de cajoler cette faible braise, de lui redonner son incandescence.

Cinq minutes s'écoulèrent, puis dix. La tête lui tournait, il transpirait de tous ses pores. Il s'arrêta, vérifia le pouls à la gorge de Darcy. Regarda quelques instants sa poitrine. Elle ne bougeait pas. Ses poumons restaient flasques, son cœur immobile.

Il pressa violemment sa poitrine, cria son nom, caressa sa joue. Rien n'indiqua qu'elle sentît quelque chose. Elle avait les yeux fermés, les muscles du visage relâchés, comme si elle prêtait une oreille attentive à quelque chœur céleste intérieur. A une musique plus séduisante que tout ce que ce monde pouvait lui offrir. On aurait presque dit qu'elle souriait.

Une grosse boule brûlante s'était mise à gonfler dans la gorge de Thorn, comme s'il avait eu un furoncle dans le larynx. Il avait la tête lourde et l'impression d'être resté plusieurs jours sans dormir. Il redit son nom, sur le ton qu'il avait employé deux ou trois fois, pour la tirer d'un cauchemar. Darcy... Darcy...

Mais sans résultat. Sans le moindre résultat.

A la marina de Snake Creek, Sylvie et son père, Harden, s'étaient installés à une table de pique-nique en pierre du gril en plein air pour se reposer. Le genre d'endroit où l'on prépare des sandwichs au poisson, de la salade au chou, des frites, et où l'on sert la bière à la pression dans des gobelets en plastique. Sylvie portait un maillot de bain noir une pièce et son père un bermuda vert foncé. Des jumelles étaient posées devant lui. La jeune fille, accoudée à la table, observait le remue-ménage.

L'ambulance avec son gyrophare rouge qui tournait, la civière, les deux jeunes infirmiers et le grand blond bien découplé qui leur emboîta le pas lorsqu'ils firent rouler la civière du bateau au véhicule. Sylvie prit une gorgée de bière sans quitter la scène des yeux.

Les deux types glissèrent la civière dans l'ambulance. Le grand blond était beau gosse, dans le style bohème. Une belle tignasse, un bronzage soutenu. Il avait une manière fluide et athlétique de se déplacer, agile, souple. Avec ce genre de cheveux, il devait avoir les yeux bleus mais, à cette distance, Sylvie ne pouvait en être sûre.

« Les tragédies, murmura-t-elle. Il n'y a pas moyen d'y échapper. Elles sont partout. Impossible de s'arrêter pour boire tranquillement une bière quelque part sans qu'on voie passer le char de la mort. »

Elle regarda le grand blond monter à son tour dans l'ambulance et s'agenouiller à côté de la civière.

Son père lui jeta un coup d'œil, prit une gorgée de bière et reposa sa chope. Il saisit les jumelles, qu'il braqua sur un immeuble en béton sans étage, de l'autre côté du chenal.

Après le départ de l'ambulance, Sylvie se tourna sur son banc et suivit la direction des jumelles de son père, de l'autre côté de Snake Creek. D'où elle était, elle ne distinguait que les allées et venues des bateaux de pêche commerciale, gros, patauds, sales, et les hommes qui poussaient des chariots chargés sur les rampes d'accès en béton, tandis qu'un petit treuil enlevait des caisses de langoustes et de poissons des cales d'un bateau pour les déposer sur le quai. Un panneau surmontait la porte à double battant : en lettres noires agressives, on pouvait lire : ALBRIGHT'S FISH HOUSE SUCCULENCE FROM THE SEA. Le régal de la mer...

« Et toi, reprit soudain Sylvie. C'est encore une autre forme de tragédie. Un homme de ton âge, travaillé comme ça par une obsession. Ça finit par être gênant. Et c'est bougrement triste. »

Harden abaissa un instant les jumelles et adressa un long regard vide à sa fille. « Un jour, tu auras peut-être la chance d'aimer quelqu'un aussi profondément que je l'aime.

— Tu appelles cela comme ça ? De l'amour ? Nom d'un chien ! Tu ressembles davantage à un accro à l'héroïne. »

Sylvie avait vingt-cinq ans, mais la plupart des gens lui donnaient régulièrement entre sept et huit ans de moins. Elle avait une chevelure noire qu'elle massacrait toutes les deux ou trois semaines avec des ciseaux à cranter. Aussi courte que celle d'un garçon, ou que celle de Mia Farrow, autrefois. On aurait dit qu'elle avait enfoncé la tête dans un robot ménager à faire de la purée.

Aucune femme normale n'aurait traité ses cheveux de cette façon. Mais voilà, Sylvie n'était pas une femme, normale ou autrement. Elle ne s'occupait pas de ses ongles ; elle ne s'intéressait ni aux robes ni aux jupes — ni aux vêtements, de manière générale. Elle s'habillait essentiellement avec ce que son père ne portait plus. Il lui arrivait cependant parfois de se glisser dans une robe offerte par un petit ami et d'aller dans les bars. Tenue de drague. Elle ne savait ni cuisiner ni entretenir une maison. Elle n'avait aucune envie d'enfant, et encore moins le désir de se marier, d'avoir à côté d'elle, dans son lit et pour le reste de ses jours, un type qui ronflerait. Le rouge à lèvres, le mascara, le fard à paupières, ces trucs-là étaient le dernier de ses soucis. Elle n'avait jamais joué à la poupée, jamais eu envie de monter à cheval.

Toutefois, elle n'était pas pour autant un garçon manqué. Bon sang, elle n'avait aucune envie d'être un homme, d'être comme cette espèce de singe enchifrené et ivrogne qui se prend pour Tarzan. Sylvie Winchester se considérait comme l'aboutissement d'une nouvelle branche de l'évolution. Sorte de chaînon manquant, de précurseur d'une nouvelle période à venir. Ni d'un sexe ni de l'autre. Sans.

Elle n'avait jamais été réglée. A l'époque où cela aurait dû arriver, elle avait vécu des événements trop angoissants. Comme si son organisme avait compris qu'il ne pouvait pas avoir un problème supplémentaire à traiter. Elle n'avait pas accumulé de graisses, ses seins ne s'étaient pas développés, ses hanches étaient restées étroites. Sylvie, la fille sans sexe. Et cependant, certains hommes la trouvaient irrésistible. Elle les mettait dans tous leurs états. Ils en bavaient d'envie. Dieu seul sait pourquoi.

Harden avait suffisamment d'énergie sexuelle pour

eux deux. Il en pinçait toujours pour cette femme qu'il avait connue bien des années auparavant. Pour ce qui s'était passé entre eux alors, quelque chose de brûlant et de dangereux : mais finalement, elle s'était enfuie. Aux yeux de Harden, on aurait dit que cela ne comptait pas. Il était là, quinze ans plus tard, priant de loin à l'autel qu'il lui avait dressé dans son cœur. Capable de parcourir les cent cinquante kilomètres entre la côte du Golfe et Key Largo deux fois par mois pour venir s'asseoir à une table de cette même marina, ou pour patienter dans la rue qu'elle habitait avec l'espoir de l'apercevoir un instant. Pathétique.

Harden, très bel homme, aurait pu avoir toutes les femmes qu'il voulait. Il était, à soixante et un ans, dans une forme exceptionnelle ; son crâne déplumé était aussi noir que du café en grain, tant il était bronzé, et entouré d'une frange grisonnante qu'il gardait taillée très court. Il mesurait plus d'un mètre quatre-vingt-cinq, avait des épaules de déménageur et pas une once de graisse. Lorsqu'il faisait un effort physique, on voyait les muscles de ses bras et de son buste qui se tendaient et se tordaient, durs et noueux, comme des serpents qui cherchent à se dissimuler.

A la ferme, il se promenait tous les jours et toute la journée sans chemise, travaillant à l'extérieur, et ses épaules et son dos avaient pris une nuance cuivrée. Il portait une barbe également taillée court, du même gris argenté que ses cheveux et que la toison qui couvrait sa poitrine et ses bras. Une petite lueur dansait dans ses yeux gris d'Écossais, et il avait un sourire canaille capable de faire se lever une femme à plusieurs mètres de lui, dans un bar grouillant de monde, comme Sylvie en avait été témoin. Le genre d'homme qui savait quand, où et comment il faut toucher une femme. Sylvie ne l'ignorait pas, car elle les avait vues ressortir de la chambre de son père, le matin, arriver dans la cuisine sur un petit nuage, une expression fondante sur le visage ; elle les avait entendues parler d'une voix adoucie, ralentie, bien différente de celles qu'elles avaient la veille.

Harden affirmait ne s'intéresser en rien à ces femmes. C'était « pour garder le tour de main », expliquait-il. Pour garder son arme affûtée, sa technique à jour, pour être prêt pour Doris Albright.

Qu'elle soit mariée, célibataire, riche ou pauvre, Harden était capable, en un tournemain, de convaincre une femme d'enlever sa robe de cocktail ou son jean. Capable aussi de se conduire en voyou ou en gentleman, en fonction des circonstances. Et il y avait bien un millier de femmes qui auraient été ravies de prendre la place de Doris Albright. Mais cela, Harden Winchester n'était précisément pas capable de l'accepter.

« Elle est en rose, aujourd'hui. Le rose lui est toujours allé très bien. »

Sylvie poussa un grognement.

« Elle a les cheveux relevés sur la tête. Comme lorsque je revenais à la maison, pour une permission.

— Tu ne vois pas non plus son mari, par hasard ? »

Harden abaissa les jumelles et foudroya sa fille du regard. Celle-ci se leva et passa une main dans sa crinière hirsute et ravagée. « J'ai envie de retourner au motel. Je suis fatiguée », reprit-elle.

Harden leva de nouveau les jumelles sans répondre, les coudes calés sur la table de pierre, et les braqua sur la pêcherie.

« Un short rose et un haut en jersey rose. C'est vraiment sa couleur. Douce, féminine.

— Le rose, ricana Sylvie. La couleur des blessures ouvertes.

— Ne parle pas comme ça.

— Ce que tu regardes, c'est un fantôme, papa. Un fantôme rose. »

Harden l'ignora et garda les jumelles calées sur les bâtiments de la pêcherie ; il respirait plus lentement, plus profondément, et une vibration paisible semblait animer l'air autour de lui.

« Tu ne veux pas regarder, Sylvie ? Tu ne veux pas voir ta mère ?

— Une autre fois, peut-être. Dans cent sept ans. »

Elle vida le reste de sa bière. Parcourut le quai des yeux, à la recherche de quelque chose qui pût capter son attention. Il n'y avait que des touristes qui allaient et venaient, des gens qui louaient des bateaux, lançaient les moteurs et prenaient la direction du récif. Deux ou trois traîne-savates à queue de cheval, assis sur la jetée, buvaient leur bière à même la boîte, en lorgnant les jolies touristes. L'un des types ne cessait de jeter des coups d'œil à Sylvie. Que Dieu ait pitié de ce pauvre enfoiré.

Elle se tourna vers son père, toujours en train de surveiller la femme en rose. Le corps frémissant comme une corde de guitare. On aurait dit que l'atmosphère, autour de lui, s'emplissait du bourdonnement d'une ligne à haute tension.

Si tel était le regard de l'amour, Sylvie préférait rester dans l'ignorance de ce qu'était l'amour. Autant se contenter de quelque chose de moins dangereux, de quelque chose qui ne transformait pas le sang en vapeur. L'amour, encore une de ces grandes expériences de la vie dont elle aurait à se passer. Une sorte de paradis à propos duquel tout le monde divaguait sans fin, mais qui resterait *terra incognita* sur la carte de son territoire intérieur.

« Je pars, reprit-elle. Tu viens ? »

Elle n'attendit pas la réponse, s'éloigna vers le parking, et alla s'asseoir dans la vieille Oldsmobile de 83. Et en dépit de la température, qui avoisinait les trente-cinq degrés, et du degré d'humidité, elle laissa les vitres fermées. Peu lui importait de transpirer. C'était une purification ; son organisme distillait ses rebuts.

Peut-être même, si son père mettait trop de temps à

la rejoindre, allait-elle fondre complètement, comme une glace à l'eau laissée au soleil. Ce n'était pas impossible. Morte par transpiration. Harden arrive à la voiture, pas de Sylvie. Rien. Juste une petite flaque huileuse sur le plancher. Fichtre... à la réflexion, et par comparaison avec les autres possibilités, ce n'était pas une manière si terrible de mourir. Fondre et s'évaporer. Se métamorphoser en nuage.

Ça, c'était une bonne idée. Un nuage. Elle pourrait constamment prendre une nouvelle forme. Et tout autour du monde, des gens, allongés dans les champs, regarderaient Sylvie passer dans le ciel et chacun verrait quelque chose de différent toutes les quatre ou cinq secondes. Regarde, un alligator... regarde, un élan.... regarde, un Père Noël, un vaisseau spatial !

Ouais, ça serait rudement bien. Sylvie la Nuée.

Sylvie la Nuée d'Orage.

4

« Tu devrais bouffer quelque chose, Thorn, prendre un peu de gras, histoire d'éponger toute cette tequila. »

Sugarman poussa le plat de friture de conques devant son ami.

Thorn contempla l'assiette un instant ; les huit beignets en anneaux bien ronds, luisants de graisse, le petit récipient de papier dans lequel stagnait la sauce, l'autre qui contenait la moutarde, le tout disposé avec art sur une feuille de laitue. Il leva lentement une main, capta l'attention de la serveuse, au bar, et eut un mouvement rotatif de son index levé. La jeune femme s'approcha. Elle n'avait pas trente ans, et ses cheveux noirs lui descendaient jusqu'au milieu du dos.

« Vous me remettez ça, s'il vous plaît, m'dame. »

La femme repartit; Thorn inclina la tête de côté et renifla longuement son épaule. Il s'étouffa à moitié et sentit son estomac qui lui remontait dans la gorge. Il se rassit brusquement, s'accrocha au bar, redressa la colonne vertébrale et repoussa la nausée.

« Ça va? »

Thorn déglutit et regarda Sugarman.

« Je ne sens pas comme d'habitude.

— Tu n'es pas comme d'habitude. Tu ne te conduis pas comme d'habitude. »

Thorn renifla de nouveau son épaule. « Je pue, déclara-t-il. Donc je suis. »

Sugarman le tapota sur le bras. « Allez, secoue-toi, Thorn. Et tirons-nous d'ici.

— Hé, écoute bien, Sugar. Quand tu auras perdu la chose à laquelle tu tiens le plus dans la vie, tu pourras parler. D'accord? Mais pas avant. Jusque-là, fiche-moi la paix. »

On était dimanche après-midi. Thorn buvait sans s'arrêter depuis quatorze heures, la veille — depuis l'annonce officielle du décès de Darcy, au Mariner's Hospital. Il avait attaqué dans un établissement de plein air d'Islamorada, le Lorelei, et continué tout l'après-midi, tout le soir et une partie de la nuit, jusqu'au moment où il s'était endormi, la tête sur le bar. Personne ne l'avait embêté. Lorsqu'il s'était réveillé le lendemain matin, au lever du soleil, il avait vu deux autres types qui cuvaient à une table de pique-nique voisine. L'amour de leur vie s'était peut-être aussi noyé.

A la réouverture du bar, à huit heures, Thorn s'était rincé la bouche avec une bière à la pression et avait enchaîné avec de la Cuervo Gold. Il n'était pas pressé de retourner chez lui. Chez lui, où l'attendaient les vêtements de Darcy, accrochés dans le placard, toutes ses affaires mêlées aux siennes.

Sugarman, sans quitter la contemplation de sa bière, secoua tristement la tête. Il portait, ce matin, une chemisette en crépon, un pantalon tabac et des sandales. Fini, l'uniforme de la police, celui du département du shérif, dans le comté de Monroe. Sugar était maintenant à son compte et, pour la première fois depuis longtemps, choisissait lui-même sa manière de s'habiller. Il ne s'en sortait d'ailleurs pas particulièrement bien.

Il était bel homme ; parfois même, vu sous le bon angle, assez joli garçon. Il avait eu un père jamaïcain et une mère norvégienne. Thorn n'avait jamais rencontré le père, mais il se souvenait de la mère, une femme mince aux longues mèches blondes et à la peau si claire qu'elle donnait une impression de transparence. C'était d'elle que Sugarman tenait ses traits délicats et ses longs cils. Et il avait partagé la poire en deux, question couleur de peau, entre papa et maman. Un caramel doré, disons. En plein soleil, bras contre bras, Thorn avait la peau plus sombre, à cause de son bronzage.

Il était donc là, cet ami de Thorn, cet homme exotique, mince, à boire de la bière au Lorelei dans sa chemise gaufrée, en milieu de journée, en plein mois d'août. A essayer de consoler son inconsolable ami. Son ami depuis plus de trente ans. Et au même moment, Thorn devait lutter contre une violente envie de faire tomber son vieux copain, d'une bourrade, de son tabouret de bar. Contre l'envie de le jeter à terre, de lui sauter dessus et de le marteler de coups de poing. Contre l'envie de forcer son bon vieux pote à riposter, à le frapper jusqu'à ce que le sang jaillît, à le cogner et à le boxer jusqu'à ce que ses os se rompissent, jusqu'à ce que sa peau éclatât, jusqu'à ce que son corps retrouvât des sensations.

Deux adolescentes passèrent, habillées de maillots de bains minimalistes. Thorn se tourna et les regarda s'éloigner. L'une d'elles avait des cheveux d'un roux d'une nuance très proche de ceux de Darcy ; elle les portait en queue-de-cheval avec une frange qui lui retombait presque sur les yeux. Thorn aurait voulu l'avertir — reste près de la plage, ne va pas nager seule, ne glisse pas le bras dans une fissure de roche. On peut y rester pris, on peut se noyer. Il aurait voulu la suivre, se consacrer à sa protection. Bon Dieu de bon Dieu, il se rattrapa juste à temps.

La main de Sugarman était posée sur son épaule.

« Ça va comme ça, Thorn, allez, on rentre à la maison, mon vieux. D'accord ? T'es prêt ? Bon, on y va. »

Sugarman se leva, essayant d'obliger Thorn à en faire autant.

La barmaid posa un verre plein en face de lui, eut un regard (*Qu'est-ce que je peux y faire ?*) pour Sugarman et s'éloigna. Thorn, d'une secousse, se débarrassa de la main de son ami, porta la tequila à ses lèvres, but une gorgée, s'essuya soigneusement la bouche sur sa manche et reposa le verre sur le bar avec le plus grand soin.

« Je pêchais. » Il ferma les yeux et revit toute la scène, à commencer par la course effrénée du tarpon, flèche d'argent vive et gracieuse. « Je m'envoyais en l'air avec ma canne en fibre de carbone, je faisais joujou avec ce foutu poisson pendant que Darcy était en bas, à vivre... comment dire ? la plus terrifiante des choses.

— Allons, mon vieux, tu t'es assez roulé dans la merde comme ça. On baisse le drapeau à damier, d'accord ?

— Quoi ? Un jour ? C'est tout ce à quoi j'ai droit pour me rouler dans la merde ? Un seul petit jour ? »

Il vida le verre et le reposa brutalement sur le bar.

Sugarman détourna les yeux, prit une longue gorgée de bière et s'essuya la bouche avec une serviette en papier. Puis il pivota sur son siège pour faire face à Thorn.

« Je ne voulais pas te le dire tout de suite. En tout cas, pas ici. »

Thorn frappa par deux fois son verre contre le bar en regardant en direction de la serveuse.

« Elle présente quelque chose de bizarre à la main. »

Thorn hésita un instant, repassant dans sa tête la phrase qu'il venait d'entendre ; puis il posa doucement le verre, agrippa son ami par le devant de sa chemise et l'attira à lui. Il bredouilla quelque chose, ne sachant pas très bien lui-même ce qu'il avait voulu dire. Sugarman le saisit au poignet et lui porta une de ses prises de flic, lui tordant la main sans ménagement. Thorn sentit ses doigts lâcher prise et ses yeux s'embuer de larmes.

Sugarman regarda sa chemise et la déplissa de la main, prit une profonde inspiration chargée d'exaspération et souffla lentement.

« Les dégâts sur la main de Darcy... ils ne correspondent pas à ce qui se passe normalement. Il y a quelque chose qui ne va pas, semble-t-il. »

Thorn le regarda fixement, obligé de faire un effort pour avoir une vision suffisamment nette, mais son ami continuait de se dédoubler. Il cligna des yeux ; cette fois, ce fut un Sugarman flou qui apparut.

— Ils ne correspondent pas ? Mais pas à quoi ?

— Eh bien, il n'y a pas que des éraflures. Elle avait aussi des ecchymoses au poignet et aux doigts. Egalement des blessures de couteau. Et deux fractures.

— N'en rajoute pas, Sugarman. Ne rends pas les choses plus difficiles.

— Je te dis simplement ce que j'ai vu.

— Écoute, mon vieux. Elle pêchait la langouste. Elle a eu la main prise dans une crevasse. Un putain de trou à langouste. Ça arrive. Bordel, elle a paniqué, elle se débattait pour sauver sa peau ! C'est normal qu'elle ait des ecchymoses et des entailles partout.

— Peut-être. Mais d'une manière générale, quand on a la main coincée comme ça entre deux rochers, on se fait une avulsion.

— Quoi ?

— Une avulsion, ou effet de gant. On voit ça quand des types se font prendre la main dans une machine, des trucs dans ce genre. Ils tirent tellement fort que la peau est arrachée. Elle vient d'un seul coup, comme un gant, avec la chair, et laisse le squelette de la main avec des bouts de tendons qui pendent ici et là. »

Thorn ne dit rien. Il déglutit, sans quitter son ami des yeux.

« C'est la même chose avec les alliances. On le voit tout le temps, par exemple un type qui saute depuis le quai sur son bateau ; l'alliance se prend dans un vieux clou du pilier. Il a le corps sur le bateau, mais le doigt est resté accroché là-haut. Dépeçage vite fait bien fait. Reste plus que l'os qui dépasse. C'est pour cette raison que tu vois rarement des infirmiers avec des alliances.

— Mais qu'est-ce que c'est que ce bordel, Sugar ?

— Ce que j'essaie de t'expliquer, c'est qu'une main prise entre deux rochers, coincée au point que la noyade est imminente, provoque des traumatismes différents de ceux qu'on observe sur celle de Darcy. Ces blessures paraissent avoir une origine différente. Quelque chose que l'on voit assez régulièrement quand on travaille dans la police.

— Déballe tout, mec.

— Comme sur la main de quelques salopards que j'ai eu à maîtriser par la force. Il s'agit d'une prise de doigts qui consiste à les retourner. Eh bien, Darcy présente le même type de blessure. Les doigts cassés, à deux endroits différents. Pas du tout ce qu'on s'attend à trouver sur quelqu'un qui s'est coincé la main dans une fissure. »

Thorn secoua la tête, cherchant à s'éclaircir les idées. « Allons faire un tour, dit-il. J'ai besoin de prendre un peu l'air. »

Ils suivirent un itinéraire sinueux autour de la marina ; Thorn ouvrait la marche, tête baissée, les épaules rentrées, sentant peser sur elles les heures passées à boire. Ils se rendirent ainsi jusqu'à la minuscule plage. Une plage ridicule. Quelques tonnes de sable crasseux qu'il fallait remplacer après chaque tempête un peu forte.

Deux Jet Skis déchiraient la surface paisible des eaux, juste à la limite de la zone réservée aux baigneurs que matérialisait une corde. Quelques adolescents batifolaient dans l'eau peu profonde.

« J'ai ces saloperies en horreur, gronda Thorn, avec un geste de la tête en direction des Jet Skis.

— Des engins de trouducs, c'est comme ça que je les appelle, répondit Sugarman. Soit que t'étais déjà un trouduc, et que c'est donc normal de vouloir en piloter un, soit que tu le deviennes dès l'instant où tu poses tes fesses dessus. »

Thorn alla se mettre à l'ombre d'un palmier sabal, s'adossa au tronc et se laissa glisser jusqu'à ce qu'il se retrouvât assis sur le sol. Sugarman s'accroupit à côté de lui. Thorn prit une poignée de sable et la laissa couler entre ses doigts.

« Si j'ai bien compris, tu es en train de me dire que quelqu'un l'a tenue ? Que quelqu'un a noyé Darcy ?

— Il n'y avait pas d'autres bateaux, dans le secteur ? Tu n'as rien remarqué ? »

Thorn réfléchit, essaya de revoir la scène.

« Un seul, dit-il enfin. A quelques centaines de mètres. Je n'y ai pas tellement fait attention. Un Grady White, un vingt pieds, peut-être vingt-deux. Non ponté, pour la pêche. »

Sugarman acquiesça. « Et maintenant, écoute, Thorn. Je me fiche peut-être dedans, dans cette histoire. Je ne sais pas. Je me fonde uniquement sur l'aspect de sa main. Je peux tout aussi bien me tromper. »

Thorn ferma les yeux, la tête pleine du bourdonnement des Jet Skis, de la musique de reggae en provenance de la hutte pseudo-polynésienne et d'une radio portative qui, quelque part, diffusait une vieille chanson des Beatles. Quelqu'un poussa un cri dans l'eau — un cri robuste et libidineux. Un quelqu'un excité par quelqu'un d'autre. Quelqu'un qui jetait quelqu'un d'autre à l'eau. Le genre de cri qui allait faire souffrir Thorn pendant très longtemps.

Avant Darcy, Thorn n'avait jamais connu de réelle satisfaction avec aucune femme. Sans elle, il n'aurait peut-être jamais découvert ces sensations insaisissables et délicates, lorsque toutes les parties de notre corps, chaque muscle, chaque os, chaque organe interne, sont à la fois détendues et en parfait équilibre avec le reste. Une intimité sans simulacre, sans manœuvre, où tout est exposé. Un nirvana érotique et doux.

C'était ce qu'elle lui avait apporté. Deux années parfaites. Une honnêteté sans cinéma, une aisance sensuelle au lit, la chaleur, une parfaite adéquation des corps et des cadences. Leur amour partagé pour la mer et les poissons. Leurs longues conversations, le soir, sur les marches du porche, un verre de vin à la main. Les silences confortables. Un effleurement du cou, une main qui ébouriffe les cheveux. Tout ça. Tout ce qui lui avait manqué avant elle, tout ce qui allait de nouveau lui manquer.

« On va un peu te faire dessoûler et on ira au salon funéraire, dit Sugarman. En principe, on doit y retrouver Ralph Mellon à deux heures.

— Ralph qui ?

— Le Dr Ralph Mellon. Appartient au bureau de médecine légale du comté de Broward. Il se trouve qu'il est en vacances avec sa famille à Big Pine, en ce moment. Si j'ai bien compris, c'est un vieux pote du shérif Rinks. Si bien que lorsque j'ai appelé Rinks ce matin pour lui faire part de mes soupçons, il a réfléchi une ou deux secondes et m'a dit qu'il allait essayer de joindre quelqu'un. Il m'a rappelé dix minutes plus tard, m'a raconté que le Mellon en question était intrigué par l'affaire, et qu'il était d'accord pour donner un coup de main. D'après Rinks, ce toubib est le plus grand pathologiste de l'Etat ; il m'a dit que si quelqu'un pouvait nous faire une interprétation d'expert de cette main, c'était bien lui.

— Allons-y.

— Tu es sûr de pouvoir tenir le coup ?

— Je suis un peu soûl, c'est tout.

— Eh bien, accroche-toi, Thorn. Ça ne sera pas facile.

— Sugar, mon vieux, de toute façon, rien ne va être facile. Et pour un sacré bon bout de temps. »

5

Le Dr Ralph Mellon mesurait deux mètres dix et pesait dans les cent soixante kilos. Agé d'un peu plus de cinquante ans, il avait perdu presque tous ses cheveux blonds frisés et se consolait avec une barbe luxuriante, épaisse, foisonnante, qui lui aurait caché le nœud de cravate s'il en avait porté une, et non pas une chemisette à ramages, ouverte jusqu'au nombril. Des fleurs d'hibiscus d'un rose criard sur fond vert, par-dessus un short assorti. Lorsqu'il pénétra dans la pénombre du vestibule qui précédait le salon funéraire, avec sur les talons une épouse d'un gabarit comparable et habillée avec la même discrétion, on aurait dit que l'on venait d'allumer des néons de fête foraine.

Sugarman fit les présentations. Sally Spencer, propriétaire depuis longtemps du salon funéraire, était grande, blonde, avec un visage creusé d'ombres. En robe d'été blanche et tennis roses aux pieds. La main de Thorn disparut dans la gigantesque et douce paluche de catcheur de Mellon, lorsque ce fut son tour.

« Je suis très heureux de pouvoir être utile », dit-il avec le fort accent traînant du Mississippi. Il recula d'un pas et regarda tour à tour Sally, Thorn et Sugarman, comme s'il prenait leurs mesures ou les classait selon quelque système qui lui était personnel. « Bon, reprit-il. D'après Sandy Rinks, quelqu'un soupçonne qu'il s'est passé quelque chose de pas net, ici.

— La main de la victime présente des signes bizarres, confirma Sugarman.

— Ah, sa main est bizarre... » Le médecin sourit à sa femme. Un sourire condescendant pour ce vocabulaire approximatif de profane. Le couple restait planté là, souriant dans leurs tenues fleuries ridicules — tenues qu'elle avait dû bricoler sur sa machine à coudre pour les vacances.

« Eh bien, allons voir ça, d'accord ? » dit le médecin en saisissant sa barbe à pleine main.

Sally les entraîna dans un couloir encore plus sombre que le vestibule, dont elle ouvrit la dernière porte. Thorn était déjà venu ici. La petite salle d'opération était violemment éclairée par des ampoules fluorescentes. Des murs blancs laqués, des étagères sur lesquelles s'alignait, impeccablement rangé, le matériel d'embaumeur, l'odeur suffocante d'antiseptique et de fluides exotiques. Des relents irritants dans l'air pourtant fortement climatisé. Et bien entendu, la table chirurgicale chromée, le corps sous le drap.

Lorsque le groupe s'approcha de la table, Thorn resta derrière le vaste dos du médecin, sans quitter Sugarman des yeux. L'ancien policier avait les dents serrées et le regard embué en regardant Darcy, lorsque le médecin souleva le drap.

Il y eut un silence pénible, puis le médecin commenta : « Une belle femme.

— Ralph », intervint sa femme, d'un ton de reproche. Mellon s'éclaircit la gorge et grommela quelque chose qui pouvait passer pour une excuse.

Il souleva la main droite de Darcy pour la rapprocher de la lumière, inclina la tête sous plusieurs angles et ferma les yeux. Il fléchit les doigts, marmonnant pour lui-même. Thorn, à l'abri de l'imposante carcasse du médecin, ne voyait pas le visage de Darcy. Mais il aperçut sa main. Le dessus était éraflé et les contusions avaient pris une nuance violacée jaunâtre. On voyait cinq ou six trous blancs sur son poignet ; des entailles exsangues, sans doute les endroits où elle s'était elle-même blessée en essayant de se libérer à coups de couteau.

Il sentit son estomac se révulser.

« Bien... bien, bien, bien, dit Mellon.

— Quoi ? » demanda Thorn, qui contourna le médecin et vit soudain le visage de Darcy. Il avait pris une nuance blanchâtre gommeuse, comme si à force d'avoir été frottée et récurée, sa peau avait perdu toute personnalité.

Mellon manipula encore la main pendant un moment et la massa, l'expression songeuse, pour étudier sa structure sous la peau. Puis il la reposa, recouvrit le corps avec le drap, fit demi-tour et se dirigea vers la sortie.

« Hé ! Où allez-vous ? » l'interpella Thorn, qui lui courut après et posa une main sur son épaule.

Le médecin se tourna et baissa la tête pour regarder Thorn dans les yeux. En dépit de la fraîcheur de la pièce, Mellon avait le visage en sueur. Une maigre mèche de cheveux blonds lui collait au front.

« Je crois que je vais aller faire mon rapport au shérif Rinks.

— Qu'avez-vous vu, docteur ? » demanda Thorn d'un ton calme.

Peut-être fut-il sensible à la tension retenue de la voix, à la fausse indifférence d'un fou dangereux qui cherche à se dissimuler. Ou peut-être encore le bon docteur vit-il quelque chose dans le regard de Thorn, le dard d'un éclair dirigé contre lui. Toujours est-il que le colosse eut un moment d'incertitude.

« Qu'avez-vous vu ? répéta Thorn, murmurant presque.

— Monsieur, dit Mellon tandis qu'une moustache de transpiration venait humecter sa lèvre supérieure, nous avons affaire à des fractures du condyle et des phalanges du majeur et de l'annulaire. Des fractures multiples, sans compter d'importants dégâts, m'a-t-il semblé, au niveau des cavités articulaires. Ceci signifie-t-il quelque chose pour vous ?

— Pouvait-elle se le faire elle-même ? En se coinçant la main dans une fissure trop étroite ? »

Le médecin étudia le visage de Thorn pendant quelques instants, comme s'il y cherchait la moindre lueur d'intelligence ; puis il leva une main et fit signe à tout le monde de le suivre. Le groupe lui emboîta le pas, défila dans le corridor et se retrouva dans le vestibule. Sally suggéra alors de passer dans son bureau.

« Nous permettez-vous, mesdames, de rester un moment entre hommes ? » demanda le médecin.

Une fois la porte refermée sur eux, Mellon s'installa sur le grand canapé de cuir qui faisait face au bureau de Sally et fit signe à Thorn et à Sugarman de s'asseoir dans les fauteuils voisins. Ni l'un ni l'autre ne bougèrent. Le médecin continuait à transpirer abondamment. Son visage n'avait plus les mêmes couleurs. Ce qu'il venait de voir donnait l'impression de lui avoir fait un effet très particulier. Ses yeux d'un bleu pâle avaient adopté une expression vague et vide pendant la remontée du couloir.

Il se peigna la barbe de la main et tourna son regard absent vers Thorn.

« Vous ne seriez pas des anciens combattants tous les deux, par hasard ? Vous n'auriez pas passé quelque temps dans les jungles asiatiques ? »

Ni l'un ni l'autre ne répondirent. Thorn adressait au

médecin son regard le plus indéchiffrable. Que Ralph Mellon tire lui-même ses conclusions. Des hommes lui avaient déjà posé cette question de société secrète, des hommes pour qui c'était un moyen de jauger ce que vous valiez. Faisait-il partie de ceux qui s'étaient faufilés jusque dans les entrailles de l'enfer et avaient reçu le baptême de la boue et de la putréfaction ? Parce que sinon, il ne valait pas un dé à coudre de leur propre pisse.

Jamais Thorn ne s'était expliqué sur le fait de ne pas avoir accompli son service militaire. Il avait rencontré suffisamment d'anciens combattants de la guerre du Viêt-nam pour savoir qu'il avait bien fait de la manquer. En ce qui le concernait, ceux qui s'étaient enfuis au Canada ou qui avaient brûlé leur livret militaire avaient maintenant droit à autant de considération, de la part de Washington, que ceux qui avaient choisi de partir. Thorn, lui, n'avait appris l'existence de cette guerre qu'au moment où elle était presque terminée. Il avait vécu comme toujours, au rythme des saisons et en fonction du temps, apportant tout son intérêt aux migrations des oiseaux et des poissons, mais n'ayant pas la moindre notion des événements qui secouaient la nation. Il vivait tellement retiré qu'il n'avait entendu prononcer le nom de ce pays lointain qu'un soir, lancé par le juke-box tonitruant d'un bar d'Islamorada : *One, two, three, four, I don't give a damn. Next stop, Vietnam.*

Ils se trompaient bien entendu du tout au tout, ces vétérans qui croyaient au caractère sacré de ce qu'ils avaient appris au Viêt-nam. Fichtre ! Thorn n'avait jamais fait la guerre, mais il avait eu largement son compte de combats entre civils, de dégradations, d'actes de sauvagerie commis par des êtres humains sur d'autres êtres humains. Il savait ce qu'était subir la perte d'un être cher, ce qu'était une trahison, il savait ce qu'était un carnage. Il avait combattu un ennemi qui restait invisible, sur des champs de bataille sans ligne de front, sans personne en uniforme. Il s'était retrouvé exposé au feu. Il avait senti le plomb lui traverser la chair. Il avait tué.

Mais il n'en était pas fier pour autant; il ne s'en vantait pas, il n'évaluait pas les autres à l'aune de la terrible expérience qu'il avait vécue. Il était en outre absolument certain d'une chose : avoir connu la violence ne conférait aucune sagesse, rien de fondamental.

Le Dr Mellon changea de position, sur le canapé.

« Dois-je interpréter votre silence comme l'aveu que vous n'avez pas une très haute opinion du service militaire ? »

Sugarman tira à lui une chaise, la mit à l'envers et s'assit dessus à califourchon. Thorn alla jusqu'à la porte du bureau et tourna le verrou.

« Tu as quelque chose de prévu, pour cet après-midi ? demanda-t-il à Sugar.

— Rien d'urgent.

— Écoutez, les gars...

— Je crois que je n'ai rien de prévu jusqu'à la semaine prochaine, le coupa Thorn.

— Moi non plus, dit Sugar.

— Allez, arrêtez ce cirque.

— Qu'avez-vous vu ? » demanda Sugarman, de cette voix autoritaire de flic qu'il savait reprendre, au besoin. Un timbre plat, vide, mais avec une sorte de petit bourdonnement imperceptible, comme un fusible sur le point de lâcher.

« Je vous l'ai dit, les gars, je dois en parler au shérif Rinks. »

Sally Spencer frappa à la porte et les appela, mais personne ne répondit. La femme de Ralph Mellon vint en faire autant, avec une note d'inquiétude dans la voix lorsqu'elle prononça le nom de son mari ; le médecin lui répondit que tout allait très bien, qu'ils n'en avaient plus que pour une minute ou deux, non sans jeter des coups d'œil vindicatifs à Thorn.

Cinq minutes plus tard, Sally frappa de nouveau. Personne ne bougea. Un moment plus tard, la femme de Mellon vint par l'extérieur cogner à la fenêtre du bureau, s'écrasant le nez sur la vitre. Thorn se leva et tira sur le cordon qui faisait pivoter les lames du store. Madame Mellon disparut.

Deux minutes plus tard, environ, le médecin se leva du canapé. Sugarman se leva aussi, et Thorn alla bloquer la porte. Ils avaient tous les deux les mains sur les hanches et regardaient le géant sans ciller. Mellon secoua la tête et alla se rasseoir, disant que nom d'un chien, le shérif allait en entendre parler, que c'était de la séquestration, un enlèvement. Que ça allait barder s'ils n'ouvraient pas immédiatement la porte.

Thorn et Sugar échangèrent un regard.

« Tu t'es pissé dessus, toi ?

— Non, pas encore, répondit Sugar. Et toi ?

— Moi ? Aussi sec que de l'amadou. »

Mellon poussa un grognement, tortilla son énorme postérieur sur le canapé et parut ne pas vouloir bouger. Accepter le défi.

Il était trois heures trente-huit, d'après le coucou suisse de Sally, lorsqu'ils commencèrent leur tour de garde. Thorn alla se garer dans le fauteuil pivotant vert de la patronne, derrière le bureau sur lequel il posa les pieds, après s'être incliné en arrière, les mains sous la nuque. Le Dr Mellon bien dans l'axe de son regard. Sur quoi il se mit à mettre en pratique sa technique bien rodée de contemplation.

Cela faisait trente ans qu'il pêchait. Ici ou là. Attendre, il savait ce que c'était. Il savait comment déconnecter son esprit, comment le laisser dériver au milieu d'un crépuscule de pensées à demi formées, dans un état proche de la somnolence, tandis qu'une partie de lui-même restait en alerte, sur le qui-vive. Il savait comment s'asseoir, où poser ses mains, quand se stimuler légèrement à l'aide de souvenirs évoqués, ou plus vivement par des rêveries, afin d'éviter à son cerveau de sombrer dans l'inconscience complète.

Pendant les premières minutes, il s'autorisa à imaginer les diverses boissons qu'il aurait aimé boire. Puis, au bout d'un moment, il tendit l'oreille à la circulation de la US 1. Il se tapa la cuisse en mesure, fredonnant intérieurement des airs qu'il connaissait. Il ne quittait pas le médecin des yeux. Le géant, pour sa part, contemplait le tapis et changeait de temps en temps de position sur le canapé, mal à l'aise. Et finalement Thorn pensa à Darcy. A son cadavre qui gisait à vingt mètres de là, dans cette salle froide et brillamment éclairée. A son visage vide.

Sans but précis, il se mit à repenser à l'époque où il la connaissait déjà mais où ils n'étaient pas amants, l'époque où elle n'était que la petite sœur toujours aux basques de Gaeton, le grand frère, son meilleur ami. Se défendant bien avec une canne à pêche, pas trop maladroite dans l'art de repérer le poisson, Darcy avait fait partie de sa vie bien longtemps avant d'éveiller des pulsions érotiques en lui. Il l'avait aimée comme une sœur avant de l'aimer tout court.

A quatre heures quinze, Sally essaya de nouveau la poignée de la porte; elle se plaignit qu'un service funèbre devait commencer dans une demi-heure et qu'elle devait absolument entrer dans son bureau pour en régler les détails. Sugarman se leva, s'étira, exécuta quelques exercices d'assouplissement. Mellon, parlant fort, dit à Sally qu'il était retenu en otage, qu'elle devait appeler le shérif et lui demander d'envoyer de l'aide. Lorsqu'il eut terminé, Sugarman lui intima pour sa part d'annuler la dernière partie du message.

Derrière la porte, ce fut le silence.

« Tu m'as entendu, Sally? »

Elle hésita un moment puis répondit : « Oui, je t'ai entendu, Sugar.

— On est obligés de faire ça. Alors tu nous aides, d'accord? Ne t'inquiète pas.

— D'accord, dit-elle, d'accord, Sugar. »

Sur quoi le Dr Mellon croisa les bras sur la poitrine et arbora une expression boudeuse que n'aurait pas reniée un adolescent.

Dans le silence qui s'épaississait, Thorn pensa encore à Darcy. Il se mit à évoquer les dernières semaines, à fouiller les heures, à essayer de repérer le jour, le moment exact, autant que possible, où l'inquiétude avait commencé à envahir la jeune femme et à ternir son sourire. Au début, il confondait les journées les unes avec les autres ; puis, après de nombreux efforts, il remit tout en place, dans un ordre chronologique approximatif. Soudain, une sirène se mit à hurler sur la voie rapide et il perdit sa concentration et tout se brouilla dans un ricanement dément. Mais il se reprit et méthodiquement, très concentré, il remonta le temps de ces deux dernières semaines, jour après jour, soigneusement, pour finalement s'attacher à un week-end particulier.

Oui, un week-end au cours duquel elle était restée très silencieuse. Peu communicative. Thorn l'avait remarqué, mais sans rien dire. Le premier week-end d'août. Le week-end de l'ouverture de la pêche à la langouste, la folie déchaînée autour d'eux, l'invasion de touristes, la gloutonnerie, l'orgie. Thorn à cran. Refusant de sortir de la maison tant que ça ne serait pas terminé. C'était bien ce week-end-là.

Il prit une profonde inspiration et regarda le Dr Mellon qui continuait à transpirer. Regarda les rais de lumière qui jouaient entre les lames du store. Tendit l'oreille aux gros poids lourds qui passaient en grondant sur la voie rapide, tirant leur imposante charge sur les centaines de kilomètres de routes et de ponts qui conduisaient jusqu'à Key West.

Le premier week-end d'août. L'œil de Darcy qui ne pétillait plus autant, sa tête qui s'inclinait de quelques millimètres de plus. Silencieuse et ne sachant trop quoi faire. Lisant un moment, puis reposant le livre. Allant faire les cent pas sur le porche, regardant au loin, scrutant l'horizon. Tandis que Thorn bricolait ses mouches, nouait les fils brillants, attachait les fragments de fourrure autour des hameçons d'acier. Le train-train habituel.

Darcy était revenue dans la maison, avait repris son livre et s'était allongée en le tenant devant elle, mais avait gardé les yeux au plafond. On le lisait sur son visage. On ne peut plus clairement. Elle n'avait rien dit, mais on ne pouvait se tromper à cette ombre dans son regard, à ce silence nerveux. Si fichtrement évident, maintenant qu'il se représentait la scène. Il aurait dû dire quelque chose, à ce moment-là, tailler à vif avant que le phénomène ne prît de trop grandes proportions et ne commençât à les étouffer.

Mais voilà, Thorn n'avait rien dit. Il avait évité le problème. Il avait eu sa dose d'ennuis, une vie entière d'ennuis, et ne se sentait pas partant pour replonger. Ça, Darcy ne l'ignorait pas. Elle savait qu'il battrait en retraite. Peut-être n'était-ce pas seulement pour régler le problème toute seule qu'elle s'était tue. Certes, cela avait dû jouer. Mais elle avait aussi voulu, d'une certaine manière, épargner Thorn. Pour qu'il puisse continuer à rigoler.

A cinq heures vingt-cinq, tandis qu'un chant paisible accompagné à l'orgue montait de la chapelle et qu'un murmure de voix leur parvenait de l'entrée, Ralph Mellon poussa un profond soupir et se mit debout dans un grand déploiement de couleurs primaires.

« D'accord, dit-il. Ça suffit, maintenant.

— Bien. Alors, qu'est-ce que sa main avait de bizarre ? demanda Thorn, reposant les pieds sur le sol.

— Vous êtes cinglés, tous les deux. Cinglés.

— Très juste, répliqua Thorn. T'es pas d'accord, Sugar ? On est tous un peu cinglés, ici, dans les Keys.

— Ouais. C'est la qualité de l'eau. Je crois que

quelqu'un a dû foutre quelque chose dans les aqueducs. De la mescaline, un truc dans ce genre. Ça nous a tous transformés. On est déments, fous à lier », répondit Sugarman.

Mellon s'avança jusqu'au milieu de la pièce. Il paraissait être devenu plus mou, au bout de trois heures à rester assis sur le canapé. Avoir perdu un peu de sa taille, s'être un peu épaissi... comme si des glandes, dans son organisme, s'étaient étiolées.

« D'accord, d'accord, bon Dieu !

— Alors dites-nous ce que vous avez vu, docteur. Ce qu'a sa main.

— Bien, dit Mellon, une veine battant à sa tempe. Pour commencer, l'agresseur de votre amie n'était pas un tueur ordinaire, classique.

— Comment ça ? » fit Sugarman. Ton intéressé, mais sans trop d'insistance. Pour ne pas le braquer et le voir bouder pendant encore trois heures.

« La prise de main qu'on lui a faite porte la signature de quelqu'un qui a subi un entraînement spécial.

— Continuez, fit Thorn.

— Le tueur a croisé les doigts de votre amie avec beaucoup de précision ; le majeur et l'annulaire. Puis il a appliqué une pression, vraisemblablement avec son pouce, à la partie motrice qui se trouve entre le scaphoïde et le semi-lunaire, sur le trapézoïde. »

Le médecin tendit un bras vers Thorn ; celui-ci s'avança et lui donna la main. Mellon la prit délicatement et appuya son pouce dans une partie de chair tendre, juste derrière les articulations ; Thorn grimaça et sentit une onde de chaleur remonter son bras.

« Oui, reprit le médecin, quelque chose dans ce genre, il me semble, mais exécuté avec beaucoup plus de force et de précision. Ce qui a sérieusement endommagé la principale fibre nerveuse, le nerf médian et les nerfs moteurs qui contrôlent les muscles de la main et du bras. En d'autres termes, messieurs, le tueur a provoqué une paralysie complète de son bras droit. »

Thorn jeta un coup d'œil à Sugarman ; leurs regards se croisèrent. Ce type ne lui inspirait pas entièrement confiance. Comme Thorn, Sugarman se demandait dans quelle mesure le médecin arrangeait la vérité.

« De quel genre de tueur parlons-nous ? demanda-t-il. D'un professionnel ? C'est ce que vous voulez dire ?

— Mieux qu'un professionnel », répondit Mellon avec un claquement de langue. Thorn retira sa main de la grosse patte du médecin. Il avait les doigts gourds et des picotements aux extrémités. « On a affaire ici à ce qui est le dessus du panier en matière de technique. Le genre de coups subtils que l'on n'enseigne que dans les meilleures écoles. Je ne parle évidemment pas de Harvard. »

Il ébaucha un sourire de réconciliation, mais il n'eut d'effet sur aucun de ses deux interlocuteurs et s'effaça rapidement de ses lèvres.

« Dites-nous, Ralph, voulut savoir Thorn, comment se fait-il que vous vous y connaissiez si bien dans ce qui est le dessus du panier en matière de techniques de ce genre ? Ça arrive souvent à Fort Lauderdale, que tous les vieux tarés se mettent mutuellement hors de combat avec des prises de main ? »

Le médecin prit une longue inspiration, sans se presser, tandis que son regard allait de Thorn à Sugarman. Pour se tourner, nostalgique, vers la porte. Il eut quelques instants d'hésitation, transpirant d'abondance, sa tenue de plage aux couleurs tapageuses commençant à diffuser une légère puanteur de fibres synthétiques imprégnées de sueur.

« Disons simplement que ces choses sont mon violon d'Ingres ; j'étudie la technique et les aspects physiologiques des arts martiaux. »

Thorn eut un sourire triste. « Après une longue journée à la morgue, vous rentrez à la maison, vous vous servez un Martini et vous vous installez pour lire un bon livre sur les techniques d'assassinat les plus sophistiquées... »

Il regarda Sugarman et secoua la tête, sidéré. Puis il revint au médecin. « De quoi est-il question, ici ? De la CIA ? »

Mellon serra les lèvres et regarda vers la porte. Il secoua négativement la tête à plusieurs reprises. Séquestré par des barjots. Il grommela quelque chose.

« A moins qu'il ne s'agisse de la NSA ou du FBI, l'encouragea Sugarman, en bon petit flic. Ou l'un ou l'autre de ces sigles plus ou moins connus. »

Thorn s'avança d'un pas, à portée de coups du médecin. « C'est donc ça, votre boulot ? Vous travaillez pour ces types-là ? Vous montrez à nos petits gars où sont les points sensibles ? Vous leur apprenez comment faire vite et en silence ? Vous inventez peut-être même de nouvelles prises, tant que vous y êtes ?

— J'ai été appelé une ou deux fois comme consultant, c'est exact. Dans les années soixante. Il y a presque trente ans. C'est tout, il n'y a rien d'autre.

— Espèce de sale con !

— Du calme, Thorn », intervint Sugarman. Il avait parlé avec une lenteur hypnotique, comme s'il essayait de convaincre un cobra de rentrer dans son panier. « Le docteur ne cherche qu'à nous aider. Il prend sur son temps de vacances pour nous faire bénéficier de ses connaissances scientifiques.

— Ce salopard a formé des gens, Sugar. Si ça se trouve, c'est lui qui a appris le coup des doigts cassés au type qui a tué Darcy.

— Certainement pas, protesta le médecin. Je n'ai jamais appris cette prise à personne. »

Il frôla Thorn pour gagner la porte. Plus de deux mètres dix, plus de cent cinquante kilos de chair et d'os. Thorn fit un mouvement mais Sugarman le retint sèchement par l'épaule.

Mellon déverrouilla la porte, l'ouvrit et se retourna.

Son visage commençait à reprendre des couleurs et était agité d'une série de petits tics, comme s'il reprogrammait à la hâte tout le jeu d'expressions maniérées et pédantes auquel il avait dû renoncer au cours des heures précédentes.

« Je n'avais encore jamais vu cette prise, dit-il, pour la bonne raison qu'on ne l'enseignait pas, à l'époque. On ne se compliquait pas la vie à ce point. On dirait que les choses ont changé et qu'ils ont fait quelques progrès.

— Sortez d'ici, gronda Thorn. Disparaissez de ma vue. »

Le géant renifla, goûtant de nouveau à la liberté et retrouvant ses marques ; il franchit le seuil et referma la porte derrière lui. Thorn accompagna le battant d'un coup de pied, fit demi-tour et vint s'abattre sur l'une des chaises. Il regarda Sugarman.

« Tu crois qu'il nous a raconté des conneries, ou qu'il était sérieux ?

— D'après Rinks, c'est le meilleur de la péninsule. Le type qui fait autorité en matière d'autopsie. Bon sang, on sait bien que le gouvernement emploie des médecins à ce genre de boulot. Ça n'a rien de nouveau.

— Ça m'aurait pas déplu de le transformer en sujet d'autopsie, ce bonhomme.

— Ouais, mais en attendant, faut qu'on te ramène chez toi, que tu fasses un brin de toilette. La veillée commence en principe à huit heures et demie. A moins que tu préfères annuler tout ce cirque.

— Non. Je tiendrai le coup. J'ai juste besoin de prendre un verre ou deux. Ça ira. »

L'orgue, à ce moment-là, se mit à jouer, traversant sans difficulté les minces parois du salon funéraire. Ils se regardèrent et tendirent l'oreille. Un requiem que Thorn ne reconnut pas. Un hymne lent, grisaille, en mineur. Une mélodie composée par un maître inconnu un siècle auparavant, précisément pour un jour comme celui-ci.

6

Dimanche soir, neuf heures trente. Sylvie porte l'une de ses deux tenues de bar, celle de Key Largo. Une robe en lycra rouge, l'ourlet à mi-cuisse. Tellement serrée qu'elle donne l'impression d'avoir été trempée dans du sang chaud. Un énorme Stetson à ruban turquoise sur la tête, des bottes de cow-boy noires à découpes rouges, des boucles d'oreilles faites de pierres vertes qui pendent comme des lustres et cliquettent à chacun de ses mouvements. Mignonne à croquer. Un vrai petit dresseur de chevaux sauvages. Une fille capable de s'accrocher et, avec un peu de chance, d'avoir le temps d'enfoncer ses éperons.

L'orchestre *country* finissait son numéro quand elle entra au Snappers, une baraque en planches qui faisait bar et avait un restaurant de fruits de mer, à trois kilomètres au nord de Tavernier, côté océan. Les têtes se tournèrent, quand elle traversa la piste de danse vide, et les voix masculines se mirent à faire les commentaires salaces habituels, la jaugeant, évaluant sa disponibilité, ses capacités à se tortiller. Sans arriver à des conclusions très favorables, eut-elle l'impression.

Elle parcourut le bar sur toute sa longueur, étudiant les mains posées dessus jusqu'à ce qu'elle eût trouvé ce qu'elle cherchait. Elle s'arrêta à la hauteur de deux malabars en T-shirt, brûlés de coups de soleil, et demanda si le tabouret, entre eux, était libre. Ils lui firent place.

Les deux hommes avaient des lunettes de soleil autour du cou, retenues par des cordons de cuir ; elles comportaient des protections latérales. Des proies faciles. Deux guides de pêche qui passaient leur soirée dans un bar pas trop éclairé pour essayer de reposer leurs yeux de l'éblouissement solaire.

Sylvie se percha sur le tabouret de bois, regarda son

reflet dans la fenêtre, derrière le bar, et donna une légère inclinaison sur la gauche à son chapeau de cowboy. Sourit.

La serveuse vint à sa hauteur, roula des yeux à l'intention des deux pêcheurs, et demanda à voir la carte d'identité de la jeune femme.

« J'ai vingt-cinq ans.

— Il faut me la montrer, mon chou.

— Montrez-moi la vôtre, je vous montrerai la mienne.

— Ouais, c'est vrai ça. Montre-nous la tienne, Sharon.

— Vingt-cinq ans en octobre, précisa Sylvie. Le douze octobre.

— Elle a l'âge légal, Sharon. N'embête pas la petite dame. »

Le guide de pêche blond s'accouda au bar et fit les gros yeux à la serveuse.

« Un bourbon, une bière, dit Sylvie. Une Budweiser et un Wild Turkey. »

La serveuse l'étudia un moment, penchée vers Sylvie comme si elle cherchait à vérifier la présence de seins que la jeune fille n'avait effectivement pas, en dépit de la robe conçue pour faire remonter au maximum la poitrine dans les bonnets du soutien-gorge. Le résultat pouvait difficilement passer pour une poitrine.

A l'autre bout du bar, une serveuse en salle commença à égrener une commande, et la barmaid s'éloigna, les sourcils froncés.

« Vous avez enlevé votre truc pour la soirée, ou pour de bon ?

— Quoi ? » fit le blond.

De l'ongle, Sylvie tapota l'annulaire du type. On voyait une bande de peau claire à l'emplacement habituel d'une alliance. La marque laissée par l'anneau était encore visible.

« Oh, ça ! Enlevé pour de bon.

— Et comment ! ajouta son copain. Qu'elle aille se faire foutre, cette salope. Pour de bon.

— Qu'est-ce que vous avez fait ? demanda Sylvie. Vous avez baisé d'autres femmes ? Vous l'avez virée ? »

Les deux guides de pêche échangèrent un regard ; le brun secoua la tête et eut une expression qui se voulait un avertissement. Le blond marmonna quelque chose que Sylvie ne comprit pas ; le brun vida le fond de son verre, secoua de nouveau la tête, jeta un coup d'œil à Sylvie et se dirigea vers un groupe bruyant, rassemblé autour du jeu de fléchettes.

« Frank Witty dit l'Astuce, annonça le guide de pêche.

— Moi, c'est Sylvie. »

Ils échangèrent une poignée de main.

« Et êtes-vous si astucieux que ça, Frank ?

— Non, pas tellement.

— Bien. J'aime autant que ce soit moi, l'astucieuse. »

Il la contemplait avec, dans les yeux, quelque chose qui s'échauffait. La tenue produisait son effet et elle ne détachait pas son regard du sien. Sylvie entrouvrit la bouche. A peine. Se fit passer légèrement la langue sur les dents. La respiration du type changea.

« Vous êtes du coin ?

— Non, répondit-elle. De nulle part.

— Je suis bien certain de ne vous avoir encore jamais vue dans ce trou.

— C'est la première fois que je tombe aussi bas, ce soir. »

Frank sourit, et Sylvie lui rendit son sourire.

La barmaid posa devant elle le petit verre de bourbon et la chope de bière ; le guide de pêche sortit quelques billets de son portefeuille et les donna à la serveuse qui repartit avec.

« Alors, pourquoi vous a-t-elle quitté ? reprit Sylvie. Vous avez été infidèle ?

— Hé, on vient juste de faire connaissance. C'est des trucs personnels, ça.

— Je saute les préliminaires. Si vous n'aimez pas ça, vous pouvez aller jouer aux fléchettes avec vos copains. »

Le blond jeta un coup d'œil prolongé à ses amis. Puis revint à Sylvie qu'il regarda droit dans les yeux. « Elle a trouvé un autre type.

— Ça fait mal de l'admettre, hein ?

— Fichtrement.

— Vous avez fait quelque chose au type ? Vous vous êtes battus, un truc dans ce genre ?

— A vrai dire, oui. »

Sylvie émit un petit bruit d'appréciation. « Vous lui avez fait mal ?

— Pas tellement, non.

— Et lui, il vous a fait mal, Frank ?

— Un œil au beurre noir. Et il m'a cassé une dent.

— Faites voir. »

Frank souleva sa lèvre supérieure d'un doigt épais et exhiba une incisive épointée. Sylvie prit une gorgée de bière.

« Il a dû drôlement s'entailler la main en vous faisant ça.

— Ouais, il a dû pas mal souffrir, en fin de compte. »

Ils sourirent tous les deux. Ça marchait. On était du même bord.

« Et qu'est-ce qui vous plaît, Frank Witty ?

— Qu'est-ce que vous voulez dire ?

— Vous le savez bien. Qu'est-ce que vous aimez bien faire, dans votre vie secrète ? »

Il réfléchit une ou deux secondes, puis dit, d'un ton très bas : « Quoi ? Comme dans la chambre à coucher ?

— Dans n'importe quelle pièce. Pas forcément dans la chambre à coucher. On peut se faire plaisir partout dans la maison. Même dehors. Vous n'avez jamais fait l'amour au milieu de hautes herbes ? »

Frank Witty ne répondit rien. Il disjonctait. Le cerveau en panne. Les yeux qui se voilaient.

« Alors, Frank, qu'est-ce qui vous fait plaisir ? Allez, racontez tout à Miss Sylvie.

— J'aime un tas de trucs.

— Dites-m'en un. »

Il prit une nouvelle gorgée de bière. Regarda à droite et à gauche. Baissa encore le ton de sa voix.

« Un truc que je lui fais ou un truc qu'elle me fait ?

— Un truc qu'elle vous fait. Quelque chose qu'aucune autre femme ne vous ferait. »

Il avala une rasade de bière, jeta encore un coup d'œil à ses amis, en jeta un à Sylvie et se pencha vers elle.

« Combien ça va me coûter ? »

Sylvie poussa un soupir. « Voyons, Frank, voyons ! C'est comme ça que vous êtes ? Vous vous attendez à payer pour un peu d'amour et d'affection ?

— Je suis désolé.

— Vous pouvez.

— Je me sens comme un idiot.

— Alors répondez-moi, Frank. Qu'est-ce que vous aimeriez qu'elle vous fasse ? »

Il passa un doigt sur le bord de son verre et retint un petit rot. « Eh bien... elle pourrait mettre son doigt... vous voyez... et le tortiller. »

Elle l'étudia un moment. Le type essayait de sourire.

« Un doigt dans le cul, c'est ce qui vous plaît ? »

Il déglutit. Tout ça allait trop vite pour Frank Witty, mais juste à la bonne vitesse pour Sylvie. Deux, trois nuits avec ce type, et c'était dans la poche.

« Ça vous rend fou, n'est-ce pas ? »

Le guide de pêche se raidit et regarda autour de lui pour voir si personne n'avait entendu. Apparemment non, car il se pencha de nouveau au point de sentir l'haleine de la jeune femme sur lui. Mais celle-ci se détourna pour prendre une gorgée de Wild Turkey suivie d'une rasade de bière. Elle eut ensuite un petit hoquet de satisfaction. Quand elle lui fit de nouveau face, elle souriait.

« On n'est peut-être pas obligés de parler de ça ici », observa-t-il. Son visage s'était encore empourpré. De la transpiration perlait à son front.

« Il se trouve qu'on est ici, Frank. Je vois pas très bien comment on pourrait en parler ailleurs, vu que nos corps sont dans ce bar et pas autre part, pour le moment. Les lois de la physique, il me semble.

— Je veux dire... vous ne voulez pas qu'on aille ailleurs ? Dans un endroit où on pourrait parler... plus intimement ?

— C'est ce qui vous tente, Frank ? Vous êtes un grand baratineur, sans doute ?

— Je sais parler, pas de problème. Mais je sais aussi faire d'autres choses.

— Vous m'en direz tant. Un gros balèze comme vous...

— Bon Dieu que si, je sais.

— C'est pour ça qu'elle vous a quitté pour l'autre type ? Parce qu'il la baratinait mieux que vous ? »

Frank plissa les yeux.

Sylvie souleva son Stetson à deux mains et le posa sur le bar.

Frank la regarda un instant, puis dit : « Qu'est-ce qui vous est arrivé ?

— Rien de spécial. C'est mon style. Vous n'aimez pas ? »

Elle se passa la main dans les cheveux.

« Ça... sort de l'ordinaire. C'est différent. »

Les amis de Frank Witty s'étaient mis à les regarder ; Sylvie se pencha de côté, leur sourit, et, les doigts pointés dans leur direction, fit semblant de leur tirer dessus. Les types détournèrent le regard.

Sur la scène, le groupe de musique *country* se remit à jouer. Un banjo, une guitare, une petite basse. Un violon. Le niveau sonore monta.

« Dites donc, Frank, vous n'aimez plus Sylvie parce qu'elle a une coupe de cheveux qui sort de l'ordinaire ?

— Ce n'est pas ce que j'ai voulu dire. Simplement, je n'avais encore jamais vu quelqu'un coiffé comme ça.

— C'est mon style personnel. On ne voit pas ça tous les jours.

— C'est vrai.

— Vous aimez les cheveux comment, Frank ? Longs, raides ? Courts, frisés ? Roux, noirs, blonds ? C'est quoi, votre idéal ?

— La couleur n'a pas d'importance.

— Les cheveux noirs, ça va ? Comme les miens ?

— Parfaitement bien.

— Et la longueur ? Comment sont les cheveux de la femme de vos rêves ? »

Il réfléchit quelques instants, le regard vague. Puis il se tourna de nouveau vers elle. « Avec une frange sur le front, et très longs et raides dans le dos, comme les poulettes hippies, jusqu'au cul. C'est ça qui me plaît.

— Voilà encore le cul qui revient sur le tapis. Vous êtes un forcené du cul, ma parole, Frank Witty. Anal en diable. »

Le guide prit sa bière d'un geste brusque, vida le verre et le reposa ; puis il se frotta les côtés du nez du bout du doigt, comme pour y enlever un dépôt gras.

« Si Sylvie se laissait pousser les cheveux jusqu'au cul, ça vous plairait ? Ça vous exciterait ?

— Il faudrait pas mal de temps.

— Oh, je suis jeune. J'ai tout le temps de me laisser pousser les cheveux aussi long que je veux. Ça ne prendrait pas tant d'années que ça pour les avoir jusqu'aux fesses. Ils poussent vite. Les rapides du poil, ça vous plaît ?

— Vous vous fichez de moi, dit Frank. Vous me demandez comment j'aime les cheveux des femmes, et vous vous arrangez pour me traiter de trou-du-cul. Pour vous payer ma tête. »

Sylvie sourit et posa une main sur la sienne. « On se dispute, Frank ? Déjà notre première scène de ménage ?

— Je ferais peut-être mieux d'aller jouer aux fléchettes. »

Il ne dégagea cependant pas sa main de celle de Sylvie.

« Et si on allait faire un tour ailleurs, Frank ? Vous, moi et mon doigt ? Dans un endroit bien sombre ?

— Vous vous fichez encore de moi.

— Je vous demande si vous voulez venir avec moi. Faire un tour dans la nuit. Ça ne vous dit rien ? Dans les hautes herbes...

— Ouais, d'accord... je crois que si.

— D'accord ? Vous croyez ? Quel type passionné vous faites, Frank ! On peut dire que vous avez le sang chaud. »

La main de Sylvie était toujours posée sur celle du guide.

« Je peux être passionné.

— Je n'en doute pas, Frank. Puisque vous le dites. C'est vous l'expert sur Frank Witty. Moi, j'apprends.

— Je n'aime pas les sarcasmes. Ma femme était sarcastique, et ça me rendait fou. Je n'arrivais jamais à savoir si elle parlait sérieusement ou non. La salope. »

Sylvie glissa un doigt entre ceux de Frank et se mit à le faire aller et venir.

« Bon, d'accord, je ne recommencerai pas. Plus de sarcasmes. Je respecte tous vos désirs. Voilà comment je suis, moi. Vous me dites ce que vous aimez, ce que vous n'aimez pas, et je m'y adapte. Je suis un peu comme un nuage, Frank. Comme un cumulus. Votre cumulus personnel. »

Le guide l'étudia ; ses yeux descendirent le long de la robe rouge et remontèrent. Les doutes s'évanouirent. Pas de courbes sur ce corps, Sylvie n'était qu'une tige. Mais une tige qui faisait de l'effet à Frank Witty.

Il regarda par la fenêtre qui donnait sur la petite

marina. On aurait dit qu'il examinait son reflet. Puis il prononça son nom à voix haute. Sylvie. Le prononça comme pour y habituer sa bouche. Se préparant à le redire très souvent.

« Mais avant que tout ça n'aille plus loin, dit-elle, je dois vous avertir de quelque chose. »

Il tourna lentement la tête pour lui faire face. L'air inquiet, se disant probablement qu'elle avait une maladie. L'orchestre commençait à s'animer et à jouer plus fort, et Sylvie se pencha sur l'oreille de Frank. « J'ai un père. »

Il eut un mouvement de recul, ne sachant trop comment réagir.

« Et alors ?

— J'ai pensé que je devais vous en informer.

— Un père ? »

Elle eut un hochement de tête de mise en garde. Sans cesser de faire coulisser son doigt entre ceux de Frank, de plus en plus vite.

« Mais tout le monde a un père.

— Pas comme le mien.

— Il vous surveille de près, il est strict, c'est ça ?

— Strict... oui, si l'on veut. Strict est le mot qui convient bien.

— Qu'il aille se faire foutre. Qu'il aille se faire voir, votre paternel. Vous êtes adulte. Vous pouvez faire tout ce qu'il vous plaît. »

Elle dégagea sa main. Deux nuits, trois tout au plus. Ce type risquait même de vouloir s'y mettre dès ce soir. Elle ne voulait pas précipiter les événements, cependant. Commencer par baiser ; après quoi, quand le type serait somnolent et chaud, elle se mettrait à lui parler à voix basse de son papa.

« Vous savez comment on peut se débarrasser de ça ? demanda Sylvie en tapotant la bande de peau plus claire, à l'emplacement de l'alliance de Frank. Il n'y a qu'un seul moyen tout à fait sûr.

— Et comment ?

— Trouver quelqu'un qui vous le suce. Qui vous le suce longtemps, longtemps, jusqu'à ce qu'il n'y ait plus de marque et qu'il soit tout lisse. »

Il la regarda pendant une demi-minute en oubliant de respirer.

« Allons-nous-en.

— Lumière, moteur, ça tourne ! »

Elle eut un grand sourire, descendit de son tabouret et s'éloigna d'un pas. Faisant une caméra de son poing gauche pas entièrement fermé, elle l'éleva à la hauteur de son œil, regardant par l'ouverture du milieu, et fit semblant de faire tourner une manivelle avec la main droite. Cadrant Frank Witty. Le guide s'éloigna à son tour du bar, regarda directement dans « l'objectif », puis adressa un coup d'œil nerveux à ses copains.

« Alors, vous venez, ou non ?

— Oh non ! Frank, pas tout de suite, répondit Sylvie sans cesser de tourner sa manivelle et de cligner de l'œil dans son poing-caméra. Mais croyez-moi, une fois que les choses auront démarré, Miss Sylvie ne traînera pas. »

Elle fit disparaître la caméra, remit son chapeau de cow-boy et traversa la piste de danse à la suite de Frank. Ils gagnèrent le parking de gravier où attendait la Ford Bronco bleue du guide de pêche. Lumière, moteur.

Ça tourne.

7

Lorsque Thorn se réveilla, le lundi matin, il avait la matière grise emprisonnée dans la boîte crânienne de quelqu'un d'autre. Une boîte crânienne beaucoup trop petite pour lui. Et son lit était incliné sur le côté, car il manqua de rouler sur le plancher lorsqu'il se redressa pour examiner la pièce. Trop de lumière, trop de chaleur, et tout était flou. Il plissa fortement les paupières et se laissa glisser sur le dos. Son oreiller était plein de briques concassées et, au-dessus de sa tête, des insectes sombres transpiraient des poutres du toit. Il avait la bouche empâtée d'une matière qui lui donnait l'impression d'être une mixture de morceaux d'argile et de ferraille ; de même, on avait dû lui tresser la langue et la laisser trop longtemps au soleil.

Avec un grognement, il roula sur le côté et ouvrit les yeux avec précaution. Directement en face de lui, de l'autre côté de la fenêtre nord, un oiseau-moqueur était perché sur une branche de vigne de mer. Il sautillait sur place en émettant de petits piaillements rageurs. Quand il vit que Thorn l'avait remarqué, il lui fit face, solidement accroché à sa branche, se pencha dans sa direction et se mit à lancer des grincements rouillés de locomotive qui freine.

Thorn s'assit sur le lit et posa les pieds par terre. Puis il se pencha et se prit la tête entre les mains. Il était nu, et ses vêtements s'empilaient près de la porte. Les draps, autour de lui, étaient imprégnés de transpiration et dégageaient des effluves rances de suaire. Il avait les cheveux collés. Un hélicoptère venait de démarrer sous son crâne ; il essayait de décoller avec une charge trop lourde, les pales zonzonnaient et lui écaillaient l'intérieur de l'occiput.

Il se massa les tempes et, concentré comme s'il priait, obligea l'hélicoptère à s'éloigner. Il adopta une respiration mesurée puis, sans bouger, marmonna un mantra dans lequelle il se traitait de tout. Lorsqu'il eut l'impression que tout était de nouveau en place, il se leva.

Leurs affaires étaient disposées partout dans la pièce, en ordre, exactement comme lorsqu'ils avaient quitté la maison, le samedi matin. Une étagère de livres, le matériel de pêche, les vêtements sur leurs cintres, les lampes aux abat-jour à motifs marins, une conque marine qui leur servait à maintenir la porte ouverte.

Il parcourut tout cela des yeux et se dirigea à pas pesants vers les gogues. Ouais, tout était en place, mais le cœur n'y était plus.

Dans son dos, l'oiseau-moqueur poussa un dernier cri avant de s'envoler à grand bruit d'ailes pour aller tourmenter un autre amateur de grasse matinée. L'hélicoptère, dont le zonzonnement avait baissé, s'éloigna définitivement au-dessus de son horizon sonore.

Une fois dans la salle de bains, il se vit osciller dans le miroir lorsqu'il essaya d'étudier la tête qu'il avait. Les yeux injectés de sang et gonflés. Deux grands plis creusaient ses joues, sa peau avait un aspect bouffi et jaunâtre. Ses cheveux en mèches broussailleuses paraissaient ne plus avoir connu le peigne depuis un mois. Il semblait vanné et en piteux état, mais pas autant qu'il en avait l'impression.

Ses mains agrippèrent maladroitement le bord du lavabo et, une fois raffermi, il décrocha le gobelet de son support. Il lui fallut concentrer toute son attention sur la tablette pour le poser correctement dessus, tant il avait de mal à contrôler le tremblement de sa main.

A côté du gobelet, il remarqua alors la présence de *son* déodorant, du cendrier qui contenait *ses* épingles à cheveux, la boîte en plastique où s'accumulaient *ses* produits de maquillage et *son* rouge à lèvres. Et près du tube de dentifrice, il y avait *sa* brosse à cheveux au manche d'écaille, avec ses soies noires.

Il la contempla pendant un moment. Lorsqu'il la saisit et la brandit, lorsqu'il éleva la brosse à cheveux de Darcy à la hauteur de ses yeux, une ombre froide envahit ses entrailles. Il prit conscience du silence qui régnait dans la maison, de la pression que cette absence de bruits exerçait sur ses tympans, comme s'il venait soudain de s'enfoncer dans les profondeurs d'une mer obscure.

Entortillés dans les soies, trois de ses cheveux couleur de miel. Le silence se fit encore plus dense pendant qu'il les étudiait. Au bout d'un moment, il en dégagea un. Il reposa la brosse et, tenant le cheveu par ses deux extrémités, il le tendit et le tourna vers la lumière qui tombait de l'imposte. Si pur, qu'il aurait pu être filé dans du verre. Mais solide.

Il lui fit faire un, deux, trois tours autour de son doigt, le serrant le plus possible. Puis il ferma les yeux, frotta le cheveu contre sa joue et s'efforça d'évoquer des sensations venant d'elle, le son de sa voix quand elle était au lit à côté de lui, un instantané de ses nombreux sourires. Mais trop de ces instants se télescopaient, trop de ces matinées exquises à se réveiller dans sa chaleur, aux premières lueurs de l'aube, trop de ces après-midi hors de vue de la côte, le miroir éclatant de l'eau s'étendant de toute part, et beaucoup trop de ces soirées passées à faire griller leurs prises, à boire du vin sur le porche, à lire au lit, épaule contre épaule, et plus tard, trop de ces nuits où les livres avaient roulé sur le sol. Pour y demeurer jusqu'au matin.

Il déroula le cheveu de son doigt, le posa avec soin sur la tablette, reprit la brosse et la fit passer d'une main hésitante dans sa crinière rude. Sa vue se brouilla, ses yeux commencèrent à le picoter, et il se retrouva tout d'un coup à bord du bateau, dans la chaleur de midi, deux jours auparavant, en train de lutter avec le tarpon, tout excité par le plaisir de réussir une prise difficile — puis se retournant et la voyant, à quinze mètres à l'est du bateau... voyant Darcy flotter sur le dos, inanimée, dans l'eau calme.

Ce n'était pas la première fois que la mort touchait Thorn de près. Oh, non ! Il était apparemment né sous une étoile calamiteuse. Le jour même de sa naissance, la voiture de ses parents avait été poussée hors de la route par un conducteur ivre, et ils s'étaient noyés tous les deux, dans le lac Surprise. Par on ne savait quel miracle, le bébé s'en était sorti. Puis, quelques années après, sa mère adoptive, Kate Truman, avait été assassinée par la bande de chacals qui voulaient raser les derniers hectares à l'état sauvage de Key Largo. Kate les combattait avec vigueur mais ouvertement, et y avait perdu la vie. Thorn les avait poursuivis, avait assouvi sa soif de vengeance.

Il y avait deux ans maintenant, Gaeton, le frère de Darcy, avait perdu la vie. On avait torturé puis tué le plus vieil ami de Thorn pendant une opération clandestine de la CIA pour laquelle il travaillait. Et une fois de plus, Thorn avait démêlé un écheveau de corruption et de démence. Il n'y avait gagné qu'une chose : il était tombé amoureux de Darcy Richards, et elle était tombée amoureuse de lui.

Sa vie n'avait été qu'une longue succession d'épisodes violents qui tous l'avaient obligé à dégringoler de sa maison sur pilotis pour se lancer dans un monde turbulent et chaotique. Il avait subi plus de violence que son dû — ou que le dû de n'importe qui. Néanmoins, une tragédie ne vaccinait pas contre la suivante. Aujourd'hui, il était toujours aussi sensible, aussi peu préparé qu'il l'avait été les fois précédentes. Il n'avait aucune autorité sur sa souffrance, il restait un fichu amateur qui se débattait sauvagement, entraîné, sans rien y pouvoir, dans un tourbillon de rage et de désolation.

Sans cesser de se regarder dans le miroir, il se brossa le cuir chevelu, longuement, jusqu'à ce qu'il fût à vif et brûlant, jusqu'à ce que, pour la première fois depuis des années, s'élevât en lui, trop puissant pour être contenu, un grondement d'angoisse qui fit irruption dans sa gorge. Ses yeux le brûlaient, mais il serra les mâchoires, farouche, et força la boule à redescendre tandis que son visage devenait un masque de fer.

C'était arrivé une fois de trop. Il s'était laissé aller à aimer, une fois de plus, il s'était exposé, rendu vulnérable. Mais cela ne se reproduirait pas. Lorsque tout serait terminé, il monterait dans sa maison et en clouerait la porte. Et nom de Dieu, il garderait son Smith & Wesson, bien huilé, à portée de la main, le cœur aussi froid et dense que du marbre.

« T'as l'air d'une crotte de chien, Thorn. Une crotte qui a traîné une semaine. »

Thorn but une gorgée à la bouteille d'eau minérale qu'il avait prise avec lui et regarda le jeune Andy Stutmeyer. Plusieurs mois auparavant, Jeanne avait exigé que Sugarman, s'il devait absolument engager quelqu'un, prenne un secrétaire et non pas *une* secrétaire. Et le seul représentant de sexe masculin à avoir répondu à l'annonce était Stutmeyer, un gamin monté en graine qui, en dépit de ses vingt-deux ou vingt-trois ans, était en général aussi enchifrené qu'un gosse de douze.

« J'ai vu des gens sortir d'un accident de voiture à cent cinquante à l'heure qui avaient meilleure mine que toi », reprit Stutmeyer.

A la fin de ses études secondaires, Andy avait été obligé de travailler à la station-service Texaco Wheaton's, où il conduisait le camion de dépannage ; pour lui, cette période et tout le carnage dont il avait été témoin constituaient une pierre de touche, sa version personnelle des souvenirs d'anciens combattants.

Un magazine était ouvert sur le bureau, devant le jeune homme. Photos en noir et blanc de vedettes de rock *heavy metal*. Des types efflanqués à la figure peinturlurée pour se donner l'air effrayant. Andy observa Thorn quelques instants, secouant la tête avec commisération, puis il se mit à pianoter sur son bureau et revint à sa revue.

« Sugar est là ?

— Il est avec une cliente, répondit Andy en tournant la page.

— Appelle-le par l'interphone. Annonce-lui que je suis ici.

— Il m'a dit de ne jamais le déranger quand il était avec un client, sauf en cas d'urgence. »

Le jeune homme leva les yeux, les sourcils froncés, et Thorn sentit le casque de son mal de tête qui se resserrait de nouveau, ses globes oculaires reprendre leur sarabande douloureuse. Le bureau d'Andy était placé exactement sur le chemin de la pièce qu'occupait Sugarman. Le garçon était peut-être un échalas, mais un échalas costaud, et Thorn se trouvait dans un tel état qu'ils devaient être tous les deux sur un pied d'égalité.

« Fais-moi une fleur, Andy, veux-tu? Appelle-le, dis-lui que c'est moi, et laisse-le décider si c'est urgent ou pas. »

Andy s'intéressa vivement à une publicité pour des objets de l'attirail punk : bracelets agrémentés de griffes, bretelles cloutées, anneaux pour le nez ou les seins. Puis il pinça la page et passa à la suivante.

« C'est pas comme ça qu'il travaille, répondit-il sans lever les yeux. Tu me dis ce que tu veux, et c'est moi qui décide si c'est urgent ou pas. »

Thorn recula d'un pas et regarda autour de lui. Dans l'aménagement bon marché de ce bureau, il y avait un canapé en cuir vert, qui faisait face au bureau d'Andy, et de vieux numéros du *Florida Sportsman* sur une table basse, à côté. Trois clichés sous-marins étaient accrochés au mur, ainsi que les diplômes universitaires de Sugarman, ses deux citations à l'ordre de la police, trois ou quatre photos de présidents des États-Unis en vacances dans les Keys et de quelques héros de guerre. La collection qui faisait foi du civisme de Sugarman.

A l'inauguration du centre commercial, ce local avait abrité une compagnie de prêt pendant un an ou deux ; puis, pendant très peu de temps, une boutique de matériel de plongée et enfin une entreprise de recouvrement de fonds. Deux ans auparavant, il faisait encore partie du salon de coiffure installé juste à côté ; au moment où les affaires du salon périclitaient, Sugar cherchait précisément un local commercial. C'est ainsi qu'il s'était retrouvé pris en sandwich entre le salon de coiffure et un magasin qui vendait des radeaux gonflables en forme d'animaux exotiques.

Quidnunc Enterprises, tel était le nom choisi par Sugarman pour son agence d'enquêtes privées. Un *quidnunc,* selon l'ancien policier, était une espèce de touche-à-tout, quelqu'un qui devait se tenir au courant de tout ce qui se passait. Le terme lui plaisait, avec sa sonorité bizarre, depuis qu'il l'avait découvert dans l'un de ses livres de classe. Thorn lui avait dit, à l'époque, que personne n'allait avoir la moindre idée de ce que cela signifiait. En particulier dans les Keys, où les gens utilisent en moyenne une vingtaine de mots ayant pour la plupart trait aux poissons, au sexe, et à l'alcool. Je veux quelque chose d'unique, avait répliqué Sugarman. Un nom qui ait de l'allure. Je refuse d'être encore un flic de plus passé au privé. Alors tu vas devenir un *quidnunc ?* lui avait demandé Thorn. Et Sugarman, qui commençait à se hérisser, lui avait répondu que oui, bon Dieu de bon Dieu, c'était exactement ça. *Quidnunc Enterprises.* Point à la ligne.

Sugar avait fondé son cabinet en association avec Darcy, lorsqu'il avait quitté le département de police du comté de Monroe, au bout de dix années de service, et qu'elle avait démissionné de son poste de météorologue pour la sixième chaîne, à Miami. Miss TV-météo. Revenue à Key Largo, elle était tombée amoureuse de Thorn et s'était installée chez lui. Elle n'avait cependant pas tardé à trouver que l'emploi du temps silencieux et routinier de leurs journées ne lui suffisait pas. Thorn se levait tôt et montait ses mouches artificielles ; l'après-midi, pêche côté océan ou côté baie, et la nuit, lecture à la lumière de la lampe tempête. Beaucoup de contemplation face au ciel, de méditation nuageuse. De stations en hamac. De temps en temps, prospection d'un nouveau secteur de pêche plus lointain. Darcy avait aimé ce mode de vie, pendant un certain temps, puis un jour elle avait déclaré à Thorn qu'elle avait envie de bouger un peu plus, d'entendre un peu plus de bruit, de sentir l'adrénaline couler plus souvent dans ses veines. Elle était donc devenue la collaboratrice de Sugarman et avait passé beaucoup de temps, au cours des derniers mois, à aller et venir au volant de sa voiture entre les Keys, à proposer leurs services aux petites entreprises. Thorn avait senti que quelque chose revivait en elle. Elle était mieux. Elle était de retour dans le monde, et son sang coulait de nouveau avec impétuosité. Jusqu'au moment où elle était tombée sur ce problème. Celui qu'elle avait voulu régler toute seule.

Andy Stutmeyer s'était penché un peu plus sur sa revue et remuait de la tête au rythme des marmonnements de rock and roll qu'il émettait.

Thorn regarda la photo sous-marine prise par Sugarman avec un grand angle, celle dans laquelle il avait essayé de saisir le Carysfort Reef par une journée ensoleillée. Un banc de grogneurs, quelques labres, l'ombre d'un grand barracuda à l'arrière-plan, planant au-dessus d'un massif de corail.

Il se pencha et saisit le bureau de chêne d'Andy par le bas. Il se concentra, prit une profonde inspiration, souffla et se redressa. La radio, la revue et les crayons d'Andy roulèrent au sol. Thorn continua de soulever le bureau, y mettant toute la force qu'il pouvait, et le renversa contre les murs aux boiseries bon marché. Le meuble bascula sur la droite et faillit heurter la fenêtre latérale. Il resta finalement debout sur un côté, les tiroirs ouverts.

« Merde, Thorn ! Regarde ce que tu as fait ! »

Une expression où se mêlaient stupéfaction et affolement sur le visage, Andy était étalé par terre, devant la porte du bureau de Sugarman. Avant qu'il eût la possibilité d'ajouter un mot, la porte en question s'ouvrit, lui heurta le crâne et une femme se présenta sur le seuil. Tout juste la quarantaine, de l'allure. Elle regarda Andy, puis tourna ses grands yeux bleus vers Thorn. Des cheveux blonds presque blancs, une peau laiteuse, translucide. Elle avait des sourcils fournis et moins clairs que ses cheveux, et le droit, légèrement arqué, lui donnait un air à la fois sceptique et amusé, comme si elle venait d'entendre quelque mensonge énorme, mais néanmoins charmant et habile.

Elle portait une blouse sans manche orange caramélisé, avec des boutons de bois et une jupe plissée assortie qui laissait voir ses mollets bien dessinés et ses chevilles fines. Des jambes de danseuse, un corps souple et puissant. Une femme qui donnait l'impression de pouvoir sauter en l'air et d'y rester autant qu'elle en aurait envie.

Elle resta quelques instants immobile, à deux mètres de Thorn ; puis elle lui adressa l'esquisse d'un sourire et sortit.

« Nom d'un chien, dit Sugarman quand elle eut refermé la porte sur elle, voilà une femme qui mérite de jouir des plaisirs les plus raffinés qu'offre la vie.

— Ouais, admit Thorn. On dirait qu'elle a déjà profité de quelques-uns. »

Sans quitter des yeux la porte qui venait de se refermer sur sa visiteuse, Sugarman dit : « Il s'agissait de Doris Albright. D'Albright Seafood, la compagnie de pêche. »

Sur quoi Sugarman regarda Stutmeyer, encore assis par terre. « Hé, Andy, j'aimerais bien que le coin où tu travailles soit un peu mieux rangé, d'accord ? Ça risque de faire mauvaise impression sur les clients, cette pagaille. »

Thorn s'installa dans le siège qui faisait face au bureau de Sugarman. « Darcy était tracassée par quelque chose. Quelque chose, si j'ai bien compris, qui avait un rapport avec son travail. Elle se comportait de manière bizarre, du coup. Elle restait sérieuse, silencieuse. Pas du tout comme d'habitude. »

Sugarman étudia le visage de son ami mais garda le silence. Il portait une chemise blanche, aujourd'hui, rehaussée d'une cravate en madras orange à carreaux dont les couleurs juraient dans la lumière. Il s'appuya des avant-bras sur le bord de son bureau, saisit un coupe-papier en argent et se mit à le tapoter contre le buvard vert de son sous-main.

« Tracassée ? Elle était tracassée ?

— Exactement. Mais elle n'a pas voulu me dire à propos de quoi. »

Thorn parcourut des yeux les murs du bureau. Même boiserie en placage que dans l'entrée. Dans un coin, un râtelier à chapeaux avec quelques-unes des casquettes de base-ball de Sugarman accrochées dessus. L'une des parois était consacrée à des trophées de pêche naturalisés : une truite, un superbe pèlerin, un albula. Et une aquarelle, œuvre de Darcy : la maison de Thorn avec toute l'équipe, Gaeton, Sugarman, Thorn et elle, assis sur le porche, en haut des marches.

Sugarman tournait le dos à une grande baie vitrée teintée en gris sombre. Disposée de telle manière qu'elle donnait sur la rangée de fauteuils pivotants du salon de coiffure voisin. Cette baie était un souvenir de l'époque glorieuse du salon, quand le patron, assis à la place actuelle de Sugarman, pouvait tout à la fois calculer ses bénéfices et garder un œil sur ses ouvrières grâce à cette glace sans tain.

Les odeurs des produits capillaires et les effluves acryliques entêtants du poste de la manucure envahissaient le bureau de Sugarman. Un tapage constant traversait la cloison — une douzaine de voix essayant de se faire entendre à la fois, ronflement des séchoirs et des appareils électriques, le téléphone qui n'arrêtait pas de sonner. Sugarman avait toutefois décidé de ne pas fermer la baie et de ne pas isoler son bureau. Il disait que le miroir sans tain l'aidait à passer le temps quand il n'avait rien à faire ; il regardait les femmes qui se faisaient laver la tête ou attendaient sous le séchoir, il observait le va-et-vient constant. Et, avait-il avoué, il y avait quelque chose de légèrement érotique dans ce spectacle. Pas de femmes en tenue légère, certes, mais l'occasion d'étudier un monde qui lui était inconnu, sans compter que lui parvenaient, à travers cette paroi de verre, nombre de ragots de très haute qualité. Sugarman prétendait être mieux informé sur certains aspects de la vie sociale de Key Largo que la plupart des citoyens mâles de la ville. Un avantage qu'aucun *quidnunc* n'aurait dédaigné.

« Eh bien, répondit Sugarman, dont les yeux paraissaient scruter quelque chose juste au-dessus de la tête de Thorn, je n'ai pas la moindre idée de ce que ça pouvait être. Je n'ai que deux clients : Murtha's Liquor, le magasin d'alcools et vins, et la caisse d'épargne, la First Federal Savings. Avec comme unique boulot la surveillance des employés. Je dois me taper des bandes entières d'enregistrement pour voir si personne ne met la main dans la caisse. Un boulot merdique. Darcy s'occupait de prospecter les clients, de leur laisser des brochures, de parler aux gens, histoire de nous faire connaître ; une ou deux fois par semaine, elle regardait les enregistrements. C'est tout. »

Sugarman se remit à tapoter le buvard de son coupe-papier, regarda l'albula naturalisé, sur le mur.

« C'est tout ? Deux clients ?

— Ouais, j'ai le regret de le dire.

— La femme qui vient de sortir d'ici... elle n'est pas l'une des deux ?

— Non. C'est la première fois que je la vois. Je n'ai

pas encore décidé si je m'occuperai ou non de son affaire. C'est un cas bizarre. Elle voudrait que je retrouve son ex-mari. Je te raconterai ça un jour.

— Bon, d'accord. Je veux la liste de tous les magasins dans lesquels elle est passée au cours des dernières semaines, et je veux voir les enregistrements.

— Tu plaisantes !

— Si telle était l'occupation habituelle de Darcy, je n'ai pas le choix.

— La liste de toutes les boutiques et entreprises où Darcy a laissé sa carte de visite et notre brochure ?

— Exactement.

— Du délire, Thorn. Je n'ai aucune idée des boîtes qu'elle a prospectées. Nous n'en avons tenu aucun registre. Elle prenait sa voiture et s'arrêtait là où elle voulait ; bavardait avec les gens, comme ça. Complètement au hasard. »

Thorn donna deux coups de pied sur le sol dallé. « Alors les vidéos. Je commencerai par là.

— Tu veux passer ton temps dans mon salon à regarder Milly Pickles et Jane Etheridge encaisser des chèques de la sécurité sociale ? A regarder Murtha vendre du Chivas Regal aux républicains ? C'est bien ça ?

— Dès ce soir.

— Mais ça prend des heures, Thorn ! Des heures et des heures de la même connerie, un mauvais film en noir et blanc, rien qui se passe. Si ça te chante, vas-y, pas de problème. Mais je prendrai quelque chose à lire.

— A quelle heure je peux venir ?

— Bon. Amène-toi à sept heures. Jeanne a son cours de bonsaï, ce soir.

— De bonsaï ?

— Tu sais, comment tailler les racines de ces plantes et de ces arbres. Pour en faire des nains. C'est ce qui la passionne, en ce moment. La maison est pleine de chênes hauts comme ça et de trucs dans ce genre. Je commence à me dire que je devrais m'acheter une ceinture de chasteté. »

Thorn se força à sourire. Sugarman, non.

« Et qu'est-ce qui est arrivé à ses cours de danse ?

— Bon Dieu, tu retardes ! C'était il y a des mois. Depuis, nous avons eu la guitare, l'orgue, la fabrication de bougies. Le mois dernier c'était l'écriture de limericks. Tu sais, ces espèces de poèmes qui n'ont ni queue ni tête. Bon sang, elle a même gagné un concours à la noix ! L'International Limerick Association lui a envoyé un certificat. Mention honorable. J'ai dû t'en parler, non ? »

Thorn haussa les épaules. Non, il n'en avait pas entendu parler, et il n'avait pas envie d'en entendre parler pour le moment, mais le coupe-papier s'agitait de plus en plus frénétiquement, entre les mains de Sugarman, entaillant même le buvard du sous-main. Soupape de sécurité.

« Ce concours n'était qu'un foutu coup monté, reprit Sugarman. Tout ce que ces gens voulaient, c'était lui fourguer un exemplaire du livre dans lequel son limerick gagnant allait être publié. Cinquante dollars. Non mais, tu te rends compte ? Achetez-en un pour chacun de vos amis, qu'ils partagent votre plaisir ! »

Thorn regardait, par-dessus l'épaule de Sugarman, ce qui se passait de l'autre côté de la glace sans tain, dans le salon de coiffure. Shirley Marx en blouse blanche, la tête inclinée dans un lavabo à shampooing ; un jeune homme en chemise à fleurs lui lavait les cheveux.

« Ces trous-du-cul cherchaient à s'enrichir avec le truc des limericks. Je me dis que j'ai eu de la chance que Jeanne n'ait pas deux douzaines d'amis ; elle n'en a acheté que trois exemplaires. »

Thorn émit un son de commisération.

« Il y a encore eu un truc après la période limericks, mais du diable si je me rappelle quoi. Bon sang, cette bonne femme se sera entichée de plus de passe-temps que l'année ne compte de jours. »

Thorn revint à l'aquarelle. Tous les quatre, la bande des vieux amis, en train de rire et de boire du vin, tandis que lui-même tendait la main vers les ultimes lueurs d'un extraordinaire coucher de soleil se mourant à l'horizon. Une vraie journée. Pas quelque chose d'imaginaire. Pas un événement embelli, pas un rêve inventé pour en faire une peinture. Une véritable journée, un véritable coucher de soleil. Même les rires avaient eu leur réalité, probablement.

Sugarman se tourna à son tour vers la peinture. Puis il baissa les yeux et secoua la tête.

« Boooon », dit-il en étirant le mot, pour chasser les souvenirs. Revenir à leurs affaires. « Par où commence-t-on ?

— Le détective, c'est toi.

— Ne me raconte pas de conneries, Thorn. Alors ? »

Thorn se releva trop vite et sentit son mal de tête lui donner une bonne claque contre le lobe frontal. Il s'avança près de son ami, qui regardait la reproduction en plastique de la truite de dix livres qu'il avait pêchée, par un matin pluvieux, dans le Tarpon Basin. Thorn était présent ce jour-là. Comme le jour où avaient été sortis de l'eau tous les autres poissons qui décoraient les murs de cette pièce.

« Je crois que je vais retourner au récif. Etudier la scène du crime. Tu veux venir ? »

Sugarman répondit que non, et mit fin à sa contemplation du poisson factice. Son front, habituellement aussi lisse que du caramel, était tout froncé de rides.

« Écoute, Thorn. Tu me gardes avec toi dans le coup, d'accord ? Je sais que tu es bouleversé. Que tu as du chagrin. Moi aussi. Mais fais bien attention. Pas d'imprudence. Ne te lance pas dans quelque chose sans m'en parler d'abord. Considérons que je suis ton consultant dans l'affaire, OK ? Peut-on s'entendre là-dessus ? »

Thorn acquiesça.

« Dis-le. A voix haute. »

Thorn se dirigea vers la porte. « Je te le promets. Je ne ferai pas d'imprudence.

— Entendu. Alors on se voit à sept heures. On regardera ces enregistrements. Les productions cinématographiques Sugarman & Co. Pas de poursuites de bagnoles, pas d'immeubles qui explosent, pas de corps lardés de plomb. Juste la vie quotidienne d'une petite banque de Key Largo, pendant quelques semaines, entre neuf heures et dix-sept heures. On ne sait jamais, Thorn. Peut-être apprendras-tu quelque chose sur le monde réel.

— J'amènerai le pop-corn. »

Sugarman lui adressa un regard soutenu et ajouta : « Pas d'imprudence.

— Pas la moindre. Pas l'ombre d'une. »

L'ancien policier secoua la tête tristement, sans que Thorn ne détournât son regard.

En traversant le parking, il écrasa une canette de bière sous sa chaussure, et la propulsa à coups de pied pendant quelques pas. Puis il prit son élan et l'expédia dans les broussailles qui végétaient derrière la station Amoco.

Bon, d'accord, il ne commettrait pas d'imprudence. Il l'avait promis. Mais ce qu'il avait oublié de préciser à Sugar, c'est qu'il n'avait plus qu'une vague idée de ce qu'était une imprudence. En réalité, même, il ne verrait aucune imprudence à commettre un acte qui pourrait lui permettre de retrouver le salopard qui avait agrippé la main de Darcy jusqu'à ce qu'elle ne pût faire autrement que de respirer une grande rasade d'eau de mer.

8

La brise de sud-est qui soufflait à quinze nœuds creusait la houle. A l'ouest, le ciel se couvrait sous l'effet des cendres et de la fumée qui montaient d'un incendie dans les Everglades méridionales. Les nuages, à la verticale, avaient viré à la couleur du plomb et fait disparaître les verts et les bleus intenses de la mer. Hérons, aigrettes et mouettes volaient paresseusement au-dessus des îles à mangroves, pendant que Thorn remontait, au ralenti, le chenal principal qui menait à la sortie de la réserve nationale, le Pennekamp Park.

Il avait pris le Chris-Craft de trente pieds, aujourd'hui, en partie à cause de l'état de la mer, mais aussi parce qu'il ne se sentait pas encore prêt à remonter sur le skiff; il n'avait pas envie de tomber sur un objet laissé à bord qui lui aurait rappelé la journée de samedi. Ou bien qui lui aurait renvoyé un souvenir, lui aurait fait revivre un moment passé avec Darcy. Elle n'était plus. Il avait eu sa chance et n'avait pas été capable de la sauver. Pour le moment, ces souvenirs allaient devoir rester enfermés dans le livre scellé et pesant de son cœur.

Il engagea le Chris-Craft dans la dernière courbe du chenal et mit le cap sur la haute mer, entouré de mouettes qui criaient, volant bas, et plongeaient dans son sillage. Son passage avait fait remonter à la surface un banc de vairons que les oiseaux n'avaient plus qu'à cueillir. Thorn regarda un moment le tourbillon des mouettes, écouta leurs cris affamés, admirant la façon dont elles se profilaient pour plonger sur leurs proies argentées. Puis il revint sur les balises qui marquaient la voie.

Il lui fallut une demi-heure d'allées et venues au ralenti, le long du récif de Broken Conch, pour retrouver l'endroit où Darcy l'avait conduit. Il jeta l'ancre et le bateau tourna autour de la chaîne pour se mettre debout au vent. Il dansait dans le courant, mais l'ancre ne dérapa pas.

Il regarda en direction du haut-fond par lequel s'était approché l'autre bateau et essaya de se le représenter. De se figurer la forme de sa coque, ses éventuelles particularités, un nom, peut-être — bref, tout ce qui pouvait jaillir des brumes mouvantes de la mémoire. Mais il ne se souvenait que des lignes élancées du Grady White. Vingt ou vingt-deux pieds. Il devait bien exister quelques milliers de bateaux semblables enregistrés dans ces eaux. Celui-ci n'avait rien eu d'unique. Une personne à bord, qui jette l'ancre. C'était tout.

Thorn contempla l'eau, se laissant bercer par le rythme de la houle. Impression de pouvoir s'hypnotiser soi-même, de s'enfoncer dans le passé, de recréer le moment, d'en ramener quelque détail anodin, n'importe quoi. Se plonger dans l'alambic où se fait la chimie des souvenirs, où les cellules conservent vivante l'écume des jours, seconde par seconde. Chaque odeur, chaque fraction de geste, chaque sourire, chaque parole, chaque froncement de sourcils. Tout cela circulant sans fin dans les circuits de la conscience.

Mais il avait beau essayer, il ne voyait rien de plus que ce seul et unique bateau. Une embarcation anonyme pilotée par une personne sans sexe et sans visage, qui était restée juste assez loin.

Thorn se mit en maillot de bain et enfila son masque et ses palmes. Et sans y penser davantage, il passa par-dessus bord, les pieds les premiers.

Il nagea pendant plus d'une heure, dans tous les sens, s'efforçant de faire le relevé méthodique du récif. Il plongeait et restait à chaque fois au fond aussi longtemps que le lui permettait son souffle; il explorait de la main les trous des rochers et des coraux, à la recherche de l'emplacement où elle aurait pu rester prise. Rien, cependant, ne paraissait convenir.

Retour à la surface pour reprendre sa respiration, nouveau plongeon d'une minute ou deux ; il effleurait le sable, l'eau était sombre, aujourd'hui, les coraux avaient perdu leurs couleurs vives. Il vit quelques langoustes de petite taille et des bancs de yellowtails et de labres, mais presque rien d'autre.

Il remontait respirer lorsqu'il aperçut, à la base d'un monticule de corail-cervelle, un objet qui tranchait sur l'environnement. Quelque chose de noir et d'inerte.

Et bien qu'il fût presque à bout de souffle, la poitrine commençant à se faire douloureuse, il interrompit son ascension, donna quelques coups de palme et replongea vers le fond. Une fois à proximité de l'objet, il le reconnut. Il se sentit étreint par autre chose que le manque d'air. Au moment où, en deux coups de palme, il était sur le point de l'atteindre, il remarqua, à sa droite, une langouste deux fois plus grosse que toutes celles qu'il avait vues jusqu'ici. Elle l'observait depuis une fente dans la roche en agitant ses antennes, et on apercevait la lumière du jour à travers l'anfractuosité, derrière elle. Un bras humain avait assez de place pour se glisser dans l'ouverture qui servait d'issue de secours à l'animal, pour essayer d'attraper la succulente créature ; mais il risquait aussi d'y rester coincé ou encore d'être attrapé depuis l'autre côté de la haute paroi de pierre.

Thorn sentit dans ses tempes les picotements avertisseurs du manque d'oxygène, tandis qu'un crépuscule jaunâtre assombrissait sa conscience. Il se plaça en face de la cachette de la langouste, agita la main et regarda l'animal disparaître au fond de son trou. Il y mit la main, sentit les aspérités et les irrégularités de la roche lui griffer le bras, mais il continua son mouvement, enfonçant le bras jusqu'au coude. Sa main ne sentait rien. Plus trace de la langouste.

Il retira alors le bras et se rapprocha du trou pour l'étudier. Et effectivement, il comportait une ouverture dans le fond qui donnait sur une sorte de grotte assez grande pour qu'un nageur puisse s'y glisser sans être vu, depuis l'autre côté de la paroi rocheuse. Assez grande pour que ce nageur puisse y prendre position et empoigner la main agrippée à la langouste.

Thorn se tourna, retrouva l'objet posé sur le sable, le ramassa, se redressa et battit des palmes pour regagner la surface comme avait dû le faire Darcy, sentant ses veines s'étioler tandis que se consumaient les dernières molécules d'oxygène que contenait son sang. A travers la mer grise, il montait vers le bateau qui oscillait au-dessus de lui.

Tout en nageant, il leva la main gauche pour regarder de près le fourreau en plastique noir que Darcy portait toujours autour de la cheville droite. La boucle était tordue et l'attache déchiquetée, comme si elle avait frotté avec rudesse et à plusieurs reprises contre le grain abrasif du récif. Le fourreau, détaché, était tombé dans le sable et y était resté, comme un ultime message griffonné à la hâte, dans son désespoir. Un ultime message lancé à travers le vide.

Sugarman gara la Mustang sur un emplacement libre, devant la maison voisine de celle des Albright, et descendit de voiture. Doris et Philip Albright vivaient dans une maison en béton sur pilotis au 16, Seahorse Lane. Derrière l'édifice, un canal conduisait, par la Rodriguez Key, jusqu'à l'océan. Ce n'était que l'une des voies d'eau creusées dans le calcaire de ce secteur sans arbres, après le Winn-Dixie. Ces canaux dans lesquels jouaient les marées, parfaitement rectilignes, s'entrecroisaient sur toute l'île, imaginés par les mêmes salopards qui avaient construit les maisons.

Il en allait de même partout, dans les Keys. On triplait la valeur immobilière d'un secteur en faisant disparaître, en une nuit de bulldozer, le bosquet de mangrove qui bouchait la vue. Ou bien, en plusieurs nuits, on entaillait le sol d'une tranchée qui reliait ainsi une parcelle enclavée à la mer. Peu importait que ce fût illégal, et que des tonnes de boue crayeuse allassent se perdre loin dans la baie, détruisant les algues. Et peu importait que ces canaux affaiblissent la solidité du socle rocheux, peu importait que lorsque Key Largo se trouverait exposé à l'inévitable ouragan de force majeure qui s'abattrait sur le site, il y eût une bonne chance pour que la tempête déchiquetât le sol, en fît des gravats, et l'entraînât au loin.

La maison était blanche, rehaussée de jaune. Dans leurs pots, deux cactus taillés en forme de bourricot montaient la garde en bas de l'escalier de béton, et la cour était entièrement pavée de galets de rivière de Caroline, qui brillaient au soleil. Comme tant de maisons sur l'île, celle-ci n'exigeait qu'un minimum d'entretien. Le genre de domicile où il suffit de donner un tour de clef pour pouvoir s'en aller pendant six mois, sans avoir à demander à quelqu'un de venir arroser quoi que ce soit ou donner à manger à un animal domestique. Une consigne de gare, en somme.

Toutes les maisons du lotissement étaient identiques. Un ghetto à un demi-million de dollars l'unité. La plupart avaient un yacht amarré à l'arrière ; de pesantes barcasses qui coûtaient au moins aussi cher que les maisons. L'architecture avait la grâce d'une prison fédérale : de grands rectangles de béton sur de gros piliers de béton. Toits plats recouverts de gravillons, porches fermés d'une moustiquaire donnant sur le canal et sur d'autres porches à moustiquaire, sur la rive en face. Chaque maison présentait la même allée en dalles de béton, le même escalier en béton, la même table de pique-nique en béton. Tout était dur, permanent et peint en blanc pour réfléchir le soleil. Ce quartier devait être tellement éblouissant, vu du ciel, que les oiseaux migrateurs étaient sans aucun doute obligés de se détourner de plusieurs miles pour ne pas être aveuglés.

Depuis la rue, Sugarman aurait été incapable de dire quelles maisons étaient habitées, lesquelles ne l'étaient pas. Ici, les lumières s'allumaient et s'éteignaient, les radios déversaient des flots ininterrompus de Benny Goodman, mais on aurait dit que personne ne franchissait jamais les portes. Même les voitures, sous leur abri, pouvaient être un indice trompeur, car les propriétaires laissaient souvent leur véhicule sur place lorsqu'ils repartaient vers le nord. Ils possédaient vraisemblablement une copie carbone de leur Lincoln à Muncie ou à Rochester.

Sugar ne connaissait aucun des résidents de tout ce quartier. Ainsi en allait-il maintenant à Key Largo. Il avait passé toute sa vie sur l'île, qui ne comptait que dix mille résidents permanents, et il était néanmoins un étranger dans certains secteurs. On aurait pu facilement le prendre pour l'un de ces auto-stoppeurs qui quittaient parfois la US 1 et venaient voir s'il n'y aurait pas une porte ouverte.

Rien ne bougea dans la maison quand il appuya sur la sonnette, au bas des marches. Et lorsqu'il les eut montées, personne ne se dérangea malgré les coups répétés qu'il donna à la porte. Il se mit alors à parcourir le porche emballé dans sa moustiquaire, et glissa un œil par la fente des stores pour n'apercevoir qu'une salle de séjour aux tons pastel poudreux.

Il était sur le point de renoncer lorsqu'il vit l'homme en fauteuil roulant, au bord de l'eau.

C'était Philip Albright, en chemise de tissu-éponge bleu, short assorti et chapeau rose en tissu-éponge. Il s'agrippait à une canne à pêche et, lorsque Sugarman s'approcha, il donna un coup de poignet professionnel de pêcheur de lutjanide.

Sugarman le salua, mais M. Albright ne tourna pas la tête. L'ex-flic emprunta donc un banc à la table de pique-nique, s'assit à côté du pêcheur et se mit à contempler l'eau sombre du canal. Une raie, faisant onduler ses nageoires latérales pour se maintenir sur place dans le courant, surveillait la crevette d'Albright. Ce dernier ne paraissait pas y faire attention.

Vingt-cinq ans auparavant, cet homme impressionnait beaucoup Sugarman. Propriétaire de l'unique marché au poisson de Key Largo, Albright était alors un pêcheur professionnel réputé. De temps en temps, lorsque Gaeton, Thorn ou Sugar prenaient un mérou ou un tarpon de plus que ce qu'eux-mêmes ou leurs proches auraient pu consommer immédiatement, ils apportaient leurs prises à l'Albright's Fish House. Ce qui signifiait qu'ils devaient affronter les redoutables marchandages du patron.

Seul Thorn s'en sortait. Gaeton prenait d'emblée ce que Albright lui proposait, tandis que Sugarman essayait, sans grande conviction, d'obtenir un peu plus. Thorn, lui, restait inébranlable, glacial, devant cet homme grand et maigre. Ne se laissait pas déstabiliser par ses remarques désobligeantes sur ses poissons et ses capacités de pêcheur. Un jour, il avait enlevé un mérou de trente livres de la balance de l'Albright's Fish House et avait été jeter le poisson mort dans le Snake Creek, plutôt que d'accepter le prix que lui en offrait Albright.

A l'heure actuelle, le patron-pêcheur était à demi paralysé, à la suite d'une attaque. Il avait perdu, semble-t-il, le contrôle des muscles de la moitié droite de son visage. La commissure des lèvres, affaissée, laissait passer un filet de bave et son œil droit tombait, entraîné au sud par la gravité et le poids des muscles atrophiés de sa joue.

Non sans effort, Philip Albright se tourna vers Sugarman, poussa un grognement paisible et reprit sa pêche.

« Bonjour, monsieur Albright. »

L'homme grogna de nouveau, tenta d'articuler quelque chose, mais fut trahi par les muscles inutilisables de sa langue.

« C'est moi, Sugarman. Il y a longtemps de ça, je vous vendais du poisson, de temps en temps. »

Albright crachouilla encore un mot, tandis que Sugar s'approchait pour écouter. Un dysfonctionnement de la glotte, un cafouillage du larynx encombré de flegme ; cependant, à travers tout ça, Sugar réussit à déchiffrer le mot.

« Philip ? »

Albright hocha la tête, oui, oui, c'est ça, appelle-moi Philip. Il détacha la main droite de la canne à pêche et la tendit à Sugarman. Ils se serrèrent la main. Celle d'Albright était désossée et froide.

« Ça me fait plaisir de vous revoir, Philip. »

L'homme acquiesça. Moi aussi.

Un instant, Sugarman éprouva une pointe de vertige, comme s'il n'arrivait pas à faire coïncider les deux images qu'il avait d'Albright : celle d'autrefois, l'image du patron-pêcheur rugueux, agressif, radin, qui passait des semaines en mer sur l'*Ocean Fox,* son vieil Hatteras, et ne revenait à terre que lorsque le bateau était sur le point de couler sous le poids de ses prises, de l'homme qui, à force de revendre des milliers et des milliers de livres de poissons, pendant trente ans, avait édifié l'une des plus importantes entreprises des Keys ; et cet autre Philip Albright, le nouveau Philip Albright, habillé de tissu-éponge, qui rayonnait d'une joie triomphale lorsque Sugarman distinguait une seule de ses paroles.

« Je suis venu parler à Doris », dit Sugarman au bout d'un moment.

Philip bredouilla quelque chose et Sugar se pencha vers lui.

« Au travail ? Elle est au travail ? »

Philip adressa un sourire torve au détective.

Sugarman resta assis à côté de lui sans rien dire pendant une heure. La raie taquina l'appât, au bout de la ligne, mais ne mordit pas. De toute façon, elle ne le ferait pas. Elle appartenait à une espèce qui filtre l'eau, tout au début de la chaîne alimentaire. Elle ne consommait que ce qu'elle capturait dans les mailles de ses ouïes ; des algues, ou les minuscules particules laissées par les poissons carnassiers.

A six heures et quart, un lutjanide de mangrove fit son apparition, chargea et enleva la crevette de l'hameçon de Philip. Il ne parut pas le remarquer et continua de ferrer sa ligne toutes les quelques minutes, geste qu'il accomplissait avec tant de grâce et si peu d'effort que Sugarman n'aurait pu ignorer qu'il était en présence d'un grand pêcheur.

Comme Doris Albright n'était toujours pas de retour à six heures et demie, Sugarman demanda au vieil homme s'il voulait rentrer à la maison. Albright fit « non » de la tête et continua de contempler la surface de l'eau. Puis il gargouilla quelque chose, un cafouillage de mots que Sugarman interpréta ainsi : Philip Albright, maître-pêcheur, était convaincu que maintenant que le soleil était couché, la pêche allait s'améliorer spectaculairement.

Au moment où Sugarman s'installait au volant de sa Mustang, Doris s'engageait dans l'allée du garage avec sa Cadillac Eldorado métallisée or. Il redescendit et la rejoignit à temps pour lui ouvrir la portière.

Elle s'était changée et portait un short blanc et une chemise en toile. Elle dégageait néanmoins une légère odeur de poisson frais. Ils restèrent sur l'allée en béton pour parler.

« Madame Albright, j'ai décidé de ne pas prendre votre affaire. J'ai tenu à venir vous en avertir moi-même.

— Je suis désolée de l'apprendre.

— Ce n'est pas qu'elle ne m'aurait pas intéressé. Pas du tout. Mais il s'est produit un événement, quelque chose de personnel, et tant que cela ne sera pas réglé, je ne vois pas comment je pourrais m'occuper convenablement d'une autre enquête. »

Le regard de Doris quitta Sugarman pour se porter sur Philip, au bord du canal. Ses yeux se vidèrent.

« Voyez-vous, mon mari est très malade. Et il n'y a plus d'argent. La pêcherie est au bord de la faillite. L'assurance maladie ne suffit pas à couvrir les frais.

— Je suis désolé. Vraiment désolé.

— Cependant, si vous pouviez m'aider... m'aider à retrouver cet homme, je crois qu'il accepterait de me prêter de l'argent. Pour m'empêcher de couler.

— Il s'agit de votre premier mari, n'est-ce pas ?

— Oui, répondit-elle en reportant ses yeux sur Sugarman. Vous ne voulez pas entrer ?

— Ça va très bien ici, merci. »

Elle alla s'asseoir sur la première marche de l'escalier. Ses jambes avaient des reflets cuivrés dans la stupéfiante lumière du soir. Sugarman s'approcha d'elle.

« Faut être cinglée, non ? Croire que l'homme que j'ai laissé tomber va me prêter de l'argent ! C'est ridicule.

— Je ne suis pas un grand expert en ridicule.

— J'étais très jeune lorsque je l'ai épousé ; je n'avais même pas fini mes études secondaires. Il était plein de fougue. Militaire. Notre mariage a tenu quelque temps, mais c'était terrible. Il m'étouffait ; j'étais sa prisonnière. Alors je me suis évadée. Il y a quinze ans. Puis, il y a quelques semaines, je l'ai trouvé ici, sur le pas de la porte. Il m'a dit qu'il était riche et m'a demandé de revenir avec lui. Quinze ans, et il me proposait de reprendre la vie commune comme si je n'étais partie qu'une semaine.

— Vous avez refusé.

— J'ai fait pire.

— Sauf que vous avez changé d'avis et que maintenant, vous aimeriez bien le retrouver. »

Elle passa les bras autour de ses genoux. « J'apprécie que vous vous soyez dérangé, monsieur Sugarman. Mais au fond, c'est aussi bien ainsi. C'est une idée stupide. Ça n'aurait pas marché. Je crois que j'étais simplement désespérée, que je ne réfléchissais plus correctement. »

Il y eut un bruit d'éclaboussure en provenance du canal et Sugar, se retournant, vit Philip courbé sur son moulinet, remontant laborieusement une petite girelle.

« Écoutez, dit-il, je peux toujours donner quelques coups de fil. Ça, j'en aurai le temps. Entrer en contact avec des personnes que je connais. Voir si je peux le localiser.

— Vous pourriez faire cela ?

— Il me faut sa dernière adresse connue, son nom complet. Son numéro de sécurité sociale, ses états de service à l'armée, si vous les avez. Des choses de ce genre.

— A l'époque de notre mariage, nous habitions dans une ferme, du côté de Naples. Ni téléphone ni service de poste, dans ce coin. Nous étions très isolés. Nous n'avions même pas de voisins, rien. On prenait le courrier en ville. Cette ferme est la dernière adresse que je peux vous donner. Je doute beaucoup qu'il y soit encore. Il y a tellement longtemps... Je ne sais vraiment pas par où commencer. Je me dis que je pourrais y aller en voiture, demander aux gens. Trouver la personne à qui il a vendu la ferme ; elle saurait peut-être quelque chose. Mais je suis tellement prise, avec Philip ! Je ne sais vraiment pas ce que je dois faire.

— Lorsque votre ex-mari est passé ici, récemment, il ne vous a pas donné une idée de son adresse ?

— Non. Je ne lui en ai pas laissé le temps — je l'ai jeté tout de suite dehors.

— Avez-vous appelé les renseignements ? Peut-être a-t-il le téléphone, maintenant.

— Oui, j'ai essayé. Cela n'a rien donné. Il peut être n'importe où. »

Elle s'aperçut que Sugarman louchait une fois de plus sur ses jambes et eut un sourire fatigué.

« Je pourrais toujours y consacrer une heure ou deux, passer quelques coups de fil, voir ce que je peux trouver.

— Vous avez bon cœur, monsieur Sugarman.

— Pour le moment mon bon cœur me dit que je ferais bien d'aider M. Albright à décrocher ce poisson de son hameçon. On dirait qu'il a un petit problème. »

Elle le retint encore quelques secondes du regard d'un bleu intense de ses yeux, puis toute lumière en disparut et du diable si Sugarman n'eut pas l'impression que le soleil venait de perdre la moitié de son éclat.

9

Il était un peu plus de vingt-trois heures lorsque Thorn arriva à Key Biscayne. Il gara la Volkswagen devant le Rosenfeld Science Building et, une fois franchies les portes vitrées, se retrouva dans une atmosphère brutalement climatisée. Dix minutes plus tard, après avoir transité par quatre bureaux différents, la secrétaire du Dr Paul Ludkin lui assura que si son patron ne savait pas ce qu'était un tilapia rouge, c'est que personne, de ce côté-ci de Saturne, ne le savait.

Le professeur ne leva pas le nez de son ordinateur lorsque la jeune femme lui présenta Thorn, et il continua de fixer l'écran pendant que ce dernier lui expliquait ce qu'il désirait apprendre.

« Ça n'existe pas, déclara Ludkin sans se tourner vers son interlocuteur.

— Que voulez-vous dire ?

— Un tilapia rouge, ça n'existe pas. Il y a le tilapia noir et le tilapia blanc. Mais pas le rouge. Jamais.

Exactement comme si vous étiez venu me demander s'il existait un requin rouge. Je vous aurais répondu la même chose. Le requin rouge n'existe pas. Je peux vous expliquer ce qu'est le requin, tout aussi bien que ce qu'est le tilapia, mais si vous mettez le terme rouge derrière, alors là, je n'ai rien à dire.

— Parfait. Alors parlez-moi du tilapia.

— Ça, je peux. »

Le Dr Paul Ludkin était un homme de petite taille, environ un mètre soixante pour à peine plus de cinquante kilos. Chemise blanche, nœud papillon, veste sport bleue. Ses lunettes en écaille paraissaient peser davantage que toute sa masse musculaire. De la pointe du doigt, on lui aurait traversé la poitrine ; Thorn envisageait déjà cette possibilité. Ce type, manifestement, avait oublié de réviser ses leçons sur les relations interpersonnelles. Calé derrière son bureau en métal vert des surplus de l'armée, il tapait sur quelques touches et redressait la tête pour écouter Thorn, sans cependant quitter l'écran des yeux.

Ludkin était le responsable du programme de sciences marines de l'université de Miami. *Professor emeritus,* avait précisé la secrétaire. Cela signifiait apparemment qu'à force de parler à cent cinquante personnes à la fois, l'homme avait perdu toute aptitude à s'adresser à une seule.

Thorn se calma en jetant un coup d'œil sur la vue que la pièce avait par la fenêtre. Elle embrassait toute une étendue de hauts-fonds bleu-vert et allait jusqu'à l'alignement exubérant des gratte-ciel de Miami. Même par cette journée chaude et embrumée, la ville donnait une impression d'énergie débordante. Tournant au café de Cuba. Pétillante de lumières.

« Mais à quel propos me demandez-vous cela ? demanda Ludkin. Vous débarquez dans mon bureau, c'est à peine si vous vous présentez, et vous attendez de moi que je vous accorde tout mon temps.

— A propos d'un meurtre. »

Cette fois, le professeur se tourna vers Thorn; mais au bout de deux secondes la petite lueur intéressée de ses yeux s'éteignit et il revint à son écran. Il pianota deux ou trois mots.

« Bon. Pour commencer, il ne s'agit pas d'une espèce précise, puisqu'il en existe environ cent cinquante variétés connues. *Oreochromus aurea, hornorum, mossambica, nilotica,* et ainsi de suite. Les tilapias sont des poissons lacustres, indigènes dans les pays du Moyen Orient, en Égypte, en Israël. Les pharaons en auraient élevé pour les manger.

« Ils pratiquent l'incubation buccale des œufs. Autrement dit, la mère conserve les œufs dans sa bouche pour les protéger. Et même lorsqu'ils sont sortis, les alevins, au premier signe de danger, se précipitent dans la bouche de leur mère, passant même par ses ouïes, comme ils peuvent. Quand ils sont encore plus gros, c'est le père qui monte la garde. Avec pour résultat que le taux de survie de ces poissons est infiniment plus grand que chez les poissons ordinaires. Infiniment plus grand.

— De quel ordre, à peu près? »

Ludkin se tourna vers lui. Il avait des yeux minuscules et larmoyants derrière des verres épais.

« Un meurtre?

— Une de mes amies a été tuée. Je crois que c'est en rapport avec une histoire de tilapia.

— Voilà qui paraît bien étrange.

— Vous disiez que le taux de survie de ces poissons était beaucoup plus important...

— Oui, en effet. Tenez, prenez par exemple le mérou. A chaque cycle reproductif, la femelle pond environ cinq mille œufs. Là-dessus, peut-être deux seulement arriveront à l'âge adulte. Deux sur cinq mille! Pas terrible, comme taux de reproduction, même s'il se situe dans la moyenne, pour la plupart des poissons.

Mais avec le tilapia, du fait de l'incubation buccale et de leur remarquable résistance génétique, sur cinq mille œufs, vous aurez à peu près trois mille survivants. Trois mille poissons adultes. Ce qui est mille fois plus que le taux de reproduction moyen des poissons, dans la nature. Ces particularités rendent le tilapia très intéressant pour l'aquaculture.

— L'aquaculture ? »

Ludkin tapa quelques phrases sur son ordinateur.

« La pisciculture, si vous préférez. Le mode de production de nourriture dont la croissance est la plus rapide au monde, à l'heure actuelle.

— Je l'ignorais. »

Ludkin jeta à Thorn un bref coup d'œil exaspéré, mais retourna aussitôt à son écran.

« Certaines sociétés pratiquent l'élevage de poissons depuis des millénaires, même si en Occident nous ne faisons que le découvrir. Nous produisons du saumon, de la truite, du poisson-chat et nous y appliquons les outils dernier cri de notre technologie. Mais nous avons encore un retard considérable. Bientôt, la majorité des poissons que nous consommerons viendront de la pisciculture. Des milliards et des milliards de kilos de poissons grandiront dans des bassins d'élevage. A l'heure actuelle, c'est la course à qui déposera les meilleurs brevets en matière de technique d'aquaculture, à qui lancera les meilleurs poissons sur le marché.

— Toutefois, le tilapia rouge n'existe pas.

— Comme je vous l'ai dit. »

On frappa à la porte, et Ludkin grommela sa permission d'entrer. Une jeune femme, aux boucles blondes impertinentes, glissa la tête par le battant entrebâillé et avertit le professeur Ludkin qu'il était onze heures trente. Les élèves de son séminaire l'attendaient.

« Oui, oui », dit-il, reprenant sa frappe.

La jeune femme gardait toujours la tête dans l'ouverture de la porte.

« Je pourrais peut-être demander à quelqu'un d'autre, suggéra Thorn.

— Professeur Ludkin, insista la blonde, le séminaire devait en principe commencer à onze heures.

— Le tilapia rouge est un mythe, dit Ludkin sans répondre à la jeune femme. Cela fait des années que circule cette histoire, comme un conte de fées. Le plomb métamorphosé en or. Mais c'est impossible. Vous ne pouvez pas transformer un poisson noir en poisson rouge. Pas plus qu'un blanc, d'ailleurs. C'est du charlatanisme. Scientifiquement ridicule.

— Mais pourquoi essayer ? »

Ludkin se tourna vers Thorn, enleva ses lunettes, prit la pochette qui ornait son veston et entreprit d'essuyer les verres.

« Pourquoi essayer ? » répéta-t-il avec un sourire. Il avait les yeux d'un bleu laiteux, et ne voyait probablement pas plus loin que le bout de son bureau. « Pourquoi les actrices se teignent-elles les cheveux en blond ? Pourquoi les constructeurs d'automobiles dépensent-ils des millions à chercher de nouveaux coloris ?

— Et pourquoi vous ne me le diriez pas, tout simplement ?

— Parce que, mon cher ami, un tilapia rouge aurait infiniment plus de succès qu'un tilapia noir. C'est aussi simple que ça. La popularité. Allez sur un marché aux poissons, allez au restaurant. Regardez ce que les gens achètent ou commandent. Des lutjanides — rouges. Des grondins — rouges. Des rougets... Commercialement, ce sont des poissons qui marchent bien.

— C'est ridicule.

— Ridicule ? Oui, sans doute. N'empêche, c'est vrai. En règle générale, les poissons de couleur rouge sont davantage recherchés que les autres. C'est bizarre, mais c'est ainsi.

— Hé, une minute, bon sang ! Qu'est-ce que vous

faites de la truite, du saumon, du mérou ? Ils marchent très bien, et pourtant ils ne sont pas rouges. »

Ludkin remit ses lunettes et regarda froidement Thorn, le temps de compter jusqu'à cinq.

« Seriez-vous stupide, jeune homme ?

— Ouais. C'est l'effet que produit un assassinat sur moi. Ça me rend particulièrement stupide. Stupide et violent. »

Ludkin se recroquevilla d'un ou deux centimètres sur son siège et son teint s'éclaircit d'une ou deux nuances. Finalement, il s'éclaircit la voix et dit :

« Le saumon, la truite, le mérou — ce sont tous des poissons établis, que les gens connaissent bien. Ils les commandent au restaurant, les achètent sur les marchés. Leurs parents en mangeaient, leurs grands-parents aussi. Malheureusement, l'approvisionnement naturel de ces espèces s'effondre spectaculairement. Nous assisterons à la fin de la pêche commerciale au saumon avant la fin de notre vie. Le moment est venu de trouver des solutions alternatives.

« Mais voilà, les Américains ignorent tout du tilapia. C'est un nom qui ne leur est pas familier. Et ces poissons ont beau avoir un taux de reproduction fabuleux, présenter une chair agréable et avoir tous les avantages commerciaux imaginables, les pisciculteurs n'ont pas envie d'en élever simplement parce qu'ils sont laids. En revanche, s'ils étaient rouges, une couleur pour laquelle les Américains ont un faible marqué, si l'on voyait ce poisson rouge sur des lits de glace dans tous les marchés aux poissons des États-Unis, peu importerait l'exotisme de son nom ; les résultats seraient stupéfiants. Si jamais quelqu'un disposait d'un stock de reproducteurs de tilapias rouges, j'oserais même dire que cette personne serait à même de contrôler une belle part du marché de la pisciculture en un an ou deux.

— Le plomb transformé en or.

— En effet. Tout le monde est d'accord là-dessus. Si un tel poisson existait, il serait extrêmement lucratif.

— De quoi est-il question, alors ? D'ingénierie génétique ? De tripotage de l'ADN pour faire du rouge à partir du noir ?

— Malheureusement, c'est impossible. Nous avons nous-mêmes fait quelques recherches sur le problème, ici, dans ce laboratoire. Ils ont essayé à Seamark pendant des années. Echec total. Projet fantaisiste.

— Seamark ?

— Un centre de recherche du gouvernement, près de Florida City. Recherche marine.

— Quoi ? le gouvernement finance des recherches pour changer la couleur des poissons ?

— Agriculture, ingénierie, chimie, tout. Les employés du gouvernement doivent justifier leur salaire, comme tout le monde. Recherchent des promotions. Si quelqu'un, dans un laboratoire d'Etat, découvrait un tilapia rouge, il pourrait exiger n'importe quoi. »

L'homme exhiba de petites dents jaunes.

« Professeur Ludkin, insista la jeune femme, dois-je annuler le séminaire ?

— Et bien entendu, il y a Peter Lavery. Un gentleman-farmer qui dirige une exploitation de tilapias à Thomasville, en Géorgie. Cela fait des années qu'il prétend qu'il est sur le point d'obtenir un tilapia rouge. Malheureusement, c'est un cinglé. Comme ce Winchester. Tous. Des dilettantes, des amateurs. Un peu dans le genre de ceux qui recherchent le mouvement perpétuel.

— Winchester ?

— Sa ferme se trouve sur la côte ouest de Floride. » Ludkin remit ses lunettes, plissant les yeux pour mieux distinguer la jeune femme, dans l'encadrement de la porte. « Que voulez-vous, jeune demoiselle ?

— C'est à propos de votre séminaire de onze heures, monsieur.

— Il est annulé. J'ai trop de travail.

— Bien, monsieur. »

Elle referma doucement la porte.

« Les étudiants ! s'exclama Ludkin. Ces fichus étudiants !

— Dites-moi, dit Thorn. Ce Winchester travaille-t-il aussi sur le tilapia rouge ?

— Tout ce que je sais sur lui, c'est qu'il est passé ici à plusieurs reprises depuis deux ans. Il m'a posé des questions. Il a essayé de me faire parler, comme vous. Et vu la nature de ces questions, je dirais que c'est ce qui l'intéresse. Le tilapia rouge. Oui.

— D'autres clients ?

— Ceux-là sont les principaux. Les principaux cinglés.

— Vous dites que ça pourrait être lucratif. A quel point ? » demanda Thorn.

Ludkin lui adressa un regard neutre qui se prolongea quelques instants. « Transformer le plomb en or, ça rapporterait combien, d'après vous ?

— Pouvez-vous avancer un chiffre en dollars ? »

Ludkin soupira, à bout de patience. Il enleva de nouveau ses lunettes et se mit à en essuyer les verres de son mouchoir crasseux, ses yeux quasi aveugles tournés vers Thorn.

« On consomme des dizaines de milliers de tonnes de poissons par an, répondit le professeur d'un ton monocorde. Le tilapia se vend à cinq dollars la livre. Le tilapia rouge se vendrait certainement plus cher. On peut imaginer qu'avec le changement de couleur, le tilapia pourrait se tailler la part belle dans le marché du poisson — disons dix pour cent, peut-être douze. Faites vous-même le calcul, monsieur Thorn. C'est combien, dix pour cent d'un milliard de dollars ? Avancez-le vous-même, le chiffre. Qu'obtenez-vous ? »

Thorn se leva mais, avant de partir, se tourna une dernière fois vers le professeur. « Ce que j'obtiens, c'est un sacré bon mobile. »

Il était une heure et quart lorsque Thorn s'arrêta dans une boutique d'appâts, à Florida City, et demanda à la maritorne de plus de cent vingt kilos qui trônait derrière son comptoir si elle avait entendu parler d'un endroit qui s'appelait Seamark. Elle était occupée à écumer les bestioles crevées à la surface d'un réservoir de crevettes vivantes. Elle leva les yeux.

« On a de la bière, on a des asticots. Vous voulez quoi ?

— J'ai déjà déjeuné, merci.

— Eh bien, si vous êtes perdu, y a des cartes à vendre de l'autre côté de la rue, à la station-service Shell. » Les bonnes manières de Miami qui gagnaient insidieusement le Sud.

Ils n'avaient jamais entendu parler de Seamark à la station Shell, et pas davantage à la station Texaco. Il s'arrêta devant un embryon de centre commercial. Une animalerie, un réparateur de télé, un marchand de beignets. Sans compter deux boutiques inoccupées. Le grand quartier commercial de Florida City. Il commença par le réparateur télé et la boutique de beignets. Regards vides. Il entra alors dans l'animalerie aux forts effluves. Il lui fallut inhaler l'odeur d'ammoniaque de la pisse de chat, mélangée aux relents de fruits pourris qui montaient des cages des serpents.

« Vous tournez à gauche, sur Silver Palm, lui répondit l'adolescente brune coiffée punk-rock, qui nettoyait une cage de perroquet. Vous continuez jusqu'à ce que la route normale s'arrête. Vous mettez les quatre roues motrices, et vous continuez jusqu'à ce que la route de terre vous lâche à son tour. Vous ne devriez pas être loin.

— On dirait qu'ils tiennent particulièrement à leur anonymat, dans cette boutique.

— Oh, si je connais le coin, c'est parce qu'on est tombés dessus par hasard, avec mon ami, en faisant du VTT. Il y a six mois, à peu près. On n'y est jamais retournés. Pas très accueillants, là-bas. Pas du tout, même. Qu'est-ce qu'ils y fabriquent, d'ailleurs ?

— Je ne sais pas. Ils font peut-être de l'alchimie. »

Elle lui adressa un regard entendu. « J'ai bien pensé que c'était quelque chose comme ça. »

La Volkswagen décapotable de Thorn n'avait pas les quatre roues motrices, et quand la route de gravillons commença à laisser la place à une piste boueuse, il alla la garer à l'ombre d'un gumbo-limbo et continua à pied. Il portait un polo à manches longues, un jean gris et avait aux pieds des tennis vieilles de trois ans, blanches à l'origine, tachées de graisse à moteur et d'entrailles de poissons. Ce qu'il avait de mieux en matière de tenue habillée. Ses vêtements de ville, en somme.

Le polo n'avait aucune efficacité contre les moustiques. Ils allumaient de minuscules foyers de chaleur un peu partout dans son dos et son cou tandis qu'il s'enfonçait de plus en plus profondément dans la forêt. Des figuiers parasites envahissaient les chênes et les pins et un fouillis dense d'essences diverses, acajou, eugenia, platane, ainsi que l'agressif houx de Floride poussait jusqu'au bord de la piste. De temps en temps se dressait un cyprès, des broméliacées incrustées dans les fourches des branches. Le sol était spongieux dès qu'on quittait le chemin ; Thorn se trouvait dans le bourbier de la partie orientale des Everglades. Des oiseaux pépiaient et des cris d'animaux qu'il ne connaissait pas parvenaient à ses oreilles. Il eut un frisson, bref et mystérieux, comme s'il venait d'être observé par quelque chose de gros et de vif. Une panthère, peut-être.

Une odeur opulente et soufrée de terre fraîchement retournée montait à ses narines et l'atmosphère, autour de lui, avait une vague nuance verdâtre. Il remarqua des traces de roues de moto qui avaient séché, sur la piste qui montait légèrement. De l'autre côté du sommet, le chemin s'enfonçait dans un fossé rempli d'une eau noire, pour reprendre à nouveau au milieu de la forêt, sur l'autre bord. La colline de la peur.

Thorn s'immobilisa et tendit l'oreille. Mais il n'entendait que le zonzonnement des moustiques. Il les chassa de la main et s'avança dans l'eau, qui monta tout de suite jusqu'à ses genoux, dans la direction de l'endroit où la piste semblait repartir. Il pataugeait dans la boue, des herbes s'enroulaient autour de ses chevilles et l'eau lui arriva bientôt à mi-cuisse ; il s'entêta à poursuivre et dut, pour se hisser sur la rive opposée, s'accrocher aux racines d'un sapotillier. Lorsqu'il eut repris son souffle, il repoussa une branche de poivrier brésilien et s'enfonça de nouveau au milieu des fourrés.

« Hé, vous, là ! » fit une voix d'homme derrière Thorn, qui sentit le canon d'un fusil peser contre sa colonne vertébrale : « Où allez-vous comme ça, mon gars ? »

Thorn ne bougea pas. L'homme le fouilla avec des gestes de professionnel, avant de venir se placer devant lui. Non seulement il dépassait Thorn de cinq ou six centimètres, mais il pesait quarante kilos de plus. Il avait des cheveux gris frisottés retenus en queue de cheval. Mis à part une paire de bottes de cow-boy, l'homme était nu.

Son gros ventre s'affaissait sur son pubis et cachait presque complètement un minuscule pénis. Il avait des biceps imposants, même s'ils n'étaient pas le résultat d'un entraînement sérieux, et on le sentait capable de soulever un âne mort, si la fantaisie lui en prenait. Sa carabine Remington à réarmement par le pontet paraissait bien entretenue ; crosse en noyer, calibre 375. Un fusil de safari.

« Vu que vous n'avez pas de filet, pouvez pas dire que vous êtes chasseur de papillons, observa l'homme.

— Vous croyez pas que vous pourriez diriger votre copain un peu sur le côté ? demanda Thorn.

— Je pourrais, oui, mais je ne le ferai pas. Pas tant que je ne saurai pas pourquoi vous êtes venu fouiner par ici.

— Je cherche un poisson.

— Ah ouais ? Et où est votre canne à pêche ?

— Le tilapia rouge. C'est celui que je cherche. »

Manifestement, ce nom ne disait rien à l'homme ; son regard resta méfiant, mais aucune petite flamme ne s'y alluma.

« Vous êtes tout nu, observa Thorn.

— Je suis un adorateur du soleil. Je n'ai pratiquement pas porté un seul vêtement depuis 1965.

— Et les moustiques ?

— Ils ont renoncé à m'attaquer.

— Vous vivez dans ce coin ?

— Hé, mon pote, qui pose les questions, ici ?

— Écoutez, dit Thorn, on m'a dit qu'il y avait un centre de recherche, dans le secteur. Un endroit où on faisait de la pisciculture. C'est un domaine qui m'intéresse. J'avais envie de voir ce qui s'y faisait.

— Et vous vouliez trouver l'endroit en question.

— Exactement.

— Vous vous intéressez aux poissons.

— Exactement. Je m'intéresse aux poissons.

— Et merde !

— Écoutez, enfin ! Je m'en tape complètement, de ce que vous fabriquez ici. Alcool de contrebande, plantation de marijuana, je m'en fous. J'essaie juste de trouver cet endroit. Seamark.

— Seamark ? Bon sang, pourquoi ne pas le dire tout de suite ? »

Le gros homme abaissa son fusil, fit demi-tour et s'enfonça au milieu des buissons, Thorn sur les talons.

Ils étaient environ deux douzaines. Entre seize et soixante-dix ans. Tous entièrement nus. Une partie de volley-ball se déroulait sur une zone sablonneuse, à côté de la piscine. Quelques personnes, sur des chaises longues, suivaient le jeu. Un homme accomplissait avec détermination des longueurs de piscine et un poste de radio, posé sur une table de pique-nique, jouait une polka de Lawrence Welk. Plus de femmes que d'hommes. Personne ne fit spécialement attention à Thorn, et celui-ci essaya de ne pas trop faire attention à eux.

Autour du camp étaient réparties une douzaine de petites cabanes ayant chacune un porche fermé d'une moustiquaire. Sur le linteau qui surmontait l'entrée principale, on pouvait lire : SUNNY PALMS.

« Les palmiers en sueur au lieu des palmiers ensoleillés — c'est comme ça qu'ils nous appellent, en ville, déclara le gros homme avec un geste vers l'enseigne du camp. Ils s'imaginent que c'est un lieu de débauche et d'orgie. Mais c'est pas ça du tout. On cherche seulement à retrouver la nature, c'est tout.

— Vous avez beaucoup de voyeurs ? C'est à cause de ça, le fusil ?

— Il n'est pas chargé. Mais dans quatre-vingt-dix pour cent des cas, ça marche. Y a beaucoup de jeunes qui se pointent par ici, en VTT ou en tricycles. Je leur ai piqué leurs jumelles. Vous pouvez pas savoir ce que ça m'énerve. Je fais un tour dans les bois, de temps en temps, histoire de voir s'il n'y en a pas qui traînent. »

L'homme précéda Thorn dans la construction principale.

« Hé, Shelley ! lança-t-il une fois qu'ils furent à l'intérieur. J'ai trouvé celui-là dans le secteur est. Il dit qu'il cherche Seamark. Si tu as un problème, t'appelles. »

Là-dessus, le gros homme eut un regard d'avertissement pour Thorn et ressortit, le laissant en présence d'une femme aux cheveux noirs qui devait avoir à peu près son âge. Elle était bronzée au point d'avoir la couleur du pain d'épice. Des yeux noirs, de longs cils.

Elle avait de gros seins qui tombaient tellement bas que la grande table de chêne sur laquelle elle s'appuyait en cachait les mamelons.

« Vous cherchez Seamark ?

— En effet.

— Eh bien, vous l'avez trouvé. »

Thorn regarda autour de lui. Boiseries en cyprès orange. Deux murs tout en étagères couvertes de livres. Ici et là, des dessins d'enfants, oiseaux et alligators, punaisés sur les panneaux libres.

« Ça ?

— Oui, ça. Il y a encore sept mois, le gouvernement louait la terre. Maintenant, c'est nous qui louons. On a occupé leurs constructions. Une jolie petite propriété. Loin des routes.

— Je commence à penser que mes informations sont périmées.

— On dirait bien. »

Elle se leva, exhibant un corps mince et athlétique et une touffe embroussaillée de poils pubiens. Elle fit le tour du bureau et se planta devant lui.

« Qui êtes-vous ?

— Un type, répondit-il, qui cherche à savoir ce qui est arrivé à la femme qu'il aimait. »

Elle l'étudia quelques instants et il eut l'impression qu'une petite flamme s'allumait au fond des yeux sombres.

« Je vais vous montrer tout ça. Seriez-vous plus à l'aise sans vos vêtements ?

— Si vous n'y voyez pas d'inconvénient, je préfère les garder.

— Comme vous voudrez. »

« C'est ici qu'on a trouvé les cadavres », dit Shelley. Elle venait de conduire Thorn jusqu'à ce qui restait d'un édifice en béton, un cube posé à une cinquantaine de mètres à l'est du terrain de volley-ball. Un incendie avait ravagé le bâtiment. Deux tables métalliques brillaient au milieu des décombres. On apercevait aussi des vases brisés et un bec Bunsen tordu, les restes à demi fondus de ce qui paraissait être un microscope, des fragments de mobilier de bois.

« Les cadavres ?

— Oui, douze. Toute l'équipe de Seamark. L'un des membres de notre club, Andy Beam, faisait partie de l'équipe des pompiers volontaires de Homestead. On les a appelés en renfort, et quand ils sont arrivés, ils ont vu les corps encore empilés.

— Je ne vous suis pas.

— Empilés comme des planches. Les pieds de l'un sur la gorge de l'autre. Comme une cabane en rondins faite de cadavres. Andy a dit que c'était la chose la plus sinistre qu'il ait jamais vue. Une sorte de plaisanterie macabre. Aucune trace de sang. Pas de blessures par balle ou par lame. Juste douze morts empilés.

— Je n'ai jamais entendu parler de cette histoire.

— Oh, vous ne risquiez pas. Les nouvelles intéressantes ne parviennent jamais aux journaux. Il y a toujours quelqu'un qui s'arrange pour que ce genre d'information ne filtre pas.

— Sauf si on a un ami pompier. »

Shelley ne répondit pas et précéda Thorn sur un petit sentier sablonneux qui aboutissait à une clairière.

« Nous n'avons pas encore pris de décision sur ce que nous allons en faire. On doit bien pouvoir en tirer quelque chose. »

Au milieu de la clairière, s'ouvrait un bassin cimenté de la taille d'un demi-terrain de basket.

« C'était là qu'ils élevaient les poissons. Le bassin d'incubation.

— De tilapias.

— Si vous voulez.

— Et qu'est-ce qui leur est arrivé ?

— D'après Andy, c'était incroyable. Tellement de

poissons, là-dedans, qu'on aurait pu marcher dessus. Tous flottaient sur le dos. Empoisonnés.

— Est-ce que par hasard Andy se souvient de leur couleur ?

— Leur couleur ?

— Andy est-il ici, aujourd'hui ?

— Il joue au volley-ball.

— Pas d'inconvénient à ce que je lui parle une minute ?

— Bien sûr que non », répondit Shelley.

Andy Beam s'en souvenait très bien. Le ballon de volley à la main, élégant, bronzé, il regardait Thorn pendant que les autres les entouraient, étudiant avec curiosité les vêtements de leur visiteur. « Rouges, dit Andy.

— Vous en êtes sûr ? Sûr et certain ?

— Ouais, rouges. Un rouge rubis éclatant. »

10

Le lundi soir, Jeanne Sugarman revint à neuf heures de son cours de bonsaï, regarda son mari et Thorn qui, assis côte à côte sur le canapé jaune, un grand saladier de pop-corn entre eux, suivaient l'enregistrement vidéo d'une journée à la First Federal Savings puis, sans un mot, secoua la tête et partit à grands pas dans sa chambre.

« Elle a mon boulot en horreur. Il paraît que ça la dégoûte, remarqua Sugarman avec un sourire douloureux qui lui tordit la bouche.

— Et pourquoi ?

— Eh bien, avant tout, parce qu'il ne rapporte rien.

Cela fait six mois que nous vivons sur nos économies. Mais aussi parce qu'il manque de flamme.

— De flamme ?

— C'est son expression. Elle l'a ramenée de son cours de danse ou de je ne sais pas quoi. Tout d'un coup, un jour, elle s'est mise à parler de flamme. Des trucs qui en ont, de ceux qui n'en ont pas.

— Et ton boulot n'en a pas.

— Mon boulot n'en a pas. Ni moi. Ni ma vie. D'après elle, j'avais davantage de flamme quand j'étais flic. Maintenant que je suis à mon compte, j'ai perdu le peu que j'en avais. »

Thorn jeta un coup d'œil au petit cadran numérique, dans le coin en haut à gauche de l'écran. La bande se déroulait à vitesse triple, ce qui transformait une journée de travail de huit heures en un film muet de deux heures. Les clients défilaient comme des pingouins maladroits, animés de gestes spasmodiques ; les caissiers les mitraillaient de paroles, leur adressaient des sourires fugitifs, et s'emparaient brusquement du téléphone pour y parler à toute allure.

Au début de la soirée, Thorn n'avait pu supporter plus que le doublement de la vitesse de défilement, tant ses yeux avaient peu l'habitude du petit écran. Mais au bout de quelques heures ils avaient fini par s'y ajuster et il commençait même à rêver d'une vitesse de défilement multipliée par six, voire par dix. Tout, pourvu que passent plus vite ces journées barbantes.

« Je parie que je ne dois pas être bien haut sur l'échelle des incendies, observa-t-il.

— Pas du tout. (Sugarman baissa la voix.) Jeanne prétend que tu as beaucoup de flamme. Mais que tu es un ascète.

— Moi, un ascète ? »

Il regarda les clients qui attendaient de déposer leur chèque de la sécurité sociale, bavardant entre eux. Petits mouvements brusques de la tête, tressaillements et spasmes des interactions humaines. Des gens qu'ils connaissaient, des inconnus. La caissière était une femme avec laquelle il était sorti deux ou trois fois à l'époque du lycée, Judy Mueller; émaciée, elle avait l'air à cran après trois mariages, deux gosses et un court séjour en prison pour avoir transporté quelques kilos d'herbe jusqu'à Miami.

« D'après Jeanne, répondit Sugarman, tu gardes ta flamme cachée au fond de toi. Comme un moine. Tu en es avare. Tu ne t'en sers que pour poursuivre un but intérieur.

— Cette Jeanne, tout de même... Où va-t-elle chercher des trucs pareils ?

— Ouais. Avec elle, je suis toujours en alerte rouge. » Sugarman vida ce qui restait de Coke et posa le verre sur la table basse. Puis il rafla une pleine poignée de pop-corn, imité par Thorn. La bouche à moitié pleine, il reprit : « Le fait est que je suis même tellement en alerte rouge permanente que j'ai quasiment oublié qu'il existait autre chose. »

Thorn lui tapota le genou.

Les murs de la salle de séjour étaient un musée des foucades successives de Jeanne. Macramés. Broderies affichant des proverbes définitifs. Photos en noir et blanc d'insectes (période entomologique). Toute une paroi consacrée à des icônes religieuses : crucifix, vierges, sculptures noires et austères de saints. Et les différents diplômes qui lui avaient été décernés pour avoir vendu des cosmétiques au porte à porte, chanté dans une chorale, et gagné une mention honorable lors d'une exposition d'art locale. Cela faisait des années qu'elle fonctionnait ainsi, changeant de lubie environ toutes les six semaines. Ne prenant goût sérieusement à rien.

« Pas d'aventures particulières, aujourd'hui ? »

Thorn répondit que non; il sentait que Sugarman l'observait, mais il ne tourna pas la tête.

Ils continuèrent à regarder l'enregistrement, faisant à l'occasion des commentaires sur les gens qu'ils connaissaient. Des gens qu'ils n'avaient pas vus depuis quelque temps, d'autres sur lesquels ils se rapportaient des anecdotes. Des gens avec qui ils étaient autrefois amis, et avec lesquels ils l'étaient encore, dans la plupart des cas. Ils avaient couvert les trois dernières semaines de « Un jour à la banque », et absolument rien n'avait attiré l'attention de Thorn.

Sugarman se leva et remplaça « Un jour à la banque » par « Un jour à Murtha's Liquor ».

« Tu te sens d'attaque pour un autre, ce soir ? »

Thorn répondit que oui, qu'il était toujours bien réveillé.

« Je crois que je commence à m'endormir un peu, mais je me sens capable d'en regarder encore un. Mais au fait, Sugar, qu'est-ce qu'on pouvait bien attendre que vous trouviez dans ces enregistrements, nom d'un chien ?

— Oh, c'est une procédure courante. Ils accumulent des kilomètres de bandes ; ils y ont investi beaucoup d'argent. Ils ne peuvent pas simplement les ranger dans un coin, tu comprends ?

— Si bien qu'ils dépensent encore plus d'argent en demandant à quelqu'un de les regarder...

— Pas tant que ça, tu sais.

— As-tu jamais trouvé quelque chose ?

— Une fois. Il y a un mois, pendant que Darcy regardait, elle a repéré un jeune caissier qui faisait passer une liasse de billets d'un tiroir à un autre pendant que son collègue avait le dos tourné. Environ cinq cents dollars. Il avait commencé par la poser sur le bord de sa caisse, et cinq minutes après, il la faisait glisser dans la boîte de son déjeuner. Il m'a fallu regarder ce truc cinq ou six fois avant de comprendre ce qu'il fabriquait. Mais Darcy l'avait tout de suite repéré.

— Elle ne m'en a jamais parlé.

— Elle se disait peut-être que ça ne t'intéresserait pas.

— Ouais, peut-être.

— En tout cas, Bill Getty était tout excité. Je lui ai montré l'enregistrement. Je ne sais combien de fois il se l'est repassé. Il avait enfin coincé un de ces salopards qui lui volaient du fric. Il avait constaté des trous dans sa caisse une ou deux fois par mois depuis un peu plus d'un an, sans pouvoir deviner d'où ça venait. Il finissait même par se dire qu'il devait s'agir d'une véritable conspiration de tous les employés. Et voilà qu'il avait le coupable sous les yeux, noir sur blanc. Il était fou de joie. Il m'a renouvelé son contrat pour un an.

— Et Murtha ?

— Lui, c'est une autre histoire. Un vieux type, dans les soixante-dix ans. Tu connais son magasin, Liquorland, juste en face du lycée. »

Thorn acquiesça. Oui, il connaissait la boutique. Il y était entré une ou deux fois, mais ne se souvenait pas de la tête du propriétaire.

« Murtha est tout seul dans son magasin. Pas d'employé qui risquerait de mettre la main à la caisse. N'empêche, la caméra tourne toute la journée, de neuf heures tapantes à dix-sept heures précises.

— Mais pour quelle raison ?

— Ce type est parano. Il est sûr que certains des pauvres diables qui entrent dans la boutique lui piquent des bouteilles. Dans les petits formats, surtout. C'est devenu une véritable obsession chez lui. Il me demande de repérer tous les moments où on voit un type à cheveux longs ou pas très net sur lui qui risquerait de glisser quelque chose sous sa chemise. Il fait agrandir l'image et l'étudie à la loupe. Il n'arrête pas de délirer, de dire que s'il chope un de ces trous-du-cul, il va lui arracher ses putains de couilles. Un peu inquiétant, le vieux chnoque.

— Jetons un coup d'œil. »

Thorn s'enfonça dans le canapé, mit les pieds sur la table basse, braqua la télécommande sur le magnétoscope et fit défiler à toute allure une première journée chez Murtha.

Au début, ce fut un soulagement, après toutes ces heures passées à la banque. Mais la routine s'installa rapidement. De petite taille, trapu, Murtha avait le teint sombre et des traits épais de type méditerranéen — turc ou grec. Il portait des vêtements de couleur foncée, curieusement déplacés dans les Keys. A soixante-dix ans passés, il avait conservé une épaisse chevelure blanche mais se déplaçait avec précaution, d'un pas hésitant, comme s'il s'attendait à voir d'un instant à l'autre une trappe s'ouvrir sous ses pieds.

Murtha ouvrit son magasin à neuf heures pile, entra et se rendit directement dans l'arrière-boutique. Il en ressortit une minute après, avec un tablier. Il donna un coup de plumeau à toutes les bouteilles puis, l'époussetage terminé, alla ouvrir son coffre-fort et remplit son tiroir-caisse.

A dix heures, il avait déjà avalé deux tasses de café et vérifié trois fois le bon ordre de sa chevelure dans le miroir du mur ouest. Il déverrouilla alors la porte, la maintint ouverte, jeta un coup d'œil dans le parking et revint à l'intérieur. Il s'installa dans un fauteuil, derrière le comptoir, et entreprit la lecture du *New York Times,* section par section, sans sauter une seule page. Chaque jour, vers onze heures trente, il tirait de sous le comptoir un repas tout prêt. Nouilles au fromage, beignets de porc, Thorn n'aurait su dire. Il l'engloutissait en quelques instants dans un accès de gloutonnerie tout en finissant son journal ; lorsque le sac était vide, il le roulait en boule et tentait de faire un panier en le lançant dans la corbeille à papier, près de la porte d'entrée. Il la manquait la plupart du temps.

Thorn continua de visionner les enregistrements pendant la dernière semaine de juillet, et put observer les mêmes têtes blanches achetant les mêmes cruches d'un gallon de vodka, les mêmes ouvriers des chantiers de construction étalant leurs billets imprégnés de sueur en échange d'un quart de rhum ou de bourbon. Un vendredi soir, un groupe d'adolescents noirs fit une descente dans le magasin. Ils paraissaient penser à autre chose qu'à acheter de l'alcool. Mais l'un d'eux repéra la caméra, et ils se mirent à faire les idiots devant elle. Probablement le plus grand quart d'heure de gloire qu'ils pussent espérer de toute leur vie. Ils repartirent peu après sans avoir rien acheté.

Puis, le lendemain, une femme maigre entra dans le magasin. Elle avait des cheveux noirs et le teint clair. A sa manière, sans raffinement, chaotique, elle était jolie. Elle parla pendant quelques minutes avec Murtha. C'était la conversation la plus longue à laquelle Thorn assistait depuis le début. Il passa en vitesse normale de défilement.

Quelque chose était arrivé au visage du propriétaire de la boutique; ses traits s'étaient durcis et on aurait bien dit qu'il était effrayé. La fille fit le tour du comptoir et se tint là, la tête inclinée de manière provocante, papillonnant des yeux. Murtha s'approcha d'elle; la fille tendit une main et le toucha. Le comptoir cachait son geste mais à la manière dont l'homme tressaillit, Thorn comprit qu'il s'agissait d'un contact pour le moins intime. Murtha devint soudain très agité, raccompagna sans ménagement la fille jusqu'à la porte et la jeta pratiquement dehors. Elle resta un moment sur le trottoir, lui souriant, puis s'en alla.

Sugarman ronflait doucement sur le canapé, à côté de lui. Thorn regarda défiler plusieurs journées dépourvues d'événements à Liquorland. Puis, un samedi matin, à dix heures sonnantes, se présenta au magasin la même jeune femme maigrichonne d'une vingtaine d'années, habillée d'un jean et d'un T-shirt noirs, un sac de paille à l'épaule.

Murtha reposa le sac de Cheetos, bonbons auxquels il faisait un sort, sortit de derrière son comptoir et vint se planter devant elle. Elle lui adressa quelques mots. Il l'étudiait, les yeux plissés, comme s'il avait du mal à digérer ce qu'elle lui disait. Elle se mit sur la pointe des pieds et embrassa le vieil homme sur la joue. Puis, le dos tourné à la caméra, elle prit quelque chose dans son sac et le lui tendit. Murtha secoua la tête d'un air triste, mais résolument. Un refus, exprimé avec beaucoup de regrets.

La jeune femme parla de nouveau, avança d'un pas et posa l'objet sur le comptoir. Il s'agissait d'un pistolet noir, calibre 38, à canon court. A cet instant, Murtha parut se souvenir de la présence de la caméra, car il jeta un coup d'œil dans sa direction, puis couvrit l'objectif de la main. Le film devint noir. Lorsque l'image revint, la jeune fille était partie et Murtha avait repris ses occupations méthodiques habituelles de commerçant. L'expression avenante affichée à l'arrivée de la jeune femme avait disparu.

Thorn s'était redressé, attentif. Mais il n'y eut pas d'autre apparition de la jeune femme maigrichonne ce samedi-là. A cinq heures, l'enregistrement s'interrompit, pour reprendre à neuf heures le lundi matin. Rien d'inhabituel ce jour-là, et la fille ne se montra pas.

La bande arriva à sa fin et Thorn se leva pour la remplacer par la suivante. Le mardi, ce fut la routine habituelle. Le mercredi aussi. Thorn était sur le point de considérer que la rencontre avec la jeune femme ne présentait aucun intérêt, lorsque arriva le jeudi. La première personne qui franchit la porte du magasin fut Darcy Richards.

Thorn s'empara de la télécommande et fit marche arrière ; à vitesse normale, il regarda Darcy entrer dans la boutique. Murtha se tenait derrière le comptoir, et elle lui parla un moment. Elle portait son blue-jean, un haut blanc en jersey et son blouson rouge trop grand, manches roulées sur les bras. Son sac au crochet à lanières de cuir était jeté sur une épaule ; elle avait passé un pouce dans la bandoulière qu'elle tendait avec raideur.

Elle prononça quelques phrases et Murtha sortit de derrière le comptoir, sans lâcher son sac de chips. Debout devant elle, il commença par baisser les yeux, et ensuite la tête. Elle continuait à parler, s'adressant à son crâne. Puis elle se tut et changea de position, penchée vers lui. Elle ajouta alors quelque chose, une courte phrase, dure et définitive. L'homme se redressa. Il s'éloigna de Darcy, secoua la tête d'un mouvement de dénégation de plus en plus rapide ; puis, pour la première fois, il prit la parole, se défendant, montrant les dents — un rictus — avant d'incliner la tête de côté comme un boxeur qui se mettrait lentement en garde. Il continua de parler, s'avançant vers Darcy qui recula d'un pas. Elle répondit quelque chose, puis trébucha légèrement ; à cet instant, Murtha laissa tomber le sac de chips et gifla la jeune femme à toute volée.

Thorn appuya sur le bouton d'arrêt sur image.

Il prit une profonde inspiration, souffla. Fit revenir l'enregistrement en arrière, puis en avant, au ralenti. Respira à nouveau profondément, vérifia si Sugarman dormait toujours. Il revint à l'écran et vit Murtha bondir sur elle, vit Darcy chanceler, Murtha qui réagissait, profitait de la situation pour prendre son élan et la frapper, main ouverte, sur la joue gauche. Thorn commanda l'arrêt sur image. Darcy grimaçait, la tête projetée en arrière dans un tourbillon de cheveux.

Il se leva et s'approcha de l'appareil de télé. Il était posé à hauteur des yeux sur une étagère en faux bois. Thorn vint tout près de l'écran.

Il n'y avait aucun bruit dans la maison, sinon le murmure paisible du magnétoscope et le minuscule crépitement des électrons bombardant la vitre argentée ; certains de ces électrons le pénétraient, franchissaient les vingt centimètres qui séparaient le visage de Thorn de l'écran. Les électrons lui envoyaient l'image de Darcy, au-delà du tube, au-delà de l'écran. Le fusillaient de cette image, le transperçaient, lui hérissant les cheveux sur la nuque.

11

Roy David Murtha, 218 Sandpiper Bay Road. Thorn trouva l'adresse dans l'annuaire.

Il courut jusqu'à sa voiture, traversa à tombeau ouvert le quartier de Sugarman pour regagner la voie rapide, écrasa alors l'accélérateur, traversa la ligne médiane pour emprunter les voies montant vers le nord, fit une embardée pour éviter un autocar Greyhound qui klaxonna et fit des appels de phares. Mais Thorn garda le pied au plancher, et ce fut le défilé des agences immobilières, des banques, des quincailleries, des pizzerias, des restaurants, des boutiques de souvenirs ; il traversa le centre de Key Largo, tous les commerces étaient fermés, passa devant des motels, des magasins de matériel de plongée, des bars, des appartements en copropriété, tandis que l'air chaud tourbillonnait dans la Volkswagen, soulevait de vieux papiers qui traînaient sur le siège arrière et les envoyait valser dans la nuit ; bientôt, l'aiguille du compteur de vitesse frôla les cent vingt et il se trouva lancé à toute allure dans la longue ligne droite bordée par l'hôtel Sheraton et le Popp's Motel, puis le Stoneledge ; il ne leva pas le pied pour négocier la grande courbe avant l'entrée de Tavernier, donna des coups de volant pour dépasser les voitures attardées et les camions, puis freina brutalement, faisant crisser les pneus tandis que les roues se soulevaient d'un côté, quand il tourna brutalement dans le parking de Sandpiper Bay Village. Thorn reprit le contrôle de la direction, mit le cap sur un emplacement matérialisé par un poteau en ciment et s'arrêta tout contre, sans douceur.

Il coupa le moteur, ouvrit sa portière. Onze heures et demie. Tout était tranquille. Quelques voitures, éparpillées dans le parking. La plupart des appartements du lotissement appartenaient à des gens de Miami ou aux migrateurs du Nord. La marée canadienne. Toutes les enseignes en français.

Sugarman aurait incontestablement jugé cela imprudent. Il aurait voulu que Thorn s'assoie gentiment pour discuter avec lui, en prenant tout son temps, de la meilleure façon de procéder. Peut-être, si Thorn l'avait réveillé, auraient-ils décidé d'attendre l'heure d'ouverture, demain matin. On se calme. Puis ils auraient franchi ensemble le seuil de la boutique et auraient demandé des explications à Murtha à l'endroit même où il avait giflé Darcy. Probablement le comportement intelligent à adopter. Rationnel, contrôlé.

Thorn gravit l'escalier quatre à quatre et se retrouva devant le 218 avant même que sa conscience eût le temps de soulever une objection. Il cogna contre la porte. Huit, dix fois. Malmena la poignée. Puis se tourna et donna des coups de talon dans le battant. Sept, huit, neuf. Recommença à marteler le panneau de coups de poing, à deux mains, au rythme de ses battements de cœur.

La porte de l'appartement voisin s'entrouvrit. Deux yeux apparurent dans l'entrebâillement, au-dessus de la chaîne de sécurité. Il hésita, les poings levés.

« Thorn ? » fit une voix de femme.

Il baissa les bras. Son cœur ralentit.

« C'est toi, Thorn ? »

La porte se referma. Thorn attendit. Il y eut un bruit de chaîne, le battant se rouvrit et Rochelle Hamilton s'avança sur la galerie extérieure, habillée d'un long T-shirt blanc où l'on voyait Blanche-Neige entourée des Sept Nains. La silhouette de son corps faisait une ombre à travers la finesse du coton.

Rochelle avait fait ses études secondaires dans le même établissement que Thorn, le Coral Shores High, mais elle était plus jeune que lui. Plus proche de l'âge de Darcy que du sien. Meneuse des pom-pom-girls, reine de beauté locale, présidente de sa classe, c'était elle qui avait prononcé le discours de fin de promotion. Elle avait remporté une bourse pour Harvard. Mais là-bas, il lui était arrivé quelque chose de mystérieux. Thorn n'avait jamais su quoi. A peine au bout d'un an passé à Boston, elle était revenue à la maison, racontant de sinistres histoires sur le monde extérieur, loin de l'île. Actuellement, elle et ses parents tenaient un petit commerce de yaourts et produits laitiers dans un centre commercial. Belle, intelligente, Rochelle s'était mise à faire n'importe quoi, s'enivrant à tomber par terre en public, se taillant la réputation, dans l'île, de ne pas être farouche avec le premier routier venu, pourvu qu'il soit assez riche pour acheter de la bière. Ils avaient échangé quelques paroles, par-dessus le comptoir de la boutique, lorsqu'il avait été acheter des yaourts avec Darcy, mais c'était les seules fois où il lui avait parlé.

Thorn détourna le regard et eut un coup d'œil pour le parking, en contrebas.

« Tu cherches Murtha ? »

Il répondit que oui.

« Qu'est-ce qui se passe ? Tu es à court de whisky ? Ça ne peut pas attendre demain ? »

Il tourna la tête et s'efforça de ne regarder que son visage, de ne pas laisser errer ses yeux sur la silhouette, sous le T-shirt.

« Désolé de t'avoir réveillée, Rochelle.

— Oh ! tu ne m'as pas réveillée. Je ne dors pas. Je suis de la famille des insomniaques. Je m'allonge, je ferme les yeux, mais rien ne se passe. Je me mets à penser à des tas de choses, à la place. Pendant que tout le monde se régénère et rêve, moi, je reviens sur mon passé.

— Tu sais, rêver n'est pas toujours aussi agréable qu'on le dit. »

Elle sourit et tripota l'ourlet de son T-shirt.

« C'est à cause de Darcy que tu es ici, non?

— Pourquoi demandes-tu ça?

— J'ai entendu parler de ce qui lui est arrivé. Je suppose que c'est pour ça que tu as cet air...

— Qu'est-ce que tu sais, Rochelle? Dis-moi. »

Elle regarda dans la nuit, gagnant du temps. Thorn avait des tressaillements dans les mains et sentait un filet de transpiration lui couler dans le dos.

« Dis-moi ce que tu sais, Rochelle.

— Oh, c'est un truc sans importance. » Elle le regarda à nouveau, se livrant à une sorte de calcul, dans sa tête, comme si elle estimait jusqu'à quel point elle devait être honnête. « Murtha m'a posé des questions sur elle, c'est tout. Il m'a demandé ce que je savais de Darcy.

— Tiens donc!

— Et aussi sur toi. Qui tu étais, où tu habitais.

— Quand ça?

— Je ne me souviens pas très bien. Il y a quelque temps. Deux ou trois semaines. »

Elle s'avança jusqu'au garde-fou d'aluminium et se pencha pour regarder dans le parking. Son T-shirt remonta et révéla ses cuisses.

« Il n'est pas ici, reprit-elle en se retournant. Quand sa Firebird rouge n'est pas là, c'est qu'il est en vadrouille. »

A une centaine de mètres, un poids lourd passa en grondant et le béton trembla sous leurs pieds.

« Sais-tu où il va, avec sa Firebird? Les endroits qu'il fréquente?

— D'après ce que je peux dire, il a lui aussi un problème de sommeil, répondit Rochelle. J'ai cru comprendre qu'il aimait conduire. Il fait des petites balades nocturnes. Pousse jusqu'à Miami, va prendre un pot quelque part.

— Dans quel genre de boîte ?

— Il ne m'a pas fait ses confidences. Je l'entends simplement quand il rentre, juste avant l'aube. Il m'est arrivé de me lever très tôt, une ou deux fois, et de le voir garer la Firebird. Il était en grande tenue, veston, cravate, chaussures cirées. C'est pourquoi j'ai pensé à Miami. Si tu te promènes ici dans cette tenue, tu risques carrément la bagarre, non ?

— Il va peut-être à l'église. A la messe de minuit. »

Rochelle sourit. Son regard allait et venait entre Thorn et la nuit. Elle prit une profonde inspiration et eut un soupir enroué. Elle s'adossa au garde-fou et posa les coudes dessus. Thorn s'autorisa un coup d'œil. Purement clinique. Les mécanismes de sa sexualité étaient au point mort. N'empêche, Rochelle était restée une reine de beauté. Elle était encore cette femme voluptueuse et brillante qui avait eu l'honneur de partir avec la bannière de la ville à l'assaut des sinistres territoires du Nord-Est, pour y mener le grand combat. Combat qu'elle avait perdu.

« D'accord, Rochelle. Désolé de t'avoir dérangée. » Il se tourna pour partir.

« Tu ne veux pas entrer une minute ? Je t'offre une bière. Quelque chose me reviendra peut-être à l'esprit. »

Il revint sur ses pas.

« Si tu sais quelque chose, Rochelle, tu me le dis. Rien de plus. »

La jeune femme se raidit et croisa les bras sur la poitrine. Son corps, son visage émettaient des signaux confus. Défiance, coquetterie, embarras.

« Je ne te faisais pas des avances, Thorn. Je t'invitais juste à boire une bière.

— Si je t'ai mal comprise, je suis désolé.
— Tu m'as mal comprise, en effet. »

Elle soutint son regard pendant quelques instants, puis quelque chose céda en elle. Une grimace lui déforma les traits, comme si elle avait une bouffée nauséeuse soudaine.

« Eh bien, bonne nuit, Aigle Vengeur. Dormez bien. »

Thorn ne répondit pas.

Rochelle rentra chez elle et referma la porte. Thorn compta les claquements de quatre verrous. Il fit demi-tour et retourna à sa voiture, se sentant faible, sonné. Les derniers effluves de sa montée d'adrénaline vaporisés dans l'éclair de colère de Rochelle.

Il roula jusque chez lui, la paupière lourde, soudain conscient du manque de sommeil accumulé au cours des derniers jours, qui maintenant l'écrasait et transformait son sang en sirop anesthésiant. Même le fait de repenser à la gifle de Murtha ne le ranimait pas. Ce dont il avait besoin, c'était de dormir jusqu'à trois heures de l'après-midi. Puis de prendre un bon petit déjeuner avant de s'asseoir à son bureau pour mettre au point un plan d'action.

Ce n'était peut-être pas aussi grave que ça. La gifle pouvait n'avoir aucun rapport avec ce qui était arrivé à Darcy. Sugarman était même peut-être déjà au courant de l'incident. Un désaccord sur une facture, quelque chose qui n'avait rien à voir avec la mort de la jeune femme.

Thorn roulait sur la voie rapide qui sautait d'île en île, surveillant l'asphalte noir dans ses phares.

Non. Cette gifle ne concernait pas une facture en retard. Sugarman, s'il avait été au courant, ne l'aurait pas oubliée. Certainement pas. Même le doux et débonnaire Sugarman ne l'aurait pas pardonnée à Murtha.

Il revint en respectant les limites de vitesse. Et en dépit de la fatigue qui lui brûlait les yeux, quelque chose attira son attention alors qu'il était encore à un kilomètre de la piste en gravier qui conduisait chez lui ; il tourna vivement la tête avant d'avoir pu mettre un nom sur ce qu'il avait aperçu. Garée à côté de General Food Mart, la supérette du coin, il y avait une voiture d'un rouge éclatant. Thorn leva le pied et regarda mieux. Et effectivement, il s'agissait d'une Pontiac Firebird, nom de Dieu !

Il freina, rétrograda, coupa la ligne médiane, heurta le bord du trottoir de l'autre côté de la chaussée, et se glissa sur le parking du magasin.

Quand il poussa le battant de verre de la double porte, Abner leva les yeux, derrière son comptoir. C'était un Noir de plus de soixante-dix ans que Thorn connaissait vaguement par Sugarman. Même église, même club de bowling.

Abner referma le magazine de potins de Hollywood qu'il feuilletait. « Tiens, monsieur Thorn... Vous vous êtes levé tôt ou vous allez vous coucher tard ?

— Un peu des deux. »

Thorn longea la devanture du magasin pour examiner chaque allée. Tout étincelait, et il n'y avait personne. Il continua jusqu'au bout, néanmoins, remonta la dernière allée et, au fond du magasin, poussa la double porte battante qui donnait sur la réserve. Rien, là non plus.

Il revint lentement vers le comptoir, d'où Abner lui souriait avec gentillesse.

« Dites-moi, Abner, la Firebird qui est garée là devant... elle est à vous ?

— Ah, ça ne me déplairait pas. Bon sang, une voiture comme celle-là !

— Savez-vous à qui elle appartient ?

— Je ne connais pas son nom, mais je peux vous dire de quoi il a l'air.

— Un type âgé ? Petit, trapu, avec des cheveux blancs et drus ? L'air d'un Grec ? Basané ?

— Exactement. C'est lui.

— Quand a-t-il laissé sa voiture ici ?

— Il y a un petit moment.

— Vous avez vu la direction qu'il a prise ?

— Oui, vers le nord, le long de la route.

— Vers chez moi, en somme. »

Abner le regarda fixement et se gratta le chaume gris qu'il avait au menton.

Dehors, une vieille fourgonnette blanche vint se ranger sur le parking. Trois hommes en sortirent, barbus, les cheveux longs et sales, en chapeau de cuir, des tatouages aux bras.

« Ne vous inquiétez pas, murmura Abner. Ce sont des clients, des motards. Ils ont dû fumer quelques joints dans leur club privé, et viennent s'acheter un ou deux Twinkie. »

Thorn regarda les motards entrer et se disperser le long de l'allée aux confiseries.

« Vous êtes toujours ami avec Sugarman ? »

Thorn répondit que oui.

« Il est toujours dans la police ?

— Non, il s'est mis à son compte. »

La bande des Hell's au bec sucré vint se mettre en rang derrière Thorn, les mains pleines de M&M's et de Snickers. Thorn leur céda la place, et Abner fit sonner sa caisse enregistreuse en faisant le compte de leur butin.

« Ce serait gentil de donner le bonjour de ma part à Sugar, d'accord ? Parce que ça fait bien un an que je ne l'ai pas vu à l'église...

— Je n'y manquerai pas.

— Il est toujours marié à la même femme blanche ?

— Jeanne ? Oui. »

L'un des motards adressa un sourire tout en dents à Thorn, comme s'ils venaient de partager une plaisanterie. La blague universelle des fumeurs de pétard.

« Vraiment, c'est trop bête, répondit Abner tout en

faisant sonner sa caisse. Vraiment trop bête. Ce gosse s'est pris une croix bien lourde à porter.

— Vous devriez le lui dire. Peut-être qu'il vous écouterait.

— Fichtre ! Personne ne m'écoute, non m'sieur. Personne n'écoute un vieux Noir, pas même un autre vieux Noir. »

Le plus grand des motards se mit à pouffer, entraînant ses deux acolytes. Le rire faisait osciller leur barbe, leur secouait le ventre sous les T-shirts crasseux. Abner rit aussi et ajouta le montant de quelques Reese's et d'un carton de beignets. Les trois motards riaient à s'en faire péter la sous-ventrière, et tout le monde regardait Thorn, attendant de le voir se joindre à eux.

Il adressa, de la tête, un acquiescement solennel à Abner et sortit.

Thorn s'engagea dans son allée et arrêta la voiture en travers du chemin, pour bloquer l'entrée. Il mit le frein à main, descendit et s'avança lentement, sur l'herbe, jusqu'à la limite de la partie en gravier, fouillant le sous-bois du regard. Rien n'y bougeait. Rien, du moins, qu'il pût voir. La lune, aux trois quarts pleine, restait cachée derrière un banc de nuages épais. Il ne pouvait pas faire plus noir sur la baie.

Thorn reprit sa progression silencieuse vers la maison en bois qui se dressait sur ses pilotis. Il passa au-dessous et s'immobilisa, tendant l'oreille. Une brise légère babillait dans les feuilles des palmiers et l'on entendait, à intervalles réguliers, le soupir de la mer contre la plage. Rien d'autre.

Il se rapprocha de l'escalier, scrutant les ténèbres afin de repérer l'hibiscus et le laurier-rose qui s'élevaient sur le périmètre de la propriété. Rien, là non plus. Et aucune embarcation sur l'eau.

Au-dessus de lui s'élevait la masse sombre de sa

maison, œuvre de ses mains, laborieusement édifiée à partir de planches récupérées dans les chantiers de construction navale de Miami. Il y avait passé des mois, à démembrer des caisses d'emballage en provenance d'Extrême-Orient et d'Afrique. On sacrifiait des forêts entières d'arbres exotiques pour protéger les produits de consommation encombrants à destination des grandes mâchoires insatiables des États-Unis.

La maison était entièrement construite à partir de ce bois de récupération, qu'il interceptait avant qu'il ne fût brûlé sur la décharge publique. Avec l'aide d'un ancien charpentier de marine, il avait ajusté les planches les unes aux autres, les avait assemblées par tenons et mortaises ou en les chevillant, les avait poncées et rabotées. Si bien qu'il connaissait sa maison intimement, avec tous ses craquements, tous ses arômes, toutes ses réactions barométriques. Il n'ignorait rien de ses rythmes ni de ses humeurs.

Les yeux tournés vers le plancher, il guettait le moindre bruit, effleurement, craquement, qui pourrait trahir une présence humaine. Il se fit lui-même aussi silencieux que possible, devint un élément de l'obscurité. Retenant son souffle. Se dissimulant sous sa propre maison, bon sang ! sans même de quoi se défendre, armé de ses seuls neurones. Mais ils se trouvaient dans un tel état de surtension, en cet instant, qu'on se serait attendu à les voir briller.

Il attendit, n'entendit rien. Aucun froissement d'un sac en papier, aucun chien de pistolet que l'on relève, pas trace d'un homme trapu rôdant dans le bois environnant. Il continua d'attendre. Attendit même longtemps. Un quart d'heure, vingt minutes, vingt-cinq. Et finalement il repéra quelque chose. Le frottement confidentiel d'un peu de poussière de sable sous une semelle de cuir.

Il se déplaça vers la droite, jusqu'à ce qu'il eût atteint le nœud, à l'extrémité de l'aussière qui pendait là. Un filin d'une dizaine de mètres qu'un pétrolier avait perdu ou jeté par-dessus bord en passant dans le secteur. Un mois auparavant, le lourd cordage était venu s'échouer quelque part le long de la route, à Islamorada. Darcy l'avait repéré, ramené à la maison et avait trouvé la bonne branche à laquelle l'attacher. Pour s'amuser. Tarzan, Jane, leur maison dans les arbres et le cri puissant au bout de la liane. Mais depuis que Darcy l'avait accroché au chêne sur lequel donnait la chambre à coucher, Thorn ne l'avait utilisé qu'une seule fois. Ayant abusé du Chianti, il s'était élancé du balcon, avait poussé un cri, médiocre imitation du jodler de Tarzan, et s'était brûlé la paume des mains en se laissant glisser le long de la corde.

Mais cette nuit, parfaitement à jeun, brassée après brassée, il se hissa jusque dans l'arbre. Trois mètres, cinq mètres ; ses triceps et les muscles de son dos le brûlaient. Contenant son besoin de respirer bruyamment, il dépassa les premières branches, poursuivit son ascension et se retrouva les yeux à la hauteur de la galerie qui faisait le tour de la maison. Il marqua un temps d'arrêt, les paumes en feu, puis se souleva encore jusqu'à ce qu'il eût la taille à la hauteur de la balustrade de bois.

Il se servit de son poids pour imprimer un mouvement de balancier au cordage ; l'arc s'allongea, et bientôt il put toucher la balustrade d'acajou du bout du pied. Un aller-retour de plus, il le posait dessus. Il était dans la place.

Il prit une profonde inspiration, étudia le côté de la maison où il se trouvait. Et sans y réfléchir une seconde de plus, il sauta lourdement sur le porche, prit à peine le temps de retrouver l'équilibre et plongea tête la première à travers la moustiquaire de la fenêtre ouverte de la chambre. Il se ramassait déjà sur lui-même pendant le bond, avec l'idée d'exécuter une roulade de judo sur le matelas, de retrouver le plancher sous ses pieds et de se relever en garde.

Mais elle poussa un cri qui changea ce beau plan.

La femme sur laquelle il atterrit poussa un deuxième cri et se mit à se débattre à coups de griffes sous lui. Pris au dépourvu, Thorn hésita un instant, puis essaya de la saisir aux poignets pour la maîtriser, mais elle réussit, en deux secondes, à se libérer. Elle était forte, tout en tendons et cartilages, et on aurait dit qu'elle avait la peau huilée. Quand elle eut réussi à se dégager, elle tendit une jambe et au moment où Thorn comprit ce qu'elle s'apprêtait à faire, un genou rond vint s'enfoncer brutalement entre ses jambes.

Thorn roula sur le côté du matelas où Darcy avait dormi. Il poussa des grognements et essaya de reprendre son souffle. Envahi par la nausée et l'impression d'une lumière qui vacillait, il la vit, impuissant, qui se levait, faisait le tour du lit et s'engageait dans l'étroit passage entre la fenêtre par laquelle il avait fait son entrée fracassante et le matelas.

La femme haletait et se rapprochait.

Thorn ravala le cri de souffrance qui montait en lui et essaya de se préparer à l'assaut. C'était la fille de l'enregistrement vidéo — celui du magasin de spiritueux de Murtha. Avec ses cheveux aussi courts et sombres que la fourrure d'une panthère noire. Habillée d'une chemise d'homme aux manches roulées jusqu'aux coudes et aux pans qui flottaient au-dessus d'un jean coupé.

Elle tendait les mains devant elle comme quelqu'un qui cherche à éviter le mobilier dans une maison sans éclairage qui ne lui est pas familière. Longs doigts fins, pas de bagues. Rien dans les mains.

Elle s'approcha encore et l'étudia attentivement dans le peu de lumière, tandis que sa respiration se calmait.

« Vous entrez toujours comme ça ? demanda-t-elle lorsqu'elle fut à côté de lui. Ou cherchez-vous simplement à m'impressionner ? »

Il renifla. Se mit sur les coudes. Lança une main et

l'attrapa par le pan de sa chemise pour l'attirer à lui. Elle ne se débattit pas, cette fois, s'accrochant simplement à deux mains au poignet de Thorn pour ne pas perdre l'équilibre.

« Mais bordel, qui êtes-vous ? »

Elle ne répondit rien et il resserra sa prise, l'écrasant contre le côté du lit.

« Sylvie, dit-elle enfin, le foudroyant du regard. Sylvie Winchester. »

Il la lâcha.

Et l'instant suivant, à un mètre de l'endroit où ils se tenaient, un fragment de bois de la taille d'un poing explosa dans le plancher.

12

Sur le moment, ils ne bougèrent pas.

Ils restèrent à regarder le faisceau de lumière qui montait du trou et allait se perdre sur les poutres en bois brut. Puis il y eut une nouvelle explosion, cette fois à soixante centimètres des pieds de Sylvie. Elle bondit sur le lit et s'allongea sur le dos à côté de Thorn.

Sous la maison, on entendait le tireur qui allait et venait sur le gravier. Puis la lumière de la torche se mit à explorer le plancher par en dessous, des points lumineux brillants jaillissant de centaines de fentes. Thorn tendit le cou par-dessus le bord du lit, et regarda le faisceau se promener sur les planches, jusqu'à ce que l'homme, en bas, eût repéré le deuxième trou et le tînt braqué dessus.

Sylvie se pencha et, d'un murmure enroué, lui demanda : « Un de vos amis ? »

Thorn se redressa et alla s'agenouiller sur le bout du

lit, évaluant la distance qui le séparait du fond de la pièce. Son pistolet se trouvait enveloppé dans un chiffon graisseux et rangé sur l'étagère du haut d'un placard situé dans l'angle le plus éloigné de la salle de séjour. Il n'avait guère de chances de pouvoir s'y rendre sur la pointe des pieds sans que le rayon de la lampe ne le surprît. Et, bordel, il n'était même pas sûr d'avoir encore des munitions.

« Mais pourquoi ne monte-t-il pas ? murmura-t-elle. Pour en terminer...

— C'est peut-être un froussard. Il veut nous tuer, mais pas avoir à nous faire face. Cette espèce d'enculé de salopard.

— C'est comme ça que vous réagissez à la pression ? demanda Sylvie en lui adressant un regard de reproche. En devenant grossier ? Encore un truc à la Hemingway, ou quoi ? »

Il se tourna et l'étudia. Cette bonne femme, avec son sourire désinvolte, qui se permettait de l'asticoter alors que le plomb fusait dans la pièce... Elle s'était allongée et sa tête reposait sur l'oreiller de Darcy. Il y avait juste assez de lumière pour faire naître un reflet dans ses yeux qui souriaient.

« On pourrait peut-être sortir par la fenêtre, souffla-t-il, descendre par la corde que j'ai empruntée pour entrer. Le prendre par surprise.

— Comme idée stupide, on ne fait pas mieux. S'il nous aperçoit, ce sera comme au stand de tir.

— Vous avez autre chose à proposer ? » rétorqua-t-il tout en parcourant la chambre des yeux, à la recherche d'une arme. Mais il ne vit que des objets domestiques inoffensifs, ou des objets qui nécessitaient le corps à corps. Il s'en voulait d'être devenu aussi négligent, d'avoir oublié les leçons qu'il avait pourtant apprises au prix de son sang.

— Appelez les flics.

— Je n'ai pas le téléphone.

— Bon Dieu, une chose est sûre, observa Sylvie. Ce matelas ne va pas nous offrir beaucoup de protection. »

Thorn regarda le faisceau de la lampe qui inspectait les fissures. En tout autre endroit du monde, les voisins auraient entendu les coups de feu et appelé la police. Mais dans les Keys, en bordure de mer, avec la manière bizarre dont les sons se propagent, il était impossible de dire d'où provenait tel ou tel bruit. Les coups de feu pouvaient être tirés à des kilomètres, ou à la porte à côté. Et de toute façon, il existait, en Floride méridionale, une certaine tolérance pour les armes à feu. Une sorte d'accord tacite, tirer et laisser tirer.

« J'ai une idée, Hemingway. Suivez-moi. »

Elle se tourna vers la droite et attrapa sur l'étagère, au-dessus du lit, une petite conque marine dont Darcy se servait comme serre-livres. Puis elle regarda Thorn, et commença à hocher la tête en cadence, disant : « A vos marques, prêt... »

A Partez ! elle lança la conque contre le mur opposé, et bondit en même temps sur ses pieds pour courir sans bruit vers la salle de séjour. Elle s'immobilisa un instant sur le seuil, étudiant les options qui se présentaient.

Devant elle, s'étendait une grande pièce de plus de six mètres sur six, contenant un canapé en rotin et deux fauteuils à bascule d'une solidité toute relative. A sa droite, elle vit une cuisine minimaliste : un fourneau, un réfrigérateur, un comptoir à petit déjeuner et deux tabourets.

Thorn la vit se décider, prendre à droite et disparaître derrière le mur. Il eut un instant d'hésitation, jura et lui emboîta le pas. Il fut à la porte en trois enjambées rapides, tandis que le plancher entrait en éruption derrière lui, comme si les explosions suivaient sa trace. Il risqua un coup d'œil, trébucha, et la dernière balle traversa le plancher à quelques centimètres de sa chaussure gauche, envoyant des éclats de bois contre sa cheville. La torche, au-dessous, continuait à fouiller les interstices entre les planches.

Il la trouva perchée sur le fourneau.

Il resta un instant immobile pendant qu'elle lui faisait frénétiquement signe de grimper sur le brûleur voisin. A un mètre derrière lui, une nouvelle planche se pulvérisa. Il bondit sur la vieille cuisinière et se blottit contre Sylvie.

« Vous appelez ça une idée ? » demanda-t-il. Son épaule contre la sienne, accroupi, il se frotta la cheville. « Rester assis sur le foutu fourneau ?

— Nos carottes ne sont pas encore cuites, répondit-elle avec un sourire. Lumière, moteur, ça tourne. » Elle se mit à mimer un mouvement de caméra, la main gauche tournant une manivelle invisible, et fit un panoramique du séjour. Le rayon de lumière continuait à explorer les fentes, à la recherche de nouveaux trous. On entendait les sinistres bruits métalliques de l'arme que l'homme rechargeait, au-dessous.

Sylvie arrêta de faire semblant de filmer et, penchée en avant, ouvrit la porte du réfrigérateur.

« Qu'est-ce que vous fabriquez, nom de Dieu ? »

Deux nouveaux coups de feu enlevèrent d'autres fragments au plancher de la salle de séjour. Crevé, l'un des coussins du canapé régurgita un nuage de bourre. Une partie du matériau ultra-léger, pris dans un courant ascendant sous l'effet du ventilateur qui tournait au plafond, se dirigea vers le coin cuisine. L'un des fauteuils à bascule oscillait furieusement.

Toujours penchée, Sylvie examinait le réfrigérateur ; elle déplaça un carton de lait et deux ou trois autres choses puis se rassit, avec un sourire de satisfaction, tenant un grand pot de sauce tomate.

« C'est bien meilleur quand on la prépare soi-même. »

Thorn essuya la sueur qui coulait sur son front et la regarda dévisser le bouchon et porter le nez au goulot.

« Moi, je ne bouffe jamais ces cochonneries, dit-elle. Je parie que Darcy n'était pas une cuisinière bien fameuse, hein ? »

Thorn respira plus fort et fit un effort pour retenir la réplique qui lui était venue à l'esprit.

« Bon d'accord, enchaîna Sylvie, ce n'est pas parfait, mais vu les circonstances, ça devrait très bien faire l'affaire. »

Une autre balle creva le plancher au milieu du séjour et alla ricocher contre le ventilateur. L'une des pales se brisa, se mit à pendre, continua à danser un moment au bout du brin qui la retenait et tomba finalement au sol. Déséquilibré, le vieux Hunter commença à donner de la bande et à osciller de plus en plus, jusqu'à ce que les pales restantes heurtassent le plafond et qu'il finît par s'arrêter.

« Eh bien mon vieux, il ne va pas rester grand-chose de votre baraque, dit-elle. Il serait grand temps que quelqu'un fasse quelque chose sinon vous allez vous retrouver à la rue. »

Elle se pencha de nouveau et laissa tomber le couvercle du pot de sauce tomate sur le plancher, puis revint se serrer contre Thorn, se collant au mur. Le couvercle tourna sur lui-même deux ou trois fois, comme une pièce de monnaie jetée sur un comptoir, et un coup de feu l'envoya valser plus loin sur le plancher.

« Criez, lui murmura-t-elle à l'oreille, criez, bon Dieu ! (Comme Thorn ne réagissait pas, elle cracha :) Il vous a touché, il vous a eu. Vous êtes mourant ! »

Thorn se décida. Poussa un gémissement laborieux.

« C'était nul, souffla-t-elle, absolument nul. (Elle secoua la tête et reprit :) Bon, tenez-moi. »

Elle lui indiqua la ceinture de son jean coupé et, après être resté un instant perplexe, Thorn l'attrapa par là tandis qu'elle se penchait dangereusement par-dessus le rebord du fourneau.

Elle se déporta sur la droite, tendit le bras aussi loin qu'elle le pouvait et renversa le contenu du pot dans le dernier trou, le secouant pour en faire tout tomber.

Sous leurs yeux, le produit visqueux s'enfonça dans l'ouverture. Soudain, la lampe torche s'alluma, et le faisceau s'immobilisa sur la coulure d'un rouge brillant.

« S'il y goûte, on n'est pas tirés de l'auberge », murmura-t-elle en reprenant sa place sur le premier brûleur. Puis elle ajouta, dans le creux de l'oreille de Thorn : « Mais s'il est bien le froussard que vous dites, il ne va pas tremper le doigt dans le sang de sa victime... qu'est-ce que vous en pensez ? »

Thorn ne répondit pas. Il se recula pour regarder la jeune femme, puis examina le trou. La lampe s'éteignit.

« Vous me prenez peut-être pour une cinglée ? Eh bien, attendez donc. Voyez un peu ce qu'il fabrique, et dites-moi si je suis cinglée. »

Ils gardèrent le silence, Thorn attentif à tous les bruits qui pourraient provenir du tireur. Il sentait un tourbillon brûlant de colère se former en lui. Il était furieux d'avoir été surpris aussi démuni, aussi peu préparé, furieux contre le salopard en bas, et furieux en diable contre cette bonne femme à côté de lui qui souriait, toute contente de son numéro stupide à la sauce tomate. Le genre de trouvaille d'un gosse qui aurait trop lu de bandes dessinées. D'ailleurs, pour ce qu'il en savait, elle était réellement cinglée, il suffisait de voir cette petite lueur malsaine dans son regard, ce sourire gogol. Les entraînant tous les deux à la catastrophe en se marrant.

Elle se pencha de nouveau contre son oreille. « Il l'étudie, mais il ne s'en approchera pas. Il n'en a pas le courage. Pas question de patauger dans le sang. J'ai ce genre de type en horreur. Des petits cons prétentieux. »

Deux coups de feu successifs retentirent, le premier à trente centimètres du fourneau, le deuxième effleurant la porte du four. Sylvie eut un soupir et s'incrusta dans le mur.

Puis Thorn appuya un doigt rigide contre les lèvres

de la jeune femme, avant de le tourner pour lui indiquer un craquement en provenance de l'escalier extérieur. La masse d'un homme corpulent faisant souffrir les marches en teck. Thorn descendit du fourneau, se coula jusqu'au tiroir qui contenait les couverts et prit le premier couteau un peu grand qui lui tomba sous la main.

Il s'arrêta aux limites du séjour et garda l'immobilité. Nouveau craquement de l'escalier. L'assassin se trouvait à mi-chemin ; il lui restait huit ou neuf marches à gravir, et il prenait tout son temps. Nerveux, ou prudent. Thorn se demandait s'il ne s'était pas trompé en le traitant de froussard. Il pouvait tout aussi bien s'agir d'un tueur professionnel que l'approche directe barbait et qui cherchait le moyen de s'exciter un peu.

Thorn traversa la pièce en évitant les trous du plancher et, d'un geste, arrêta le mouvement du fauteuil à bascule. Tenant le couteau d'une main légère, il progressa lentement vers la porte d'entrée, s'aplatissant contre le mur. Tendu, il redressa le couteau, avec l'idée d'atteindre son agresseur dans un muscle important et de lui faire tomber le pistolet de la main. Il essayait de se représenter la scène, de s'en faire une image claire, d'en chasser toute hésitation.

Il se cala sur ses pieds, l'oreille aux aguets ; craquements des marches, respiration d'homme. Une longue exhalaison que Thorn ne sut comment interpréter. Il jeta un coup d'œil à sa main droite, pour vérifier ce qu'était son arme, et se rendit compte qu'il avait certes pris le couteau le plus grand, mais aussi celui dont la lame était la plus inoffensive. A peu près inutilisable. Une antiquité du petit trésor personnel de Darcy. Un poignard ornemental en argent terni, qui lui venait de sa grand-mère. Sa lame aurait eu du mal à entamer une motte de beurre. Une foutue babiole de boutique de souvenirs, bonne à mettre dans une vitrine. Oui, la chose que Thorn avait à la main était inutilisable, sauf si les muscles de l'agresseur étaient aussi mous que du fromage blanc.

L'escalier gémit à nouveau. Thorn eut l'impression de sentir la maison réagir subtilement au poids de l'homme.

« Qu'est-ce que vous allez faire? murmura Sylvie dans son dos. Le tartiner à mort avec du beurre? »

Il pivota brusquement, et faillit lui porter un coup. Elle gagna la fenêtre sur la pointe des pieds et regarda dehors.

« Il est déjà dans l'allée. Il a vu la sauce tomate et s'est tiré. Comme je l'avais dit. »

Thorn se précipita vers son placard et prit le Smith & Wesson sur l'étagère du haut. Son cœur battait la chamade et un féroce mal de tête enfonçait ses griffes dans ses tempes.

« Bon Dieu, vous pourriez vous payer le téléphone, tout de même. Quand on se fait des ennemis comme ça, on devrait même avoir une ligne directe avec la police. »

Il tâta l'étagère de la main, mais ne trouva aucune boîte de munitions. Sylvie le suivit jusqu'à sa table de travail, s'assit dans le fauteuil, les mains sur les genoux. Il fouilla les tiroirs mais ne trouva qu'une cartouche de calibre 22, qui sortait il ne savait d'où. Inutilisable.

Sylvie alluma la lampe de bureau, tendit la main et dit : « Bonjour, monsieur Thorn. Enchantée de faire votre connaissance. »

La cartouche à la main, il l'étudia dans la lumière. Elle avait un visage étroit avec un nez anguleux à l'arête aiguë, des pommettes saillantes. Des cheveux noirs brillants, courts comme ceux d'un para, deux ou trois centimètres de long sur les côtés, juste assez pour qu'ils ne soient pas tous tout droits, et une poignée de queues de rat lui retombant sur la nuque. Des yeux noirs comme des carapaces d'insectes, plus grands et espacés qu'il n'aurait fallu pour être séduisants. Ses lèvres étaient pulpeuses, pour des traits aussi fins.

Un visage débordant d'intensité, d'une vitalité d'hybride. Avec une ossature fine, élégamment ciselée, mais des traits trop prononcés, comme si elle résultait d'un croisement entre deux lignées opposées qui aurait produit une fille dotée de caractéristiques à la fois ravissantes et conflictuelles. Autre lieu, autre endroit, et Thorn aurait pu être attiré.

Elle renonça à lui serrer la main.

« Qui êtes-vous, et que diable faites-vous ici ?

— Je vous l'ai dit, je m'appelle Sylvie.

— Mais enfin, nom de Dieu, qu'est-ce qui se passe ? »

La jeune femme se leva, le frôla au passage et alla se placer au centre de la pièce qu'elle parcourut des yeux, comme si elle en jugeait la conception rustique et la décoration minimaliste afin d'y découvrir des traits de personnalité du propriétaire. Lorsqu'elle eut terminé, elle se tourna de nouveau vers lui. Son sourire frivole avait disparu.

« Vous n'étiez pas mariés, vous et Darcy ?

— Où voulez-vous en venir ?

— Vous ne portez pas d'alliance. »

Thorn regarda sa main gauche.

« Nous vivions ensemble. Nous n'étions pas mariés.

— Depuis combien de temps ?

— Qu'est-ce que ça peut bien vous foutre, le temps que j'ai passé avec elle ?

— Combien de temps ? Un an, trois ans ?

— Deux.

— Bien, ça ira.

— Et maintenant, qu'est-ce que vous fabriquiez chez moi ?

— La raison de ma présence ici..., dit-elle tout en parcourant des yeux les trous laissés par les balles dans le plancher. Eh bien, pour aller directement à l'essentiel, Sylvie est à la recherche d'un type qui aurait les couilles de pénétrer dans le cercle de flammes pour l'en faire sortir. Elle a besoin d'un héros. »

Thorn garda le silence.

« Vous pensez être de taille ? reprit-elle. Vous pensez pouvoir sauver Sylvie ? L'emporter hors du cercle de flammes ?

— Quoi ?

— On doit tout vous répéter deux fois ? Je vous demande de sauver la vie de Sylvie. Je vous donne une occasion d'abattre le dragon et de vous emparer de la vierge. »

Thorn la regardait, l'œil rond. Un sourire vint effleurer les lèvres de la jeune femme.

D'un ton calme, il répondit : « J'ignore si vous vous rendez compte de ce que vous faites, mais je peux vous dire une chose, ma petite dame. Question saloperies de dragons à affronter, en ce moment, je suis servi. Je n'ai pas besoin du vôtre. D'accord ? C'est clair ? »

Elle laissa échapper un soupir et ferma brièvement les yeux. Quand elle les rouvrit, une partie de leur rayonnement s'était évanoui. Ils étaient plus neutres, plus sombres.

« Vous en êtes sûr ?

— Tout à fait. Et maintenant, qu'avez-vous à voir avec Darcy ?

— Oh, je vais vous le dire. Je vais tout vous raconter. Mais tout d'abord, ce type qui a essayé de nous tuer — vous vous en souvenez, non ? Il est en train de ficher le camp. Vous n'avez pas l'intention de le poursuivre ? » Elle détourna les yeux et ses épaules s'affaissèrent, et elle retourna s'asseoir dans le siège de Thorn, derrière sa table à monter les mouches.

« Si. Mais dans ce cas, vous m'accompagnez.

— Je crois que ça commence à me faire de l'effet. J'ai un peu le mal de mer.

— Debout. Vous venez avec moi.

— Ne vous inquiétez pas. Je vous attendrai. Vous pouvez même m'attacher à votre lit, si vous voulez. Sylvie sera là lorsque vous reviendrez. Elle a encore des choses à vous dire. Elle doit défendre son dossier. »

Thorn hésita un instant, puis fit demi-tour et gagna rapidement la porte. Il descendit l'escalier quatre à quatre, traversa la cour en courant, sprinta le long du chemin de gravier. Il ne vit personne. Sur la voie rapide, personne non plus, ni dans un sens ni dans l'autre. Il revint au petit trot jusqu'à la Volkswagen et se rendit jusqu'à la supérette. La Firebird n'y était plus. Il parcourut à toute allure les quinze kilomètres qui le séparaient de l'appartement de Murtha, se gara dans le parking au-dessous, monta au 218, cogna sur la porte pendant cinq minutes. Il n'y eut pas de réaction. Même Rochelle s'abstint de venir ouvrir sa porte.

Derrière le bâtiment, il repéra le bureau du gardien. C'était une femme aigrie d'une cinquantaine d'années, en chemise de nuit à fleurs, qui refusa d'ouvrir à Thorn, restant même loin de la chaîne de sécurité dorée de la porte — non, monsieur, non, elle n'allait certainement pas ouvrir l'appartement de monsieur Murtha, qu'il fiche le camp sans quoi elle appelait les flics et d'ailleurs, c'était ce qu'elle allait faire tout de suite.

Thorn battit en retraite sur le parking, où il resta planté cinq minutes à regarder la porte du 218, se demandant ce qu'il devait faire, n'en ayant pas la moindre idée, et remonta dans sa voiture pour retourner chez lui.

Chez lui, où toutes les lumières étaient éteintes.

Il resta quelques instants sous le porche, mais n'entendit rien, cette fois. Au moment où il mettait le pied sur la première marche, il aperçut un objet posé dessus. Un objet qui paraissait briller au clair de lune. Il le ramassa et le tendit à la lumière. On aurait dit un minuscule doigt humain tordu par l'arthrite. Un Cheeto.

Il le jeta et monta l'escalier sans bruit. Il ouvrit la porte et se glissa dans la maison obscure. Adossé au mur du séjour, il écouta attentivement, mais n'entendit rien. Après avoir encore attendu un peu, prêt à plonger au sol pour se mettre à l'abri, il alluma la lumière centrale.

La pièce était vide. Il alla inspecter la chambre, le placard, la salle de bains, le petit débarras. Sylvie Winchester était partie.

Il alluma les lumières partout ; il y ajouta même deux lampes à pétrole. Pendant quelques minutes, il examina les dommages. Puis il se prépara un verre. Juste assez de Coca-Cola pour colorer le rhum blanc. Il s'assit à sa table à monter les mouches, fit pivoter le fauteuil, et étudia de nouveau les dégâts ouverts dans son plancher et son toit.

Le verre fini, il se leva, se tourna et repoussa le siège sous la table. Sur le plateau était posée une feuille de papier ligné avec un dessin enfantin tracé à l'encre violette ; une fillette en bâtonnets avec une jupe triangulaire, debout dans un cercle de feu (lignes en zigzag), les bras tendus comme si elle attendait qu'on la prît. Au bas de la feuille on lisait seulement ceci, en lettres d'imprimerie formées avec maladresse :

S'IL VOUS PLAÎT.

13

Bien après minuit, au motel, Harden Winchester se trouvait assis sous le porche de son bungalow, à Largo Lodge, au mile 102 de la voie rapide. Le bungalow voisin était libre, et de l'autre côté s'étendait une petite plage donnant sur le Tarpon Basin que la lune parait de reflets sombres. Ils occupaient toujours la même chambre. Deux fois par mois, ils se déplaçaient jusqu'à Key Largo. Le désir qu'éprouvait Harden de voir Doris Albright paraissait croître d'une heure à l'autre.

Cette nuit, il portait un short de sport gris, et ses vieux Adidas blancs de jogging. Torse nu, il fumait un havane. Une fois par mois, il en recevait une boîte de la part d'un ami encore sur le terrain. Un ami qui devait la vie à Harden — il était loin d'être le seul dans ce cas.

A son retour, quelques minutes auparavant, Sylvie avait refusé de lui parler. Elle était entrée dans le bungalow, avait pris une douche et enfilé sa chemise de nuit sans manches, puis était venue s'asseoir dans la chaise de rotin, à côté de lui. De la main, elle chassait la fumée du cigare.

« Alors, où as-tu été fouiner, cette nuit ?

— J'ai marché au clair de lune. Histoire de communier avec les ondes radio-interstellaires.

— Où as-tu été traîner, Sylvie ? »

Harden souffla la fumée en direction de la moustiquaire, contre laquelle se heurtait un papillon de nuit pris du désir d'entrer, de s'approcher de la lumière qui éclairait le porche et d'y brûler ses ailes fragiles.

« Le long de la voie rapide, c'est tout. J'ai été prendre un café. Et je suis revenue à pied.

— Quand tu mens, je m'en rends compte. Je m'en rends toujours compte.

— Eh bien, dans ce cas, puisque tu lis si bien dans les pensées, papa, qu'ai-je fait, cette nuit ? »

Harden tira de nouveau sur son cigare, puis laissa la fumée monter toute seule de sa bouche.

« La police ne t'aidera pas, répondit-il. Tu devrais tout de même le savoir, à l'heure actuelle. Tu as perdu toute crédibilité, ma fille, avec tes histoires insensées. Tout au plus viendront-ils m'interroger, et ça se terminera de la même manière gênante que d'habitude. Ils jetteront un coup d'œil à ton dossier et ils me feront des excuses pour m'avoir dérangé en prenant la porte le chapeau à la main.

— Tu me sous-estimes tout le temps, papa.

— Ça ne marchera pas, Sylvie. Rien de ce que tu

inventes ne marchera. On va reformer la famille Winchester, et rien de ce que tu feras ne pourra l'empêcher.

— Je suis amoureuse. »

Harden regarda sa fille.

« La foudre a frappé, ce soir, un éclair fracassant est tombé des ténèbres nocturnes. J'ai trouvé mon doux prince.

— C'est un nouveau truc ?

— Je suis capable d'être aussi obsédée que toi. De me cacher dans les arbres pour observer mon amour avec des jumelles. De passer toutes mes heures de veille à calculer comment arriver à me retrouver dans le même lit que lui. Tel père, telle fille. Aussi cinglé l'un que l'autre.

— Tu n'as pas besoin de continuer ce cinéma, Sylvie. Tu te donnes beaucoup de mal pour rien.

— Je ne me donne pas de mal, papa. Pas du tout. C'est mon devoir de fille de te rendre la vie infernale. »

Elle se leva, s'approcha de la balustrade et regarda en direction de l'eau noire. Harden contempla son long cou arqué, évoquant sa gorge, l'ossature de ses joues, l'éclat ténu de son regard. Elle lui tournait le dos et il voyait vaguement se dessiner la crête ondulée de sa colonne vertébrale, le léger renflement de la région lombaire.

Pendant que Sylvie avait le regard perdu sur les reflets de la baie, semblables à de la gelée noire, son père se représentait la forme de ses vertèbres, les jointures cartilagineuses, les tendres orifices osseux qui abritaient la moelle épinière.

Et bien qu'elle n'eût que vingt-cinq ans, qu'elle fût mince comme si elle sortait d'un camp de concentration, qu'elle eût des cheveux noirs tailladés avec un mépris sauvage de son aspect, en dépit de tout cela, dans cette pâle lumière, elle produisait le même effet à couper le souffle que sa mère. La puissance des chromosomes. La même ossature flottait sous la même peau à la blancheur de clair de lune. La même lumière liquide dans ses yeux, la même chaleur dans sa voix.

Un autre homme que lui aurait peut-être profité de Sylvie pour s'exercer aux caresses, baisers et mordillements dont il couvrirait plus tard sa mère. Mais ce n'était pas le genre de Harden Winchester. Il révérait la sainte notion de famille. Il n'était pas un salopard de père abusif. C'était l'une de ses rares inhibitions.

Deux heures du matin, deux heures et demie. Harden, toujours assis sous le porche dans l'obscurité avec son cigare, observait les papillons qui voletaient devant la moustiquaire. Il finit par entendre les ronflements de Sylvie — à la vérité, rien de plus qu'une sorte de ronronnement.

Il se leva, se glissa par la porte-moustiquaire, traversa le parking au petit trot, atteignit la voie rapide, où la circulation était nulle, franchit la ligne médiane avec ses hautes herbes et prit la direction du sud en suivant la piste cyclable, le long du bas-côté ; il prit le pas de gymnastique pendant un mile, puis un autre, la respiration aisée et régulière, courant à une vitesse bien inférieure à ses possibilités, se sentant léger, à l'aise, et il allongea progressivement sa foulée pendant le dernier mile, jusqu'à ce qu'il fût sur la pointe des pieds : il traversa au sprint le quartier qu'elle habitait, s'engagea au sprint dans la rue qu'elle habitait, puis il ralentit, enfin, et s'arrêta devant la maison qu'elle habitait.

Il respirait vite mais n'était pas complètement essoufflé, tandis qu'il levait les yeux sur la construction. A l'abri d'une zone d'ombre hors de portée de l'éclairage public, il écouta le trille étouffé d'une chouette dans la mangrove et un chien qui aboyait au loin, alerté par quelque parfum vagabond.

Lorsqu'il se fut réglé sur le fond sonore du voisinage, il sortit de l'ombre et grimpa l'escalier qui conduisait à la maison. La porte d'entrée ne posait aucun problème. Une serrure Yale banale, pas de verrou. Son passe gratouilla dans la fente, trouva les cames, les fit pivoter. Il poussa le battant et pénétra dans le silence et l'obscurité de la salle de séjour.

Il s'immobilisa quelques instants, respirant l'air qu'elle respirait. Il essayait de détecter un indice sonore de sa présence. Mais il n'y avait pas le moindre bruit.

En sueur à cause de la course, Harden se dit, en s'avançant sur le tapis au milieu de la pièce, que demain, lorsque Doris se réveillerait, toute la maison serait pleine de sa transpiration évaporée, qu'elle lui remplirait les poumons, que ses effluves invisibles pénétreraient en elle et que peut-être, fugitivement, ils évoqueraient le souvenir de son ancien époux.

Par le couloir, il s'avança doucement jusqu'à la chambre qu'elle occupait. Il resta debout derrière la porte et écouta son ronflement, identique à celui de Sylvie. Il pensait combien il serait facile de pousser le battant, de la prendre de force et de jouir d'un court moment d'extase. Mais non, il ne le ferait pas. Car il désirait bien plus qu'une gratification passagère. Infiniment plus.

Il toucha le bois frais de la porte, appuya quelques instants le bout des doigts pour y laisser ses fluides, son parfum, puis il soupira et se dirigea vers la chambre d'amis où dormait l'homme. Doris laissait toutes les portes légèrement entrouvertes de façon, sans doute, à entendre le vieillard se réveiller s'il était pris de l'une de ses crises de panique. Mais cela n'inquiétait pas Harden. Il s'était glissé dans des pièces où des sentinelles parfaitement entraînées montaient une garde vigilante, et il avait traversé des espaces dégagés alors qu'une douzaine d'yeux cherchaient des signes de sa présence. En partie d'instinct, en partie grâce à sa formation, il savait comment supprimer toute pesanteur à son pas, comment se déplacer sans laisser d'empreintes, comment respirer en silence, comment se fondre complètement dans l'ombre.

Poussant le battant, il se coula à l'intérieur de la chambre de l'homme et s'approcha du lit. Un rai de lumière, en provenance des projecteurs de sécurité, de l'autre côté du canal, tombait en diagonale sur le couvre-pieds.

Dans la poche-revolver de son short, il prit une petite enveloppe, à peine plus grande qu'un emballage de sucre. Il l'ouvrit, se mouilla le bout du doigt qu'il passa à l'intérieur ; il sentit les grains adhérer à l'extrémité de son index.

L'homme ouvrit les yeux et regarda Harden. Avec la pénombre, Harden ne pouvait en être sûr, mais il lui sembla que sa victime se résignait. Qu'elle renonçait à lutter, sachant d'avance que c'était inutile.

C'était la troisième dose. Et on aurait presque cru que l'homme voyait revenir Harden avec plaisir, comme s'il souhaitait recevoir une dose mortelle, cette fois ; souhaitait qu'il arrêtât de jouer, de retarder l'issue fatale, souhaitait qu'il en terminât avec lui.

Mais non. Harden l'avait mesurée avec précision et savait l'effet produit par la dose. Il ne désirait pas voir cet homme mourir, mais souffrir. Il voulait qu'il éprouvât une partie de la douleur qu'avait connue Winchester à cause de lui.

Il se pencha sur le vieillard et, de la main gauche, le força à ouvrir la bouche. Puis il glissa l'index entre les lèvres et frotta les grains contre la langue.

Au moment où il se retirait, Albright avança brusquement la tête et mordit de toutes ses forces à la hauteur de l'une des articulations de Harden. Les dents du vieillard grincèrent et un son monta de sa gorge, un ululement faible et pathétique.

Winchester, cependant, lutta contre la douleur et garda le silence, discipliné. Sans s'affoler, il pinça la carotide du vieil homme, empêchant le sang de circuler pendant une, deux, trois secondes, le temps que les mâchoires se desserrent sur son doigt. La tête d'Albright retomba sur l'oreiller et il ferma les yeux.

Il resta immobile pendant quelques instants et parut s'endormir, les paupières agitées de tressaillements. Harden recula sans le quitter des yeux et atteignit la porte. Il s'arrêta sur le seuil, la main pressée contre sa hanche pour étancher l'écoulement du sang, contemplant le vieil homme dans son pyjama rayé. Il resta ainsi une minute, puis deux, jusqu'à l'apparition des premières convulsions. « Qu'est-ce que tu fabriquais, demanda Frank Witty. Tu avais dit minuit.

— Je suis là, Frank. Où est le problème ? »

Le guide de pêche se frotta les yeux, tourna le dos à Sylvie et se rendit d'un pas traînant dans la chambre. Son domicile ? Un bloc de béton sur Sunset Drive. Le degré zéro de la maison. Avec une odeur de bauge de célibataire. Chaussettes crades et gnôle.

Il s'assit sur le bord de son lit défait. Il régnait une odeur de sexe dans cette chambre. De sexe et de linge sale. Sylvie commença à déboutonner sa chemise blanche. Avec lenteur, ce qui lui valut l'attention croissante de Frank.

« T'avais dit minuit.

— On se plaint, Frank ? Serait-on un geignard ?

— J'étais tout remonté, mais c'était il y a des heures.

— C'est la faute de mon père. Il montait la garde, il ne voulait pas me laisser sortir.

— Ton enfoiré de père ! »

Sylvie atteignit le dernier bouton, hésita, puis le défit et ouvrit sa chemise très lentement. Le pyjama de Frank commença à se déformer.

« Ma parole, c'est un piquet de tente que je vois.

— Et au fait, pourquoi habites-tu toujours chez ton père ?

— Je n'ai pas le choix. »

Elle abaissa la fermeture Éclair de son jean, glissa la main droite entre ses jambes et se mit à se caresser. Les types adorent voir une fille se tripoter. Dieu seul sait pourquoi.

« Ton salopard de père.

— Il est horrible, Frank. Tu ne peux pas savoir. »

Vraiment facile, avec celui-ci. Oui, tout de suite. De Thorn, en revanche, elle n'était pas sûre. Ça valait peut-être la peine d'essayer encore, mais il n'allait probablement pas l'aider. Il fallait cependant ne pas se relâcher ; penser au suivant tout en s'occupant du premier. Pas le temps de souffler pour les fatigués.

Elle se dégagea de son jean et se suça un doigt.

« Je me prépare, Frank. Je me lubrifie. Et toi ? Es-tu prêt pour le long vol loin d'ici, prêt à prendre le large ? »

Il se leva et retira son pyjama. Son truc était en érection, tourné vers le plafond. Frank ? une affaire de réglée. Tellement facile.

« Lumière, dit-il, souriant. Moteur. » Il simula une caméra avec ses mains et suivit Sylvie qui s'approchait de lui, nue.

« Ça tourne, Frank, ça tourne. »

Il était un peu plus de trois heures du matin lorsque Sugarman engagea la Mustang dans l'allée de Thorn, donna trois coups de Klaxon, son signal habituel, et se gara à côté de la Coccinelle. Il escalada les marches, frappa à la porte, entra sans attendre. Sans adresser un mot à Thorn, il fit le tour de la maison et examina les trous dans le plancher et le plafond. Son inspection terminée, il se planta devant Thorn et le regarda un moment, secouant la tête comme s'il était déçu d'avoir manqué la scène et se demandait quand aurait lieu la suivante.

« Tu as laissé l'écran allumé. Quand je me suis réveillé, j'ai vu Darcy. Son visage, juste en face de moi. Bordel, j'ai bien cru que j'allais piquer une crise.

— Tu as regardé ce qui précédait ? demanda Thorn.

— L'essentiel, je crois. Assez pour m'envoyer sur une piste qui ressemble bougrement à celle que tu as suivie cette nuit.

— Tu as été chez Murtha ?

— A son appartement, oui. J'en arrive. Il n'était pas chez lui, mais j'ai vu Rochelle Hamilton. » Le détective enleva la pale de ventilateur posée sur l'un des fauteuils à bascule et la tint comme s'il ne savait qu'en faire, une fois assis. Finalement, il la laissa tomber sur le sol. « Nom de Dieu, Thorn, qu'est-ce que tu as bien pu faire à Rochelle pour qu'elle soit aussi furieuse contre toi ? »

Thorn regarda le plafond, puis son ami. « Tu n'as pas l'air très curieux de savoir ce qui s'est passé, dit-il avec un geste pour le champ de bataille.

— Je savais qu'on en viendrait là.

— C'est Murtha. J'ai repéré sa voiture garée pas très loin d'ici. Abner, à la supérette, me l'a décrit. J'ai même trouvé l'un de ses Cheetos sur une marche.

— Pas très soigneux sur les indices qu'il laisse, non ? »

Thorn s'accroupit, détacha des éclats de bois qui dépassaient et les laissa tomber par le trou laissé par la balle.

« Murtha n'a peut-être jamais décroché son doctorat en comportement criminel. Il ne sait pas qu'on doit en principe effacer ses empreintes digitales et laisser une scène du crime impeccable.

— Oui, peut-être. »

Il raconta alors à Sugar l'épisode Sylvie, la sauce tomate, tout. Il lui montra également le dessin qu'elle avait laissé, et lui répéta ses paroles.

Lorsqu'il eut terminé, Thorn s'assit en face de Sugarman qui se balançait, songeur, les yeux perdus au plafond.

« Tu n'aurais pas dû la quitter. Tu n'aurais pas dû ficher le camp comme ça, Thorn. C'est de ça dont je voulais parler, en te disant de ne pas commettre d'imprudence. Tu n'as pas réfléchi, mon vieux. Tu ne pensais pas clairement.

— Hé, regarde un peu l'endroit. Deux douzaines de balles à travers le plancher. C'est bougrement vrai que je ne pensais pas clairement.

— Ne fais pas l'idiot avec moi, Thorn. Tu ne t'en tireras pas comme ça.

— Je vais bien, maintenant. Très bien.

— Alors tu as appelé la police ? demanda Sugar avec un geste qui désignait la maison.

— Non.

— Eh bien, on devrait commencer par ça.

— Si ça te chante. Tu peux leur raconter tout ce que tu veux. Moi, j'ai pas envie de m'emmerder avec les conneries de la police, pour le moment.

— Une minute, espèce de bourrique. Je sais bien à quoi tu penses.

— Ouais ? Et à quoi ?

— A prendre le 357 et aller voir un certain Roy Murtha. »

Leurs regards se croisèrent, et Thorn répondit :

« Alors dis-moi un peu, mon vieux. A ma place, qu'est-ce que tu ferais ? Quelqu'un mitraille ta maison, essaie très sérieusement de te flinguer, ce même type a giflé la femme que tu aimais deux semaines avant qu'on l'assassine. Tu livres ces informations à la police, tu les laisses décider de la marche à suivre ?

— Oui, c'est ce que je ferais. J'ai ce respect-là pour la loi.

— Oh, je la respecte aussi, la loi. Mais c'est sur les foutus guignols chargés de l'appliquer que j'éprouve de sérieux doutes.

— Ne bouge pas d'ici, Thorn. Adresse-toi à la police. Je te garantis que tous les deux, nous serons au magasin à neuf heures. Et que nous aurons une petite conversation avec lui, toutes affaires cessantes.

— Ouais, une petite conversation civilisée. N'oublie pas ta carte Miranda pour lui réciter ses droits, et assure-toi que tous les avocats seront là.

— Thorn... », dit Sugarman, avec une nuance plus dure dans la voix, émanation de cette austérité réfugiée au plus profond de ses viscères et à laquelle il laissait rarement voir le jour. « Crois-moi, Roy Murtha va devoir me donner une explication en béton sur les raisons qui l'ont poussé à la gifler et un alibi en béton armé sur ce qu'il a fait cette nuit, s'il ne veut pas que je l'emmène du côté de Blindman's Pass et que je le mette en morceaux tellement petits que même les crabes n'auront pas besoin de mâcher. »

Thorn le regarda sans répondre. Son ami. Penché en avant, les coudes sur les genoux, et dans les yeux un regard exprimant une détermination farouche.

« D'accord, d'accord. On leur parlera, à tes vieux potes. Mais que je sois pendu si je me fie à ces branleurs pour régler cette affaire comme elle doit l'être. »

Sugarman soutint un moment le regard de Thorn, le front de plus en plus plissé. Ils avaient déjà eu cette dispute auparavant, à l'époque où Sugarman était encore dans la police. Depuis qu'il était devenu détective privé, il semblait à Thorn qu'il n'avait perdu qu'une fraction de son ancienne rigidité. Cela tenait à quelque chose dans sa nature, à ses habitudes devenues indélébiles, adoptées par le petit Noir à la peau claire étranger à un monde comme à l'autre. Le gosse qui avait utilisé toutes ses forces, toute sa férocité tranquille, pour devenir une vedette de football universitaire, un trois-quart maigrichon qui s'était acquis, difficilement, le respect de ses camarades à la peau blanche mais au cuir épais. Et plus tard, ce même jeune homme avait dû se battre pour se faire admettre dans le monde entièrement blanc et d'une orthodoxie rigide de la police du comté. Pendant tout ce temps, ses habitudes de rigueur et son adhésion sans faille au règlement lui avaient non seulement valu le respect des autres, mais de monter en grade. De faire son chemin. Et il avait beau avoir repris sa liberté, il n'était pas libéré de ce passé. Il voulait toujours résoudre les choses en empruntant les voies étroites du monde de la police. Il avait le règlement imprimé dans les neurones.

« Demain, je te prêterai ma scie sauteuse », dit Sugar en quittant le fauteuil pour s'accroupir à côté d'un trou et y passer un doigt. « Il faut découper des bouchons, les coller dedans avec de la Liquid Nails et ce sera comme neuf. Encore plus joli, peut-être. C'est pas tout le monde qui a un plancher à pois dans sa maison.

— Je ne trouve pas ça drôle, Sugar.

— Non, ce n'est pas drôle. »

Thorn se releva, s'approcha de sa table de travail et regarda le dessin grossier laissé par Sylvie Winchester.

« Cercle de flammes, dragons, enlèvement de vierges, observa Sugar. Ma parole, cette jeune personne a lu trop de contes de fées. »

Cela lui coûta énormément, mais Thorn sourit.

Les adjoints au shérif du comté de Monroe procédèrent à une inspection en règle de la maison et du terrain, prirent tout leur temps pour farfouiller dans les affaires de Thorn, faisant preuve d'un tel enthousiasme qu'ils allèrent même jusqu'à mesurer les trous dans le plancher. L'un d'eux invita Thorn à le suivre sous le porche et lui posa quelques douzaines de questions. Puis recommença. Thorn ne leur livra pas le nom de Murtha.

« Alors comme ça, vous êtes sorti boire un coup avec des copains, hier soir ? Un coup de trop, peut-être. C'est ce qui s'est passé ? »

L'adjoint se pencha jusqu'à être à portée d'haleine de Thorn.

« Ah, merde, Earl ! Vous m'avez coincé. C'est exactement ce que j'ai fait. J'ai vidé un quart de rhum, je suis rentré chez moi, j'ai truffé la baraque de plomb et j'ai appelé la police montée, histoire de faire une blague.

— C'est des choses qui arrivent, remarqua Earl. J'ai même vu des choses encore plus bizarres que ça, des fois. »

Thorn fit demi-tour, rentra, alla s'asseoir dans l'un des fauteuils à bascule et ne dit plus un mot.

Après le départ de la brigade, Sugar resta un peu, buvant l'un des Coke diététiques de Darcy.

« T'es content ? »

Sugarman répondit que oui.

« Alors rentre dormir chez toi. Je passerai te prendre pas trop tard. »

Il fallut une ou deux minutes de plus à Sugar pour finir son Coke. Il ne lâcha pas Thorn des yeux, pendant ce temps. Puis il se leva, jeta la boîte dans le conteneur de recyclage, tapota son ami à l'épaule et s'en alla.

Thorn était allongé dans le lit, à la place de Darcy, toujours habillé. Le 357 vide posé sur la poitrine, il écoutait les stridulations des insectes, le ronronnement lointain des bateaux de pêche. Il ne bougeait pas et, les yeux grands ouverts, écoutait les secondes se dissoudre tranquillement l'une après l'autre. Écoutait les minutes se remplacer, les heures passer laborieusement. Les grillons laissèrent la place aux grenouilles, et les grenouilles au silence. Et finalement, la tête sur l'oreiller, les yeux toujours ouverts, Thorn entendit ce silence se fondre dans le bourdonnement gris de l'aube.

14

A sept heures, il s'arracha à ses draps, posa le Smith & Wesson sur la commode, gagna la salle de bains d'un pas incertain ; en dix minutes il était douché, rasé, habillé. Un jean gris, une chemise de grosse toile bleue, ses tennis maculées de graisse.

Il passa dans la salle de séjour après avoir repris l'arme. Il la soupesa, l'évalua, l'empoigna et visa la porte d'entrée. Il resta un moment dans cette position, puis pivota pour décrire un arc de cercle qui le mena dans l'axe de la fenêtre, le pistolet toujours pointé. Il releva le chien et prit en ligne de mire un gumbo-limbo qui poussait près de la plage.

Il resta dans cette attitude pendant trente secondes, puis une minute, et la conserva jusqu'à ce que le tremblement de ses muscles se transformât en gestes désordonnés. Il n'était pas en forme. Il avait perdu son tonus. Il s'était encoconné dans une molle coquille d'habitudes domestiques qu'il emportait partout avec lui comme un sac de couchage. Il était temps de se réveiller, d'en sortir, de se remettre sans transition à soulever des poids. Il releva le pistolet, visa, le tint fermement. Lutta contre les tremblements. Le releva, visa. Le releva, visa. Jusqu'à ce que tout revînt. Jusqu'à ce qu'il fût de nouveau de marbre. Dur, froid, impitoyable.

Lorsque finalement ses muscles le trahirent, il posa l'arme sur la table où il fabriquait ses mouches. Depuis le pas de la porte, il examina les dégâts à la lumière du jour. On comptait, dans le plafond, une douzaine de trous de la taille du poing qui laissaient filtrer des rais de lumière. Sans doute les balles avaient-elles dû réduire en miettes les bardeaux de bois et arracher tout le papier goudronné autour. L'état du plancher était encore pire, avec ses orifices déchiquetés et de grosses échardes de bois partout ; à chaque pas, on distinguait le sol à cinq mètres en contrebas. A la prochaine bonne pluie, la construction aurait tout d'une grande passoire.

Il quitta la maison, monta dans la Coccinelle et partit chez Sugarman. Quand il arriva, celui-ci était dehors, en pyjama, en train d'installer une planche de contreplaqué dans le cadre de bois d'une de ses doubles fenêtres.

« Moi aussi, j'ai eu de la visite cette nuit, dit-il en jetant un coup d'œil à Thorn. Le type avait dû oublier ses clefs, on dirait. Alors il est passé par ici.

— Quand ça?

— Pendant que j'étais chez toi.

— Jeanne va bien?

— Elle dormait. Elle a roupillé tout du long. »

Sugarman martela du poing l'angle de la planche pour la rentrer en force dans le cadre, puis lorsqu'elle fut en place, il se retourna; Thorn vit que la colère avait envahi ses yeux.

« Ce connard a foutu le bordel dans ma collection de cassettes vidéo. Il a balancé tous les grands classiques de Disney un peu partout. Bordel! Il a même réussi à casser *Fantasia!*

— Il a trouvé ce qu'il cherchait?

— Non », répondit l'ex-policier. De la main, il salua un de ses voisins, un guide de pêche qui sortait avec son bateau en remorque. « J'avais pris toutes les cassettes de boulot avec moi dans la voiture. Sur le moment, je me suis trouvé un peu parano... »

Thorn le suivit à l'intérieur. Sugarman lui dit de se préparer un petit déjeuner, si ça le tentait, et retourna s'habiller dans sa chambre.

Thorn trouva du pain tranché et se prépara deux tartines grillées, les beurra, et se versa une tasse de café. Une sorte de breuvage à la crème de menthe vaguement irlandais, avec une pointe d'amande au chocolat. Œuvre de Jeanne. Du bonbon liquide plus que du café.

Il sirota néanmoins la chose, assis dans le coin cuisine de la maison, tout en suivant des yeux deux écureuils qui se poursuivaient de haut en bas des arbres, dans le jardin de Sugarman. L'un d'eux finit par rattraper l'autre et le monta par-derrière. Leurs queues emmêlées pour quelques instants d'immobilité. Tandis qu'il regardait les petites bêtes, surprises en ce moment de béatitude animale, le café au chocolat se transforma en acide dans son estomac.

Thorn fit part de ses intentions à Sugarman, et les deux hommes partirent avec la Mustang pour Largo Park, à un mile au nord, côté océan. Un ensemble de demeures récentes de grand standing occupaient une partie du lotissement, mais le reste était constitué de maisonnettes minuscules où vivaient des gens modestes : vieilles camionnettes, hors-bord rouillés, Cadillac et Chevrolet, dinosaures pesants des années soixante, grandes comme des péniches, avec leurs calandres menaçantes.

Ils s'arrêtèrent dans l'allée d'une petite maison blanche. Toit de bardeaux rouges, deux palmiers étiques, un tricycle rouillé abandonné dans la cour. Thorn descendit et alla cogner vigoureusement à la porte afin d'avoir une chance d'être entendu en dépit du tapage d'un dessin animé qui passait à la télé.

Sugarman était venu le rejoindre sur le porche, deux cassettes à la main.

Une Noire d'une trentaine d'années vint ouvrir. Elle portait un uniforme de femme de chambre de motel et avait les cheveux relevés sur un côté, à la Doris Day.

« Ma parole, mais c'est monsieur Thorn et monsieur Sugarman ! s'exclama-t-elle. Qu'est-ce qui peut bien vous amener à une heure pareille, les garçons ?

— Salut, Tonasha, dit Sugarman.

— On aurait besoin d'Eddie pour quelque chose », répondit Thorn.

Un petit garçon apparut derrière Tonasha et vint se coller à sa hanche. Sept ou huit ans, de grands yeux.

« Et pourquoi avez-vous besoin de mon Eddie ?

— On voudrait qu'il regarde un film pour nous. »

Le petit garçon hocha vigoureusement la tête, ayant très envie de faire ce travail. Tonasha s'écarta pour les laisser passer.

« Et au fait, quel genre de film ?

— Un film muet », répondit Thorn.

Eddie, installé sur le canapé, regardait l'enregistrement sur lequel on voyait Darcy avec Murtha. Il lisait sur leurs lèvres et communiquait par signes avec sa mère, assise sur un fauteuil en peluche, qui elle-même les interprétait à voix haute pour ses visiteurs.

« Il faut qu'il revoie ce passage, dit-elle. Ce type parle bougrement vite pour lui. »

Thorn braqua la télécommande et rembobina la bande. Le gamin avait déjà traduit les premières minutes de la visite de Darcy. Celle-ci venait juste de demander à Murtha qui était la fille. La fille qui lui avait donné le pistolet. Murtha n'avait rien répondu, se contentant de la fixer. Elle avait ensuite voulu savoir ce que signifiait cette conversation qu'ils avaient. Murtha avait gardé le silence. Darcy avait demandé où était la fille. C'est à ce moment-là qu'il avait penché la tête et s'était mis à regarder le plancher. Darcy avait dit qu'elle n'allait pas laisser passer ça comme ça. Qu'elle allait repérer la fille, lui parler, découvrir ce qui se passait. Murtha avait relevé la tête, et l'avait regardée droit dans les yeux.

Tonasha se concentra sur les mains virevoltantes d'Eddie. « L'homme dit que ce qu'il dit à quelqu'un dans son magasin ne regarde pas Miss Richards. Il traite Miss Richards de salope et dit qu'il ne la paie pas pour espionner ses affaires personnelles. Et que bordel de merde, il va résilier le contrat.

— C'est peut-être un peu trop dur pour Eddie, observa Thorn. On devrait demander à quelqu'un d'autre de le faire.

— Il en entend de pires, le rassura Tonasha, tous les jours de la semaine. »

Sugarman tournait le dos à l'écran.

« Là, l'homme lui dit de ficher le camp de son magasin et de ne plus jamais y mettre les pieds », reprit Tonasha.

Eddie continua de faire des signes, lisant les derniers mots pleins de colère du discours de Murtha.

« L'homme demande à qui d'autre elle a raconté ces conneries. Il dit que c'est des calomnies. Il demande si elle a dit quelque chose à Sugarman (Tonasha marqua un temps d'arrêt, suivant les gestes d'Eddie). Et Miss Richards, elle lui répond. Elle dit quelque chose à propos de vous.

— Moi ? demanda Sugar.

— Non, lui. Thorn. »

Sur l'écran, on vit Murtha avancer et frapper Darcy au moment où elle trébuchait. Thorn alla couper la télé. Il resta debout devant l'écran vide et regarda Tonasha. Il regrettait d'avoir eu cette idée. D'avoir entendu les paroles prononcées par Darcy sortir, bien vivantes, de la bouche de Tonasha, comblant cette impossible distance.

La Noire changea de position sur son siège, regardant toujours les mains de son fils. « Miss Richards dit à l'homme qu'elle n'a rien dit à son petit ami parce que sinon, Thorn viendrait le démolir pour savoir la vérité. Et que c'est Thorn qui aurait alors des ennuis. Elle ne veut pas de ça. C'est là que l'homme l'a giflée. »

Thorn prit une profonde inspiration, éjecta le premier enregistrement et mit le deuxième à la place. Il rebrancha la télé et il lui fallut environ une minute pour retrouver le passage ; puis il s'écarta de l'écran et tous suivirent le dialogue entre Sylvie et Murtha. Sylvie tendant la main sous le comptoir pour toucher Murtha. Celui-ci la fichant à la porte de son magasin. Puis Sylvie entrant à nouveau, pour lui donner le pistolet, Murtha refusant d'un mouvement de tête, puis se tournant vers la caméra pour arrêter l'enregistrement.

Eddie ne fit pas un seul signe pendant toute la scène.

« Qu'est-ce qui ne va pas ? demanda Thorn. Qu'est-ce qui se passe ?

— Celui-là, on l'a déjà vu, répondit Tonasha. Il doit y avoir deux semaines.

— Vous l'avez vu ?

— Je croyais que vous le saviez. C'est Darcy qui a amené la cassette pour qu'Eddie lise sur les lèvres, comme pour vous. On a regardé cet enregistrement je ne sais combien de fois, vingt fois, peut-être. On s'est quasiment crevé les yeux dessus, parce que vu la position de leurs visages, il est difficile de lire ce qu'ils disent. Juste un mot de temps en temps.

— Quels mots ?

— La fille, celle qui a une drôle d'allure, elle a dit que l'homme était mignon. Très séduisant. Comme si elle lui faisait du rentre-dedans. Puis il la vire. La deuxième fois, la fille parle d'argent. Il est question de beaucoup d'argent, en liquide. »

Thorn lança la marche arrière et ils regardèrent la deuxième visite de Sylvie au ralenti. Eddie reprit ses signes.

« Eddie dit que la fille dit que l'homme peut toucher beaucoup d'argent en liquide s'il se sert du revolver sur quelqu'un.

— Sur qui ?

— C'est justement ce que voulait savoir Darcy. Mais sous cet angle, Eddie ne peut pas le dire.

— Rien d'autre ? voulut savoir Thorn.

— Si. C'est quoi ce mot, Eddie ? Celui qu'elle prononce quand elle parle d'argent ? »

Eddie l'épela sur ses doigts et Tonasha récita : « T-I-L-A-P-I-A.

— Tilapia, dit Thorn.

— Ouais, confirma Tonasha. Tilapia rouge. Elle a parlé de tilapia rouge et de beaucoup d'argent. »

Sugarman se leva et arrêta la télé. « Et peux-tu me dire ce que c'est que ton fichu tilapia ?

— Un poisson, répondit Thorn. Un poisson exotique. »

Thorn et Sugarman gardèrent le silence pendant le trajet jusqu'au centre commercial, en face du lycée de

Coral Shores, où le magasin de spiritueux de Murtha se trouvait coincé entre une quincaillerie et une petite galerie de jeux vidéo. La dernière boutique du « centre » était une bijouterie et la première attendait un repreneur. Il était neuf heures trente lorsque la Mustang se gara sur le parking. Murtha aurait dû se trouver plongé dans le rituel qui précédait l'ouverture de son magasin.

« Il n'est pas là, constata Sugarman en coupant le moteur.

— Par quel mystère ne suis-je pas surpris ?

— Je crois que le mieux est d'attendre un peu, voir s'il se montre.

— Allons dans son appartement et ouvrons la porte à coups de pied, s'il le faut.

— Déjà fait, Thorn. Ce matin, avant que tu viennes chez moi. Je m'étais dit qu'il aurait peut-être été intéressant que nous ayons une conversation, juste tous les deux. En tête à tête. Histoire de lui demander pourquoi il avait démoli mon enregistrement de *Fantasia*. Personne n'a répondu, mais j'ai trouvé la gérante et je l'ai convaincue de m'ouvrir la porte.

— Comment as-tu fait ?

— Quelque chose me dit que la brave dame était sous l'impression trompeuse que j'appartenais encore au bureau du shérif, travaillant maintenant en tenue civile. Elle y a mis beaucoup de bonne volonté. Pleine de respect pour la loi. » Sugarman adressa un sourire entendu à Thorn.

« Content de voir que tu te décontractes un peu, mon vieux. »

Ils restèrent assis dans la Mustang, observant les clients qui entraient et sortaient de la quincaillerie. Des couvreurs aux cheveux longs et emmêlés, des retraités bien habillés, des peintres en bâtiment, des femmes en blouse de soie. Toutes les classes sociales se retrouvaient dans la queue qui s'allongeait devant la caisse, obligées de se mélanger pendant quelques désagréables secondes.

Thorn demanda à Sugarman ce qu'il avait découvert dans l'appartement de Murtha. L'ex-policier laissa échapper un soupir prolongé.

« Ce type vit comme un clodo. Chez lui, ça pue le fruit pourri et l'humidité. J'aurais cru, à voir le soin avec lequel il faisait le ménage dans son magasin, qu'il était un maniaque de la propreté. Tout au contraire. Il atteint des sommets insoupçonnés dans l'art du désordre.

— C'est tout ?

— Non, j'ai trouvé quelque chose. »

Il se pencha, ouvrit la boîte à gants et en retira une petite revue. Quinze pages de fillettes nues, encore impubères, posant dans différentes positions sexuelles avec des adultes. Des photos en noir et blanc granuleuses, toutes prises devant un fond violemment éclairé. Les fillettes avaient entre dix et douze ans, à peu près, pour la plus âgée. Les hommes avaient tous la quarantaine ; la plupart arboraient des coiffures bouffantes et des favoris. La revue dégageait une odeur d'humidité et le bord jauni des pages s'effritait entre les doigts de Thorn. Aucune date ne figurait en couverture, mais cette horreur devait compter pas loin d'un siècle.

« J'y suis resté une heure, reprit Sugarman. J'ai ouvert tous les tiroirs. Une fouille en règle.

— Et tout ça sans mandat ! Dis donc, mon vieux, tu dois te sentir fichtrement coupable, en ce moment.

— Je me sens très bien. Mis à part une envie d'arracher la queue à ce mec, vraiment très bien.

— Ce magazine..., observa Thorn en tournant délicatement les pages. On dirait un objet de collection. Du porno ancien. Ces filles, à l'heure actuelle, doivent être en maison de retraite.

— Ouais, répondit Sugarman. A condition qu'elles aient réussi à atteindre l'âge adulte. »

Ils observèrent une femme qui passait sur le trottoir, devant eux. Cheveux blancs, en short et blouse sans manches. Elle s'arrêta devant la boutique de Murtha, essaya d'ouvrir, scruta l'intérieur un instant, tenta de nouveau de tourner le bouton de porte, et renonça.

« Regarde mieux, page six. »

Thorn jeta un coup d'œil prolongé à son ami, puis rouvrit la revue, trouva la page indiquée. On voyait une fillette debout devant un rideau blanc ; mince, elle avait des cheveux noirs, pas de poitrine, les bras derrière la tête. Un homme accroupi devant elle explorait son entrejambes avec ses lèvres.

« Ça ne te dit rien ? »

Thorn étudia la photo.

« Nom de Dieu !

— C'est ce que je me suis dit.

— En tout cas, le corps est similaire ; le nez, même les pommettes, ouais. Mais les yeux, c'est pas ça du tout. Ceux de Sylvie sont plus grands, plus écartés.

— Mais elle lui ressemble drôlement, tu es bien d'accord.

— Et alors ? Cette revue a cent ans.

— Ce n'est donc sans doute qu'une coïncidence. Un type voit en chair et en os une fille qu'il a reluquée pendant des années dans un magazine. Il en perd la boule. Il la lui faut. »

Thorn secoua la tête et continua d'étudier la fille. Elle levait les yeux vers le plafond. Avec sur le visage une expression curieuse, mélange d'extase feinte et d'horreur. Ses lèvres affichaient un sourire boudeur qui paraissait dépourvu de véritable chaleur. Sourire emprunté, comme si elle l'avait vu quelque part et s'y était exercée devant un miroir afin d'habituer ses muscles à simuler une émotion qui lui était inconnue.

Elle avait un aspect pitoyablement émacié sur ce fond blanc brutal, et cependant quelque chose qui frappait et étonnait. Une excitation, dans son regard, qui faisait penser à un animal sauvage, une sorte de tension chaotique, comme si elle calculait indéfiniment la géométrie de ses lignes de fuite.

Thorn posa le magazine sur ses genoux et vit alors des adolescents du lycée, en short trop grand et T-shirt, entrer dans la galerie de jeux vidéo. Un autre arriva à bicyclette et interpella ses camarades, laissa tomber son engin sur le trottoir et les rejoignit.

« Ça te dit, d'essayer de faire le point ?

— Je ne sais pas, répondit Thorn. Il faut que je commence par digérer ça.

— Bon. Il y a un certain nombre de choses que nous savons, en tout cas. Tout d'abord, que Darcy a visionné l'enregistrement de Murtha et Sylvie. Sylvie lui tend un pistolet, Murtha coupe la caméra. Darcy a dû bondir sur son siège en voyant cela. Elle réfléchit, et pense à aller voir Eddie et Tonasha. Elle a l'impression que Murtha et la fille parlaient de tuer quelqu'un, ou un truc comme ça.

« Mais c'est impossible d'en être sûr. C'est très ambigu. Darcy décide donc d'aller au magasin et de cuisiner Murtha, lequel finit par la gifler. Elle part, et se demande si Murtha n'a pas le droit d'être furieux, au fond. Rien n'indique que la scène à laquelle elle a assisté est criminelle. Il peut s'agir d'un complot en vue d'un meurtre comme de rien du tout. Eddie n'a pas pu déchiffrer toute la conversation et il peut s'agir de tout autre chose. Ils pouvaient aussi bien parler de tuer des cafards, bon Dieu. Qui sait ? »

Thorn écoutait les yeux fermés. Sans les rouvrir, il répondit :

« Si je comprends bien, Darcy est dans le brouillard le plus complet sur ce qui s'est passé et se sent peut-être un peu coupable de t'avoir perdu un client. Exactement, la moitié de ta clientèle ! Elle décide alors de régler cette affaire toute seule.

— Quoi ? D'où sors-tu ça ?

— C'est Darcy qui me l'a dit. Sur le bateau, le jour même de sa mort. Elle m'a laissé entendre qu'elle faisait une enquête toute seule.

— Mais pourquoi ne pas m'en avoir parlé ?

— Elle avait envie d'un peu plus d'indépendance, j'imagine. De faire quelque chose sans l'aide de personne.

— Oh, merde...

— Bon, bref... Elle interroge Murtha sur ce qu'elle a vu ; or s'il envisage vraiment d'assassiner quelqu'un, elle vient de se mettre sacrément dans la merde. »

Sugarman scrutait le magasin de spiritueux, respirant fort. Thorn regarda de nouveau la fillette décharnée de la photo ; toutes ses côtes étaient visibles, l'ombre de son squelette.

« Bon sang, quelle connerie ! grommela Thorn.

— Quoi donc ?

— C'est ma faute. Je savais que quelque chose clochait. Mais je n'ai pas été capable de le lui faire dire. Je n'ai pas su trouver les mots justes.

— Vraiment, très bonne idée, mon vieux. Accuse-toi. Arrange les faits à ta manière, ficelle-toi à la bonne vieille rôtissoire émotionnelle et fais-toi une belle brûlure de culpabilité. »

Thorn rouvrit la boîte à gants et y jeta le magazine. Puis il regarda la vitrine de Murtha à travers le pare-brise.

« Il y a tout de même une chose qui me tracasse. Comment le tueur s'y est-il pris ? Comment pouvait-il savoir que toi et Darcy vous prendriez votre bateau ce jour-là, pour aller à cet endroit précis, et que Darcy y ferait de la plongée ? Tout ça se coordonne un peu trop bien, non ? »

Thorn tourna les yeux vers la US 1, où la circulation était constante.

« Elle devait rencontrer quelqu'un.

— Quoi ?

— Elle avait un rendez-vous avec quelqu'un à la marina de Snake Creek, le matin où nous sommes allés sur le récif. Je ne sais pas avec qui, mais la personne ne s'est pas montrée. Autrement dit, quelqu'un savait déjà où et quand. Et le reste a sans doute été de l'improvisation, en fonction des circonstances. »

Une voiture vint se garer à côté de la leur. Un gentleman à cheveux blancs, en pantalon long de toile légère et chemise verte brillante, en descendit et se dirigea vers la quincaillerie. La belle vie d'une retraite dorée. Son avenir assuré.

Sugarman pianotait sur le volant tout en regardant un adolescent qui attendait à l'entrée de la galerie de jeux, scrutant l'intérieur.

« Écoute, Sugar. Trouves-tu que Murtha ait l'allure d'un type qui aurait suivi l'entraînement d'une école militaire d'un genre un peu spécial ? Genre Bérets verts ? Plongée avec bouteille, prises de doigts... Enfin, tout de même ! ce type tourne en rond dans son magasin, on dirait un film sur les crises cardiaques. »

Un jeune couple, en blue-jean et chemise écossaise assortie, passa nonchalamment devant eux, lui la tenant par les épaules, elle par la taille. Ils défilèrent devant les différents commerces et s'arrêtèrent à hauteur de la bijouterie, où ils se mirent à contempler la vitrine avec convoitise. Thorn détourna les yeux, préférant s'intéresser aux voitures, sur la US 1.

« Il y a aussi autre chose que je trouve curieux, reprit Sugarman. Comment se fait-il que tu ne m'aies pas parlé de cette histoire de tilapia ? » Il se pencha et appuya sa joue contre ses mains, posées sur le volant. Thorn se tourna vers lui et soutint son regard.

« Juste avant qu'elle saute à l'eau pour la dernière fois, Darcy m'a demandé si j'avais entendu parler d'un tilapia rouge. Lorsque ça m'est revenu, plus tard, je me suis dit qu'il y avait peut-être un rapport avec ce qui la tracassait. Je n'en étais pas sûr. Si bien que comme il fallait que je fasse quelque chose, j'ai fouiné un peu, j'ai étudié la question du tilapia. Hier.

— Mais tu n'avais pas l'intention de me mettre au courant...

— J'ignorais complètement ce que cela signifiait. S'il y avait le moindre rapport. »

Sugarman se redressa et pointa un doigt vers son ami.

« C'est fini, le justicier solitaire, Thorn. On marche ensemble dans ce coup. Chacun fait attention à l'autre. Tu entends ? »

Affaissé dans le siège baquet, Thorn dut tendre le bras pour ouvrir la boîte à gants — et la refermer. Il s'éclaircit la gorge, regarda en direction de la boutique de Murtha. Puis il entama le compte rendu de sa visite à Ludkin et à Seamark, l'histoire des corps empilés comme des planches. Il répéta ce que le professeur avait déclaré à propos du tilapia rouge, le plomb transformé en or, lui répétant tout mot à mot, minute par minute, n'omettant rien de ce dont il se souvenait.

Lorsqu'il eut terminé, Sugarman reprit la parole : « Bon, très bien. C'est intéressant, mais où est le rapport ? Sylvie. Tilapia. Murtha. Je ne pige pas.

— Eh bien, en premier lieu, le nom de famille de Sylvie. Il est le même que celui du type qui élève des tilapias sur la côte du Golfe. Sylvie Winchester.

— Tiens, tiens, tiens.

— Pour ce qui est de Murtha, aucune idée. Il s'agit peut-être d'une anomalie en retour.

— Une quoi ?

— Ça faisait partie du vocabulaire de Darcy. De l'époque où elle donnait la météo à la télé. Une sorte de faux écho radar rebondissant sur les grands immeubles de bureau. Le radar montre un front de nuages d'orage là où il n'y a rien.

— Murtha serait un faux écho ?

— C'est possible.

— Mais alors, le Cheeto, sous ta maison ? Pour un faux écho, il a laissé de sacrées traces.

— D'accord, Sugar. Toi, tu suis la piste Murtha. Moi je m'occupe de Sylvie. »

Sugarman démarra en marche arrière.

« Tu as encore ce regard, Thorn.

— Et quel regard ? »

Sugarman réussit à profiter d'une interruption dans la circulation et s'engagea sur la voie rapide qui franchissait la mer.

« Ce regard qui me fait dire qu'il y a quelqu'un qui serait bien inspiré de se mettre à prier.

— Ils peuvent prier tant qu'ils veulent. Crois-moi, Sugar, ça ne leur sera pas du moindre secours. »

15

Depuis le bureau de Sugarman, Thorn appela Jimmy Pat Criswell, l'un de ses amis de la police maritime de Floride : mais voilà, Jimmy Pat ignorait tout de l'élevage de poissons, du tilapia ou des coordonnées des personnes travaillant dans ce secteur. Il donna toutefois à Thorn le numéro de téléphone d'un type qu'il connaissait au département de l'Intérieur à Atlanta. Jimmy Pat avait en effet l'impression que cette agence était celle qui inspectait les installations de pisciculture.

Malheureusement, le contact de Jimmy Pat n'était pas là ; sa secrétaire, en revanche, lui dit que c'était à une autre agence qu'il devait s'adresser, la US Fish & Wildlife — les Eaux et Forêts —, et elle lui donna le numéro de l'antenne pour le Sud-Est ainsi que le nom du responsable, Jones. Il appela donc ce bureau, demanda Jones, mais ce dernier avait été transféré deux mois plus tôt à l'agence de Saratosa. La femme, au bout du fil, voulut cependant savoir si elle pouvait l'aider. Elle avait une voix rauque vaguement familière, mais Thorn n'arrivait pas à mettre un visage dessus. Il déclina donc son identité et expliqua ce qu'il voulait. Elle hésita un instant puis dit : Thorn ? Le Thorn des mouches artificielles ? L'ermite de Key Largo ? L'homme qui court le cent mètres en dix secondes deux dixièmes ?

Il répondit que cela faisait un moment qu'il n'avait pas couru le cent mètres mais que sinon, le reste était exact. Tu ne vas pas me croire, s'exclama-t-elle alors, c'est Judy Nelson ! C'est à dire, Judy Murphy. Elle marqua une pause pour qu'il eût le temps de réagir, mais Thorn était toujours autant dans le brouillard. Comme le silence se prolongeait il dit : oh oui ! oui, Judy Murphy, bien sûr ! Salut, Judy — mais du diable s'il savait qui était cette Judy. Oui, voilà, j'ai épousé un imbécile du nom de Nelson, ça a duré un an et je l'ai plaqué, mais j'ai gardé le nom, ne me demande pas pourquoi. Et en effet, elle connaissait Harden Winchester. Elle était tout à fait prête à conduire Thorn chez ce type, s'il voulait. On pourrait évoquer le bon vieux temps en chemin. Quand voulait-il venir ? Demain, proposa-t-il. Mercredi matin, toutes affaires cessantes. Très bien, pour toi je peux faire ça, dit-elle. Ah, au fait, Judy, j'aimerais arriver chez le type sans être annoncé. Est-ce que ça te va ? Judy réfléchit quelques instants puis demanda, est-ce que tu peux me dire de quoi il s'agit ? Demain, Judy, je t'expliquerai tout demain.

« C'est étrange, dit Thorn en reposant le téléphone. Est-ce que tu te souviens d'une Judy Murphy ?

— Judy ? fit Sugarman, l'air étonné. Mais évidemment. Voyons, Thorn, ne me dis pas que tu l'as oubliée ! Arrière gauche. »

Thorn dut faire encore un effort, mais finalement l'image revint.

« Oh, bon Dieu, cette Judy !

— Ouais. La grande baraquée. »

Judy Murphy avait été la seule fille de toute l'histoire de Key Largo à essayer de faire partie de l'équipe de football universitaire de Coral Shores. Le sélectionneur l'avait éliminée juste avant la première partie de la saison, après être arrivé à la conclusion qu'il était trop démoralisant pour les garçons de l'avoir avec eux. A cette époque, elle avait déjà à son compte l'interception d'une demi-douzaine d'offensives. Thorn et Sugar avaient pourtant protesté qu'elle ne les démoralisait pas ; qu'ils aimaient bien l'avoir avec eux. Mais l'entraîneur en avait décidé autrement. Judy ne pipa mot. Elle avait prouvé ce qu'elle pouvait faire. Après quoi, elle assista à tous les matchs, assise à la dernière rangée des bancs de touche de son équipe, suivant attentivement le jeu, mais sans jamais pousser un seul cri d'encouragement.

Le téléphone sonna. Sugar décrocha, écouta, et dit oui, bien sûr Andy, fais-la entrer.

Thorn s'assit sur le siège réservé au client et vit arriver Rochelle Hamilton. Elle portait un T-shirt en coton vert foncé, un jean blanc qui pochait et des sandales en daim. Elle avait les mains dans les poches et regardait tour à tour les deux hommes.

« Salut, Rochelle, dit Sugar.

— Salut », répondit-elle, restant debout un instant sur le pas de la porte, mal à l'aise, avant de repousser le battant. « Salut, Thorn. »

Il la salua d'un ton neutre.

« Je suis venue parce que j'ai commencé à réfléchir, pour l'autre nuit. Comment j'avais été. Je voulais m'excuser.

— C'est oublié, dit Thorn. N'en parlons plus.

— Tu veux t'asseoir ? proposa Sugarman.

— Je vous ai apporté quelque chose. Je me suis dit que ça pourrait peut-être vous être utile... »

Elle hésita un instant, regarda Sugarman, puis inspecta le bureau comme si une idée nouvelle et inattendue lui venait à l'esprit.

« Je me demande si je fais bien.

— De quoi s'agit-il, Rochelle ? »

Elle retira une coupure de presse de sa poche et s'avança pour la donner à Sugarman ; puis elle battit en retraite, ne pouvant s'empêcher de jeter un coup d'œil à Thorn avant de laisser son regard errer sur les murs.

« Tu auras peut-être besoin d'une loupe. Comme moi », dit-elle.

Sugarman examina la coupure, la lut et regarda Thorn. Puis il ouvrit le tiroir de son bureau, fouilla un moment dedans et en sortit une loupe. Il poussa un grognement, se pencha et, sans quitter le morceau de journal des yeux, attira la lampe de bureau à lui et l'alluma.

« Qu'est-ce que c'est ? demanda Thorn.

— Où diable as-tu trouvé ce truc, Rochelle ? demanda Sugar, la tête toujours baissée.

— Je savais que tu me poserais la question. »

Thorn se leva et tendit le cou vers la coupure de presse. On voyait la photo d'un homme tombé la tête la première dans son assiette, le visage tourné sur le côté. La légende disait : TROISIÈME RÈGLEMENT DE COMPTES DE LA PÈGRE EN QUATRE JOURS.

« Prends la loupe et dis-moi ce que tu vois, Thorn. Le type avec la tête dans les nouilles qui fait face au flash. »

Thorn régla la lampe, trouva la bonne distance pour la loupe et regarda.

« Non..., je ne vois pas, commença-t-il. Hé, attends une minute...

— Alors ? C'est qui ? »

L'homme avait une chevelure plus noire et mieux fournie, les traits beaucoup moins empâtés. Mais c'étaient les mêmes bajoues, le même nez en patate, les mêmes sourcils. Et la même peau olivâtre et rude. Roy Murtha.

« Raymond Bianetti, comme on l'appelle ici, tué de sept coups de feu pendant qu'il mangeait ses fettucine al fredo. »

Thorn reposa la loupe.

« J'ai bien envie de vous poser une question, reprit Sugarman. Pourquoi diable font-ils toujours comme ça ? Pourquoi donner tous ces détails sur le plat que bouffait le type ou sur des trucs de ce genre ? Je trouve ça dégradant. On dirait que le journaliste cherche à plaisanter. C'est d'un cynisme ! Quels enfoirés... On a trouvé monsieur Sugarman mort d'une crise cardiaque, la tête dans son assiette de soupe Campbell. Celle avec les lettres de l'alphabet. Un A et un C collés sur la joue. C'est vraiment nul, de se payer la tête d'un gars qui vient de mourir, vraiment, bordel de Dieu.

— Ouais, mais ce type-là n'était pas mort, observa Thorn. Il s'est relevé, et il a disparu.

— Pas d'après le *New York Times.* Le décès a été officiellement constaté à l'hôpital Cedars Sinai à quatre heures trente-huit du matin, le 10 janvier 1975. Connu aussi sous le sobriquet de Raymond the Clink. Il aurait quelque douze cadavres sur la conscience. Ce vieux Raymond était un homme occupé. Il a poinçonné pas mal de tickets...

— Où as-tu trouvé ça, Rochelle ?

— Murtha et moi... (Elle prit une profonde inspiration et secoua la tête, l'air dégoûtée.)

— ... Vous avez eu une liaison, poursuivit Thorn. Toi et le type du magasin de spiritueux.

— Ouais. Quand il est venu habiter dans l'appartement à côté. Ça n'a pas duré longtemps. Une semaine.

— Et tu as trouvé l'article chez lui ? demanda Sugarman.

— Oui. Une nuit où je cherchais de l'aspirine. Murtha ronflait dans la chambre. J'étais dans la salle de bains. J'ai ouvert tous les tiroirs, sans rien trouver, et je suis tombé là-dessus, dans le placard, sous les serviettes de toilette. Un album. Avec des douzaines de coupures, la même histoire dans des journaux différents. J'en ai pris une et j'ai commencé à la lire. Je commençais tout juste à comprendre quand je l'ai entendu qui marchait dans la chambre. J'ai perdu la tête. J'aurais pu la remettre en place et ranger l'album. Au lieu de cela, j'ai caché l'article dans ma poche. C'était stupide, mais bon Dieu, j'avais une telle frousse ! Je ne savais même pas ce que je faisais. »

Rochelle ferma les yeux et baissa la tête.

« Raymond the Clink ? s'interrogea Sugarman. Qu'est-ce que c'est que ce foutu surnom, pour un gangster ?

— Je ne sais pas, dit Thorn. Clink, comme la taule, en argot, peut-être.

— En tout cas, il ne m'impressionne pas beaucoup, le bonhomme. Elle est bizarre, son histoire.

— Ce type a dû payer très cher pour une mise en scène pareille, observa Thorn. Le personnel de l'hôpital, la police, les gens du restaurant. Il a certainement balancé un sacré paquet de pognon.

— A moins qu'il n'ait été amnistié comme témoin et que la mise en scène ne soit l'œuvre du FBI. Comme ils font des fois.

— Es-tu au courant d'autre chose, Rochelle ?

— Non. Je n'ai jamais été très proche de lui. C'est à peine si on se parlait.

— Bon sang, seul notre foutu gouvernement fédéral peut faire un truc pareil ! Ces bons vieux États-Unis d'Amérique. Tuez une douzaine de vos concitoyens — hé, pas de problème. Tout ce que vous avez à faire, c'est de témoigner contre quelqu'un qui n'a pas traversé dans les clous, et on vous installe un charmant petit magasin de spiritueux quelque part dans les Keys de Floride, avec un casier vierge en prime. Bordel ! même le pape n'oserait pas donner ce genre d'absolution. »

Thorn jeta un dernier coup d'œil au Murtha quinquagénaire du cliché de presse et repoussa la coupure sur le bureau.

« Au fond, ça n'a pas beaucoup d'importance, que la mise en scène ait été de lui ou du FBI. Il est toujours au centre de l'affaire.

— En effet, c'est sans importance, confirma Sugarman. Sans la moindre importance.

— Je crois que je ferais mieux de partir », dit Rochelle.

Thorn se leva et s'approcha d'elle.

« Merci, Rochelle. Merci de nous avoir apporté ça. Tu n'étais pas obligée.

— Je ne risque pas d'avoir des ennuis ? demanda-t-elle. Vous comprenez, il peut s'apercevoir que l'article manque, et deviner qui a pu le prendre.

— S'il y en avait tout un paquet dans le même genre dans l'album, j'en doute, la rassura Sugar. Et tu l'as pris il y a quelques mois. Il ne s'en est toujours pas rendu compte.

— Celui qui risque d'avoir des ennuis, c'est lui, ajouta Thorn. Ne t'en fais pas. Ferme bien ta porte. S'il se montre, appelle Sugar.

— Très bien. Bon, je crois que je vais aller travailler.

— Je passerai te voir plus tard. Vérifier si tout va bien, dit Thorn.

— Vraiment ? » répondit-elle trop vite. Puis elle se ressaisit, baissa le volume affectif, et ajouta : « Ne t'inquiète pas, Thorn, ça ira très bien.

— J'ai dit que je passerai, alors je passerai. »

Elle eut un sourire incertain. Elle l'avait sans doute un peu trop souvent entendu dire, cette phrase. Après son départ, Thorn se rassit en face du bureau.

« Ça pourrait expliquer le canardage de ta maison, l'autre nuit. Le type s'imagine que Darcy a découvert qui il était et qu'elle va révéler sa véritable identité. Il l'assassine et s'en prend ensuite à son petit ami.

— En tirant à travers le plancher ? Je vois mal un type de la Mafia agir comme ça. Pas très professionnel.

— Le type est à la retraite. Ça fait un bon moment qu'il n'est plus dans le coup. Il a peut-être perdu le goût du sang.

— C'est plausible, admit Thorn. De toute façon, j'ai toujours envie de remonter la piste Winchester. J'ai l'impression qu'il est plus profondément impliqué dans cette affaire qu'il n'en a l'air. Tu te sens capable de t'occuper de Raymond the Clink ?

— Oh, oui ! Je crois que c'est tout à fait dans mes capacités. »

Sugarman fit pivoter son fauteuil, s'inclina et regarda dans le salon de coiffure, où une jeune et jolie Noire se faisait laquer les cheveux, à quelques pas de lui.

Sans quitter la scène des yeux, il s'adressa à Thorn : « Je voulais que tu le saches, Thorn. Moi aussi, ça me fait mal. J'aimais Darcy. Sans doute pas comme toi, mais peut-être autant, à ma façon. Autant. Et crois-moi, mon vieux, il n'y a rien que je ne ferais pour régler cette histoire. Dans les limites de la loi. »

Il respira à fond, retint l'air quelques secondes dans ses poumons et expira. Puis il se retourna vers Thorn, un sourire mal assuré aux lèvres. Serein, mais pressant, avec quelque chose qui brûlait, sombre, dans le regard.

Voilà quelqu'un qui n'avait jamais connu la haine. Né, apparemment, sans les organes indispensables pour alimenter l'amertume et le dépit. Tout au plus Sugarman arrivait-il à râler un peu et, de temps en temps, à pousser un grognement de déplaisir. La rage, la fureur, tout cela lui était étranger.

Thorn se souvenait en particulier d'un vendredi soir d'octobre, vingt-cinq ans auparavant, lorsqu'ils s'étaient retrouvés tous les deux cloués au sol sous un empilement de joueurs de football, Sugarman tenant le ballon dans ses bras après avoir réussi à marquer encore un point. Ils s'étaient regardés à travers la grille de leur masque pendant que leurs supporters hurlaient et que le sifflet de l'arbitre les assourdissait ; ils s'étaient souri, étourdis — jamais ils ne s'étaient sentis aussi heureux.

Et juste à ce moment-là, une grande main blanche s'était glissée au milieu du méli-mélo de corps, avait repéré d'un tâtonnement le masque de Sugar, et une espèce de grand abruti d'arrière du nom de Langstaff, sorti tout droit des champs de canne à sucre de la région de Clewiston [1], avait enfoncé son doigt osseux dans l'œil droit de Sugar. Profondément. Thorn avait essayé de saisir le bras et de le mordre, mais Langstaff s'était rapidement dégagé, profitant de ce que la pile se défaisait.

L'œil en sang, Sugar avait continué de jouer. Il ne paraissait pas en colère, simplement encore plus concentré. Plus précis. Jusqu'au moment, vers la fin du quatrième quart-temps, où il réussit à rompre la ligne de défense adverse : devant lui, il n'y avait plus que Langstaff qui s'élançait sur lui, bille en tête, un grand gaillard d'un mètre quatre-vingt-dix comptant bien quinze kilos de plus que Sugar, et cette fois-ci Sugar ne pivota pas, ne feinta pas, parut même presque ralentir sa foulée, comme s'il passait sur un rapport de vitesse inférieur, et les deux hommes baissèrent les épaules dans l'instant qui précéda la collision ; mais Sugar un peu plus, juste ce qu'il fallait. Il planta son casque dans le ventre de l'arrière, le redressa, le renversa et lui passa dessus. Le péquenot resta vingt minutes inconscient, pendant que Sugarman sirotait un Coca-Cola sur le banc de touche. Ni furieux ni triomphant. Il avait joué en respectant les règles.

L'ex-policier s'accouda sur le sous-main, le regard toujours sévère.

1. Ce qui sous-entend qu'il s'agit d'un « petit Blanc » raciste du Sud (*N.d.T.*).

« Promets-moi une chose, Thorn. Lorsqu'on te jettera en prison à Naples, sers-toi du coup de téléphone auquel tu auras droit pour m'appeler, d'accord ? »

Thorn s'arrêta à hauteur de la porte.

« Toi aussi elle t'aimait beaucoup, Sugar. Tu le savais, non ? »

Sugarman contempla le sous-main et poussa un soupir.

« Ouais, dit-il comme s'il revenait de loin. Mais voilà, pour le moment, ce n'est pas d'un grand réconfort.

— Peut-être pas, admit Thorn. C'est cependant le seul que nous ayons. »

Thorn passa l'après-midi à raccommoder son toit. Sous le soleil d'août, par une température avoisinant les quarante degrés. Il y avait tellement d'humidité dans l'air qu'il aurait pu la sucer avec une paille et en remplir un grand verre.

Il détacha tous les bardeaux troués et ceux qui les entouraient, jusqu'à obtenir une zone bien dégagée. Puis à l'aide de clous galvanisés, il posa des bardeaux neufs. Vingt-trois trous de balle. Soixante-huit bardeaux de cèdre. Quatre cent douze clous.

Il travailla tout l'après-midi et transpira toute la tequila et la bière des jours précédents. Il savait bien que d'un point de vue biologique, c'était inexact. Que son foie s'occupait de traiter la gnôle ; mais on aurait dit, néanmoins, que toute cette sueur le nettoyait. Et lorsqu'il eut terminé, lorsque sa maison fut de nouveau étanche et que le soleil commença à s'enfoncer dans les eaux de Blackwater Sound, c'est à peine s'il eut la force de redescendre du toit. Il avait l'impression d'avoir couru pendant des semaines en tenue de plongée. Des crampes comme lorsqu'on a la grippe.

Une fois dans la cuisine, il but des litres d'eau — et recommença. Puis, le verre à la main, il alla sur le porche, voir le soleil mettre le feu à un nuage isolé qui s'élevait sur l'horizon comme un grand érable à sucre dans sa parure d'automne. Quelques touches de rose, puis des rouges plus violents et l'instant suivant le nuage s'argentait, avant, finalement, de prendre une nuance grise et plombée et de disparaître dans la forêt compacte de la nuit.

Il but encore, mais l'eau n'arrivait ni à étancher sa soif ni à calmer sa gorge en feu. Il continua de boire jusqu'à l'apparition des étoiles, puis il s'allongea dans le hamac accroché sous le porche, les yeux ouverts, la tête encore remplie des coups de marteau qu'il avait donnés. Il passa toute la nuit dans le hamac, sans changer de position. Ni dormir.

16

Doris Albright attendit à côté de la portière de la Cadillac pendant que Billy et Don Malton soulevaient son mari et l'installaient dans le fauteuil roulant. Le patron venait au travail, aussi malade, faible et hors d'état de faire quoi que ce soit qu'il fût.

Les frères Malton travaillaient à la poissonnerie, où ils nettoyaient les homards, ouvraient les huîtres, levaient les filets des poissons depuis près de quinze ans, ce qui faisait un sacré bout de temps passé dans un même emploi, sur cette île. D'avoir trimé aussi longtemps pour Philip Albright faisait qu'ils lui parlaient avec toujours autant de déférence et de respect qu'à l'époque où son hémorragie cérébrale ne l'avait pas réduit à un sac de chairs ramollies.

De tous les hommes que Doris avait rencontrés, Philip n'était certes pas le moins bourru ni le moins caustique. Mais elle n'avait pas tardé à se rendre compte que sa maussaderie avait avant tout pour fonction de camoufler un tempérament profondément sentimental. Secrètement, il avait la plus grande tendresse pour Billy et Don, qu'il considérait comme des fils, de même qu'il aimait les hommes et les femmes qui travaillaient pour lui, lesquels, comme lui-même, s'étaient entaillé et meurtri les mains pendant des années à arracher du poisson aux profondeurs glacées.

Doris emboîta le pas à Billy lorsqu'il poussa le fauteuil le long de la rampe d'accès bétonnée qui conduisait à la poissonnerie. Elle échangea des bonjours avec la demi-douzaine d'employés qu'elle avait réussi à conserver. Aucun ne savait officiellement (même s'il est probable qu'ils s'en doutaient) que leur lieu de travail était à vendre. Prix demandé : un million trois cent mille dollars. A peine de quoi rembourser le solde de l'emprunt, la montagne de frais médicaux qui s'étaient accumulés, les impôts en retard. Un million trois cent mille... un montant impensable.

A chaque employé qui lui souhaitait le bonjour, Philip répondait par un grognement, hochant la tête avec beaucoup d'effort. Doris reprit le fauteuil qu'elle poussa jusque dans le bureau entouré de vitres, referma la porte à clef et entreprit de baisser tous les stores vénitiens.

Elle devait endosser sa tenue de travail avant de commencer sa journée, qui consistait à occuper les fonctions que remplissait Philip autrefois : tenir les comptes, traiter avec le courant continuel de fournisseurs, avoir d'interminables conversations avec les pêcheurs de langoustes et de crevettes malchanceux. Surveiller l'atelier, le traitement des poissons, l'emballage, la préparation de la rogue — l'appât universel — et les mille autres détails d'une entreprise qui commercialise le poisson.

Ce matin, une fois de plus, il avait fallu aller à

l'hôpital de Miami, passer un nouveau scanner. Il avait eu une autre crise, la nuit précédente ; une fois l'accès terminé, Philip, de sa voix embrouillée et haletante, avait décrit encore une fois la visite d'un homme qui serait venu l'empoisonner. Classique, avait dit le neurologue. Au cours des spasmes fiévreux d'une crise, il n'était pas rare que les sujets fussent aussi victimes d'hallucinations.

Doris était toujours en tenue de ville. Une robe blanche, en gaze de coton qui retombait en volants superposés, ornés de rubans et de broderies ; des sandales de toile blanche à semelles de corde avec laçage autour des chevilles. Une tenue de garden-party aussi fraîche et croquante qu'un sorbet à l'ananas. Elle aurait préféré porter un short et une blouse sans manches, mais Philip aimait tellement cette tenue qu'elle la mettait un jour sur deux. Il l'avait achetée impulsivement, deux ans auparavant, lors d'une croisière dans les Caraïbes. Maintenant, à chaque fois qu'elle la mettait, son œil s'allumait. Et Doris était prête à faire tout ce qui parvenait à provoquer cette réaction. Tout.

Elle en était à son soutien-gorge et à son slip et s'apprêtait à décrocher sa robe de travail en toile du portemanteau, derrière la porte, lorsqu'elle remarqua que Philip marmonnait, penché en avant dans son fauteuil, le visage tourné vers elle, l'œil exorbité devant le spectacle de sa peau nue.

Un sourire caricatural le défigurait et il lui fit signe de venir de son doigt recourbé. Elle remit la robe sur le portemanteau et s'approcha de lui, vérifiant que les stores étaient tous bien baissés. Elle remit quelques lames en place et vint se tenir devant lui, offerte ; il tendit la main vers l'élastique de son slip.

Il avait les doigts calleux, déformés, rêches sur la peau de Doris, tandis qu'il baissait le slip de quelques centimètres, un roucoulement de satisfaction montant de sa gorge. Elle ne put retenir un frisson, exprimant des sentiments complexes, amour et regret ; elle avait beau détester cette idée, elle ressentait aussi une légère aversion pour cet homme qui habitait maintenant le corps d'un autre. Il se pencha encore, complètement absorbé par la tâche ardue de tirer sur le sous-vêtement. Les bras ballants, elle le laissa glisser la main sous la soie et fouiller entre ses jambes. Et cette main, naguère si douce dans ses explorations, n'était plus maintenant que mouvements spasmodiques et brutaux — une main de velours dans un gant de fer.

Avant sa première attaque cérébrale, ils faisaient en général l'amour le dimanche matin, et une fois le soir, au milieu de la semaine. A soixante-quatre ans, il restait encore vigoureux, et elle était beaucoup plus jeune ; mais leur attirance mutuelle demeurait. Les délices du corps de l'autre jamais démentis en quinze ans de mariage. Une chaleur puissante et toujours présente qui conservait toute sa force à leur lien.

Mais maintenant, du fait d'un défaut apparu dans le cortex de Philip, il était excité jour et nuit. Incapable d'avoir une érection, il n'en éprouvait pas moins un désir inépuisable pour elle, ne cessait de l'agripper, de lui soulever la jupe, de glisser la main sous sa blouse pour heurter ses seins d'une main estropiée et se procurer une extase stérile et imaginaire. Elle se pliait autant que possible à ses exigences, lui donnant cela, en dépit de sa maladresse et de ce que ça avait souvent de désagréable. Lui donnant ce qu'elle espérait être un écho, aussi affaibli fût-il, de ce qu'ils avaient connu avant.

Le matin même, alors que Philip se trouvait en salle d'attente, Doris avait interrogé la neurologue sur cette nouvelle concupiscence ; la femme, à peu près du même âge qu'elle, avait reposé ses notes, l'avait regardée par-dessus son bureau et lui avait dit : « Et vous vous plaignez ? »

Philip poussa un grognement ; l'un de ses doigts tordus trouva son chemin en elle et il se mit à l'agiter, tandis que Doris regardait le sommet de son crâne et caressait ce qui lui restait de cheveux. Elle entendait monter une dispute, sur le quai de chargement, et crut distinguer quelques mots sur la balance Orion qui n'aurait pas été juste.

Philip lui agrippa les fesses de sa main libre, l'attira plus près de lui perdu dans les rythmes songeurs de ses fantasmes. Son doigt donnait de petits coups sous l'angle familier qui leur avait toujours donné tant de plaisir.

Dehors, sur la plate-forme de chargement, une bagarre venait d'éclater et Tilly appela Doris pour qu'elle intervînt. Elle frappa à la porte tandis que sur le quai, les hommes sifflaient et huaient.

Doris tourna les yeux vers les cheveux fins et blancs de son mari. Il avait fini. Il frissonna et poussa un gémissement triste. Respirant fort, il renversa la tête et la regarda dans les yeux, plissant les siens de la manière dont il le faisait toujours quand ils avaient fini de faire l'amour — posant la question silencieuse : avait-elle joui, elle aussi ?

Elle répondit oui d'un hochement de tête. Aucune raison de ne pas mentir. Elle recula, se détachant de lui et remonta son slip. Puis elle enfila la robe de toile et la boutonna.

On frappa de nouveau à la porte. Plusieurs coups secs, un silence, puis encore.

Elle se regarda dans le miroir biseauté accroché au mur, en face des photos. Arrangea une mèche de cheveux hérissée au-dessus de son oreille et alla ouvrir.

Roy Murtha se tenait devant elle. Un homme âgé, souriant, en pantalon anthracite, chemise grise à rayures noires — un tissu brillant, rayonne ou autre produit synthétique dérivé du pétrole, qui paraissait insupportablement chaud. Murtha s'habillait toujours ainsi, davantage comme un preneur de paris que comme l'un des résidents authentiques des Keys, lesquels sont en général abonnés au négligé. Basané, courtaud, épais. Mis à part le teint, on aurait dit un haltérophile ou un mineur soviétique râblé et puissant. De grosses lèvres, des bajoues avec une ombre de barbe, des cheveux blancs en mèches collées.

Depuis plusieurs années, il passait régulièrement à la poissonnerie quatre fois par semaine. Leur meilleur client. Car pour autant qu'elle le savait, Roy Murtha vivait seul, mais il achetait à chaque fois de quoi nourrir vingt personnes. Il avait toujours un sourire pour elle, une façon spéciale de la saluer, il était toujours prêt à bavarder un peu, des nouvelles, de la pluie et du beau temps. Il lui avait fichu la frousse, les premières fois — il y avait de cela plusieurs années — avec ce sourire, ce regard appuyé. Elle était maintenant habituée à lui, le croyait inoffensif.

« Bonjour, monsieur Murtha. »

Il tenait un sac de Cheetos à la main et lui en offrit un. Elle secoua la tête.

« En quoi puis-je vous aider ? »

Il plongea la main dans le sac, prit une poignée de bonbons, se les fourra dans la bouche, sourit, et força le passage pour entrer dans le bureau sans cesser de mastiquer.

Elle eut un mouvement d'étonnement.

« Qu'est-ce que vous faites ?

— Nous avons besoin d'intimité, Doris. Vous et moi, nous avons besoin de parler. »

Elle hésita un moment, le regardant qui inspectait le bureau. Puis elle referma la porte derrière elle.

« Voyons, cela fait combien de temps que je viens ici ? Six ans ?

— Ça doit être cela, à peu près. »

Il sourit et poursuivit son inspection, sans rien omettre.

« J'ai bien dû dépenser entre cent et deux cents dollars par semaine.

— Parfois davantage.

— Mais je n'étais jamais entré ici. Dans le saint des saints. »

Il s'avança jusqu'à Philip et le toisa. L'infirme avait les yeux fermés et sa tête retombait. Il somnolait.

« Il n'a pas l'air d'aller très bien, n'est-ce pas ?

— Que signifie tout ceci, monsieur Murtha ? »

Il lui jeta un coup d'œil, eut son sourire familier.

« Ce qu'il y a de marrant, Doris, pour dire la vérité, c'est que je ne mange jamais ni poissons ni fruits de mer. Et je n'en ai jamais mangé.

— Quoi ?

— J'ai horreur de ça. Des créatures qui vivent sous l'eau, ça me soulève l'estomac. Rien que les noms de ces choses, écailles, ouïes, nageoires, ça me révulse. Non, m'dame, moi, ce serait plutôt les petits en-cas. » Il secoua le sac de Cheetos et le tendit vers elle. Elle ne fit pas un geste. « Je vais vous faire une confidence, Doris. J'ai toujours regretté que vous ne fassiez pas autre chose. Je me demande combien de fois je suis venu ici en me disant, bon Dieu, si seulement elle tenait une bijouterie, ou un magasin de fleurs. N'importe quoi, mais pas une poissonnerie ! »

Il s'était arrêté devant les photos et les examinait sans cesser de prendre, dans le sac, des poignées de Cheetos qu'il mangeait ensuite un à un.

« Ce truc que j'ai contre les poissons, je crois que ça remonte à mon enfance, poursuivit-il. Le paternel était dans la marine marchande. Il adorait les bateaux. Un jour qu'il était à terre, il m'a emmené faire un tour. Voulait m'apprendre les bases de la pêche. J'avais six, sept ans. J'ai eu peur. L'eau, les vagues, tous les gros bateaux qui passaient et faisaient osciller notre barque... tout était nouveau. Ça m'a fichu une de ces frousses !

— Je suis vraiment très occupée, monsieur Mur... »

Il l'interrompit d'un geste de la main qui lui demandait de patienter.

« On venait à peine de s'éloigner du quai que je dégobillais. Mon paternel n'arrivait pas à y croire. Son propre fils ! Vous parlez d'une chochotte. Je dégueule tripes et boyaux et lui dirige sa barque et se moque de moi à chaque fois que je vomis par-dessus bord. Et vous croyez qu'il m'aurait ramené à terre ? Sûrement pas. Il a fallu passer toute la sainte journée à parcourir le port de New York, la houle me rendait de plus en plus malade et mon père qu'arrêtait pas, *Raaalph, Raaalph.* Et lui continuait de pêcher, d'attraper ces cochonneries, de les ramener sur notre barque, elles gigotaient dans tous les sens, y avait du sang partout — rien qu'à voir ça, je dégobillais encore. J'ai passé la journée penché par-dessus bord, j'en avais les genoux qui saignaient. Ça ne pouvait pas faire autrement que me marquer, non ? Un truc comme ça, qui vous arrive quand vous êtes encore tout môme... Plus question de toucher un foutu poisson, ensuite, rien que l'idée vous fait horreur. C'est comme ça quand on est gosse, on est impressionnable. On fait des choix pour le restant de sa vie. *Raaalph, Raaalph,* ça n'en finissait pas. Un rigolo, mon paternel. Un marrant.

— Je vous en prie, monsieur Murtha. Je suis vraiment très occupée. Y a-t-il quelque chose de précis que vous désiriez ? »

Il répondit sans quitter les photos des yeux : « Ah, c'est la grande question, n'est-ce pas, Doris ? Un homme de mon âge, un homme qui a des moyens... je me la pose tout le temps. Ce que je désire ? Je pourrais acheter ceci, m'offrir cela. Une belle voiture, un beau bateau — non, pas un bateau. Ce que je désire réellement ? Ce qui manque, dans la vie de Roy Murtha ? »

Il se retourna et la regarda. Porta un doigt à sa bouche pour sucer la croûte orange qui l'enrobait. Elle soupira avec impatience.

« La plupart des gens, enchaîna-t-il en finissant de se lécher, font quelque chose pour résoudre ce problème.

Ils se marient, ils ont des enfants. Ils ne se demandent plus ce qu'ils désirent, du coup. Ils ont des soucis, ils trouvent des diversions. Tout ce bla-bla-bla philosophique se met en sommeil. Ils n'ont plus le temps. Il faut payer les traites de la voiture, courir ici et là, ne pas oublier le lait, emmener le petit chez le docteur. A moi, pourtant, ça ne m'est jamais arrivé, ce truc du mariage. J'ai travaillé trop dur. Pas le temps pour les bonbons et les fleurs. Et voilà que je me retrouve, encore vaillant, avec tout mon temps à moi, et je me pose tous les jours la question. Qu'est-ce que je désire ?

— Bon, écoutez, monsieur Murtha. Je ne voudrais pas être impolie, mais vous devez absolument partir, maintenant. »

Il s'éclaircit la gorge et dit : « Moi, je viens d'une famille de gens simples et grossiers. Pas des intellos, mes parents. Aucune éducation, sinon celle de la rue. J'ai grandi dans le Bronx, sans jamais être proche de mes parents, comme on dirait. Le contact ne se faisait pas. Ça peut paraître bizarre, ne rien ressentir pour ses propres parents. Mais c'était ainsi. C'est vrai. »

Doris poussa la porte et maintint le battant grand ouvert.

Murtha s'immobilisa. Son corps ramassé prit racine au milieu du bureau. Il regarda Doris avec une expression étrange, comme si elle venait de se matérialiser à l'instant sous ses yeux.

« Vous voulez que je vous dise, mon chou ? Ça me fait drôle mais toutes les deux, vous avez exactement les mêmes yeux. Les mêmes pommettes. D'accord, il y a quelque chose de différent dans la manière dont c'est agencé, mais c'est bien là. Les nuances, même cette manière de soulever un sourcil. »

Elle porta la main à sa gorge. D'une voix sourde, elle demanda : « Les mêmes yeux que qui ?

— Sylvie, bien entendu. Votre fille, Sylvie Winchester. Votre copie conforme. »

Doris recula d'un pas. Respira avec peine.

Murtha se détourna, traversa le bureau, jeta un coup d'œil à Philip, puis s'intéressa à nouveau au mur couvert de photos. Des clichés en noir et blanc de poissons accrochés dehors, sur le quai. Des marlins et des pèlerins, leur poids peint en blanc sur le côté. Le Mexique, les Caraïbes, la Californie, la Nouvelle-Écosse. Sur toutes, Philip et Doris. Bronzés, ivres d'une journée passée en mer. Il y avait toute une galerie d'autres personnages, également pris parmi tous ceux qui avaient croisé leur chemin, tenant une canne à pêche d'une main et un verre de l'autre. Visages maintenant sans noms, après-midi qui flottaient, intemporels, sur la paroi de bois.

« Ce sont des amis, tous ces gens ?

— Oui, répondit-elle, étourdie, les genoux qui flageolaient.

— C'est bien. Les amis, ou la famille. Il faut avoir l'un ou l'autre. Et de préférence, les deux. »

Il revint vers elle et referma la porte, puis lui caressa la joue du revers de la main. Doris eut un mouvement de recul en sentant les poils de ses articulations qui la chatouillaient. Elle s'écarta.

Murtha prit un Cheeto et se le fourra dans la bouche. Doris ne bougeait pas ; son pouls battait encore la chamade depuis qu'elle avait entendu le nom de sa fille tomber de la bouche de cet homme.

« Dans mon cas, reprit Murtha, tout en mastiquant, si vous additionnez les années, tout ce que vous avez est un vieil homme. Mais à la vérité, Doris, je ne me sens pas vieux le moins du monde. Je n'ai aucun problème de santé, j'ai un rythme cardiaque impeccable, une pression artérielle de jeune homme. Sur le plan social, je suis quelqu'un de correct. Oh, il m'arrive parfois de sortir quelques gros mots, mais ne vous y trompez pas. C'est à force de passer mon temps avec des gens mal choisis. Moi-même, je ne suis pas grossier. Vous m'entendrez peut-être sortir un *merde* ou un *enfoiré* de temps en temps, mais croyez-moi, ce ne sera pas le vrai Roy Murtha. C'est à cause des individus avec lesquels il a été obligé de s'associer dans le temps, et qui ont déteint sur lui. »

Une douleur sourde lui montant de l'entrejambe, Doris alla relever les stores. La bagarre était terminée, et tout le monde était de nouveau au travail. Il y eut quelques coups d'œil dans sa direction pendant qu'elle ouvrait les stores.

Elle tournait le dos à Murtha, le regard perdu sur l'intérieur en béton d'un gris dur de l'atelier. Elle sentait, au fond d'elle-même, le mur solide qu'elle avait construit avec tant de soins commencer à s'écrouler. S'effondrer cette haute et rigoureuse séparation entre son ancienne vie et la nouvelle, entre les souffrances et la confusion de sa vie de jeune femme et le conte de fées de sa vie avec Philip. Il avait suffi que cet homme prononçât le nom de Sylvie. Ce nom, après toutes ces années.

Elle alla se placer à côté de son mari et posa les mains sur ses épaules.

« Venons-en à l'essentiel », dit Murtha. Il prit un seul Cheeto dans le sac et le contempla amoureusement, comme s'il s'agissait d'un bon cigare. « Quand je suis venu pour la première fois, il y a six ans, ce n'était pas pour acheter du poisson. Comme je l'ai dit, je l'ai en horreur. A chaque fois que je suis reparti d'ici, je me suis rendu directement au pont sur la Snake Creek, et j'ai balancé dans l'eau tout ce que j'avais acheté, crevettes, poissons ou je ne sais quoi encore. Non. Je suis venu pour une tout autre raison. Pour te voir, Doris. Te parler. Etre près de toi. »

D'une voix mal assurée, elle répondit : « Je ne vous suis pas. »

Il mit le Cheeto dans sa bouche et le mâcha en se rapprochant du fauteuil roulant de Philip. Il regarda la tête de l'infirme qui plongeait en avant, le menton sur la poitrine. Il émettait un ronflement râpeux.

« On peut le dire de cette façon, Doris », dit-il, tout d'abord les yeux baissés, puis les relevant progressivement pour fixer ceux de son interlocutrice. « Je suis le grand-père de Sylvie. »

La pièce se mit à osciller. Doris poussa un soupir et eut l'impression de sentir un vent froid siffler dans ses veines.

« Vois-tu, Doris, ta véritable mère, ta mère biologique, était une chanteuse de boîte de nuit. Chansons sentimentales, exactement. Elle s'appelait Jenny Marciano. Jolie femme. Grande, mince, pouvait même être élégante, si elle était d'humeur. Jenny a chanté un temps au Copa. C'est là que je l'ai vue la première fois. Une voix merveilleuse, quelque part entre Billie Holiday et Eartha Kitt.

— Qu'est-ce que vous racontez ? Pourquoi ces mensonges ?

— Je ne mentirais jamais sur un tel sujet, Doris. Je ne suis pas un méchant. C'est vrai. Je suis ton père. Ton vieux. »

Doris déglutit — et déglutit encore.

Tripotant un nouveau Cheeto, Murtha reprit : « Si bien que lorsque Jenny est tombée enceinte, je lui ai donné l'argent pour régler le problème. Au lieu de cela, sans m'en parler, elle s'est enfuie. Elle a disparu. Elle s'est cachée à Tahoe, un bled au fin fond de la Californie, comme je l'ai découvert plus tard. Elle a eu son bébé. Toi, Doris. Puis, en fin de compte, quand tu as eu un an, elle s'est rendue compte que la maternité, c'était pas son truc. Elle a décidé de reprendre sa carrière. Elle a donc donné sa petite fille à l'adoption. Et c'est comme ça que tu t'es retrouvée chez les Glenn Carter, dans le Tennessee. Ils ont dû te dire que tu étais adoptée, n'est-ce pas ? »

Doris répondit oui d'un signe de tête.

Elle ouvrit la bouche, mais les mots s'étranglaient dans sa gorge. Murtha fit le tour du bureau, étudiant les photos, jetant des coups d'œil à Philip, touchant les choses comme pour en fixer le souvenir.

« A ma grande époque, j'avais quelques hommes qui travaillaient pour moi. Des types qui savaient comment localiser les gens. Vois-tu, je les ai chargés de trouver Jenny ; après quoi il n'a pas été bien difficile de découvrir que tu étais chez les Carter à Clarksville, Tennessee. »

Doris attendit, regardant le vieil homme trapu tourner en rond dans le bureau.

« Les Carter n'ont jamais entendu parler de moi. J'ai tout de suite vu que je ne leur aurais pas plu. Qu'ils n'auraient pas approuvé le genre de vie que je menais. Mais avec le temps, et en tirant quelques ficelles ici et là, j'ai aidé ton père dans ses affaires. Je me suis arrangé pour qu'il ait cette superbe concession automobile dont il rêvait.

« Je suis resté dans l'ombre, discret. Mais je ne t'ai jamais perdue de vue, Doris. Je veillais. Clarksville, Fort Bliss, Lejeune, puis la ferme sur la côte du Golfe, et finalement ici. Je ne me vante pas, au contraire ; je me sens même coupable de ne pas avoir fait davantage. Coupable aussi de ne pas t'avoir révélé tout cela avant. Mais j'ai fait ce que j'ai pu, de loin. »

Elle se laissa tomber dans le fauteuil placé à côté du bureau.

« Quand ce fut le moment de prendre ma retraite, j'ai décidé de venir m'installer ici. A la manière dont je m'imaginais les choses, je te croiserais dans l'épicerie, à la poste, te verrais ici et là. Des instants où nous serions ensemble. Et peut-être un jour, si l'occasion se présentait, je serais venu te voir, te révéler qui j'étais. Mais je n'ai jamais trouvé le courage de le faire.

« Puis, il y a un mois, qui rentre dans mon magasin pour me demander une pinte de rhum Ronrico ? Tiens, Pardi. Sylvie en personne.

— Sylvie ? A Key Largo ?

— Exactement. En la voyant, j'ai failli tomber à la renverse. Tellement elle te ressemble. Tellement elle ressemble aussi à ma maman, s'il faut tout te dire.

« Et moi je la regarde, de derrière mon comptoir de magasin, et je l'écoute qui me demande une bouteille de rhum, mais j'étais incapable de bouger. Je restais là, l'œil rond. Et qu'est-ce qu'elle fait ? Elle se rend compte que je la reluque d'une drôle de façon, et très lentement, elle fait le tour du comptoir. Elle se met à se tortiller, à me murmurer des trucs. Et bon Dieu de bon Dieu, je n'arrive pas à y croire mais elle me fait du rentre-dedans, elle bat des paupières, elle essaie de m'attraper entre les jambes. Ma propre petite-fille, qui ne sait même pas qui je suis, qui commence à me caresser les cuisses !

« Je la calme et je la fiche dehors aussi vite que possible. Mais voilà qu'elle m'appelle à l'appartement. On parle. Elle me rappelle cinq ou six fois. On devient copains. Au moins un peu. On parle un peu de nous. Deux ou trois jours plus tard, elle se pointe au magasin. Il s'avère qu'elle s'imagine que je peux l'aider à faire quelque chose, à régler un problème personnel. Elle cherchait quelqu'un, du genre chevalier en armure. Se dit que je pourrais faire l'affaire. Elle m'offre même de l'argent, beaucoup d'argent. Elle veut me payer si je l'aide. Elle me parle d'un nom de Dieu de poisson qui vaut tout cet argent ; bordel, je ne savais même pas de quoi il retournait !

« Ma première réaction, tu comprends, j'étais sidéré, étant donné qui elle était et qui j'étais, et j'ai dit non, que je ne voulais pas. Je l'ai encore virée du magasin. Mais maintenant, en repensant à ce qu'elle me demandait, c'est clair, je l'ai traitée trop à la légère. Elle s'est mise en colère et je ne l'ai plus revue. »

Doris était incapable de prononcer un mot. Elle ouvrait de grands yeux, essayant de décoder les paroles de l'homme à travers le grondement de plus en plus puissant qui lui emplissait la tête.

« Ce qu'elle m'a dit, reprit Murtha, c'est que son père, ce Harden Winchester que tu as épousé, la forçait à avoir des relations sexuelles avec lui. Il l'obligeait à faire des trucs... des trucs malsains. Elle ne pouvait pas s'enfuir. Est-ce que je ne voulais pas l'aider ? Elle me prend au hasard, moi le type qui tient un magasin de spiritueux, et me sort ça comme ça. Est-ce que je ne peux pas l'aider à échapper à ce monstre ? »

Doris secouait la tête.

« Si bien qu'après avoir réfléchi, je me suis dit qu'il fallait faire quelque chose. Mais pour ça, il faut que je sache où elle est. Son adresse actuelle. C'est pour cette raison que je suis venu. C'est pour cette raison que je t'ai dit qui j'étais.

— Mensonges, gronda Doris, mensonges, mensonges !

— Non, la vérité. La vérité pure et simple.

— Harden ne ferait jamais cela. Jamais. Vous me mentez. Vous ne dites que des mensonges. Des mensonges horribles. »

Doris avait l'impression de ne même pas pouvoir lever les bras, comme prise d'un engourdissement de tous ses membres.

« Où se trouve Sylvie, Doris ? Dis-moi simplement où elle habite. C'est tout. Je peux vérifier cette histoire, et revenir te dire ce qu'il en est.

— J'ignore où elle habite », répondit-elle d'une voix qui n'était qu'une mauvaise imitation de la sienne.

Elle se remit péniblement debout et regarda, à travers les vitres, l'atelier où l'on préparait le poisson. Un chargement de langoustes arrivait par la rampe sud. Parmi les rudes gaillards de son équipe, certains buvaient de la bière pendant que d'autres expédiaient des pelletées de glace dans les énormes glacières en vue de la prochaine campagne d'une semaine en mer.

Elle se tourna pour faire face à Murtha. Philip s'était réveillé et marmonnait pour lui-même comme un enfant de deux ans s'entretenant avec un compagnon invisible.

« Je n'ai pas vu Sylvie depuis quinze ans, depuis que j'ai quitté la ferme. »

Lentement, ses yeux vinrent se poser sur elle et il la fixa quelques instants comme s'il tentait de trouver une interprétation différente, une bonne nouvelle cachée dans les mots qu'elle venait de prononcer. Puis il fronça les sourcils et observa : « Tu es sa mère. Tu devrais savoir où elle se trouve.

— J'ai arrêté d'être la mère de Sylvie il y a très longtemps. Si vous m'avez espionnée comme vous le prétendez, vous êtes forcément au courant.

— D'accord, Doris. Puisque c'est comme ça que tu le prends, il faudra que je trouve un autre moyen, c'est tout. Mais maintenant, attention : le secret est levé entre nous, on ne peut plus rien y faire. Va falloir qu'on ait une conversation, tous les deux. Tu commences par te calmer, tu réfléchis à ce que je t'ai dit, et nous en reparlons, pour mettre les choses au point entre nous. Ça marche ? Tu peux faire ça ? Te calmer ?

— Sortez, sortez, sortez ! »

Le moteur d'un des gros langoustiers démarra, dans le port, et Murtha tourna la tête, tendant l'oreille ; il suivit le bateau des yeux pendant quelques secondes. Puis il revint vers Doris, qui tenait la porte grande ouverte.

« Il y a une chose qu'il faut tout de même que tu saches, Doris. C'est à cause de la vie que je menais que je suis resté à l'écart, pendant toutes ces années. Je n'avais pas envie que tu croies avoir un sang mauvais dans les veines, que tu te sentes marquée. C'était la seule et unique raison. Pour te protéger, Doris. Te protéger. »

Une fois qu'il fut parti, elle ferma la porte à clef et s'approcha de la fenêtre. Elle contempla le gros langoustier qui négociait le coude étroit et encombré du chenal. Arrière toute, puis en avant, à nouveau en arrière. C'était le *Deep Pleasures,* commandé par Jody Arcus, une jeune femme originaire de Big Pine Key. Doris l'observa qui poussait les manettes, en avant, en arrière, tandis que des flots de bulles montaient au-dessus des hélices. Elle ne lâcha pas la jeune femme des yeux, jusqu'à ce que sa vision se brouillât, jusqu'à ce que les larmes se missent à couler sans contrainte et que des sanglots douloureux lui tordissent l'estomac. Elle s'assit derrière le bureau de Philip et, la tête dans les mains, s'abandonna à son chagrin.

17

Il n'était pas tout à fait midi et Harden, installé à la table ronde en chêne, dévorait le repas que lui avait préparé Sylvie ; il était torse nu, seulement habillé de son short de sport et de ses vieux tennis, et enfournait un énorme sandwich à la dinde enrichi d'emmenthal en tranches, de laitue, de rondelles de tomate, de cornichons, le tout englué de moutarde — sans parler de l'assiette de chips qui attendait à côté. Il faisait descendre le tout en buvant du Perrier directement à la bouteille, non sans émettre de petits grognements de plaisir entre les rasades. Sylvie, à l'évier, nettoyait son assiette, tout à sa tâche, ne jetant pas le moindre coup d'œil par la fenêtre latérale, ne se permettant même pas de loucher sur l'horloge.

Elle posa l'assiette sur le séchoir et essuya ses couverts, tournant toujours le dos à Harden, évitant ses yeux, occupée par sa routine quotidienne, les menues actions de l'heure du déjeuner. Elle s'efforçait de se comporter avec nonchalance, de ne pas laisser ses doigts trahir sa fébrilité ; mais elle sentait cependant la chaleur de la tension dans sa poitrine, son angoisse qui irradiait, le battement trop rapide de son pouls, tandis qu'elle remettait la moutarde et les restes de laitue et de dinde dans le réfrigérateur. La porte se referma avec un chuintement.

Elle passa l'éponge sur le comptoir carrelé de blanc, prenant tout son temps, paresseusement, sans enthousiasme, rinça et essora l'éponge. Sur quoi, nom de Dieu ! elle faillit pousser un couinement lorsqu'elle entendit gronder la camionnette et retentir les deux coups rapides d'avertisseur.

Harden repoussa sa chaise et se leva. Lorsque Sylvie fit demi-tour, il atteignait déjà la porte de derrière. Il décrocha au passage une chemise de toile bleue et l'enfila.

« Qui est-ce ? demanda Sylvie.

— La poste.

— Ah, c'est bien. On nous envoie quelque chose.

— Tu as encore commandé un de tes trucs, Sylvie ? C'est ça ? »

Il s'était exprimé d'un ton froid. Sans attendre la réponse, il sortit et franchit les cinquante mètres sablonneux qui le séparaient du portail.

Sylvie le suivit, se tenant à une certaine distance ; déjà elle sentait, de plus en plus insistantes, les émanations pestilentielles de l'échec.

Le postier descendit de son véhicule, un petit paquet dans une main, son carnet de recommandés dans l'autre. Son uniforme marron s'ajustait étroitement à ses larges épaules et à sa poitrine puissamment musclée. Il portait une casquette de base-ball marron sur une tignasse blonde. L'air parfaitement authentique.

Quand il fut à portée de voix, l'homme en tenue de postier lança : « Vous habitez bougrement à l'écart, dites-moi. »

Harden garda le silence.

« Vous êtes Harden Winchester?

— Oui. »

Sylvie recula d'un pas, détournant les yeux du postier pour ne regarder que le paquet qu'il tenait et les mains de son père, que celui-ci gardait pendantes. Harden paraissait détendu, dépourvu de tout soupçon.

Frank Witty lui tendit le carnet pour qu'il apposât sa signature. Frank Witty, le guide de pêche de Key Largo. Frank avait servi dans les marines et participé à l'opération Tempête du Désert. Un adversaire qui arrivait un peu plus haut que la cheville de son père, pour une fois.

Trois nuits de suite, Sylvie avait réalisé les fantasmes sexuels de Frank — et recommencé. Des heures passées ensemble, des heures à transpirer. La veille, Frank était venu jusqu'à Naples. Sylvie s'était éclipsée et l'avait retrouvé. Alors qu'ils gisaient sur les draps du motel, nus tous les deux, leur sueur séchant dans l'air conditionné, elle lui avait demandé s'il l'aimait assez pour franchir le cercle de feu pour elle. Le ferait-il? Viendrait-il la sauver? « Quel genre de cercle de feu? avait demandé Frank.

— Laisse tomber. Ne fais pas à Sylvie une promesse que tu ne pourras pas tenir.

— Essaie toujours », avait-il répondu.

Crinière blonde, regard sincère. Son annulaire avec la peau encore blanche à l'emplacement de l'alliance. Trois nuits ensemble, et Frank toujours aussi fringant. Un record pour Sylvie. Trois nuits. Le précédent était de six nuits. Un certain Joseph McCabe. Non, Tommy Matkov... elle n'en était plus sûre. Tout se brouillait, depuis quelque temps. Des hommes, des hommes, des hommes.

Il avait dit : *essaie toujours.*

C'est ainsi que pas plus tard que la nuit dernière, Sylvie lui avait parlé de Harden, lui avait décrit ce qu'il lui avait fait. Venant pendant des années dans sa chambre au milieu de la nuit, se couchant auprès d'elle, la caressant, entrant en elle, la faisant crier.

Frank était resté une minute sans rien dire.

Sylvie, nuage protéiforme, devenue pour Frank une enfant maltraitée, observa l'effet produit. Cela le rendait-il fou furieux ? Sinon, elle allait devoir continuer à chercher, jusqu'au moment où elle trouverait l'histoire qui l'émouvrait. Les hommes sont tellement faciles à convaincre de cette façon ; ils croient sans peine toutes les méchancetés que l'on attribue aux autres hommes. Pour Sylvie, trouver le bon bouton qui déclencherait Frank Witty n'était qu'une question de temps : elle n'avait qu'à traquer et tester, sonder et écouter. Avec lui, tout allait vite, extrêmement vite.

« Ton père t'a violée ?

— Pendant des années.

— Quel fumier !

— Depuis l'âge de quatre ans. Peut-être même avant.

— On va aller à la police.

— J'ai déjà essayé. Ils ont peur de mon père. Il a des relations puissantes. Des juges, des sénateurs. Ça ne servira à rien. »

Frank gardait le silence, le regard perdu dans l'obscurité. Sylvie avait ferré le guide de pêche à son premier lancer.

Elle lui expliqua combien la ferme était écartée de tout, combien il était facile d'y faire ce que l'on voulait et de le dissimuler. L'absence de vie sociale de son père. Pas d'amis lui rendant visite, venant voir s'il respirait encore sur cette terre.

« Tu veux que je tue ton vieux ? » voulut savoir Frank. Dans l'obscurité, allongé, nu, à côté d'elle. « C'est ce que tu me demandes ? »

Sylvie le toucha de nouveau entre les jambes, laissant ses doigts l'explorer. « Je ne te demande rien du tout, Frank, tant que ça t'est égal de me partager avec mon père. »

Il redevint silencieux, et s'il ne bougeait pas, son pénis se mit à grossir entre les mains de Sylvie.

Elle lui dit alors que même s'il voulait l'aider, il y avait une grosse difficulté. Son père avait une formation de tueur. Le gouvernement des États-Unis l'avait envoyé dans des camps d'entraînement spéciaux afin de lui apprendre les meilleures méthodes pour supprimer ses semblables. Puis, pendant vingt ans, il avait parcouru le monde afin de faire disparaître tous ceux qui constituaient une menace pour le mode de vie américain. Il avait travaillé clandestinement pour le département d'État pendant l'enfance de Sylvie. Des Libyens, des Iraniens, des Saoudiens, des Nicaraguayens, des Vietnamiens, des Cambodgiens, même des Français et des Anglais. Il les avait tous tués. Harden s'était confié à Sylvie, un soir où il avait trop bu. Dix-neuf personnes. *J'ai changé le cours de l'Histoire, ma fille. Ces mains ont rebâti le monde. L'ont empêché d'aller dans la mauvaise direction.* Sylvie, mélangeant vérité et mensonge, donnant à sa biographie une texture lisse et dense.

Elle dit aussi à Frank que son père aimait à se vanter que lui et une douzaine d'hommes de sa trempe avaient plus d'influence sur les événements du monde que tous les enfoirés de présidents, sénateurs et députés mis ensemble.

« Nom de Dieu », murmura-t-il. Les doigts de Sylvie s'activaient. Retrouvaient les points sensibles, les mouvements qui provoquaient une rigidité de fer.

« J'ai connu des types comme lui dans les marines. *Gung-ho* [1], les premiers en l'air. Prêts à faire n'importe quoi pour les bons vieux USA.

— Il est vieux, maintenant. Affaibli. Il marche au ralenti.

1. Cri de ralliement des marines pendant la guerre. *(N.d.T.)*

— J'ai ces mecs en horreur.

— Tu crois que tu pourrais y arriver ? Avoir un type de soixante ans ? L'abattre à un moment où il ne s'y attendrait pas ? Sortir Sylvie des griffes d'un monstre ? » Elle se mussa contre lui, tandis que sa main allait et venait sur le pénis légèrement incurvé.

« Et si on fichait le camp ? On pourrait, ce soir même, proposa Frank. Il ne nous retrouverait jamais.

— Si, il me retrouverait. Il me retrouve toujours. On dirait que j'ai un signal radio implanté quelque part, il me suit à la trace, il me trouve, il me ramène. Crois-moi, j'ai essayé plus d'une fois.

— On n'a qu'à prendre l'avion. Choisir une destination au hasard. Disparaître.

— Jamais mon père ne me laissera à quelqu'un d'autre. Aucun homme ne pourra m'enlever à lui. Il est comme ça. Que je baise à droite et à gauche, il s'en fiche. Mais il ne me laissera jamais partir, il ne me laissera jamais aller vivre avec quelqu'un.

— Il n'a pas le droit de faire ça. Tu es adulte.

— Il ne l'a pas, mais il le prend. Il fait tout ce qui lui plaît. »

Elle se tut. Et passa l'heure suivante à se servir de sa bouche, de ses mains, de son cul pour donner chair aux rêves de Frank.

« J'ai un fusil à gros gibier », dit Frank lorsqu'ils eurent retrouvé le calme. Il parlait posément, d'une voix différente. « Un fusil à lunette. »

Sylvie roula sur le côté et se mit sur un coude.

« Dangereux. Il faut l'avoir de près. Je connais mon père. Si tu ne fais que le blesser, si tu ne lui exploses pas la tête, il s'arrangera pour s'en sortir. Et nous, nous serons morts.

— Et comment diable veux-tu que je m'approche assez de lui ? »

Elle ne dit rien. C'était le problème de Frank, qu'il se débrouille. Ils restèrent allongés côte à côte pendant une demi-heure, sans se parler ni se toucher. Elle entendait Frank réfléchir. Finalement il se tourna vers elle.

« J'ai un ami, un copain de lycée », commença-t-il. Il parlait d'une voix assurée. Il s'était finalement décidé. Sylvie l'y avait amené, avait fait de lui un héros. « Il conduit un véhicule de la poste, à Key Largo. Je crois qu'il me le prêtera, si je lui demande.

— Qu'est-ce que tu comptes faire ? Écraser mon père avec une camionnette des postes ?

— Non, j'ai une idée.

— Quand vas-tu le faire ?

— Je ne sais pas. Quel serait le bon moment ?

— Mon père me baise tous les jours. »

Elle entendit Frank qui déglutissait dans le noir.

« Alors, demain. Je l'aurai demain.

— Tu en es sûr ? »

Et maintenant, sous le soleil brûlant, Sylvie regardait son père signer le registre, tandis que Mr Frank Witty ne quittait pas des yeux la main de Harden Winchester. Sylvie lui avait répété cent fois que quoi qu'il arrivât, il ne devait jamais la regarder, ne jamais quitter Harden des yeux. Comme la femme de Loth : quoi que tu fasses, quoi qu'il arrive, ne te retourne pas, jamais. Ne laisse pas mon père surprendre dans ton regard ce qui se passe entre nous.

Mais tandis qu'elle suivait la scène, M. Frank Witty fit précisément cela. Le guide de pêche de Key Largo glissa un coup d'œil dans la direction de Sylvie et sourit. Harden s'en aperçut et M. Frank Witty comprit ce qui se passait ; il recula d'un pas et voulut prendre le revolver glissé dans la ceinture de son pantalon, dans son dos. Mais il était déjà trop tard, c'était une autre tragédie, car Harden avait vu ce qu'il y avait dans les yeux de Frank, cet amour désespéré, il l'avait enregistré et avait réagi un millième de seconde plus vite que le guide. Sa main jaillit, agrippa l'homme par le haut du bras et le tordit vers la gauche, et à cet instant, le gaillard musclé à la tignasse blonde, à la large poitrine, Frank Witty, l'ex-marine récemment divorcé qui s'était gardé en forme, course, poids et haltères, l'homme qui avait réalisé tous ses fantasmes sexuels avec Sylvie au cours des trois dernières nuits — cet homme s'effondra dans la prise de Harden, les jambes en coton. Vulcain, la prise mortelle. Les os liquéfiés, les muscles relâchés, les traits du visage affaissés, vides, exsangues. Son regard posé sur Sylvie quand il s'affaissa.

A ce qui se passa ensuite, Sylvie avait souvent assisté. Son père fit un pas rapide, un mouvement de danse, on fait tourner son partenaire, do-si-do, on se retrouve derrière lui, on lui soulève le bras, tango de mort ; le poignet osseux de Harden vint peser sur la pomme d'Adam de M. Frank Witty, l'étouffant, les yeux de l'homme se voilèrent, puis le père de Sylvie courba la tige de céleri qu'était devenue le cou, la cassa. Frank était mort. Le pistolet tomba de sa main. L'homme en tenue de postier gisait aux pieds de Sylvie.

« Sylvie, Sylvie, Sylvie..., dit Harden en regardant le tas humain. Nom de Dieu, ma fille, ce type était d'une lenteur ! Il n'a jamais eu l'ombre d'une chance. Un pauvre agneau conduit au sacrifice. Tu devrais avoir honte, Sylvie, avoir honte. »

Il alla jusque dans un appentis et en revint avec une pelle. Sylvie ne bougea pas et regarda son père brandir la lame de l'outil au-dessus de la tête de M. Frank Witty. Puis elle leva les yeux vers les gros nuages en formation au-dessus des Everglades. Des cumulus. Elle se força à y découvrir des formes, le Père Noël, un vaisseau spatial, un gorille, un bateau à voile, tandis que Harden faisait retomber le tranchant de la pelle sur la gorge de Frank, encore et encore.

18

Le mercredi, au moment où Thorn allait sortir de son allée, la Mustang de Sugarman quitta la US 1 et vint lui barrer la route. Ils descendirent tous deux de voiture et se rejoignirent à hauteur du capot de la Mustang sur lequel, sans un mot, Sugarman ouvrit un dossier. La brise chaude venue de Blackwater Sound soulevait les pages, mais Sugar les maintint en place.

« C'était là, sous mon nez, dans mes archives, dit-il. Mes deux clients, la First Federal et Murtha's Liquor. Et puis celui-ci. Le troisième, dont je ne connaissais pas l'existence. Classé par ordre alphabétique et tout le bazar — le dossier Winchester. »

Il s'ouvrait sur deux photocopies d'articles sur le tilapia, écrits l'un et l'autre par le Dr Paul Ludkin. Venait ensuite une feuille de papier de brouillon jaune sur laquelle Darcy avait noté, *Tilapia, Ludkin, Seamark, Winchester.* Puis une feuille identique avec une carte, à l'encre, qui semblait représenter la région de Naples. A un endroit très à l'intérieur des terres, par rapport au Golfe, elle avait mis un astérisque.

« Elle est allée là-bas ?

— Probablement. Regarde la suivante. »

La page comportait, toujours de la main de Darcy, des notations manuscrites destinées à essayer de voir plus clair dans la situation. *Sylvie prétend être victime d'un inceste qui dure encore. Evasive sur rencontre avec Murtha. Furieuse contre lui. Refuse d'en parler. Très excitée par quelqu'un qui s'intéresse à elle. Une fille étrange. Amusante, vive, mais écervelée. Vérifié auprès services psy, bureau de Naples. Dorothy Hobson, consultante. Possède un dossier sur Sylvie. Refuse révéler contenu, laisse entendre dossier épais, que Sylvie peut avoir des « problèmes avec la réalité ».*

« Des problèmes avec la réalité, murmura Thorn.

— Bon Dieu, observa Sugar, c'est peut-être bien de ça que je souffre, moi aussi. »

Les notes se terminaient par une brève description de Harden Winchester. *Homme charmant. Manipulateur ? La soixantaine, paraît plus jeune. Extrêmement remonté. Effet de choc à la mention du tilapia, essaie de dissimuler surprise, mais elle était bien réelle. Prétend ne rien savoir sur la question. Si Sylvie victime sévices sexuels, pourquoi ne part-elle pas ? Réponse : une histoire de codépendance. Paraît une connerie, mais pourrait être vrai. Certaines femmes incapables de partir. Effrayées, faibles. Dépendantes. Mais qui croire ? Le père ou la fille ? Et le coup du revolver, sur l'enregistrement vidéo ?*

Les dernières phrases disaient : *Toute l'affaire peut-être un cul-de-sac. Ai peut-être tout compris de travers. Devrais avertir Sugar. Lui montrer la vidéo. Voir ce qu'il faut faire — s'il faut faire quelque chose. Arrêter se raconter des histoires, jouer les Mata-Hari.*

Thorn contempla un moment la feuille et caressa des doigts l'écriture élégante, si contrôlée, si nette. Puis il leva les yeux vers les sombres reflets de la baie, vide de tout bateau. Un pélican solitaire planait à trois mètres au-dessus de l'eau ; il donna un seul battement de ses vastes ailes et disparut.

Thorn parcourut les trente et quelques kilomètres qui le séparaient de Krome Avenue, puis emprunta la paisible Tamiami Trail pour couvrir les cent soixante kilomètres de la traversée des Everglades. Il mit un peu plus de deux heures. Il était trois heures lorsqu'il arriva au bureau de l'Office des eaux et forêts. L'organisme disposait d'une pièce dans le Holiday Inn situé à l'entrée d'Alligator Alley.

Il resta un moment assis dans sa voiture, sur le parking de l'hôtel, tandis qu'il revenait en esprit à Broken Conch Reef — revoyant sa main explorer le trou de la langouste —, à sa maison sur pilotis, pris d'une bouffée de colère vide et anesthésiante tandis que se répercutaient dans sa tête les derniers échos des deux douzaines de balles qui avaient déchiqueté son plancher. Puis il se revit de nouveau sur le skiff, le tarpon qui bondissait et filait, lui qui se retournait et voyait Darcy flotter sur le dos.

Une épaisse mixture de rage lui coulait dans les veines. Non, il n'était pas un autre Sugarman. Etre fair-play et jouer selon les règles, il n'en avait rien à foutre. Ce n'était pas une question de chevalerie ou de bonnes manières à table. Lorsqu'il aurait trouvé l'assassin de Darcy, il allait le massacrer et s'il le pouvait, lui refaire le portrait. Et si jamais ce salopard reprenait conscience, il recommencerait jusqu'à ce que le type en crève. En plus, l'affaire terminée, peut-être reprendrait-il la Coccinelle et se mettrait-il aux trousses de l'arrière de football, M. Langstaff, l'homme au doigt dans l'œil des autres. Histoire de voir ce qu'il fabriquait et d'avoir un petit entretien courtois avec lui.

Judy Nelson, enquêtrice auprès de l'Office des eaux et forêts des États-Unis, mesurait un bon mètre quatre-vingt-cinq et devait peser vingt kilos de plus que Thorn ; dès le moment où ils se serrèrent la main, à la porte de son bureau, elle l'informa qu'elle venait de faire l'acquisition, le mois dernier, d'un nez de remplacement.

Les chirurgiens lui avaient enlevé le sien, dévoré par un cancer de la peau. Son faux nez était rempli d'un gel, lui expliqua-t-elle, et la plupart des gens s'y trompaient si elle prenait le temps de se maquiller convenablement, de plâtrer comme il faut l'objet et de l'enduire de la crème hypo-allergique du même ton que sa couleur de peau. Choses qu'elle ne s'était pas donné la peine de faire ce matin, dit-elle. Elle espérait que Thorn ne se formaliserait pas. Il répondit que non.

Elle portait un uniforme vert avec épaulettes dorées

et une petite médaille d'argent. Ses cheveux bruns étaient roulés sous son chapeau, elle ne portait aucun bijou ; elle avait des yeux vifs, inquisiteurs, une voix de rogomme. Une voix à trois packs de bière par jour. L'entraîneur avait peut-être eu raison, en fin de compte. Judy avait un style tout en muscles, intimidant, qui aurait démoralisé nombre des copains de Thorn, passés ou présents.

Ils gagnèrent ensemble le pick-up de l'office, de couleur verte. Vitres baissées — il n'y avait pas l'air conditionné —, ils empruntèrent la US 41 tandis que le soleil de l'après-midi faisait recuire le goudron de la route, d'où montaient des ondulations d'air surchauffé. Au bout de dix minutes, Judy s'éclaircit la gorge d'une manière significative et demanda à Thorn si cela ne l'embêtait pas qu'elle enlève son foutu nez, pendant un moment. Il lui tenait chaud, comme quand on porte une perruque, sans doute, et il répondit bon Dieu non, ça ne l'embêtait pas du tout, qu'elle se mette à l'aise.

Elle écrasa donc l'arête du nez artificiel et Thorn entendit un claquement sec de plastique. Elle le retira et le posa sur la banquette, entre eux. Pendant qu'elle remettait ses lunettes de soleil, elle continua à regarder devant elle. Thorn aussi.

Ils quittèrent la 41 pour prendre une route départementale où l'asphalte était plus grossier. Des terrains de camping, quelques fermes à gazon [1], quelques plantations d'avocats, un parc industriel désert, un caboulot en ruine, des maisons aux fenêtres clouées de planches, puis la route qui s'étendait toute droite, vide à nouveau.

« Bon, dit Judy. Tu veux pas jeter un coup d'œil ? Pour qu'on en termine ? »

Thorn resta quelques instants sans réagir, puis répon-

1. Fermes spécialisées dans la pousse d'un gazon en tapis que l'on déroule ensuite sur le terrain à engazonner (précision communiquée par l'auteur).

dit que oui, bien sûr, qu'on en termine. Elle enleva ses lunettes de soleil et tourna lentement la tête pour qu'il puisse bien voir le tissu cicatriciel en forme de trapèze, au milieu de son visage. Une crémaillère de forme compliquée en dépassait ; autour, la chair était à vif. Un seul trou, de la taille d'une piécette, était pratiqué dans les tissus brillants, juste au-dessous de l'attache.

« La question est maintenant réglée, dit Judy.

— Ça n'a pas l'air si terrible, remarqua Thorn.

— Tiens pardi ! Ça me fait juste la tête d'un des monstres de *La Guerre des étoiles*, tu sais, dans la scène du bar où ils boivent de l'huile de vidange. Une gueule horrible. »

Thorn resta un moment à digérer sa réplique, tourné vers le verger d'une ferme où de grands arcs d'eau d'arrosage s'incurvaient au-dessus des rangées de palmiers.

« Tu vas dégueuler ? demanda Judy.

— Non.

— Parce que ça m'est arrivé, tu sais. Un type de Washington, venu ici il y a deux semaines pour faire un contrôle du matériel, pour être sûr que personne n'avait volé de machine à écrire, des trucs comme ça. On était en train de rouler, comme maintenant, et il arrêtait pas de me casser les pieds pour voir de quoi j'avais l'air sans mon nez. Je l'ai enlevé, et deux secondes après il dégobillait sur le tableau de bord. On lui a fait nettoyer, et ce trou-du-cul a passé le reste de la journée à essayer de se raccommoder avec moi. Il m'a même proposé un rencard. Il voulait m'emmener danser, nom de Dieu ! Et moi je lui ai dit, écoute, mon chou, tu crois que je vais aller danser avec un gars qui dégueule quand il me regarde ? Soyons sérieux. »

Elle jeta de nouveau un coup d'œil à Thorn.

« Tu es sûr que tu ne vas pas faire pareil ?

— Ça va bien. En fait, je pensais à autre chose.

— J'en doute pas, mon chou, j'en doute pas.

— Je pensais à tout le soleil que j'ai pris. Sans jamais mettre de crème ni de chapeau. »

Judy ne dit rien.

« Et à ce qu'ils nous disaient, à l'école, que tout ce soleil était bon pour la santé, que plus on était bronzé, plus on avait de vitamine A.

— La vitamine M comme mélanome serait plus proche de la vérité, oui. Bon sang ! j'ai passé tellement d'années au soleil que je ne savais pas que j'avais les cheveux châtains jusqu'à cette histoire de nez et que je commence à me tenir à l'ombre. Je croyais que j'étais une vraie blonde. Tu parles d'une fichue déception... »

Thorn rit avec elle.

« Heureusement pour moi, je me suis toujours très bien passée des compliments des mecs. »

Elle garda le silence pendant quelques instants, le temps de doubler un tracteur qui remorquait une grande citerne. Lorsqu'elle fut de nouveau à droite, elle reprit la parole. « Alors, tu vas me dire pourquoi tu tiens tant à rencontrer ce Winchester ?

— Je m'intéresse à la pisciculture.

— Quoi ? tu voudrais te lancer là-dedans ?

— Peut-être bien.

— Et tu aimerais espionner la concurrence, c'est ça ?

— Pas espionner, pas exactement. Je voudrais savoir si ce n'est pas un truc trop compliqué pour qu'un type comme moi se lance dans ce genre d'entreprise. »

Il sentit qu'elle le regardait, mais il ne tourna pas la tête.

Ils restèrent silencieux pendant deux kilomètres. Ils roulaient maintenant vers l'est. Ils avaient quitté les terres agricoles ; le sol devenait spongieux, moins fertile, les arbres plus dispersés, la végétation réduite aux agressives herbes des marais et à des palmiers nains. Un paysage brunâtre, plus ouvert. La vaste plaine vide des Everglades.

D'une beauté tellement discrète que la plupart des gens ont des difficultés à l'apprécier. Souvent, Thorn avait rencontré des touristes qui, après avoir sillonné pendant des heures les Everglades à la recherche de paysages spectaculaires, avaient fini par croire qu'ils s'étaient trompés d'itinéraire.

Certes, ce n'était pas le Grand Canyon du Colorado. Là-bas, le premier imbécile venu n'avait qu'à descendre de sa voiture et se tenir au bord de cette gorge incroyable pour avoir sa dose d'émotions fortes en regardant au fond. Alors que cette étendue, vide et vaste, exigeait un effort certain. C'était un endroit austère, monochrome au premier coup d'œil. Un endroit dans lequel il fallait s'enfoncer. Il fallait entraîner son oreille à détecter les sons les plus ténus, ses yeux à distinguer une nuance de gris d'une autre. C'était l'un des problèmes. Les gens sont tellement rassasiés de couleurs criardes, de tous les machins tapageurs à la Disney World, tellement éblouis par les débauches de néon de la nouvelle Floride, qu'ils n'apprécient plus les gris ni les bruns. Ni les nuances de vert éteint.

Si bien que du coup, des tas de gens ne voyaient pas d'inconvénient à voir disparaître ce qui leur apparaissait comme un paradis pour moustiques, incolore et sans attraits. Ne voyaient pas d'inconvénient à ce que les machines l'engloutissent, mile après mile, le drainent, et le couvrent de chaussées et de lotissements de maisons préfabriquées, toujours plus avant dans le territoire qui recueillait l'essentiel des eaux pluviales de la Floride et où la plupart des espèces sauvages se reproduisaient. Le cœur tendre et fertile de l'État.

Thorn regarda le nez synthétique de Judy Nelson.

« Parle-moi un peu de ce poisson, dit-il. Qu'est-ce qu'il peut bien avoir de si particulier pour que le gouvernement envoie ses meilleurs agents en inspection ? »

Elle sourit, remit les mains en position sur le volant et, par la fenêtre, jeta un coup d'œil au vieux bus scolaire jaune qui s'essoufflait à les doubler. Il était plein d'ouvriers endormis.

« Ces poissons commencent à être une véritable plaie.

— Comment ça ?

— Ils réussissent trop bien. Les canaux d'irrigation destinés à éviter les inondations en sont pleins, en ce moment. Beaucoup ont été lâchés par l'Office des parcs de Floride, il y a quelques années. On pensait que les tilapias trouveraient une niche dans l'écosystème, qu'ils consommeraient les algues qui saturent les voies d'eau. Dix ans plus tard, c'est-à-dire à l'heure actuelle, ils sont devenus le chiendent de la vie marine. Des mauvaises herbes avec des yeux et des ouïes, voilà comment je les vois.

— Et Winchester ? De quoi a-t-il l'air ?

— Harden Winchester ? dit-elle en souriant au pare-brise. Certains jours, lorsque je m'ennuie, lorsque j'ai l'esprit qui s'encrasse, je pousse jusqu'ici juste pour le plaisir de passer un peu de temps avec lui. Il a les manières au ralenti d'un Texan, même un peu de leur accent traînant, mais un cerveau qui tourne fichtrement rond.

— Il est marié ? »

Elle se tourna vers lui, avec dans le regard cette expression des gens dont on approche le jardin secret. Puis elle revint à la route.

« Il faudrait être une femme un peu spéciale pour vivre avec lui. Il y a une telle tension qui se dégage de lui... Quand on est auprès de Harden, c'est comme être à côté de cent kilos d'uranium, ça n'arrête pas de bourdonner. »

Elle ralentit pour prendre un virage serré, puis reprit : « Je n'ai jamais été très douée pour me choisir des mecs. Mais laisse-moi te dire un truc : si Harden Winchester était disponible, je lui sauterais dessus comme un chat sur un lézard. Malheureusement, il garde les yeux fixés sur l'horizon. Il court derrière quelque chose de beaucoup plus de prix que Judy Nelson.

— On dirait bien que tu as le béguin.

— C'est plus qu'un béguin. Bien plus. »

Thorn suivit des yeux un vol d'ibis qui virait au sud, au-dessus d'une enfilade de pins abattus.

Judy garda le silence pendant deux ou trois kilomètres et ralentit légèrement, ne roulant plus qu'entre cinquante et soixante kilomètres à l'heure. Il y avait du bétail des deux côtés de la route ; de gros taureaux de race Angus, au soleil dans l'herbe, tandis que des aigrettes, juchées sur leur dos, festoyaient des parasites accrochés à leur pelage.

Elle ralentit encore un peu plus, freina et quitta la route à deux voies pour un chemin encore plus étroit qui s'enfonçait droit dans les Everglades. On voyait, dans le sable mou, de profondes empreintes de pneus.

« Les gens appellent le tilapia le poisson de Jésus-Christ. Tu savais ça ? »

Thorn répondit que non.

Elle se tourna vers lui. « Es-tu croyant, Thorn ?

— Ça m'arrive. Quand les circonstances conviennent. »

Elle sourit et son visage s'adoucit. « D'après ce qu'ils disent, le tilapia est le poisson dont Jésus nourrit cinq mille personnes. Les multitudes.

— Un poisson miracle.

— Ouais, c'est ce que semblent penser certains. »

Thorn regarda par la fenêtre. Rien de synthétique, dans aucune direction. Rien que l'abattis de pins, des gordonias, des eugenias, des palmiers nains, quelques cyprès tordus et toujours les herbes dentelées et agressives des marais. Des faucons planaient sans se presser. Des nuages en forme de champignons grandissaient à l'est, les bords sombres.

« A mon avis, reprit Judy, comme pour beaucoup de

choses, les tilapias s'en sortent honorablement dans leur milieu d'origine : ni mal ni bien, moyen. Mais dès qu'on les sort de leur environnement, toutes les règles changent. Les éléments qui maintenaient leur population à un niveau acceptable ne jouent plus de la même manière. La température est différente, le taux de rayons ultraviolets est différent, tout ce que tu voudras. Si bien que dans leur nouveau milieu, soit ils disparaissent, soit ils prospèrent. Pour le tilapia, en Floride, c'est la prospérité. Ces poissons se reproduisent comme des moisissures dans une serre. Personne ne sait quel sera l'impact du phénomène, à long terme. C'est pourquoi nous devons les surveiller si attentivement. »

Elle engagea le pick-up dans une courbe serrée ; le sable devenait plus profond, plus sombre, mélangé à du terreau et de la marne, à des débris de coquillages. Cette énorme propriété foncière n'avait surgi que très récemment du fond de l'océan.

« Tu en as déjà mangé ?

— Oui », répondit-elle en reprenant son nez. Elle donna un coup d'œil d'avertissement à Thorn — autant qu'il regarde ailleurs — et le mit en place avec un petit claquement.

« C'est bon ?

— Tu as déjà dû toi-même en consommer, sans le savoir. Ça ressemble pas mal au lutjanide. Ils s'en servent à sa place dans les restaurants, depuis quelque temps. Une chair blanche en lamelles, qui se grille très bien, un goût pas très marqué, en fait. Un peu comme du tofu. Tu as beau l'assaisonner, ça reste un poisson fade.

— Je ne peux pas dire que je suis un fou de tofu.

— Oh, il n'y a rien de mal à manger quelque chose de fade de temps en temps. C'est très américain. Si tu arrives à lui donner le goût du poulet, tu peux devenir millionnaire. »

Par la fenêtre, c'était toujours le même paysage de cyprès, de palmiers nains et de pins, sur le domaine fédéral de la réserve. A l'est, les nuages devenaient fuligineux. Une colonie d'ibis était perchée dans un bosquet, au loin. Les grands oiseaux blancs s'accumulaient sur les branches comme des fleurs démesurées.

« Je préfère le poisson sauvage, observa Thorn. Les trucs qui ont grandi dans des bassins sont forcément plus stupides et moins vifs que lorsqu'ils s'en sont tirés dans la nature. Si je dois manger un animal, il faut qu'il soit mort en combattant.

— Hé, Thorn, faudrait pas trop accumuler de retard. On doit se préparer à prendre le virage du XXIe siècle, mon vieux. Le siècle où tout sera le produit de la main de l'homme. Tu peux tout de suite renoncer au gibier.

— Je n'ai même pas encore réussi à bien digérer le siècle dans lequel nous sommes, répondit-il tout en parcourant des yeux le paysage, vaste, brun et vide.

— Eh bien, permets-moi de te dire un truc, mon mignon. Si tu veux t'entendre avec Harden, il vaut mieux ne pas trop lui parler de cette histoire de poissons sauvages contre poissons d'élevage. C'est le champion du tilapia. Il en parle tout le temps. »

Elle ralentit pour franchir un fossé profond en l'attaquant de biais, sans s'arrêter.

« Quand tu viens ici, demanda Thorn, qu'est-ce que tu es supposée inspecter ?

— Oh, c'est de la routine ! Je dois vérifier qu'ils ne créent pas plus de bassins que ce à quoi ils ont droit. Harden a une licence d'exploitation pour sept. J'ai oublié le volume total d'eau que cela représente, mais c'est considérable. L'essentiel, cependant, est de contrôler la sécurité.

— La sécurité ?

— Oui. Tu comprends, quelques-uns de ces pisciculteurs sont de vrais crétins. S'ils ont tout un bassin de jeunes qui viennent mal, ils sont capables de brancher un tuyau et de les pomper dans le canal. Comme le coup de balancer des alligators dans les toilettes. Mais on ne s'en débarrasse pas comme ça. C'est juste une occasion de plus pour l'État de dépenser de l'argent.

— La Floride se lance dans la destruction des poissons, maintenant ?

— Non, pas encore, mais si ça continue de cette façon, c'est ce qui finira par arriver un jour. Le problème avec les poisons pour poissons, c'est qu'ils y passent tous, pas seulement les tilapias. Si bien que pour le moment, on s'assure que les pisciculteurs se débarrassent convenablement des larves, qu'il n'y a aucun risque que des poissons s'échappent, pour compliquer encore le problème que nous avons déjà. »

Judy négocia une nouvelle courbe serrée, dérapant un peu dans le sable, mais sans lever pour autant le pied de l'accélérateur. Ils se retrouvèrent en face d'un portail métallique, au bout d'une courte ligne droite.

« Je suis censé être qui, dans cette affaire ? demanda Thorn.

— Quoi ?

— Oui, je joue quel rôle ?

— Ah, voyons un peu. » Elle ralentit pour mieux réfléchir, puis se tourna vers lui avec un sourire. « Que dirais-tu d'être le superviseur de district ? Tu arrives des bureaux d'Atlanta. Tu as quitté tes dossiers pour une journée afin de te faire une idée du terrain. De t'orienter un peu.

— En d'autres termes, je suis ton patron ?

— Crois-tu que tu seras à la hauteur, mon mignon ?

— A mon avis, Judy, personne ne pourrait l'être.

— Tu as raison, Thorn. Tu as entièrement raison. »

Elle s'arrêta devant la barrière et descendit de la camionnette. Dans les buissons, non loin de la boîte aux lettres, on découvrait un petit morceau de contreplaqué cloué à un tronc d'arbre vénéneux — *Sebastia-*

nia lucida — en lettres noires qui s'estompaient, sur lequel on avait peint : THE FUNNY FARM [1].

Judy Nelson ouvrit le portail et retourna au pick-up.

« Funny Farm ? s'étonna Thorn.

— Ces Winchester. Ce sont de sacrés rigolos. »

Judy s'engagea sur un long chemin cahoteux, le sable se transformant en quelque chose qui n'était plus tout à fait du sable et qui devenait de plus en plus aqueux. Finalement, elle vira sèchement à gauche et ils se retrouvèrent face à Sylvie Winchester et à un homme qui devait être son père.

Sylvie était en jean coupé et T-shirt à manches longues Raiders noir, et portait des bottes de cow-boy boueuses. L'homme au torse nu et puissant, chauve, avait un chaume de barbe argenté au menton, un visage carré recuit au soleil, et ce qui lui restait de cheveux était coupé ras. Il ne portait qu'un short de sport et des tennis, et il avait une pelle sur l'épaule.

Quand Judy coupa le moteur, Thorn vit le visage de l'homme perdre sa tension et se recomposer pour arborer un grand sourire. Puis, une demi-seconde plus tard, il enregistra autre chose, un coup d'œil rapide dans sa direction qui réduisit le sourire de l'homme de moitié. Harden Winchester paraissait s'être mis en alerte maximale.

A une centaine de mètres derrière le groupe, on distinguait les remblais de terre de plusieurs bassins faisant chacun les dimensions d'un terrain de football américain. A l'ouest, on comptait quelque six réservoirs plus petits, de la taille d'une modeste piscine particulière. Des cadres en aluminium se recourbaient audessus des réservoirs, comme les montants d'une serre. Un réseau compliqué de tubes en PVC courait sur la surface herbeuse, allant de bassin en bassin, et conver-

1. Jeu de mots sur « *funny* », « drôle » mais aussi sur « funnyhouse » « maison de fous », en argot. *(N.d.T.)*

geait finalement vers un abri préfabriqué en tôle. A l'est, entouré d'un gazon vert brillant, s'élevait une petite maison en bois, devenue grise sous l'effet des intempéries. Une construction de pionnier, un cottage de type Cape Cod, probablement fabriqué un siècle auparavant avec des arbres d'une essence disparue depuis. Elle avait un porche fermé d'une moustiquaire sur toute la longueur de la façade, un toit en tôle à forte pente avec des coupoles et des chiens assis. Thorn remarqua que seules les fenêtres de l'une des pièces de devant comportaient des barreaux.

Près de la maison, une haute éolienne métallique tournait paresseusement dans l'air presque immobile. Plus à l'est encore, le ciel se remplissait d'épaisses traînées d'un mastic grisâtre, les nuages de pluie de l'après-midi, de plus en plus sombres, qui s'accumulaient au-dessus du cœur des Everglades. Bien qu'éloignés de près de quatre-vingts kilomètres, ils donnaient à la lumière une nuance argentée.

Sylvie s'éloigna de son père, s'avança avec désinvolture jusqu'à la portière de Judy, la salua et l'embrassa sur la joue, puis adressa à Thorn un lent clin d'œil de connivence avant de retirer la tête de l'ouverture.

« Papa, viens voir qui Judy nous a amené. »

Harden Winchester s'avança à son tour, changeant la pelle de main, pendant que Judy et Thorn descendaient du pick-up. Winchester alla poser un baiser rapide sur la joue de Judy puis braqua les yeux sur Thorn, par-dessus le toit du véhicule. Des yeux d'un gris délavé. Il avait la peau aussi tannée et rude que le bois de sa maison. Un bel homme, mais avec quelque chose de fuyant dans le regard. Son sourire se brouillait aux commissures des lèvres, comme s'il était en partie une grimace.

« Et qui donc avons-nous ici ? »

Derrière Harden, Sylvie adressa un sourire malicieux à Thorn. Qu'il marine encore une minute ou deux.

« Tu ne devines pas, papa ? Qui attendons-nous ? »

Thorn entreprit de contourner le pick-up, sentant son ventre se nouer. L'homme aux solides articulations modifia sa façon de tenir la pelle et regarda Thorn s'approcher.

« Ne sois pas impolie, ma fille. Si tu connais ce monsieur, fais les présentations. »

Les yeux de Winchester l'examinaient des pieds à la tête avec une pénétration de professionnel, comme s'il enregistrait toutes sortes de détails sur lesquels il comptait réfléchir plus tard.

« C'est M. Lavery, papa, répondit Sylvie avec un grand sourire à Thorn. M. Peter Lavery. »

Judy jeta un coup d'œil à Thorn qui lui répondit par un haussement d'épaules impuissant. Les deux hommes se serrèrent la main ; celle de Winchester était un bloc calleux et d'une fermeté comme Thorn n'en avait jamais rencontré.

« Vous êtes en avance d'un jour ou deux, monsieur Lavery. »

Thorn retira la main de la forte poigne.

« J'ai changé mes plans. Les choses traînaient un peu à Thomasville et j'ai décidé de venir ici. »

Sylvie tressaillit et le regarda avec attention.

« J'ai fait mes petits travaux domestiques, Sylvie. Avez-vous fait les vôtres ? » lui demanda Thorn.

Les yeux de Harden allaient de l'un à l'autre, incertains.

« Deux dans la même journée, Sylvie ? Encore un colis de la poste ?

— Voyons, Papa, fais-moi un peu confiance, hein ? Pour une fois. »

Winchester détourna le regard comme s'il avait décidé, pour le moment, de laisser les choses suivre leur cours, et s'adressa à Judy à qui il demanda, de son accent traînant et soigneux, s'il s'agissait d'une visite officielle.

« Pas vraiment, répondit-elle. J'aidais simplement... (elle jeta un coup d'œil à Thorn) j'aidais M. Lavery à trouver son chemin. Il est passé au bureau, et je me suis portée volontaire.

— Il est passé au bureau, vraiment ?

— Visite de courtoisie, improvisa Thorn. J'aime bien rencontrer les représentants locaux de l'Office des eaux et forêts.

— Il a certainement dû vous ennuyer, Judy. Lavery devait nous faire savoir quand il était arrivé à son hôtel et nous devions aller le chercher nous-mêmes. Au moins c'est comme ça que les choses étaient prévues, si je me souviens bien. Cela dit, comme c'est Sylvie qui avait pris ces dispositions, je suppose que le travail a pu être un peu bâclé.

— Je suis la secrétaire privée de papa, expliqua Sylvie à Judy. Rince-bouteilles en chef et la bonniche à tout faire de Winchester Aquaculture Incorporated.

— Elle a accompli quelques progrès, dit Winchester. Lentement mais sûrement. Avoir quelques responsabilités lui fait beaucoup de bien. »

Sylvie se mit sur la pointe des pieds, dans ses bottes à bout carré. Elle rejeta la tête en arrière et sourit au ciel qui s'assombrissait, serrant les dents très fort.

Après encore deux ou trois plaisanteries contraintes, Judy refusa pour la deuxième fois l'offre d'une boisson fraîche que lui faisait Harden, salua poliment tout le monde, adressa à Thorn un sourire qui n'était que pour lui, remonta dans son pick-up et partit.

Thorn resta planté au beau milieu de la longue allée sablonneuse, le baise-en-ville fuchsia de Darcy à ses pieds, et regarda s'élever les volutes de poussière derrière le véhicule de Judy.

19

Harden examina le petit bagage puis leva les yeux vers Thorn.

« Vous voyagez bougrement léger, Lavery. »

Tripotant le pan de sa chemise, Sylvie se tenait à côté de son père, un début d'inquiétude dans le regard.

« En fait, répondit Thorn, je n'avais pas l'intention de rester très longtemps.

— Mais vous avez bien apporté l'argent, n'est-ce pas ? »

Il jeta un coup d'œil à Sylvie, mais celle-ci avait baissé la tête et étudiait le sol. Tout son enjouement avait disparu.

Thorn se tourna un instant vers la longue route qui partait du portail. Il était à des lieues et des lieues de tout. A une demi-journée en voiture de chez lui.

« Eh bien, reprit Harden, l'avez-vous ? »

Du bout de sa botte, Sylvie égalisait le sable.

« Écoutez, Winchester, répondit finalement Thorn, vous ne croyez tout de même pas que j'ai fait tout ce chemin et pris toute cette peine pour rien ? »

Sylvie redressa la tête et recula pour ne plus être dans le champ de vision de son père, tandis qu'un sourire démoniaque envahissait de nouveau ses traits, sourire teinté, cette fois, de quelque chose de nouveau, du respect peut-être, ou de l'excitation, et qui s'agrandit tandis qu'elle dévorait Thorn des yeux.

« Bien, dit Harden, plus détendu. Je suppose que dans ce cas, vous avez envie de voir les installations, puisque vous êtes ici.

— Bien entendu.

— Ensuite, je pourrais ramener monsieur Lavery en ville. Pour l'orienter un peu. »

Harden se retourna pour regarder sa fille, puis revint à Thorn.

« On peut vous appeler Peter ? demanda Sylvie.

— Pourquoi pas, en effet, répondit Thorn.

— Vous êtes descendu au Ritz Carlton, Peter ? Ou bien avez-vous également changé d'hôtel ? voulut savoir Harden.

— Non. Le Ritz me va très bien. »

Harden hésita ; il continuait d'examiner Thorn avec attention.

« Il y a un problème, monsieur Winchester ? »

Harden sourit et eut un geste d'excuse.

« Veuillez me pardonner, Peter, mais je ne vous voyais pas du tout ainsi.

— Papa pense que les gens riches doivent s'habiller comme des riches.

— Dans ce cas, c'est moi qui m'excuse, dit Thorn. Mais les chemises de soie me grattent et je n'ai pas encore réussi à trouver une paire de culottes de cheval qui ne m'irrite pas les fesses. »

Harden hésita une seconde puis sourit et porta une solide claque sur l'épaule de Thorn.

« D'accord, c'est parfait, bienvenue au club !

— Ouais, dit Sylvie, il ne connaît pas sa chance. »

Pendant l'heure qui suivit, Harden Winchester, sans se presser, conduisit une minutieuse visite guidée de la ferme piscicole. Le trio fit le tour du périmètre et passa en revue chacun des bassins d'élevage. Tous étaient entourés d'un talus de terre de soixante centimètres de haut. Thorn s'arrêta pour examiner les poissons qui grouillaient à la surface de l'eau sombre. D'un blanc pâteux, ils ressemblaient à des lutjanides mais se déplaçaient, léthargiques, comme des mulets drogués.

Non sans un certain orgueil, Harden fit une démonstration de l'aérateur, une grande hélice qui parcourait toute la longueur des bassins les plus importants afin de forcer les bulles d'air à venir oxygéner les eaux stagnantes. Thorn écoutait, répondait par onomatopées, mais ne faisait guère de commentaires. Sylvie fermait la marche et, à un moment où son père regardait ailleurs, enfonça un doigt taquin et raide dans le dos de Thorn.

Ils firent halte près de l'un des petits bassins d'alevinage et Harden montra le système de filtrage qu'il avait inventé — rustique mais efficace, fit-il remarquer. Pas besoin d'être ingénieur. Pas de ces conneries de réservoirs en fibre de verre. Son filtre était fait de voûtes de béton enterrées, d'un mètre par dix, remplies de sable qui filtrait les algues et les autres impuretés. L'eau circulait, les milliers d'alevins prospéraient.

« Papa n'aime pas les impuretés, dit Sylvie. Mais il adore les voûtes enterrées. Elles lui rappellent le temps où il était à l'armée. N'est-ce pas, papa? Toutes ces voûtes sous lesquelles tes ennemis sont enterrés... »

Harden les entraîna plus loin.

« Papa a été obligé de tuer dix mille alevins dans ce bassin, il y a quelques jours. Voilà quelque chose de vraiment amusant. Tuer dix mille individus, quels qu'ils soient, c'est génial! Vous n'êtes pas d'accord, monsieur Lavery? »

Ils se tenaient sur le talus boueux d'un bassin sombre. A vingt mètres, s'élevait un bosquet de pins d'Australie au travers duquel on apercevait le scintillement d'eaux mouvantes.

« Et qu'est-ce qui vous a forcé à le faire? demanda Thorn.

— Le remblai sur lequel nous sommes en ce moment se fissurait, répondit Winchester en foudroyant sa fille du regard. J'avais l'impression qu'il était sur le point de céder, et j'ai donc dû tuer les poissons. Les oiseaux risquaient de venir en ramasser sur le sol et d'en laisser retomber dans le lac ou dans un canal quelconque du secteur, et les gens des Eaux et Forêts seraient venus le lendemain m'accuser de l'avoir fait volontairement.

— Je vois.

— Il les a tués avec de l'acide fluoracétique, enchaîna Sylvie. C'est un poison. Autrefois, on s'en servait pour tuer les rats, mais c'est interdit, à l'heure actuelle. C'est bien vrai, papa ? C'est interdit tellement c'est efficace. Mais papa en fait venir en contrebande d'Amérique du Sud. Un dé à coudre peut tuer un cheval, et si un chien mange de la chair de ce cheval, il crève aussi, et les mouches qui viennent sur le chien, et ainsi de suite. Formellement interdit.

— C'est bougrement efficace avec les poissons, dit Harden avec un geste de la main pour les entraîner. Mais je crois bien que nous vous ennuyons, Peter. Vous, ce sont les tilapias qui vous intéressent. Vous savez déjà tout cela.

— Mes installations sont légèrement différentes.

— Ah, bon ? Et qu'est-ce qu'elles ont de particulier ?

— Elles sont d'une technologie beaucoup plus avancée, intervint précipitamment Sylvie. Tout est sous abri. Réservoirs en acier chromé, impeccablement propres. Papa est au courant. Il a lu des articles sur la question, monsieur Lavery. Il se moque de vous, histoire de vous sonder un peu. N'est-ce pas, papa ? »

Thorn regarda tour à tour le père et la fille.

« Est-ce exact, Winchester ? Vous moquez-vous de moi ? »

Harden soutint son regard mais ne répondit pas.

« Chez les êtres humains, l'acide fluoracétique provoque des fibrillations ventriculaires. Mettez-en quelques grammes dans la nourriture de quelqu'un et vous avez intérêt à faire attention, avant qu'il ne vous fibrille dessus. »

Harden se tourna vers elle.

« Sylvie, dit-il en faisant des efforts pour garder son calme, va nous préparer des jus de fruits. On s'installera dans le patio.

— Je ne dirai plus rien.

— Va faire ce que j'ai dit, tout de suite. J'en ai assez de tes provocations.

— Voyons, papa.

— Tout de suite ! »

Elle baissa la tête, tint bon encore quelques instants, puis fit demi-tour, boudeuse, et partit à grands pas vers la maison. A mi-chemin, elle jeta un coup d'œil par-dessus son épaule, vit que son père lui tournait le dos, virevolta et, faisant semblant de tenir une mitraillette à la hanche, mima le tir d'une longue rafale exubérante dans sa direction. Puis elle sourit, envoya un baiser à Thorn et fila vers la maison.

Thorn suivit Harden pour la fin de la visite, et apprit quel était l'évangile du tilapia d'après Winchester. Les soixante acres de la propriété étaient presque complètement encerclés par le parc national, sans aucune route d'accès.

« Nous aimons vivre en pleine nature, dit Harden. Ça nous convient. Il nous arrive de passer des semaines sans voir âme qui vive. Je ne parle pas des visites de Judy Nelson, évidemment. »

Thorn restait toujours aussi laconique. Ils passèrent devant l'atelier, un hangar qui faisait appentis. Il aperçut l'arrière d'une remorque à bateau qui dépassait du bâtiment, sans pouvoir voir si elle portait une embarcation quelconque.

La visite s'acheva sur le patio dallé, derrière la maison, et ils s'assirent sur les chaises métalliques, à l'ombre d'un kiosque blanc, à quelques pas d'une grande piscine. On pouvait s'y jeter depuis une glissoire bleue et, à l'autre bout, de l'eau cascadait sur des rochers avant de tomber dedans. Elle paraissait curieusement peu profonde, comme les bains pour enfants.

« Pourquoi toutes ces lumières ? » demanda Thorn, indiquant d'un geste une douzaine de poteaux éparpillés sur le terrain, chacun surmonté d'un ensemble de projecteurs. D'autres projecteurs étaient fixés sur les murs des granges et sur le toit de la maison.

« Nous devons parfois travailler de nuit, répondit Winchester. Vous savez sans doute ce qui arrive, de temps en temps ; une brutale fluctuation du Ph. Un front froid qui s'annonce. On ne peut pas laisser l'eau trop se refroidir. »

Thorn croisa son regard mais ne répondit rien.

Sylvie apporta les boissons sur un plateau Coca-Cola et ils burent en silence pendant une ou deux minutes.

Sylvie vida son verre et claqua des lèvres. Une mouette rieuse passa au-dessus du parasol et vint se poser de l'autre côté de la piscine. Elle s'avança en sautillant jusqu'au bord et étudia l'eau peu profonde. Harden se leva brusquement et chassa l'oiseau en faisant de grands gestes.

« Certains jours, papa tire sur les oiseaux. Il prend son Uzi et les mitraille. Les oiseaux-serpents, les cormorans, les mouettes. N'est-ce pas, papa ? Tu les uzigouilles. »

Harden se rassit et prit une autre gorgée de son jus de fruits, tournant un regard furieux vers l'est, où un vol de mouettes rieuses virait pour piquer en direction du plus grand des bassins à poissons. Elles finirent par se poser avant de s'éparpiller sur le remblai le plus éloigné.

« Saloperies de vautours », grommela Harden. Il se leva, sans les quitter des yeux. « Ne bougez pas d'ici. Je reviens tout de suite. »

Il fit quelques pas, puis démarra au petit trot vers le bassin. Lorsqu'il se fut suffisamment éloigné, Sylvie se leva. « Venez vite, que je vous montre à quoi vous vous attaquez », dit-elle.

Thorn se leva à son tour et la suivit en silence ; ils pénétrèrent dans la maison par la porte de derrière.

Depuis la fenêtre de la cuisine, Sylvie jeta un coup d'œil à son père qui parcourait la levée de terre, agitant les bras pour chasser les oiseaux qui s'envolaient à son approche. Puis elle prit l'une des clefs d'un porte-clefs de bois et ouvrit une petite porte étroite située à côté de la table. Elle tira sur un cordon, la pièce s'alluma et elle s'écarta, maintenant la porte ouverte.

L'office mesurait trois mètres par trois et les murs étaient couverts d'armes de guerre. Uzi, M-16, Lüger, Browning 45, un petit lance-fusées et quelque chose qui ressemblait à un engin antichar. Il y avait également des armes civiles, un MAC-10 et une collection d'automatiques. Thorn n'était pas un spécialiste d'armes exotiques et ignorait le nom de la plupart de celles qu'il voyait, mais il crevait les yeux que c'était un arsenal impressionnant.

Quatre caisses de bois étaient posées à même le sol. Dedans, des grenades vert foncé étaient soigneusement rangées dans de la paille. Thorn s'accroupit et passa un doigt léger sur l'acier épais et frais. Pas plus grosses que des pommes de pin, et conçues pour éparpiller leurs éclats en un nuage impeccable afin de produire le maximum de carnage.

« Ka-boum ! » aboya Sylvie.

Thorn tourna brusquement la tête. Winchester se tenait juste derrière sa fille, dans l'encadrement de la porte. Il haletait et avait posé une main sur l'épaule de la jeune femme. De l'autre, il tenait son jus de fruit.

« Tu montres tous nos petits secrets à monsieur Lavery, Sylvie.

— Oh, non, pas tous. Ça prendrait trop de temps.

— C'est un véritable arsenal que vous détenez là, Winchester », observa Thorn.

Harden le fixa avec intensité. « On doit être prêt à tout, ici. On ne sait jamais. On n'est jamais trop bien armé. Vous n'êtes pas d'accord, monsieur Lavery ? A moins que vous ne soyez de ces imbéciles qui veulent interdire les armes à feu ?

— J'ai un revolver, un six-coups, c'est tout. Je n'ai jamais éprouvé le besoin d'avoir des armes automatiques.

— Tiens... Et pourquoi donc ?

— J'ai toujours estimé que si l'on n'était pas capable de tuer quelqu'un au premier coup, on ne méritait pas de le tuer. »

Winchester sourit. Thorn jeta un coup d'œil en direction de Sylvie. Elle lui adressa un signe d'encouragement.

« Voyez-vous, dans mon ancienne carrière, je me suis fait pas mal d'ennemis. Certains d'entre eux sont des individus extrêmement violents. Et quelque chose me dit qu'ils font partie de ces gens qui ont la mémoire longue. Bien entendu, quand ils se présentent un par un, je n'ai nul besoin d'armes. Mais si jamais ils débarquaient en groupe, monsieur Lavery, en groupe vraiment important, cette pièce pourrait se révéler fort utile.

— Il y en a qui diraient que mon papa est parano, intervint Sylvie. Mais moi, non. Pour moi, il est juste mon papa. »

Harden continuait de bloquer la sortie, étudiant le visage de Thorn comme s'il essayait de déchiffrer ce qui était écrit en tout petit dans la description de sa personnalité. Thorn sentait sa gorge se serrer de plus en plus ; il s'imagina qu'il faisait brusquement demi-tour et s'emparait de l'un des fusils d'assaut. Vérifiait s'il était chargé.

Sylvie poussa un soupir bruyant qui rompit le charme. Elle tourna le dos à Thorn, appuya du bout des doigts sur la poitrine de son père et l'obligea à dégager le passage.

« Vous aimeriez peut-être vous baigner, Peter ? jeta-t-elle par-dessus son épaule. Ne serait-ce que pour vous rafraîchir après ce long voyage.

— Sylvie », dit Harden. Un avertissement.

« Je n'ai rien dit, je n'ai rien dit. J'avais oublié. Papa n'aime pas qu'on utilise la piscine. Ça pourrait salir l'eau. »

Sans quitter Thorn des yeux, Winchester vida son verre. Puis il exhiba un sourire vide, se tourna et alla poser le verre sur l'évier.

« Très bien, monsieur Lavery. Comment voulez-vous que nous procédions ? »

Il s'était adossé à l'évier, les bras croisés sur la poitrine. Thorn sortit de la dépense et se tint près de la porte du fond.

Un sourire délicat vint flotter sur les lèvres de Sylvie. Son regard noir sondait le ciel tourmenté à l'est, par la fenêtre. Attendant la réponse qu'allait faire Thorn.

« A vrai dire, Winchester, dit-il, j'avais plutôt dans l'idée d'aller prendre ma chambre à l'hôtel et de faire un petit somme. Il me semble que nous pourrons parler affaire plus tard. »

Harden décroisa les bras et se mit à assouplir les articulations de ses mains. Il donnait l'impression de contenir son irritation, comme quelqu'un qui est habitué à maîtriser les événements et qui déteste qu'il en soit autrement.

« Très bien, dit-il, sans regarder Thorn, comme si soudain des choses plus importantes lui occupaient l'esprit. Vous avez envie d'aller vous installer dans votre hôtel. Nous ne vous retiendrons pas un instant de plus. »

Sylvie le précéda, et ils allèrent jusqu'à une grange, de l'autre côté de la cour, dans laquelle était garée une Oldsmobile rouge, modèle 83.

« Vous l'avez roulé, dit-elle. Jusqu'ici, bravo.

— Ça ne me plaît pas, Sylvie, répondit Thorn. Ça ne me plaît pas du tout.

— Je peux vous dire que vous l'avez bien roulé. Sans quoi, vous seriez mort. »

Thorn la suivit sans rien dire.

« Voyez-vous, reprit-elle en franchissant avec précaution une zone boueuse, toute la propriété n'est qu'un marécage. Nous sommes seulement à quelques centimètres au-dessus du niveau moyen des marées hautes. Et par là-bas, derrière les pins, c'est la rivière Okehatchee. En réalité, c'est un estuaire, un recoin du Golfe. A vol d'oiseau, nous ne sommes qu'à quelques kilomètres de la côte. Si bien qu'à chaque marée de pleine lune, les eaux montent, l'Okehatchee reflue et inonde ses berges, et nous nous retrouvons avec de l'eau jusqu'aux genoux. Une fois par mois, le périmètre est inondé et la rivière coule à hauteur des marches du perron. J'ai de l'eau jusqu'à l'entrecuisse quand j'y barbote. C'est chouette, vous devriez voir ça. Presque jusqu'à la hauteur de l'entrecuisse de Sylvie. Vous vous imaginez ça?

— Allons-y, Sylvie. »

Elle lui adressa un sourire halluciné en déverrouillant la voiture.

Elle maniait l'Oldsmobile comme si son premier contact avec la technologie des machines modernes datait de quelques heures. Après avoir démarré le contact, elle lança à fond le gros V-8 de plusieurs coups d'accélérateur, puis maintint la pédale au plancher pendant trente secondes avant de faire marche arrière. Elle mit ensuite la boîte automatique en position de route, posa les mains sur le volant à trois et neuf heures et pilota l'imposante voiture avec une totale raideur.

Lorsqu'ils furent finalement sur la route principale, elle écrasa l'accélérateur pendant trente secondes avant de lever à nouveau le pied; pendant les trente secondes suivantes, l'Oldsmobile ralentit, passant de quelque chose comme cent quarante à l'heure à ce qui était la limite de vitesse.

Elle ralentit cependant lorsque deux voitures arrivèrent en sens inverse, mais accéléra à nouveau lorsqu'une camionnette de plombier voulut la dépasser. Elle se maintint à sa hauteur, l'obligeant à rester sur la voie de gauche pendant près d'un kilomètre, et c'est tout juste si elle ne le poussa pas dans le fossé. Puis elle leva brusquement le pied et se laissa distancer.

Thorn serra un peu plus sa ceinture de sécurité.

Peu après l'incident de la camionnette, alors qu'ils étaient seuls sur une longue ligne droite, Sylvie posa soudain les deux pieds sur la pédale de frein, se mettant littéralement debout dessus, et les gros pneus de l'Olds protestèrent bruyamment.

Thorn fut propulsé en avant, posa brutalement les mains sur le tableau de bord et jura. Une fois la voiture à l'arrêt, Sylvie se tourna vers lui et lui montra un autre véhicule qui attendait dans un chemin donnant sur la route.

« Vous ne voyez pas ce type ? demanda-t-elle. Il a la priorité. »

Au grand étonnement du conducteur, elle lui fit signe de s'engager sur la route.

« C'est vous qui aviez la priorité, Sylvie. Bon sang, c'est nous qui sommes sur la route principale !

— Tiens, pardi ! Qu'est-ce que vous en savez ? Vous êtes de la Géorgie. Là-bas, les gens conduisent tous comme des fous. »

Elle lui sourit, écrasa l'accélérateur, rattrapa le véhicule qu'elle avait laissé passer et le doubla.

Il leur fallut presque une heure pour atteindre le Ritz Carlton. Sans tous les arrêts intempestifs et les détours qu'elle avait pris, il leur aurait fallu la moitié de ce temps. Elle lui fit faire le tour de la ville d'une manière peu orthodoxe, empruntant à plusieurs reprises la même rue, ses yeux quittant constamment la route pour aller vagabonder sur le paysage urbain.

Thorn eut l'impression que Naples avait changé considérablement depuis la dernière fois qu'il y était venu, adolescent. Mais pas comme la plupart des autres villes de Floride. Il semblait bien que les gens du coin eussent planqué leurs Lincoln et leurs Rolls-Royce et élevé un barrage efficace aux magasins franchisés de souvenirs en plastique, aux salons de massage et autres bars immondes. Chaque bâtiment, chaque pâté de maisons paraissait avoir moins de dix ans. Tout était restauré et repeint de frais, et les toits de tuiles rouges donnaient à la ville un petit air méditerranéen ; même la place du centre regorgeait de boutiques chic dignes de Palm Beach : on y vendait des cravates, des mouchoirs, et du charme, du charme, du charme. Le genre de beauté stérile que seul un flux régulier et important d'argent peut créer et entretenir.

Des terrains de golf partout ; des pelouses, devant les maisons, aussi minutieusement manucurées que des *greens*. Haies sculptées, arbres taillés avec un soin maniaque. Le virus perfectionniste à la Disney World se propageait manifestement vers le sud. Sans doute les autorités de la ville avaient-elles même importé les jeunes gens proprets qui, armés de balais et de pelles, étaient chargés de faire disparaître le moindre détritus avant qu'il eût touché terre.

Pendant qu'il voyait défiler ce décor, Thorn se souvint d'une histoire qu'il avait lue un an ou deux auparavant dans un journal de Miami, à propos d'une descente de police à Naples. D'après l'article, le propriétaire du restaurant de l'un des country clubs de luxe pour riches retraités de la région avait découvert, dans la cuisine, une pomme de terre que quelqu'un avait retaillée sous une forme obscène. Il avait appelé la police, qui envoya des voitures de patrouille et se livra à une enquête exhaustive. Le coupable ne fut jamais découvert. « Nous trouverons ce cinglé, avait déclaré un enquêteur. Ne vous inquiétez pas. Ça nous prendra peut-être du temps, mais nous sommes bien décidés à l'avoir. »

Le temps que Sylvie arrivât au Ritz Carlton, Thorn commençait déjà à avoir envie de quelque chose d'un peu crade. Une boutique d'appâts d'un violet à faire hurler, par exemple, qui aurait infecté tout le quartier de la puanteur du poisson pourri. Un motel minable avec une enseigne au néon détraquée qui n'aurait cessé de clignoter toute la journée, offrant des *Magic Fingers* pour vingt-cinq cents. La seule vue d'une page de journal jaunie, chassée dans la rue par le vent, l'aurait aidé à se sentir un peu plus à l'aise.

Sylvie vint s'arrêter devant l'élégante entrée de l'hôtel, et ne rata la porte ouverte d'une Rolls-Royce que d'un ou deux centimètres. Pendant que deux portiers en short et chemise blanche se précipitaient vers l'Oldsmobile, elle coupa le moteur et se tourna vers Thorn.

« Vous êtes venu pour moi. »

Elle frappa dans ses mains et sourit, gardant les paumes serrées l'une contre l'autre comme dans une prière de démente. Elle jeta un coup d'œil à l'homme qui se présentait à la hauteur de sa portière, mais ne donna aucun signe de vouloir descendre de voiture.

« Entrons, répondit Thorn. Nous avons à parler d'un certain nombre de choses.

— Vous êtes fort, Thorn. Sacrément fort. Je vous donne mon nom et deux jours après, vous êtes là. Vous savez même qui est Peter Lavery, et où il habite. Thomasville, en Géorgie. Mon Dieu, oh, mon Dieu, j'en ai trouvé un vraiment sensationnel. Absolument sensationnel. On va y aller mollo. On va le déguster. »

Elle émit un couinement et sourit de manière délirante au pare-brise.

Le jeune homme roux, à l'extérieur de la voiture, attendait qu'elle eût fini sa conversation pour ouvrir la portière.

« J'ai fini par trouver, reprit Sylvie en se tournant vers Thorn, quelqu'un capable de défier mon père.

— Ce qui signifie ?

— Quelqu'un d'assez fort, continua-t-elle, pour tuer ce salopard. »

20

« Voici M. Peter Lavery, dit Sylvie. Il a une réservation, mais il devait en réalité arriver un peu plus tard, cette semaine. »

Derrière le comptoir en marbre de forme incurvée, l'employé tapa le nom sur son ordinateur et regarda l'écran. C'était un jeune homme de vingt-cinq ans, tout au plus, chemise blanche, bronzage accentué, cheveux blonds coupés court — un surfeur qui serait rentré dans le rang.

« Voilà qui est bizarre, dit-il.

— Bizarre ? » Sylvie se collait à Thorn, enfouissant le visage dans son épaule. Jouant à la jeune mariée. Lui, sérieusement agacé, mais laissant courir.

« Si j'en crois ce que je vois, votre arrivée a déjà été enregistrée, monsieur Lavery.

— Vous en êtes sûr ? demanda Sylvie.

— Tout à fait, madame. C'est ici. Peter S. Lavery.

— Génial, ironisa Thorn. Plus on est de Lavery, plus on rit. »

D'une petite voix étranglée, Sylvie demanda le numéro de chambre de l'autre Lavery. L'employé s'excusa, mais il s'agissait d'une information qu'il ne lui était pas permis de donner.

« Bon, et à quelle heure l'a-t-on enregistré, bordel, si c'est pas trop vous demander ? »

Le jeune homme la regarda un instant puis frappa une ou deux touches de son ordinateur et répondit que Lavery s'était présenté une heure auparavant.

Sylvie s'enquit du téléphone intérieur, l'employé lui indiqua une table, près du mur opposé, et elle s'y dirigea aussitôt d'un pas de sapeur. Les têtes se tournaient devant le spectacle de cette fille maigrichonne aux cheveux taillés à la tronçonneuse, avec ses bottes pleines de boue et son T-shirt aux armes des Raiders.

Thorn s'appuya au comptoir et entreprit de remplir la fiche d'enregistrement. D'après le jeune employé, la dernière chambre disponible de tout l'hôtel était une suite avec vue sur le Golfe. Thorn répondit que c'était parfait, et le jeune homme lui demanda une de ses « grandes » cartes de crédit.

« Je n'en ai même pas de petite.

— Vous pensez payer en liquide, dans ce cas ?

— A moins qu'on puisse échanger un séjour contre des mouches artificielles. »

L'employé eut un sourire hésitant.

« Ce sera donc deux cent quatre-vingt-cinq dollars.

— Bon Dieu, je n'en ai pas besoin pour tout le mois. »

Le jeune homme améliora la qualité de son sourire. Et oui, mesdames et messieurs, il avait déjà eu son compte de blagueurs, de riches originaux avec un ongle du petit doigt démesuré et une barbe jusqu'à la ceinture. On lui avait appris à être poli avec tous. On ne savait jamais : l'un ou l'autre de ces barjots pouvait très bien être M. Ritz ou Mme Carlton. Si bien que bon sang, quand vous débarquiez ici, vous étiez traité comme il fallait, et peu importait de quel hôpital psychiatrique vous veniez de vous échapper.

« C'est deux cent quatre-vingt-cinq dollars *par nuit*, monsieur.

— Nom d'un chien, j'ai eu des voitures qui coûtaient moins que ça.

— Vous ne prenez pas la chambre ? »

Thorn regarda Sylvie. Assise dans un fauteuil de cuir, elle était littéralement enroulée autour du combiné, sa main libre dissimulant le micro. Tout à sa conversation. Il n'aimait pas cet hôtel et il aimait encore moins la façon dont Sylvie avait manœuvré pour le flanquer dans cette situation. Mais il éprouvait une très forte impression d'en avoir appris beaucoup plus sur le clan des Winchester en prenant le rôle de

Peter Lavery qu'en essayant de leur extorquer la vérité les uns après les autres.

Pendant quelques instants, il eut un aperçu douloureux de ce que Darcy devait avoir ressenti en vivant avec lui. S'irritant de son rôle limité. Son mode d'existence déterminé par quelqu'un d'autre. Thorn avait pris pour acquis que son rythme de vie lui convenait. Qu'elle était aussi à l'aise que lui dans le silence et l'isolement. Il la voyait comme son double, l'autre moitié de lui-même, l'un respirant l'air que l'autre exhalait. Mais elle avait probablement dû être au supplice, intérieurement, pendant des mois, à chercher un défi à relever qui pût lui rendre son identité — de même qu'il était maintenant lui-même au supplice, prisonnier de son rôle de Peter Lavery.

Il se tourna de nouveau vers l'employé.

« Alors, la chambre avec vue sur le Golfe ?

— Ecoutez, dit Thorn, vous êtes sûr que vous n'avez rien de moins cher ? Disons quelque chose entre quinze et vingt dollars ?

— Monsieur Lavery, le seul endroit de cette ville où vous pourrez passer la nuit pour vingt dollars est le refuge de l'Armée du Salut. Je peux les appeler pour savoir s'ils ont de la place, si vous voulez. »

Thorn fit aussi bonne figure qu'il pouvait.

« Mais pour ce qui est d'une chambre d'hôtel, reprit le jeune homme, nous n'avons que la suite avec vue sur le Golfe. Deux cent quatre-vingt-cinq dollars, plus les taxes. »

Thorn tira un paquet de billets défraîchis de sa poche. Il y en avait quelques-uns de vingt et dix dollars, mais la plupart étaient de cinq et de un. Toutes ses économies depuis deux ans. Pas loin de quatre cents dollars. Il avait eu l'impression que cela faisait beaucoup, en les prenant dans un tiroir, chez lui ; il s'était même dit que c'était idiot d'emporter autant d'argent.

Il effeuilla sa liasse jusqu'à ce qu'il eût le prix d'une

nuit, et ne prit même pas la peine de compter ce qui restait. Tout juste de quoi donner un pourboire au groom, sans doute.

« Vous ne pensez donc rester qu'une nuit chez nous ? » demanda l'employé.

— Bordel, s'il fallait que j'en passe une autre, je devrais auparavant souscrire une deuxième hypothèque. »

Le beau blond eut un sourire plein de mansuétude et fit retentir le timbre, sur le comptoir. Thorn se tourna et vit Sylvie qui traversait le hall de la réception, la petite lueur de nouveau dans le regard, le pas vif. Elle s'empara du bras de Thorn et lui adressa un signe de tête décidé.

« Lumière, moteur, ça tourne », dit-elle.

Ils suivirent le groom, un jeune Noir en short et chemisette blanche qui portait le sac de voyage de Thorn. Il jeta un coup d'œil évaluateur à Sylvie au moment où ils pénétraient tous les trois dans l'ascenseur. Il appuya sur le bouton de leur étage et sourit pour lui-même tout en lorgnant Sylvie du coin de l'œil.

Mec, tu croiras jamais ce que j'ai vu aujourd'hui. Une espèce de petite môme, un vrai sac d'os, devait pas peser plus de quarante kilos toute mouillée, et ses cheveux, sainte merde ! Comme si une tondeuse à gazon lui était passée dessus.

« Juste au bon moment », dit-elle, une fois la porte refermée sur le groom dûment arrosé d'un pourboire. « Une minute plus tard, et Lavery appelait papa au téléphone — et on était bons pour passer le reste de la journée à chercher un cercueil à notre taille.

— Asseyez-vous. » Thorn tira la chaise rangée sous la table capitonnée de cuir. « Nous avons à parler.

— Qu'est-ce qui vous presse tant, beau gosse ? »

Elle entreprit de faire le tour de la suite. Impatienté, Thorn la suivit. Cette fois-ci, il ne la laisserait pas s'éclipser tant qu'il n'aurait pas découvert ce qu'elle savait sur Darcy.

La suite était décorée dans des couleurs coordonnées de vert et de jaune pâle. Canapés et fauteuils de cuir. Tapis épais dans des tons dorés étouffés. Sur les murs d'élégantes aquarelles d'oiseaux et de plantes, dans le style de celles d'Audubon ou des premiers naturalistes de la Floride. Dans les coins, des plantes d'intérieur en tissu de la plus grande authenticité. Le Ritz avait également équipé la suite de six téléphones. Un secrétaire surmonté d'une glace de trois mètres de haut débordait de papier à lettres à en-tête de l'hôtel, des portes-fenêtres donnaient sur le balcon, d'autres reliaient le salon à la chambre. Dans le vaste placard, quatre sorties de bains en tissu-éponge ; dans la salle de bains, Sylvie passa en revue toute une gamme de produits de beauté aux emballages de couleurs vives ; une personne normale aurait mis au moins six mois à en venir à bout.

« Regardez-moi ça, dit-elle. Il y a même un téléphone à côté des chiottes. Si on manque de papier de toilette, on appelle la réception. Firmin, mon vieux, apportez-moi un rouleau neuf.

— D'accord, Sylvie. Ça suffit, les conneries. Racontez-moi tout, en commençant par le commencement. Comment vous avez rencontré Darcy, tout. »

Thorn la suivit dans la chambre et s'assit au pied du lit.

Sylvie franchit la porte-fenêtre et se mit à contempler le paysage ; une plage immense, le Golfe, bleu. Puis elle se retourna, lançant des coups d'œil saccadés dans la pièce. Depuis qu'elle avait passé ce coup de téléphone à Lavery, elle paraissait branchée sur une nouvelle station, une station qui aurait insufflé des rythmes encore plus frénétiques à son pouls.

« Et qu'est-ce que ce Peter Lavery vient faire là-dedans ? De quelle affaire s'agit-il ? »

Une expression à demi sérieuse passa sur son visage

et elle répondit : « Vous êtes Peter Stuyvesant Lavery. Petit-fils de Junius Lavery, à Atlanta. Les Lavery propriétaires de journaux. Vous êtes un investisseur débutant. Un mordu d'écologie, fasciné à l'idée de financer des recherches sur les moulins à vent, l'énergie de la houle, toutes les conneries dans ce genre. Vous vous êtes lancé dans le tilapia il y a quelques années, vous avez mis beaucoup d'argent dans une ferme piscicole à Thomasville.

« Beaucoup estiment que vous êtes complètement cinglé. Que vous avez un petit pois à la place du cerveau. Que vous êtes fou d'amour pour l'oiseau-serpent et la hulotte. Au fond, c'est peut-être pour cela que ça a fait tilt entre nous. Vous et moi, les deux barjots d'une même couvée. On s'est parlés par téléphone au cours des trois derniers mois. Pour négocier cet accord. Mon paternel m'a laissée faire. Il tient beaucoup à me donner des responsabilités, à me faire participer à ses plans. Il pense m'avoir comme ça. Que je deviendrai enfin adulte.

— C'est quoi, cet accord ?

— Le but de votre venue est de donner un million trois à mon père en liquide. »

Le cœur de Thorn fut pris d'une petite accélération.

« Je ne sais pas pourquoi Harden a choisi ce chiffre bizarre. Moi, j'aurais demandé deux millions tout rond.

— Mais dans quel but ? Il vend sa ferme à Lavery ?

— Oh, non ! Ça ne risque pas. C'est notre petite maison à nous. Notre chaumière. »

Sylvie alla ouvrir la porte-fenêtre. Une bouffée d'air tiède en provenance de la mer envahit la pièce. On entendait le chuintement paisible des eaux du Golfe venant briser le long de la plage plate, en dessous. Thorn prit une profonde inspiration ; c'était un air bien différent des brises de l'autre côté. Il lui manquait les effluves opulents de chemise empesée de l'Atlantique. L'air, à Key Largo, était constamment en mouvement, constamment agité par les vents dominants, ces brises africaines si pures qui arrivaient chaque jour, rafraîchies et adoucies par leur long voyage au-dessus de l'océan.

L'atmosphère, sur la côte du Golfe, était davantage chargée de levure. C'était une mixture sulfureuse alourdie des émanations des marais côtiers voisins et de celles des millions d'étoiles de mer, de bigorneaux et de porcelaines, rejetés sur la plage chaque nuit par la marée, en couches épaisses et craquantes, et qui pourrissaient au soleil toute la journée, la chair, à l'intérieur des coquillages, dégageant une odeur d'encens rance.

Telle était la côte où l'océan n'était plus l'océan, mais une vaste baie sans profondeur qui, faute de courants assez puissants, n'était qu'une eau stagnante. Ici, pas de Gulf Stream pour baratter la mer. Rien qu'une énorme côte somnolente bordée par le Yucatán, le pays des cajuns, le Texas. Au-delà de l'horizon se dressaient les puits de pétrole et les pyramides aztèques en pente raide; là-bas, le gumbo d'écrevisses cuisait dans de grands pots. Tout cela donnait ce remugle épicé à la rafale de vent qui venait de pénétrer dans sa chambre à deux cent quatre-vingt-cinq dollars.

Sylvie tourna le dos à la fenêtre et se tint à contre-jour.

« C'est mon papa qui a tué Darcy, dit-elle. A moins que vous ne l'ayez déjà deviné? »

Il sentit ses veines se tendre violemment, et il regarda Sylvie mais sans pouvoir la voir clairement, pendant un moment, aveuglé qu'il était par le contre-jour et la pression de son cœur.

« J'étais avec lui, continua-t-elle. Sur l'autre bateau, celui qui était à l'ancre, à quelques centaines de mètres du vôtre. Vous ne nous avez pas vus?

— J'ai vu un bateau, en effet.

— Je suis désolée. L'idée n'était pas de moi. Darcy, je l'aimais bien. C'était une chic fille. Elle essayait simplement de m'aider. J'ignore comment elle s'y est prise, mais elle a découvert l'adresse de la ferme. Et elle est arrivée, un jour, exactement comme vous.

« Je me suis trouvée seule avec elle pendant un moment, et je lui ai raconté tout ce que faisait Harden. Ses manigances, tout. Puis elle l'a rencontré, et ils ont parlé ; mais il l'a embobinée. Il a joué de son foutu charme. Si bien qu'elle m'a plantée là et qu'elle est repartie, sans savoir qui de nous deux disait la vérité. Mais même si elle ne m'a pas sauvée, je dois dire que c'était une fille très sympathique. Je regrette de l'avoir entraînée dans cette affaire. J'aurais mieux fait de ne rien lui dire. Elle serait peut-être encore en vie. J'avoue que je me sens coupable de sa mort. »

Thorn se leva, s'avança sur Sylvie et la repoussa jusqu'à ce qu'il l'eût collée au mur, à côté de la porte-fenêtre. Puis il lui releva le menton et de l'autre main pesa durement contre son sternum pour la maintenir en place.

Elle lui fit les gros yeux et son regard parut s'éclaircir pour la première fois depuis qu'il l'avait rencontrée.

« Ah, vous êtes désolée ! Vous êtes désolée, nom d'un foutre ! »

Elle se débattit pour parler.

« N'essaie pas de me faire avaler ces conneries, Sylvie. Je te tords le cou, ton petit cou maigre de poulet, si tu t'y risques. Ce que je veux, c'est la putain de vérité, dans les moindres détails, tu m'entends ! »

Elle acquiesça, déglutissant avec peine. Il diminua la pression.

« Harden l'a tuée. Il l'a fait. C'est vrai. Comme je l'ai dit. Il n'y a rien à ajouter. Pas de détail spécial, rien. Elle fouinait dans les coins, et Harden n'a pas aimé ça ; alors, il l'a tuée. Il vous a suivis jusqu'au récif, il a mis sa tenue de plongée et il est allé jusque dans votre coin en nageant sous l'eau. Il avait aussi l'intention de vous tuer, mais finalement, il y a renoncé. »

Thorn la lâcha et recula d'un pas.

« Nom de Dieu, souffla-t-elle en se massant la poitrine, je suis bien contente de vous voir enfin en colère. Parce que vous allez avoir besoin de toute cette énergie contre mon papa.

— Oui, je suis en colère.

— Alors, vous vous lancez ? Vous pensez pouvoir venir à bout d'un type de soixante ans ? D'un vieux chnoque sur le retour ?

— Oui, s'il le faut.

— Oh, vous le pouvez. Je le sais. Vous êtes l'homme qu'il faut pour ce boulot.

— Harden a-t-il été à la CIA, un agent, quelque chose comme ça ?

— Houla ! Comment diable avez-vous deviné ça ? »

Toujours adossée au mur, elle continuait à se masser la poitrine. Thorn, à un mètre d'elle, la fixait des yeux.

« Et qu'est-ce que vous avez raconté à Darcy qui a entraîné son assassinat ?

— Seulement cette histoire de poisson, ce que fabrique Harden, le gros coup qu'il prépare. » Elle se détacha du mur et s'approcha de lui.

« Et c'est quoi, ce gros coup ?

— Je crois que je ne vous connais pas assez bien pour vous le dire. Pas encore, en tout cas. » Elle inclina la tête avec coquetterie et le ton de sa voix se fit câlin. « Ecoutez, il n'y a pas de raison d'avoir peur de Harden. Il est dangereux, mais je peux arranger les choses de manière à ce que vous soyez sur un pied d'égalité. Ne vous inquiétez pas pour ça. Sylvie a une idée. Ça marchera. »

Elle se coula devant lui, se trémoussant au passage, et gagna la salle de bains. Elle revint avec un petit flacon de dentifrice liquide à la main, dévissa le bouchon et fit couler le liquide bleu dans sa bouche. Elle se mit à aller et venir dans la chambre en se gargarisant, puis passa sur le balcon et, penchée sur la balustrade en béton, recracha le produit dans la brise ; puis elle jeta le flacon à la suite et retourna dans la chambre.

« Alors, Thorn, qu'est-ce qui vous ferait plaisir ? Qu'avez-vous toujours rêvé, en secret, qu'une femme vous fasse ?

— C'était quel genre de bateau, Sylvie ?

— De bateau ?

— Dans quel bateau Harden et vous êtes-vous allés jusqu'au récif ? »

Elle s'éloigna de nouveau de lui pour s'approcher de la porte du balcon.

« Vous n'êtes pas commode, Thorn. Sylvie va devoir faire des heures supplémentaires avec vous, je le sens.

— Quel genre de bateau ?

— Je ne sais pas. Un bateau de location. Je n'y connais rien en bateaux.

— D'accord. Écoutez-moi bien. Nous allons voir la police. Tout de suite. »

Elle fit brusquement demi-tour.

« Vous blaguez !

— Non, je ne blague pas. Nous allons à la police.

— Hé ! Qu'est-ce qui vous arrive ? Où sont ces dispositions héroïques ? Evaporées ? Où est passé votre besoin irrépressible de vengeance ?

— On va raconter tout ça aux flics. Vous n'aurez qu'à leur répéter ce que vous m'avez dit.

— Oh, bordel de Dieu, Thorn ! Ecoutez, pour commencer, je n'ai jamais dit que j'avais vu quoi que ce soit. Je suis restée dans le bateau pendant qu'il partait en plongée et qu'il revenait. C'est tout ce que je peux affirmer avec certitude. Je n'ai pas été le témoin oculaire de ce qui s'est passé sous l'eau.

— Vous me dites ce que vous savez, et moi je compléterai. Ce sera assez pour qu'on le mette à l'ombre. »

Il marcha sur elle, la prit par l'avant-bras et voulut l'entraîner vers la porte. D'une secousse, elle se dégagea. Une expression démente dans le regard.

« Je n'arrive pas à y croire. Vous laisseriez une bande d'avocats décider de ce qui doit arriver à Harden ? Vous vous contenteriez de ça ?

— Oui. C'est exactement ce que je vais faire. »

Elle se mit à marcher de long en large en marmonnant. Au bout d'un moment, elle alla se jeter dans un fauteuil en cuir, et Thorn, après avoir rapproché un deuxième fauteuil, s'assit en face d'elle. Elle tripotait les fils qui dépassaient de son jean coupé et gardait les yeux baissés. Elle arracha quelques franges puis releva la tête et regarda Thorn, l'œil noir, plein d'une expression de défi boudeur.

« Est-ce que vous avez vu *Casablanca,* Thorn ? Humphrey Bogart, Ingrid Bergman ? »

Il ne répondit pas.

« C'est le premier film que j'ai vu. Je devais avoir huit, neuf ans. Ma mère nous avait emmenées. Je me souviens qu'elle pleurait dans le noir. J'étais assise à côté d'elle, ma sœur Gwyneth de l'autre côté, et Maman pleurait entre nous. »

Les yeux de Sylvie s'embuèrent et elle se mit à respirer par la bouche.

« Nous sommes restées pendant deux séances de suite. La seconde fois, on pleurait toutes les trois. Humphrey Bogart, si amer et si dur, de l'extérieur, mais qui finit tout de même par se comporter en héros. Ingrid Bergman qui le contraint à l'aimer, et fait de lui un héros en l'obligeant à faire ce qu'elle veut qu'il fasse. On était là toutes les trois à pleurer et j'ai décidé à ce moment-là, à cette seconde, que j'allais apprendre à être une femme comme ça si je voulais survivre dans la famille Winchester. J'allais devoir apprendre à être comme Ingrid Bergman. C'était ce que nous pensions toutes les trois. De quelle manière, bon sang, pouvions-nous transformer Harden en Humphrey Bogart ?

« Mais voyez-vous, il y a quelque chose que je comprends maintenant et que j'ignorais alors. Certains hommes sont tellement mauvais, malveillants, froids jusqu'à la moelle que personne ne peut arriver à les faire aimer. Personne. Même pas Ingrid Bergman. Personne. Quoi que vous fassiez. En dépit de tous vos efforts. »

Thorn se leva.

« Allons-y Sylvie. Il faut parler à la police.

— Je ne peux pas, répondit-elle doucement.

— Et pourquoi ?

— Si j'entre une fois de plus dans le poste de police de Collier County et que je leur dis ce que Harden a fait, ils vont me passer la camisole de force. Parce que figurez-vous que j'ai été les voir tellement souvent qu'ils ont une chaise avec mon nom dessus. Ils m'enverront directement voir le psy du comté, sans même prendre la peine d'enregistrer ma déclaration. La dernière fois, ils m'ont avertie : ils ne voulaient plus me revoir. Sinon, ils m'expédiaient dans la prison aux cellules capitonnées. »

Elle eut un sourire amer.

« C'est pourquoi en tant que témoin, il faut bien le dire, je ne vaux pas un pet de lapin. Et même si vous, vous y allez, ils vont penser que je vous ai embobiné. Que vous êtes aussi barjot que moi. Ça ne marchera pas. Vous n'avez pas le choix : vous devez faire confiance à Sylvie, faire vous-même la justice. Il n'y a personne qui la fera à votre place.

— Et moi, je devrais croire ces élucubrations... Bordel, il n'y a pas une seule parole sortie de votre bouche, depuis le début, qui n'ait été un mensonge éhonté. »

Le visage de la jeune femme se contracta comme si elle était sur le point de pleurer, mais elle parla avec un sifflement retenu — de la vapeur sortant par un trou d'aiguille.

« Très bien. Donc vous non plus vous ne croyez pas Sylvie. Comme les flics, comme tout le monde. Eh bien, sachez que je n'en ai strictement rien à foutre de ce que vous croyez ou pas, monsieur Thorn. En fin de compte, vous n'êtes pas ici pour aider Sylvie, n'est-ce pas ? Vous n'êtes qu'un vulgaire crétin sans couilles, comme les autres. Vous débarquez à la Hemingway, mais quand il s'agit d'aller au charbon, plus rien dans le pantalon. Vous avez une illusion à la place du cœur. »

Elle eut un reniflement de mépris et inclina la tête ; ses lèvres se mirent à tressaillir au rythme d'insaisissables imprécations. Les veines battaient à ses tempes.

Thorn se leva et passa dans la salle de bains. Il se lava les mains et s'aspergea le visage d'eau. Puis il se sécha et se regarda dans le miroir. On aurait dit que ses traits avaient changé ; il avait la paupière lourde, la bouche tombante. Comme si le chagrin avait sournoisement creusé de profonds sillons dans sa chair et laissé ses marques indélébiles.

Tout en contemplant son image, il repassa dans sa tête l'histoire que venait de lui raconter Sylvie, l'évaluant à l'aune des faits qu'il connaissait déjà. A priori, tout correspondait. Mais l'attitude incohérente de Sylvie fichait tout par terre. Elle paraissait tout aussi capable de lui débiter un conte dans lequel de petits hommes verts l'avaient enlevée pour l'amener faire un tour dans leur vaisseau spatial en gruyère.

C'était peut-être aussi ce que Darcy avait pensé. Peut-être aussi ce qui la troublait tant. Ce qui l'avait conduite, dans un premier temps, à rejeter les affirmations de Sylvie. Après quoi elle avait passé une semaine à réfléchir ; à avoir de plus en plus peur que quelqu'un ne pût avoir de sérieux ennuis, voire même risquer d'être tué, si elle n'intervenait pas rapidement.

Mais Sylvie avait peut-être raison. Il devrait alors se débarrasser de ses scrupules légalistes, ceux du commandeur Sugarman, oublier la police, retourner à la ferme de Harden, arracher la vérité à l'homme puis faire lui-même justice, approximativement et brutalement. Ou bien il pouvait retourner au bureau de Judy Nelson, récupérer sa voiture et repartir vers l'autre côte. Rentrer chez lui et tout oublier. Se recroqueviller une fois de plus derrière les murailles, hautes et solides, de l'isolement.

Il fit couler l'eau jusqu'à ce qu'il fût sûr qu'elle ne pouvait être plus fraîche, s'aspergea de nouveau la figure par deux fois, se sécha et retourna dans la chambre.

Elle était partie.

Il alla sur le balcon et pendant quelques secondes d'angoisse scruta les buissons, huit étages plus bas. Rien.

De retour dans la chambre, il vit le sac de voyage de Darcy grand ouvert sur le lit. Il se précipita et fouilla dans ses affaires. Sylvie avait eu le choix entre trois ensembles de sous-vêtements, deux chemises froissées et un rasoir Gillette à lame simple, une brosse à dents usée, un déodorant corporel très entamé ou son Smith & Wesson 357 chargé.

Elle avait choisi le Smith & Wesson.

21

Pas aussi chouette que la suite de Thorn : une chambre bien plus petite, aucune œuvre d'art aux murs, donnant à l'est sur le parking. Quel radin, quel manque de goût !... Peter Lavery pesait neuf ou dix millions de dollars, selon la revue *Fortune,* et réservait la piaule la plus minable de l'hôtel.

L'homme était au téléphone, parlant sans doute avec son courtier en Bourse. Il plaisantait, mais le ton, en réalité, demeurait sérieux : il était question d'argent.

Lorsque Sylvie avait frappé à sa porte, il était venu lui ouvrir avec le combiné coincé entre l'épaule et le menton, ne couvrant le micro que le temps de lui demander qui elle était, puis lui faisant signe d'entrer. Il n'avait pas lâché le téléphone, depuis, laissant la jeune femme à ses méditations, mais Sylvie voyait bien qu'il l'observait tout en se branlant à coups d'achats, de ventes, de compagnies Machin et de sociétés Truc.

De haute taille, mince, le visage osseux, Peter Lavery était de ces hommes dont la barbe pousse tellement vite qu'en dépit de fréquents rasages, elle laisse toujours une ombre ; par expérience, Sylvie savait qu'en général, cela signifiait que le type avait un système pileux développé à des endroits du corps indésirables. Pas du tout attirée par ce genre d'homme, la Sylvie. Cela dit, ça n'avait pas beaucoup d'importance. Elle n'envisageait pas de faire des cabrioles avec lui. Mais c'était néanmoins à son désavantage.

Elle se rendait compte que la conversation téléphonique touchait à sa fin ; il avait assez gagné d'argent pour aujourd'hui, s'était refait un sang d'un plus beau rouge en s'excitant à transférer une pile de pognon de la case A à la case B.

Elle s'assit au pied du lit, comme Thorn l'avait fait, quelques étages plus haut. Elle le revoyait dans sa tête, le calme qu'il affichait, la netteté de son regard. Se disant peut-être que si elle contraignait son corps à prendre les mêmes attitudes, son esprit suivrait, le coup de Pavlov avec les chiens. On commence par le corps, et l'esprit lui emboîte le pas.

Car à la vérité, toutes ses histoires de cumulus commençaient à lui peser. Ces changements de tenue, selon l'homme avec lequel elle était. Trouver les bons boutons, appuyer dessus fort et longtemps. Des avalanches de paroles, des reparties astucieuses. En fait, il s'était toujours agi d'un système de défense. Comme ce bouclier dans *Star Trek* pour protéger le vaisseau spatial *Enterprise* des rayons laser ennemis, un simple champ d'énergie, tout un réseau d'activités destiné à bloquer la merde qu'on lui balançait. Elle ne faisait pas autre chose que battre ses ailes de libellule tellement vite qu'elles se réduisaient à une image brouillée, une sorte de phénomène d'électricité statique visuelle derrière lequel elle se dissimulait.

La vérité était aussi que lorsqu'elle rencontrait quelqu'un comme Thorn, quelqu'un qui avait vécu des traumatismes majeurs et réussi à les surmonter, réussi à trouver une vaste plage de calme, elle était impressionnée et conduite à penser qu'au fond, il était peut-être possible qu'elle s'en sorte aussi ; qu'il suffisait qu'elle singe quelqu'un comme Thorn, qu'elle imite sa façon de mener un semblant d'existence normale.

Mais une fois de plus, ça ne marcherait sans doute pas. Elle était probablement victime d'une malédiction. Victime de mauvais gènes quelque part dans son ADN. De circuits mis un jour en surtension par un afflux violent d'énergie et devenus incapables de fonctionner à un voltage normal.

Ouais, Sylvie était perdue. Jamais elle n'aurait une vie normale. Elle avait trop longtemps fait vibrer ses ailes de libellule, creusé des sillons d'habitudes trop profonds dans l'atmosphère qui l'entourait et elle n'avait aucun moyen, maintenant, de rompre le cycle. Sylvie allait rester Sylvie allait rester Sylvie allait rester Sylvie, pour l'éternité. Sylvie le cumulus, Sylvie la libellule. Contrainte à s'échiner fichtrement plus que n'importe qui, seconde après seconde, simplement pour ne pas sombrer.

Finalement, Lavery raccrocha, se tourna vers elle et l'examina avec grossièreté de la tête aux pieds. Attitude de riche, sans égards, prétentieux, n'ayant peur de rien. Avait probablement eu des domestiques depuis l'âge de deux ans, très fort pour ce qui était de donner des ordres.

« Vous ne m'imaginiez pas comme ça, n'est-ce pas ? observa-t-elle.

— Je vous aurais crue plus âgée. Trente-cinq, quarante ans.

— Ça doit être ma voix, au téléphone. Elle me vieillit. Tout le monde s'y trompe.

— Très bien. Quel est le programme ? Allons-nous à la ferme tout de suite ? Allons-nous rencontrer le roi du poisson ? »

Les affaires avant tout ; avec lui, ça ne traînait pas.

« A votre place, j'éviterais de me moquer de Harden Winchester en sa présence. Il se prend très au sérieux.

— Je tâcherai de m'en souvenir. Alors, on y va ?

— Vous êtes si pressé ? Vous devez être fatigué, après le vol.

— Je suis venu en voiture, et je ne suis pas fatigué. » Il grimaça un froncement de sourcils réprobateur. Ce type n'avait jamais été fatigué de sa vie. Il piaffait, toujours prêt à partir.

Premier carton jaune.

Il portait une chemise verte à ramages. Modèle hawaïen, avec un unique perroquet vert à hauteur du cœur. Un pantalon kaki, des chaussures de bateau, sans chaussettes. Sylvie avait les chaussures de bateau en horreur, en particulier les brillantes, comme celles-ci. Envie d'aller les piétiner de ses bottes de cow-boy boueuses.

Elle se rapprocha un peu de lui.

« Dites-moi, Peter. Vous est-il déjà arrivé de sauver la vie à quelqu'un ? De tuer le dragon, d'escalader la tour et d'arracher la vierge à son geôlier ? »

Il partit d'un petit rire.

« Pas que je sache. Pas intentionnellement, en tout cas. » Il rit à nouveau, ravi de son trait d'esprit.

« Avez-vous jamais tué quelqu'un ? En combat singulier, comme ça ? Ou peut-être gravement blessé quelqu'un ? Ecrasé un type en faisant marche arrière avec votre Lincoln Continental, peut-être ?

— Certainement pas. Où voulez-vous en venir ?

— C'est bien ce que je me disais.

— Dites-moi, c'est une forme bizarroïde d'interrogatoire, ou quoi ?

— Ouais, c'est tout à fait cela. Et, à bien y penser, vous n'aurez pas le boulot. J'ai déjà un Peter Lavery branché dessus et il ressemble un peu plus à ce que j'avais à l'esprit.

— Attendez un peu... »

Deuxième carton jaune. Parle avec l'accent british.

Brusquement, Sylvie fit demi-tour et sortit dans le couloir, dans lequel elle s'engagea. Elle finit par trouver, au milieu, la boîte vitrée fixée au mur. Elle passa la main sous son T-shirt et prit le pistolet de Thorn. Regarda dans les deux directions. Personne. Brandissant l'arme par le canon, elle brisa la vitre avec la crosse et tira sur l'alarme à incendie.

Au bout d'une ou deux secondes les sirènes se déclenchèrent sur le toit, hululant sur deux notes, comme les ambulances européennes, ce qui lui rappelait toujours le *Journal d'Anne Frank,* lorsque les nazis viennent la chercher, elle et le reste de sa famille, dans son grenier. Anne Frank, voilà une fille à qui Sylvie pouvait s'identifier, une fille équipée de sa propre paire d'ailes de libellule. Obligée à des efforts désespérés rien que pour accomplir les gestes les plus ordinaires.

Elle revint dans la chambre de Lavery ; celui-ci se tenait sur le seuil, secouant négativement la tête et lui interdisant le passage.

Elle brandit le pistolet, l'exhiba sous son nez et le visa à la tête ; il partit à reculons dans la chambre. Le couloir commençait à se remplir de monde, mais elle était sûre que personne n'avait fait attention à elle.

Elle entra à son tour et referma la porte derrière elle.

« Vous avez apporté l'argent ? »

Lavery regardait le pistolet.

« Alors comme ça, c'était un guet-apens ? Un vol ?

Vous vous êtes donné tout ce mal rien que pour me voler ?

— L'avez-vous apporté, oui ou non, comme il était convenu ?

— Me balader avec tout cet argent sur moi, vous êtes folle !

— Je vous avais pourtant averti, Lavery. C'était bien clair, du liquide, que des billets verts, rien d'autre.

— L'argent est à la banque, répondit-il d'un ton froid. Quand nous serons prêts à faire la transaction, vous l'aurez. »

L'homme s'éloigna d'un pas, sans cesser de surveiller l'arme. Elle jeta un coup d'œil aux chaussures brillantes, se disant qu'elle devrait peut-être lui tirer dans le pied, histoire d'avoir toute son attention. Puis elle releva la tête ; Lavery louchait vers la droite. Vers le porte-documents en plastique noir posé sur le lit.

« Espèce de dégueulasse ! Vous l'avez apporté, exactement comme je vous l'ai demandé. Brave petit scout, ça, qui respecte les instructions. »

Il s'avança jusqu'à côté du lit et se tint devant le porte-documents, les bras croisés sur sa poitrine osseuse. S'efforçant de prendre un aspect menaçant, mais toujours l'air d'un morveux — du genre de ceux qui, quand un autre enfant les embête, appellent leur maître d'hôtel à grands cris et lui ordonnent de lui ficher une correction.

Dans l'article qu'elle avait lu sur ce type, ne figurait aucune photo de lui. S'il y en avait eu, si elle avait vu le genre de salopard maigrichon qu'il était, elle aurait probablement laissé tomber tout de suite. Ce qu'elle voulait, c'était un gaillard avec du poids, avec des muscles. Un type capable de rester dans le ring avec son père pendant un ou deux rounds, capable de lui donner du fil à retordre. Un type un peu plus dans le genre de Thorn.

« Les échantillons de poissons, les photos, les

semaines de négociations... tout ça n'était qu'un stratagème compliqué pour m'attirer ici et me faire les poches ?

— Dites-moi, monsieur Lavery... Vous devez bien avoir quelques rêves secrets, des fantasmes qui ne se sont jamais réalisés ? » Après tout, qu'est-ce qu'elle risquait à donner une deuxième chance à ce type ? C'était le moins qu'elle pouvait faire, alors qu'il avait pris la peine de parcourir tout ce chemin et d'apporter tout cet argent. De plus, elle n'était pas sûre à cent pour cent de parvenir à contraindre Thorn à se plier au programme qu'elle lui avait préparé. Ce type pourrait lui servir de remplaçant, d'ultime recours.

« N'y a-t-il pas quelque chose que Sylvie pourrait faire pour vous et qu'aucune autre femme ne ferait ? Quelque chose de nature sexuelle. Le doigt dans le cul, un truc comme ça.

— Écoutez un peu, jeune demoiselle. Je ne trouve pas ça vraiment drôle. Rangez cette arme. Vous n'avez qu'à prendre l'argent et filer. Je ne vais sûrement pas risquer ma vie pour quelques dollars crasseux. »

Une belette sans couilles. Carton rouge.

L'homme jeta un coup d'œil en direction de la porte, et écouta quelques instants le tintamarre qui provenait du couloir. Paralysé, le regard flottant au hasard dans la pièce tandis qu'il s'efforçait de concevoir un plan d'action. Peut-être envisageait-il de brandir une de ses cartes de crédit en plastique et de lui facturer le coup de fusil.

Les sirènes hurlaient toujours. Elle pointa le Smith & Wesson chromé. Les petits muscles, autour des yeux de Lavery, se mirent à tressauter. Elle était sûre qu'il était sur le point de se mettre à brailler.

« Bon, très bien, dit-elle. Voilà donc ce que vous allez faire, Peter Lavery. Vous allez prendre ce porte-documents et me le passer. Après quoi, vous irez prendre le premier avion en partance pour la Géorgie et vous n'en bougerez plus. Vous oublierez tout ce qui s'est passé ici. Si jamais vous essayez d'appeler la police ou de faire quoi que ce soit, je vous trouverai et je vous abattrai. Vous m'avez bien comprise, Peter? Vous m'écoutez? »

Il acquiesça en silence, devenu tout docile.

Sylvie s'exprimait rudement, observant l'effet de ses paroles sur l'homme, mais nullement convaincue elle-même. Elle se servait des mots comme elle l'avait toujours fait, uniquement pour l'effet qu'ils produisaient. C'était tout ce qu'ils signifiaient pour elle. Vérité, mensonge, où était la différence? On disait ce qu'on avait à dire pour obtenir ce que l'on désirait. Bon Dieu, tout le monde en faisait autant. Depuis le président qui cherchait à se faire réélire jusqu'au type qui essayait de la convaincre de se mettre au lit avec lui. On employait les mots qu'il fallait pour ça. Tout le monde baisait tout le monde. Des mots, des mots, des mots.

Lavery avait toujours les yeux fixés sur le pistolet.

« Ramassez-le, reprit Sylvie. Ramassez-moi ce porte-documents et donnez-le-moi. En faisant bien attention. »

Une larme unique perla à l'œil gauche de Lavery. Il prit une profonde expiration, expira. Recommença. Puis il se tourna, cueillit le porte-documents noir et fit de nouveau face à Sylvie pour se détendre brusquement et lui jeter l'objet dessus, sans essayer de s'écarter. C'était probablement la première fois de sa petite vie minable qu'il faisait preuve de courage. Décidé à ne pas se laisser faire, à l'assommer, à prendre le revolver et à la livrer à la police.

Mais Sylvie fit feu. La balle pénétra dans le porte-documents, qui dévia sa trajectoire. Sans doute avait-elle traversé, car Peter Lavery tomba à la renverse sur le lit.

Le trou d'une blessure à la poitrine. Les yeux encore ouverts, la jambe droite agitée de tressaillements, gisant là sans regarder rien de particulier, comme un poisson transpercé d'une gaffe. Une griffe d'acier fichée dans le cœur, lequel était encore agité de spasmes. Le poisson était mort, mais il ne s'en était pas encore rendu compte.

Sylvie se rapprocha et grimaça à la vue de tout le sang qui coulait de sa poitrine. Beaucoup plus de sang que ce corps si maigre semblait pouvoir contenir. Elle avait cela en horreur. En horreur. Tout ce sang, et la sirène qui pulsait comme les élancements d'une migraine carabinée.

Elle se pencha sur lui, appuya le canon contre la chemise à ramages, à hauteur du bec du perroquet vert, ferma très fort les yeux et détourna la tête. Une seconde passa, puis une deuxième. Elle serra encore davantage les paupières et fit feu. La sirène choisit cet instant précis pour s'arrêter. Son dernier hululement couvrit la bruyante détonation du pistolet.

Plus rien qui tressaillait. Peter Lavery était mort.

On aurait dit que le cœur de Sylvie ne savait comment réagir : partir au triple galop ou s'arrêter complètement. Elle resta plantée où elle était pendant une minute, s'efforçant de réfléchir. Son bouclier d'énergie statique paraissait s'être dissipé et une douleur sourde se mit à se répandre dans ses entrailles, comme si elle venait d'avaler une demi-bouteille de cognac. Tuer quelqu'un, y compris lorsqu'il s'agissait de se protéger, lui faisait toujours un sale effet. Même une chochotte comme ça devait bien avoir une quelconque autre chochotte en Géorgie qui tenait à elle. Elle aurait peut-être pu éviter d'en venir là si elle avait eu un peu plus de temps pour arranger le scénario.

Mais Lavery l'avait coincée, et maintenant c'était fait. Elle se tenait près de lui, et son propre corps se raidissait un peu plus à chaque instant. Une *rigor mortis* émotionnelle l'envahissait. Elle savait qu'elle devait s'arracher rapidement à cet état. Lutter contre ce premier stade de la paralysie avant qu'il ne prît racine et ne la forçât à se dresser comme un autel de béton jusqu'à ce que la porte s'ouvrît et qu'on la découvrît, son crime étalé devant elle sur le lit. Mais son organisme continuait à se pétrifier, sa poitrine se remplissait de ciment et lui écrasait les poumons. Ses veines se bouchaient, ses yeux n'accommodaient plus, son cerveau s'engourdissait. Les ailes transparentes se fatiguaient, ralentissaient. Sylvie la libellule dégringolait du ciel, en chute libre.

Luttant et se débattant intérieurement, elle réussit à se lancer en avant sur la plante des pieds, puis en arrière, dans un mouvement de balancier. Toute tendue dans l'effort de se détendre. De la sueur suintait sous ses bras, une sueur froide, glacée. Un autre balancement, en avant, en arrière. Une bouffée d'air réussit à se faufiler jusqu'à ses poumons. Elle souffla. Peu à peu elle accentua le balancement, se dégagea des griffes de la paralysie, revint, revint dans le monde de la souplesse.

Et finalement, elle put exhaler un long soupir, se pencher, se toucher le bout des pieds. Elle était de retour. Elle était de nouveau là. Sylvie la rapide, Sylvie la souple.

Elle alla jusqu'au deuxième lit double, s'assit au bord et prit une profonde inspiration. Puis elle pivota, récupéra le porte-documents et l'ouvrit. Tout y était. Des briques vertes de billets dans leur ceinture de papier bulle. Déchiquetés par le passage de la balle. Quelques billets de cent devaient sans doute être fichus, mais il en restait bien assez pour tromper Harden. Bon Dieu, il allait aimer ce coup-là. Le meilleur qu'elle eût jamais monté.

Elle prit le seau à glace, sur la commode, et passa dans le couloir. Les gens se parlaient les uns aux autres, devant leur porte, se demandant si l'alerte était réelle ou non. Devait-on évacuer les lieux ? Sylvie se rendit jusque dans le recoin où se trouvait la machine à glace, et personne ne fit attention à elle. Le seau rempli, elle retourna dans la chambre de Lavery.

Elle plaça le panonceau « ne pas déranger » sur le bouton de porte, posa le seau dans la salle de bains, puis appela la réception. M. et Mme Lavery étaient en voyage de noces, et on ne devait les déranger sous aucun prétexte. Personne ne devait entrer, même pas pour refaire le lit, inutile de venir déposer un chocolat sur les oreillers avant la nuit, pas la peine de disposer des serviettes de toilette propres. Rien. S'était-elle bien fait comprendre ? Oh ! oui, oui, madame. Tout ce que vous voudrez.

Ensuite, passant les mains sous les aisselles humides de Lavery, elle le fit glisser du lit, le traîna jusque dans la salle de bains et le bascula dans la baignoire. Et renversa le seau de glace sur sa poitrine.

Elle allait devoir faire trente ou quarante voyages jusqu'à la machine à glace si elle en voulait suffisamment pour que le corps ne se décomposât pas. Il suffisait que l'odeur ne fût pas perceptible pendant deux jours. Après quoi, la piste remontant à Sylvie serait fichtrement froide pour qu'elle risquât grand-chose. Dans l'embrasure de la porte, elle porta le poing gauche à hauteur de l'œil et tourna la manivelle de la caméra avec la main droite. Elle fit un panoramique de la chambre puis dirigea l'objectif vers la baignoire, sur Peter Lavery. L'air parfaitement détendue, maintenant. Une expression rêveuse sur les traits. Elle se rapprocha, continuant à filmer de son poing-caméra. A filmer, pour saisir cet instant, la mort, pour le saisir pour tout le temps à venir, pour l'éternité. La mort.

22

Les Everglades n'avaient jamais signifié grand-chose pour Sugarman. Certes, il connaissait leur importance, il avait entendu parler du phénomène d'évaporation de toutes ces eaux stagnantes, transformées en nuages obèses aspirés vers l'est par l'air ascendant, au-dessus de la ville, et qui allaient crever sur Miami tous les jours à seize heures, l'été, avec une régularité de métronome. Les Everglades ne servaient pas seulement à envoyer la pluie sur Miami et les Keys : des millions d'espèces d'oiseaux et d'autres animaux en avaient fait leur lieu de reproduction. Ouais, ça, c'était important. Et pourtant, Sugarman ne pouvait s'empêcher de se sentir coupable lorsqu'il les traversait, car il n'arrivait pas à ressentir la moindre affection pour ces marais, pour ce qui était à ses yeux une étendue brunâtre et désolée. Rien d'autre à y faire que de patauger dans la vase et d'éviter les alligators.

De fait, si l'on exceptait la pêche, il n'était pas grand amateur de nature. Sur ce plan, rien à voir avec Thorn, qui vivait sans climatisation, sans eau chaude, sans télé ni magnétoscope, sans four à micro-ondes et à qui toutes ces choses ne paraissaient pas manquer. Thorn n'avait fait poser l'électricité dans sa maison que pour une seule raison : le réfrigérateur, et encore, avant tout pour avoir de la bière fraîche. Sugarman n'était pas comme ça. Il le reconnaissait. Il était vendu au progrès, accro aux appareils de la vie moderne, un type amolli bien de son temps. Adorait le pop-corn fait au micro-ondes.

Ce qui lui plaisait peut-être le mieux, en traversant les Everglades, était de ne pas être agressé par des panneaux publicitaires sur près de deux cents kilomètres. De pouvoir traverser toute la péninsule sans voir une seule pub. C'était probablement la plus longue route ainsi préservée de tout l'Etat. Si l'on exceptait, évidemment, les panneaux proposant des combats d'alligators, des balades en *airboat*[1] et des parties de loto; tous posés par les Indiens Miccosukees, les seuls à avoir le droit de faire de la publicité sur ce territoire qui faisait partiellement partie de leur réserve.

Avant tout, les Everglades avaient le don de l'assoupir. Deux heures de ce ruban goudronné noir rectiligne. On pouvait presque caler le volant et ne plus avoir à y toucher pendant cent vingt minutes. Tous les pins se ressemblaient, chaque zone de savane ouverte était la réplique exacte de la précédente. On aurait dit que votre voiture, en réalité, ne se déplaçait pas, comme dans les films : un type tient bien le volant, mais il ne conduit pas vraiment; on voit certes un paysage défiler vaguement par la fenêtre, mais c'est un paysage banal, auquel on ne prête aucune attention.

Si ce n'est qu'aujourd'hui, il traversait les Everglades bien réveillé. Animé d'un courant électrique à haute tension. Il n'avait pas échangé un seul mot avec Doris Albright depuis trente kilomètres mais il n'en avait pas moins l'impression qu'ils venaient d'avoir une conversation à cœur ouvert, intime et révélatrice. Du moins était-ce ce qu'il ressentait par sa pression sanguine, par la tension qui l'habitait, par la manière dont il avait conscience de cette présence féminine à côté de lui, dans la Mustang. Son parfum lui chatouillait les narines, sa vision périphérique enregistrait le moindre de ses mouvements, et un batteur fou, genre Gene Krupa, faisait cogner son pouls à un rythme trois fois plus rapide que la normale.

Il était trop poli pour la reluquer, trop nerveux pour seulement lui jeter un coup d'œil de temps en temps, redoutant qu'elle ne le surprît et qu'il ne fût obligé de

1. Bateau à fond ultra-plat, propulsé par une sorte d'énorme ventilateur, typique des Everglades. *(N.d.T.)*

trouver quelque chose à dire. Il ne quittait la chaussée des yeux que pour regarder de temps en temps par la fenêtre, de son propre côté. Mais avec en permanence une image très claire de Doris dans la tête — image qui datait de l'instant où, en début d'après-midi, devant sa maison, il avait ouvert la portière côté passager pour elle et où elle lui avait souri, une légère expression de surprise dans le regard, comme si elle n'avait pas l'habitude que les hommes fussent aussi galants avec elle. Ce qui était difficile à croire, tant sa beauté était frappante et étant donné les milieux sociaux qu'elle devait avoir fréquentés.

Elle portait une veste vert pâle sur une sorte de T-shirt blanc soyeux, et un bermuda turquoise retenu par une ceinture tressée dorée ; elle avait aux pieds des ballerines beige avec un laçage qui faisait comme un nœud papillon. Sa chevelure, fournie et propre, d'un blond presque blanc, retombait librement sur ses épaules. Il avait senti son parfum lorsqu'il lui avait ouvert la porte, des effluves légers et frais avec une pointe citronnée.

Devant toutes les difficultés qu'il avait connues avec Jeanne, depuis des années, leurs liens qui se distendaient, il commençait à regarder les autres femmes, il fallait bien l'admettre, avec de plus en plus d'intérêt. Il remarquait la manière dont elles s'habillaient, dont elles bougeaient, il était attentif à leur parfum et laissait chaque jour un peu plus la bride sur le cou à son imagination.

Mais sans pour autant quitter Jeanne, à qui il restait résolument fidèle. En dépit de sa rage permanente, de la façon dont elle le dénigrait, de son état dépressif. Et de ses foutues lubies, qui leur coûtaient toujours cher d'une manière ou d'une autre, ce qui ne faisait qu'accroître les tensions dans leur couple. Et, bien entendu, de ce qui avait été sa foucade deux ans auparavant, de sa petite incursion dans le domaine de l'adultère.

Ça, c'était quelque chose qui avait singulièrement accru la tension entre eux. Sugarman, convié du jour au lendemain à se plonger dans l'étude des « mariages ouverts ». Pour finir par découvrir que, selon Jeanne, le leur ne l'était qu'à moitié. La moitié de Jeanne. Elle lui avait dit qu'elle avait acquis la conviction qu'elle trouverait le salut religieux par le biais de l'orgasme vaginal. Qu'elle verrait le visage de Dieu grâce aux allées et venues d'un pénis dans son vagin — quoique pas forcément celui de Sugarman.

Elle se mit à avoir des orgasmes avec à peu près n'importe qui, y compris le prédicateur de leur église, le type qui lui avait mis le premier cette idée stupide dans la tête. Et deux autres hommes de la même paroisse. Tout ce beau monde se retrouvait pour prier ensemble, en privé, les mercredis et les samedis. Ainsi appelaient-ils leurs séances : réunions de prières. Jeanne avoua à Sugarman qu'elle avait même essayé avec une femme. Ou deux. Et Dieu sait quoi d'autre. Il ne s'autorisait même pas à y repenser. Bon Dieu, évoquer cette époque, qui datait de plus de deux ans, le mettait encore dans tous ses états.

« On ne pourrait pas mettre la radio ? demanda Doris.

— Elle ne marche pas. Je suis désolé. »

Il lui jeta un coup d'œil et croisa son regard. Elle lui sourit et il lui rendit son sourire, puis se tourna de nouveau vers la route, obligé de donner un petit coup de volant pour se replacer au milieu de la voie.

« Je suis très sensible à la peine que vous vous donnez, vous savez. Parce que rien ne vous y obligeait. J'aurais pu aussi bien prendre ma voiture. Je connais le chemin de la ferme. Pas une seconde, je ne me suis doutée qu'il pouvait encore habiter là. J'étais sûre qu'il avait déménagé depuis longtemps.

— De toute façon, je devais moi aussi me rendre dans le secteur. J'ai un ami qui fait un petit boulot pour moi à Naples. Le type que vous avez vu dans mon bureau, il y a quelques jours. Thorn. Un vieil ami, on était au lycée ensemble. Il travaille avec moi sur une enquête, et le hasard a voulu qu'elle nous conduise par ici. Alors je me suis dit, pourquoi pas ? »

Omettant de lui avouer toute la vérité, à savoir qu'il venait ici parce que Doris lui avait finalement donné le nom de son ex-mari. Winchester, Harden Winchester. Dans le mille, en plein dans le mille. Même nom que celui de la fille de la vidéo, que l'homme qui élevait les tilapias. Sugarman n'avait pas eu tellement le choix. Comme il n'avait pu repérer Murtha, il avait décidé de se lancer sur la piste la plus brûlante, et il avait donc dit à Doris qu'il la conduirait sur la côte Ouest.

« En réalité, je connais Thorn depuis bien avant le lycée. On est vraiment de vieux amis. J'allais déjà à la pêche avec lui quand j'avais six-sept ans. On n'a pas si souvent des amis depuis autant de temps. C'est le cas, avec Thorn. Lui et moi, on est comme des frères. »

Et Sugarman de se dire que merde, voilà qu'il était encore à raconter n'importe quoi, à saturer l'air de son bavardage nerveux. Comme lorsqu'il avait seize ans et qu'il sortait avec une fille, et qu'il restait assis à côté d'elle sans avoir la moindre idée de ce qu'il pourrait lui dire, et qu'il avait fini par conclure que, bon Dieu de bon Dieu, il devait avoir un QI déficient, au moins dans le domaine des aptitudes à la communication. Puis, après avoir épousé Jeanne, l'année où il avait obtenu son diplôme, la question avait cessé de le tracasser. Jeanne assurait quatre-vingt-dix pour cent de la conversation — encore aujourd'hui.

Mais voilà que sa paralysie le reprenait. Sugar, le nullard à la langue collée au palais, l'homme qui n'avait pas accompli le moindre progrès en vingt-cinq ans.

Elle resta une minute sans rien dire, mais il sentait qu'elle le regardait.

Ce fut elle, finalement, qui reprit la parole : « Avez-vous découvert à quoi Harden gagne sa vie, maintenant ?

— Il fait de la pisciculture. Si j'ai bien compris, il élève un poisson qui s'appelle tilapia.

— De la pisciculture ? On peut s'enrichir en élevant des poissons ?

— S'enrichir ? Je ne vois pas comment.

— Parce qu'il m'a dit qu'il était très riche. Quand il est venu me voir, l'an dernier, il m'a raconté qu'il s'était fait beaucoup d'argent en supposant sans doute que ça m'impressionnerait et que je reviendrais avec lui.

— Mais ça ne vous a pas impressionnée.

— Non, en effet.

— Il y a des femmes qui l'auraient été.

— Oh, ce n'est pas pour cette raison que je l'ai quitté. L'argent n'a joué aucun rôle. L'argent, c'est ce qui vient en dernier dans le bonheur.

— C'est ce que vous lui avez répondu, lorsqu'il est revenu ?

— Non. Je lui ai seulement dit de tirer son sale cul de chez moi avant que je n'aille chercher le fusil de chasse de mon mari et que je ne le lui larde avec du plomb à lapin. »

Sugarman lui jeta un coup d'œil.

« Mon langage vous choque ?

— De votre part, oui, un peu.

— Vous savez, je m'habille peut-être dans les boutiques chic, à l'heure actuelle, mais je suis restée aussi la fille sortie tout droit de ses collines du Tennessee. Et je sais fichtrement bien me servir d'un fusil de chasse, croyez-moi. »

Sugarman se mit à surveiller la route pendant un moment. Il doubla un mobile home qui avançait à une vitesse d'escargot, puis revint sur la droite. « Après avoir chassé votre ex-mari de cette façon, il risque de ne pas vous recevoir de manière très amicale, ce coup-ci. »

Ils roulèrent pendant plus d'un kilomètre dans un silence gêné.

« Pour être tout à fait honnête, dit-elle, tournée vers la fenêtre et prenant son temps, ce n'est pas Harden que j'ai envie de voir. Je dois être bien claire avec vous. J'ai décidé que je préférais perdre mon entreprise que d'emprunter de l'argent à cet homme. Je redoute de l'approcher à nouveau. Je n'éprouve que du mépris pour lui, même après tout ce temps. Non, ce que je désire, c'est revoir mes filles. Leur parler, voir si elles vont bien.

— Vos filles ?

— Oui. Mes deux filles.

— Elles habitent toujours avec lui ?

— Pour autant que je le sache, oui. »

Elle lui donna l'impression de ne pas vouloir en ajouter davantage et Sugarman laissa donc le silence s'installer à nouveau. La circulation commença à devenir plus importante tandis qu'ils s'approchaient des environs de Naples.

« Êtes-vous marié ? »

Sugarman répondit qu'en effet, il l'était.

« A la façon dont vous le dites, vous n'en paraissez pas très sûr. »

Il lui jeta un rapide coup d'œil.

« Je crois, répondit-il, que c'est ce qu'on appelle un mariage dysfonctionnel.

— Seigneur, j'ai cette expression en horreur ! observa Doris. On l'entend tout le temps. Mais qu'est-ce qu'elle signifie ? Avez-vous jamais vu un mariage fonctionnel ? Pourquoi ne pas dire simplement un bon ou un mauvais mariage ? Dysfonctionnel, quel charabia ! »

Sugarman regarda cette femme qui tapotait la vitre de ses doigts repliés, l'air furibond, rendue furieuse par un seul mot. Jamais il n'avait rencontré quelqu'un comme ça.

« C'est l'expression qu'emploie ma femme, dit Sugarman. Elle a pris ça dans ses bouquins, tous ceux qu'elle n'arrête pas de lire pour comprendre pourquoi elle est malheureuse. Elle me dit qu'elle essaie de découvrir comment elle a pu faire une erreur pareille — elle, une Blanche, jolie comme elle était, pleine de talent et d'énergie, aller épouser un Noir qui n'avait pas la moindre flamme. Une telle union était vouée à l'échec. Mais qu'est-ce qui avait bien pu lui passer par la tête ? Elle se sert de tout un tas de mots sortis de ses livres pour se l'expliquer.

— Flamme ?

— Encore un de ses mots. De la flamme. Dysfonctionnel. Personnalité dépendante, parents toxiques.

— Parents toxiques ! » Elle eut un geste de la main comme si elle chassait une odeur nauséabonde.

« Oui, je sais, je sais. Ça fait bizarre.

— Vous en parlez avec beaucoup de détachement. Il me semble que moi, je serais folle furieuse, si mon conjoint me parlait ainsi.

— Je ne suis pas furieux contre elle, mais je ne suis pas triste non plus. Non, c'est quelque chose un peu entre les deux, mais je ne sais pas comment ça s'appelle. »

Le feu rouge qu'ils voyaient depuis deux heures devant eux, quasiment depuis le moment où ils avaient pénétré dans les Everglades, n'était plus qu'à quelques centaines de mètres. Sugarman ralentit et s'arrêta. Un vrai soulagement de retrouver les indices de la civilisation — des maisons, des magasins, des parcs à caravanes.

« Je crois que le mot qui s'applique à moi est *solitaire* », dit-il.

Elle ne réagit pas, mais il se garda de regarder vers elle pour voir si elle avait entendu. Il le savait à son silence, plus dense qu'auparavant. Elle réfléchissait à ce qu'il avait dit. Il se rendait compte qu'ils avaient été très loin, qu'ils venaient d'avoir une véritable conversation, une fort bonne conversation, alors qu'il ne savait même pas qui était cette femme, qu'il se sentait complètement étranger à son milieu. Et il trouvait cependant, tout d'un coup, étrangement facile de lui parler. Il n'avait plus la langue collée au palais.

Une ou deux minutes plus tard, il s'arrêta dans une station-service pour faire le plein. Au moment où il se rangea près d'une pompe et coupa le contact, Doris Albright posa sa main sur celle de Sugarman. Il abaissa les yeux sur cette main fraîche, mince, blanche, sans vernis à ongles. Un gros diamant simple à l'annulaire.

« Moi aussi, c'est ce que j'ai, dit-elle.

— Quoi donc ?

— Un mariage dysfonctionnel. » Elle avait toujours la main posée sur celle de Sugar. « Ce n'était pas le cas, avant la maladie de Philip. C'était même tout le contraire. Mais c'est comme ça, maintenant. »

Elle conserva quelques instants son expression pleine de tristesse, puis son visage se détendit et ses lèvres esquissèrent quelque chose comme un sourire.

« J'ai vraiment ce mot en horreur, reprit-elle.

— Ouais, moi aussi. Je déteste cette putain de saloperie de mot ! »

Thorn exigea d'avoir un entretien avec le gérant. Au bout d'une ou deux minutes, une espèce de jeunot, la trentaine à peine, les cheveux roux et frisés, en costume de soie bleue, sortit de son bureau en affichant un grand sourire, invita Thorn à entrer, lui proposa un siège, et entreprit de lui faire comprendre qu'il ne pouvait en aucun cas lui communiquer le numéro de chambre d'un autre client. L'hôtel avait pour principe absolu d'assurer l'incognito le plus parfait à sa clientèle. Même si ce client courait un danger ? Une fraction du sourire du gérant s'évanouit. Quel genre de danger? Thorn n'avait cependant pas répondu, car il ne voyait pas comment éviter de voir rappliquer la cavalerie locale, s'il parlait; mais c'était trop tôt pour lui, il voulait dégager une autre strate avant que l'affaire ne devînt publique.

Au moment où il sortait au pas de charge du bureau, une sirène se déclencha quelque part dans l'hôtel. Derrière le comptoir de la réception, les employés échangèrent des regards nerveux tandis que le gérant sortait à son tour du bureau, foudroyait Thorn du regard, s'emparait d'un téléphone et commençait à parler.

Thorn repéra l'escalier, l'escalada jusqu'au premier étage, parcourut le long couloir qui desservait les chambres, refit de même au deuxième, au troisième et ainsi de suite jusqu'au dernier. Pas de trace de la fille. Il revint dans le hall d'entrée par l'ascenseur, alla jeter un coup d'œil dans le salon de coiffure, dans la boutique de souvenirs, le bar, le restaurant. Rien.

La sirène avait fini par s'arrêter, mais déjà les élancements d'un mal de tête commençaient à le titiller derrière les yeux.

Il passa dans la spacieuse véranda dallée, explora les environs une minute, ne vit pas trace de Sylvie, poussa à l'extérieur, au-delà d'un green de golf, et emprunta une passerelle de bois qui conduisait à un bosquet.

Il était composé d'un mélange dense de platanes, de fougères, de gombos et de figuiers et donnait sur une mangrove noir et rouge qui poussait dans un lagon recouvert d'une couche boueuse verte, épaisse et brillante. Apparemment, l'hôtel avait laissé intact ce bout de marécage pour l'édification de ses hôtes, car des petits panneaux de bois, disposés à intervalles réguliers, identifiaient les différentes espèces végétales.

Mais personne ne les lisait et Thorn ne s'arrêta pas non plus. Il franchit le taillis, déboucha sur une longue plage de sable blond, et marcha au bord de l'eau en direction du sud pendant un moment, plissant les yeux pour voir au loin. Puis il revint sur ses pas et s'avança vers le nord sur quelques centaines de mètres. Toujours pas de Sylvie.

Il franchit à nouveau le marécage par une passerelle différente, contourna le bar extérieur par l'arrière — et elle était là, juchée sur un tabouret de l'établissement de style exotique. Elle tenait à la main un grand verre givré par le froid, à demi rempli d'un liquide rose, qu'elle aspirait à l'aide d'une paille, la bouche en cul-de-poule.

Et malgré qu'il en eût, elle faisait un effet surprenant, dans ce cadre. Il émanait d'elle une impression de vitalité débridée. Pommettes taillées en facettes aiguës, peau de porcelaine, yeux noirs habités par la tension. Même sa tignasse désordonnée, qui paraissait hérissée d'une bonne demi-douzaine d'épis, ne faisait qu'ajouter à son charme. C'était la première fois qu'il la considérait comme une créature sexuée. Cette chaude bouffée de désir, cependant, lui parut en même temps profondément perverse. Elle était presque encore une enfant, et flirtait de près avec la folie. Darcy n'était morte que depuis quelques jours. Et néanmoins, c'était impossible à nier. Tandis qu'il se dirigeait vers elle et la regardait boire son cocktail, Thorn ressentit le picotement familier dans ses entrailles, comme quelque chose qui se serait mis à bouger tout au fond de lui, quelque organe interne qui se serait soudain éveillé.

23

Lorsque Thorn arriva auprès d'elle, Sylvie reposa son verre, se tamponna les lèvres avec une serviette en papier, et lui adressa un sourire gauche.

« Où étiez-vous passée ?

— Ici. J'étanchais ma soif.

— Et où est mon pistolet, Sylvie ? Qu'avez-vous fait avec ?

— Inutile de crier.

— Où est-il ?

— Dans un endroit sûr, ne vous inquiétez pas.

— Où, Sylvie ? »

Lentement, elle souleva son T-shirt de jersey et le laissa donner un coup d'œil. Le Smith & Wesson était coincé contre son ventre.

« Votre pistolet est en train de devenir intime avec Sylvie.

— Donnez-le-moi. »

Elle prit une expression boudeuse et jeta un regard en direction des autres clients.

« Tout de suite ? »

Il tendit la main et, après une hésitation, elle retira l'arme de sa ceinture et la laissa retomber bruyamment sur le bar.

Le barman et deux ou trois clients tournèrent la tête, alertés par le bruit, mais Thorn, en s'accoudant au bar, réussit à dissimuler le pistolet à leur vue. Il le fit glisser sur ses genoux et ouvrit le cylindre. Deux cartouches tirées. Il le coinça dans son jean, sous sa chemise.

« Alors, Thorn, qu'est-ce que vous en dites ? Vous ne voulez pas vous donner congé pour l'après-midi, remettre la suite de votre quête à plus tard et batifoler avec Miss Sylvie ? Escalader l'échelle qui mène au septième ciel ?

— Non, merci.

— On a le temps. D'ailleurs, il n'en faut pas tant que ça à Sylvie. Et je suis sûre que je peux vous envoyer en l'air le temps de le dire. »

Elle porta le verre à ses lèvres et lapa une gorgée de la mixture rose.

« On dirait qu'il y a quelques planches branlantes sur cet escalier... »

Elle fit retomber bruyamment son verre.

« Bordel de Dieu, Thorn ! Vous n'arrêtez pas de me traiter de cinglée, de barjot. Mais est-ce que Sylvie a fait quelque chose qui a mal tourné, jusqu'ici ? C'est moi qui vous ai sorti de cette fusillade, chez vous. Ce sont mes excellents réflexes qui vous ont tiré d'affaire, à la ferme, quand je vous ai collé l'identité de Peter Lavery. Si Harden avait découvert que vous étiez le petit ami de Darcy, vous seriez un homme mort, à l'heure actuelle.

— Qu'est-ce que vous avez fabriqué, Sylvie ? Où est passé Peter Lavery ?

— Je lui ai fait prendre la tangente. Un vrai morpion. Un seul coup d'œil à votre revolver, et il a commencé à faire sa valise.

— Vous avez tiré deux fois.

— Je le sais bien. J'ai été à plus d'un kilomètre d'ici, à l'endroit où la plage est déserte. J'ai tiré sur une boîte de conserve posée sur une souche, pour me faire la main. Je me suis dit qu'il faudrait peut-être que j'en vienne à descendre Harden moi-même. Etant donné que tous les hommes qui m'entourent sont tous des poules mouillées.

— Je ne vous crois pas.

— Je lui ai fait prendre la poudre d'escampette, c'est tout. On ne pouvait pas se permettre de l'avoir qui traînait dans le coin, non ? Il aurait tout fichu en l'air. Il nous aurait tous fait tuer, à tous les coups.

— Vous mentez.

— Écoutez, j'ai une idée. Ça fait un moment que j'y

pense, et je sais maintenant comment no
y prendre. »

Elle pivota sur son tabouret et se m
enfants qui s'éclaboussaient dans leu
chaises longues pleines de vieux en train de
soleil de l'été. Thorn ne bougea pas.

« Nous traiterons l'affaire comme s'il s'agissait d'une histoire de drogue. Ce qui est un peu le cas, au fond. Nous allons mettre le million trois cent mille dans une valise, et la valise dans une consigne automatique de l'aéroport de Naples. On retrouvera Harden là-bas, on lui montrera l'argent, et vous remettrez la clef de la consigne dans votre poche. Il ne tentera rien, avec tous les gens qu'il y aura autour. Puis vous retournerez tous les deux à la ferme, mais dans des voitures différentes. Pour qu'il ne puisse pas vous amener dans un coin tranquille, vous assommer et vous piquer la clef. Une fois à la ferme, il vous donne le poisson. Vous lui donnez la clef. Vous remontez en voiture et vous partez.

— Et d'où provient tout cet argent ?

— Laissez donc Sylvie s'occuper des détails.

— C'est un détail important, il me semble. Un million trois...

— C'est une question réglée, Thorn.

— Ah oui ? Et quand dois-je le tuer ?

— Chut ! fit Sylvie en regardant autour d'elle. C'est l'étape suivante », répondit-elle à voix basse.

Ils regardèrent passer un adepte de la musculation, un maître nageur qui ne put s'empêcher de jeter un coup d'œil appuyé à Sylvie. Se demandant si elle était bien une cliente de l'hôtel, dans sa tenue de cul-terreux qui débarque de l'Oklahoma.

« Nous allons lui tendre une embuscade sur le bout de route désert qui conduit à la ferme. Vous quittez la ferme et prenez la direction de la ville. Un peu plus loin, vous embarquez Sylvie. Vous allez vous garer sur rd de la route et nous attendons que papa aille rcher l'argent. Quand on le voit arriver, je lui coupe route avec la voiture de Lavery. Il est obligé de freiner brutalement, il me rentre peut-être même dedans. A ce moment-là, vous bondissez du fossé et vous le descendez. Sans plus attendre. C'est la seule manière. Une attaque surprise. De toute autre manière ce serait trop dangereux.

— Vous êtes sérieuse...

— Pas vous ? »

Thorn plongea le regard dans les yeux noirs de Sylvie, mais ne dit rien.

« Croyez-moi, Thorn. Il faudra viser juste, le tuer tout de suite ; sinon, il trouvera le moyen de vous éliminer. Mortibus. Ce type est un assassin professionnel. Il faudra être rapide. Aussi rapide que la mangouste. Il n'y a pas meilleur que lui. »

Elle avait une note joyeuse dans la voix, elle souriait, exactement comme si elle le conviait à lui servir de cavalier pour le prochain bal de la saison où ils seraient les hôtes d'honneur.

Il se massa un moment le front, les yeux fermés. Lorsqu'il les rouvrit, elle souriait, dans l'expectative.

« N'y comptez pas, dit-il. Jamais de la vie je ne me lancerai dans une connerie pareille.

— Pourquoi ?

— C'est stupide.

— Oh, non ! je sais pourquoi, moi. C'est parce que vous n'êtes qu'un crétin de mec comme les autres. Il faut que ce soit vous qui dirigiez tout, qui preniez les choses en main. Pas question de faire confiance à une femme. C'est bien ça, hein ? Vous êtes un con de macho sexiste, Thorn. Reconnaissez-le. Il faut que vous soyez le patron. »

Elle pivota vers le bar, but en une gorgée rageuse le reste de la mixture rose et reposa brutalement son verre.

« C'est exact, dit Thorn. Je ne traite pas les femmes comme les hommes.

— Je m'en doutais.

— Parce que si vous étiez un homme, Sylvie, il y a un moment que je vous aurais tiré par la peau des fesses jusque dans les bois, et que je vous aurais fait perdre ce sourire à manger la merde à coups de claques dans la gueule, et que je ne me serais pas arrêté de taper tant que vous ne m'auriez pas dit la vérité sur ce qui se passe. C'est comme ça que je suis sexiste, moi. Mais figurez-vous, je me rends compte tout d'un coup que je viens d'avoir une révélation. Une illumination. Je viens de voir soudain la lumière. Et devinez quoi ? Je vais commencer par vous, Sylvie. Vous allez être la première femme que je vais traiter sans la moindre discrimination de genre. »

Elle le contempla un moment, et son expression démente disparut progressivement pour laisser la place à un regard fixe, vide, plat. C'était la première fois qu'elle lui laissait voir son véritable visage, sous le masque du sourire idiot. Elle abaissa finalement les yeux sur la mousse rosâtre qui traînait au fond de son verre.

« J'ai besoin de preuves, reprit Thorn. Si vous voulez que je croie ce que vous racontez sur votre père, j'ai besoin de preuves en béton.

— La preuve qu'il est un tueur ? »

Thorn se pencha vers elle et répondit à voix basse.

« Non. La preuve qu'il a tué Darcy.

— La preuve ? Vous n'avez pas confiance en Sylvie ? Vous ne pouvez pas la croire sur parole ?

— Non, je ne peux pas.

— Vous en êtes sûr ? »

Elle descendit de son tabouret, tendant le T-shirt en jersey sur sa poitrine, pour qu'il voie un peu ce qu'il perdait. Puis elle bâilla, s'étira — petite démonstration sexy — et assouplit tout son équipement.

« Vous savez, je suis exceptionnellement sensible. Ma peau grouille de terminaisons nerveuses. Au lit, je peux être comme un cheval fou. Il y en a qui ont des problèmes rien que pour rester en place. »

Elle croisa les bras, prenant chacun de ses seins minuscules dans le creux de ses mains et les compressant.

« Ça ne m'intéresse pas. »

Elle laissa retomber les bras et se rassit.

« Auriez-vous un problème sexuel que vous n'auriez pas confié à Sylvie ? Une prostate comme un pamplemousse, un truc comme ça ?

— Je suis en aussi bonne santé qu'il est possible.

— Hé, je parie que je sais ce que c'est. Que j'ai compris pourquoi Sylvie vous laisse aussi froid. » Elle se rapprocha de lui ; leurs bouches n'étaient qu'à quelques centimètres l'une de l'autre. « Vous ne voulez pas avoir de relations sexuelles avant la grande partie, murmura-t-elle. C'est bien cela, hein ? Ce n'est pas parce que vous avez un problème avec moi. C'est cette histoire de chasse à l'homme. Vous conservez votre sperme pour être plus agressif le moment venu.

— Avez-vous aussi demandé à Roy Murtha de tuer votre père ? »

Elle eut un brusque mouvement de recul.

« C'est lui qui vous l'a dit ?

— Peut-être.

— Roy n'est qu'un sale menteur, gronda Sylvie, contemplant à nouveau son verre. Il a dit à Sylvie qu'il se souciait d'elle, mais tu parles, rien du tout. Il n'en a rien à foutre, de Sylvie.

— Il a refusé. Il a dit qu'il ne voulait rien avoir à faire dans cette histoire. »

Elle agita la mousse rose avec la paille, sans répondre ; elle le regardait toujours, mais devenait aveugle à ce qu'elle voyait au fur et à mesure qu'elle s'enfermait en elle-même.

D'une voix endormie, elle dit :

« Je passerai déposer la clef de la consigne un peu plus tard. Soyez là-bas à trois heures pile. Pas de retard. Harden est un maniaque de la ponctualité. »

Elle se détourna et fit signe au barman de lui apporter sa note.

« Vous allez me donner la clef d'une consigne dans laquelle il y aura un million trois cent mille dollars ?

— Exactement. » Elle pivota de nouveau pour lui faire face. « J'ai confiance en vous, Thorn. Même si l'inverse n'est pas vrai.

— Il n'en est pas question. Je ne marche pas dans cette combine. Je me débrouillerai pour trouver moi-même les preuves.

— Vous aurez la clef demain. Vous pourrez alors décider si vous voulez faire ce coup ou non. Trois heures, à l'aéroport. Je dirai à Harden que Peter Lavery y sera. Vous avez jusque-là pour vous décider.

— Racontez-lui toutes les conneries que vous voudrez. » Elle se mit à fredonner, examinant Thorn avec une expression où l'exaspération le disputait au respect. Avec calme, elle dit :

« Cette façon de vivre que vous avez, Thorn, dans cette maison, sans téléphone... vous êtes un vrai type de la nature, hein ? Céréales complètes, tofu. Le genre David Thoreau dans *Walden ?* »

Thorn ne répondit pas et vit de nouveau l'affreux sourire naître sur les lèvres de la jeune femme.

« Eh bien figurez-vous, monsieur l'ami des bébêtes, que vous pourriez trouver très intéressant ce que s'apprête à faire mon père. Vous ne voulez pas savoir ?

— J'écoute.

— Dès qu'il aura l'argent de Lavery, il a prévu de libérer tous ses tilapias. Il y a quelques millions de poissons dans ses bassins, en comptant les alevins et les larves, et il va tous les lâcher d'un seul coup dans la nature. Dans le cours de l'Okehatchee.

« Deux jours plus tard, ils seront dans le Golfe, et dans deux mois, ils auront fait le tour de Key West et se retrouveront dans l'Atlantique. Il dit qu'avant la fin de l'année, le seul poisson que l'on trouvera dans tout le secteur sera son foutu tilapia. Ils se reproduisent tellement vite, ils sont tellement agressifs qu'ils viendront à bout de toutes les autres espèces et qu'il ne faudra pas longtemps, peut-être un an ou deux, avant qu'ils n'étouffent tout ce fichu océan tellement il y en aura. Voilà ce qu'il a prévu de faire. Voilà son programme. Bousiller tout l'océan. Provoquer une catastrophe majeure. Qu'est-ce que vous pensez de cela, monsieur Thoreau ?

— Mais pour quelle raison vouloir faire une chose pareille ?

— Demandez-le-lui donc.

— Je ne vous crois pas, Sylvie.

— Tout l'océan, répéta-t-elle, le regard vague. Des tilapias, des tilapias, des tilapias. Réfléchissez un peu, Thorn. Parce que c'est ça qui est en jeu et le seul moyen de l'empêcher, c'est de s'allier avec Miss Sylvie. Tout le bon Dieu d'océan. »

Le regard de la jeune femme passa par-dessus l'épaule de Thorn. Elle reposa son verre.

« Oh, merde ! Fin de la conversation. »

Elle descendit de son tabouret, les traits pâles.

« S'il nous voit comme ça, il se doutera qu'on mijote quelque chose. Et vous êtes foutu. »

Elle se coula le long du bar.

Thorn tourna la tête dans la direction qu'elle venait de regarder et il lui fallut quelques instants pour découvrir Harden, qui arrivait du hall de l'hôtel et s'engageait sur le chemin sinueux dallé de briques conduisant vers la piscine. Thorn se tourna vers Sylvie, mais elle était déjà de l'autre côté du bar extérieur et prenait la direction de la plage par la passerelle de bois.

24

Thorn sentit sa gorge se serrer et le battement violent de la pression sanguine dans ses oreilles, comme s'il s'enfonçait profondément et vite dans une mer sans soleil. Il y résista, cependant, et s'obligea à inspirer à fond et à garder l'air dans ses poumons avant de le relâcher lentement, s'efforçant de décompresser et d'avoir bien présent à l'esprit qui il était, le rôle qu'il avait à jouer. Non pas celui d'un homme qui brûle de se venger, mais celui de Peter Lavery. Un fils de famille de Géorgie. Un homme d'affaires écolo.

Thorn alla s'installer avec sa bière à une table voisine et prit une attitude nonchalante.

Winchester s'était changé et portait un polo blanc, un short de tennis bordeaux et des sandales de cuir. Il était coiffé d'un panama blanc souligné d'une bande d'un rouge éclatant. Tiré à quatre épingles. Mais se déplaçant avec une précision fluide et un équilibre dans lesquels Thorn vit plus qu'une simple souplesse d'athlète.

En le côtoyant, le matin même, il avait noté la vigueur de l'homme, sans essayer, néanmoins, de l'analyser davantage. Maintenant qu'il le voyait à une centaine de mètres, elle était évidente. Sans doute faisait-il des haltères, de la gymnastique, peut-être même de la course. Mais là n'était pas la question. Ce qu'il y avait d'unique, chez lui, c'était la manière dont toute cette force se concentrait autour d'une sorte d'axe insaisissable. Une démarche paresseuse de tigre. Gracieuse, mortelle.

Une fois à hauteur de la piscine olympique, Winchester repéra Thorn et se dirigea aussitôt vers lui, le pied léger, précis dans tous ses mouvements. Se déplaçant avec une extrême précaution, comme si le moindre heurt risquait de faire détoner les gaz instables comprimés en lui. Identifiant tout à un mile à la ronde.

Ils se serrèrent la main, sourirent, s'adressant en silence un signe de tête. Une pantomime de civilités. Winchester demanda à Thorn ce qu'il buvait puis alla au bar, en revint avec deux verres et s'assit en face de lui. Harden leva le plus petit — le verre à whisky — et porta un toast à la santé de Peter Lavery et à la réussite de leur entreprise. Thorn ne toucha pas sa bière mais observa Winchester.

« On m'a dit à la réception que je vous trouverais sans doute ici. Bon Dieu, Lavery, vous n'êtes dans cet hôtel que depuis une heure ou deux, mais on peut dire que vous leur avez déjà fait une forte impression.

— Probablement mon sourire Pepsodent. »

Harden prit la petite boîte d'allumettes posée dans le cendrier et se mit à la secouer comme des dés dans le creux de sa main.

« J'ai l'impression de déjà vous connaître, Peter. Très complet, l'article que Sylvie a trouvé sur vous, dans *Fortune.* »

Thorn se déplaça sur son siège, toucha l'étiquette humide de sa bouteille de bière du bout du doigt, entreprit de la détacher et la roula en une boule humide avant de la poser au milieu de la table.

Il s'efforça de donner une pointe de couleur géorgienne à son accent, une note chèvrefeuille et clair de lune. « Croyez-en le fils d'un propriétaire de journal, monsieur Winchester, répondit-il. Ne faites jamais confiance aux journalistes. Comme auditeurs, ils sont merdiques. Tellement bouffis d'importance, d'habitude, qu'ils n'entendent qu'un mot sur trois de ce que vous dites. Les rares fois où ils présentent des faits qui sont à peu près vrais, ils s'arrangent pour le faire d'une manière qui les déforme complètement. »

Harden sourit — sourire de connivence d'un vieux sceptique avec un autre. Thorn laissa échapper un soupir, aussi discrètement que possible. Assis à l'ombre d'un parasol, les deux hommes suivaient des yeux la foule des vacanciers, des personnes jeunes et belles qui allaient et venaient. Des gens à trois cents dollars par jour, tous scrupuleusement minces. Pendant ce temps, à l'ouest, montait une épaisse chantilly de nuages énormes qui flirtaient avec les rayons du soleil.

« Alors dites-moi, Peter, est-il vrai que vous soyez ami intime avec Warren Beatty ? »

Thorn ne quitta pas les nuages des yeux. « C'est amusant. Les gens ont toujours envie de parler des vedettes de cinéma.

— Mais est-ce vrai ?

— Voilà précisément la raison, Harden, pour laquelle je ne lis jamais rien de ce qu'on écrit sur moi. Un tissu d'inepties.

— Vous ne le connaissez pas ?

— Oh, je l'ai rencontré. Dans des soirées. Nous avons bavardé. Mais de là à dire que Warren est un ami...

— N'avez-vous pas mis de l'argent dans un de ses films ? Un film de gangsters ? »

Thorn étudia attentivement son interlocuteur.

« Est-ce un nouveau jeu auquel nous jouons ?

— Quoi ?

— Parce que si tel est le cas, il faut me le dire. Expliquez-moi les règles, et nous ferons une petite partie. J'aime bien jouer. Mais j'aime bien aussi connaître les règles du jeu.

— Doucement, doucement. Je ne cherchais qu'à faire plus ample connaissance. N'y voyez pas de mal. Je ne voulais pas me montrer indiscret.

— Alors ne le soyez pas. »

Harden continua de sourire — un sourire d'une authenticité toujours aussi parfaite. Il donnait l'impression d'émaner d'une profonde jouissance intérieure qu'il aurait eu peine à contenir. Comme si, d'un instant à l'autre, il allait se lever et entonner un chant patriotique en essayant de convaincre tout le bar de se joindre à lui.

Thorn jeta un coup d'œil à la main droite de Winchester. Du ruban adhésif recouvrait l'ensemble de ses articulations. Avec une brutale clarté, il revit les trous blancs exsangues sur le dos de la main sans vie de Darcy. Et cette image laissa la place à une autre, celle de la jeune femme sous l'eau, se débattant, portant des coups de couteau à la main qui retenait la sienne.

Thorn fit disparaître ses mains de la table et les posa sur ses genoux. Il les roula en deux poings serrés qu'il frotta contre le dessous du plateau. Pris d'une envie de le renverser, de se jeter lui-même sur ce fumier, de lui arracher les yeux. Mais non. Il ne bougea pas. Son visage ne trembla pas. Il contrôla l'accès jusqu'à ce qu'il fût terminé.

« Je suis un homme très heureux aujourd'hui, Peter. Je mets le point final à un long, long voyage. La récompense d'années de travail. Un jour de fête. »

Thorn prit une gorgée de bière et détourna les yeux de Winchester, dans un effort pour refroidir la bouffée de colère brûlante qu'il sentait monter dans sa gorge.

« C'est pourquoi, Peter, j'aimerais vous raconter mon histoire, vous expliquer comment j'en suis arrivé à ce stade. Voudriez-vous le savoir ?

— Non, répondit sèchement Thorn en se tournant de nouveau vers lui. Pas particulièrement. »

Le visage de Winchester se vida de son sourire, qui resta simplement figé sur ses lèvres ; sans quitter Thorn des yeux, il leva son verre à whisky, but une bonne rasade et le reposa.

« Bien sûr que si. »

Harden ouvrit la boîte d'allumettes et répandit les petits bâtonnets sur la table, les éparpillant du bout des doigts.

« Avant de rencontrer ma femme, dit-il en reportant son regard sur les nuages en pleine formation, je n'aspirais à rien d'autre qu'à faire une belle carrière dans l'armée. J'ai grandi dans une cabane en rondins au sol de terre battue, nom de Dieu. Un vrai cul-terreux du Texas occidental. Je n'étais pas fichu de dire deux mots sans que le troisième soit "merde" ou "foutre". J'étais un petit salopard grossier, un sauvage. Mais le jour où j'ai rencontré Doris Carter, tout a changé. Oui, tout a changé, tellement j'en pinçais pour cette fille. Seigneur tout-puissant ! Vous n'allez jamais me croire, mais j'ai même commencé à écrire des poèmes, des pages de poèmes ! J'ai entrepris de réformer mes manières, d'apprendre à bien me comporter. Dieu du ciel, j'aurais fait n'importe quoi pour elle.

— Et pourtant, elle vous a quitté. »

Le sourire de Winchester s'estompa et il étudia Thorn, les yeux plissés.

« Et comment diable l'avez-vous deviné ?

— J'entendais ses pas s'éloigner sur la scène. »

Thorn, de la main, effleura le pansement sur les articulations de Harden.

« Comment c'est arrivé ? »

Winchester jeta un coup d'œil à sa main bandée et haussa les épaules.

« Ce n'est rien. Je ne m'en souviens même pas. »

Il prit deux allumettes et les aligna méticuleusement à côté de son verre. Il releva le visage et explora l'horizon, la tête renversée en arrière, un sourire rêveur et content de soi lui montant peu à peu aux lèvres.

« Oui, c'est vrai que Doris a fini par me quitter. Et je dois le reconnaître, elle avait bien des raisons pour ça. Une vie passée dans l'armée m'avait rendu froid jusqu'au cœur. Ajoutez à cela le fait que je voyageais beaucoup, que je la laissais pendant des semaines, toute seule dans ce coin perdu. Quand je revenais à la maison, il y avait toujours une période de réajustement. La nature de mon travail, sa brutalité, tout me rendait difficile de me couler dans cet univers féminin. »

La gorgée de bière que prit Thorn était tiède. Il ne quittait pas des yeux le pansement adhésif. Harden, enfoncé dans son fauteuil, prit une profonde inspiration et continua de parcourir l'horizon des yeux.

« La première fois que j'ai vu Doris Carter, elle n'avait que quinze ans. J'en avais trente. J'étais en poste à Fort Campbell, à la frontière Kentucky-Tennessee. Doris était lycéenne, c'était elle qui conduisait les pom-pom-girls de l'équipe de football de Clarksville.

« Je me souviens que j'étais assis sur le banc de touche avec quelques-uns des gars en permission de mon bataillon. Des gosses boutonneux à peine plus âgés qu'elle. En train de bouffer du Mars par cette soirée frisquette d'octobre et de regarder la faune locale se démener sur le terrain. Elle était là, en chandail et jupette. Doris Carter. De longs cheveux blonds, de longues jambes minces. Tout le monde la remarquait. Elle n'y pouvait rien. Il suffisait qu'elle entre sur le terrain, et tous les yeux, sur le banc de touche, se braquaient sur elle.

« Eh bien, j'ai piqué cette fille à son imbécile de petit ami, à son vendeur de Cadillac de père, à sa coquette de mère. En deux mois, l'affaire était bouclée. Je l'emmenais. Cette soirée d'octobre, tous mes gars la sifflaient et tapaient du pied en la voyant mais j'ai compris, à la seconde même où j'ai vu Doris Carter, que je devais me débrouiller pour me faire aimer par cette femme.

— Taisez-vous. »

Affichant toujours son sourire endormi, Harden se tourna vers Thorn. Il passa la main dans la brosse de cheveux gris, sur le côté de sa tête, comme s'il caressait le fantôme d'un catogan.

« Qu'est-ce qui vous arrive, Peter ? »

Thorn vida sa bière, reposa le verre et se mit à chercher une serveuse des yeux. Il se rendait compte qu'il aurait dû encourager Winchester à se perdre dans son autobiographie. Il aurait peut-être pu apprendre quelque chose d'utile ; l'autre pouvait faire incidemment une remarque qui apporterait la preuve définitive de sa culpabilité. Mais il n'arrivait pas à supporter ce récit et avait en horreur la manière dont la voix de Winchester se chargeait d'une émotion rêveuse. Cette façon de parler de l'amour. Il avait en horreur cette fièvre dans ses yeux, la douce lueur qu'ils prenaient lorsque l'homme parlait de sa femme.

« Épargnez-moi ça, voulez-vous ? Je n'ai aucune envie d'entendre la foutue histoire de votre vie.

— Et pourquoi ? Les sujets personnels vous rendraient-ils nerveux ?

— Ecoutez, Winchester, s'il n'est pas d'emblée question d'argent, je ne veux pas en entendre parler. D'accord ? Qui vous êtes et vos sentiments envers les femmes — tout ça m'est égal. Nous traitons une affaire, nous parvenons à conclure, et chacun va son chemin. Est-ce clair ? Il n'est pas question qu'on devienne amis intimes, il n'est pas question de mettre son âme à nue devant l'autre, de créer des liens profonds — rien de ces conneries. J'ai déjà suffisamment d'amis. Nous sommes associés en affaires, un point c'est tout.

— Eh bien, voyez-vous, j'ai une vision un peu plus complexe des choses, pour ma part. Je n'aurais aucune raison d'être en affaires avec vous, Peter, si ce n'était pas par amour. L'amour et le travail, les deux se confondent pour moi. Vous comprenez, si j'ai voué ma vie à l'élevage du tilapia, c'est uniquement pour Doris. A cause d'elle et du type avec lequel elle a fichu le camp.

— Je vous répète que je me fiche complètement du type avec lequel votre femme a pris le large, de votre philosophie de la vie, de tout ça. C'est clair, non ? »

Le sourire de Harden s'était crispé. Il regarda les allumettes, en prit une sur le tas et la déposa à côté des deux premières.

« Seriez-vous par hasard pêcheur, Peter ? »

Thorn regardait, au loin, un navire-crevettier se déplacer lentement sur l'horizon.

« Il m'est arrivé d'attraper du poisson, une fois.

— Et pour quelle raison pêchiez-vous? Pour la nourriture, ou pour le sport?

— Ni l'un ni l'autre. Pour découvrir ce qu'il y avait là-dessous », répondit Thorn en croisant le regard de Winchester.

Ce qui restait du sourire crispé avait maintenant disparu. Manifestement, Thorn venait de violer un rituel personnel. La nourriture ou le sport, comme si c'étaient les seules options permises.

« Ma femme, reprit Harden d'un ton de voix net, le visage comme un masque tant il le contrôlait, ma femme m'a abandonné et a épousé un marin-pêcheur. »

Thorn ne réagit pas.

« Cet homme, enchaîna Harden, légèrement penché en avant, a ébloui ma femme d'illusions romantiques sur lui-même. Il l'a convaincue qu'il était une sorte de grand chasseur blanc des mers.

— Je vais me chercher un autre verre, dit Thorn en repoussant son siège.

— Non, vous ne bougez pas. Je vous raconte une histoire. Il est indispensable que vous l'écoutiez. Il est indispensable que vous sachiez avec qui vous êtes en affaires et pour quelle raison. »

Thorn hésita, se rassit et se mit à regarder la piscine dans laquelle une vieille femme, flottant sur le dos, était perdue dans la contemplation des nuages qui défilaient.

« Cet homme, donc, m'a volé ma femme. La belle Doris. Il l'a séduite tout de suite après qu'elle m'eut quitté, à un moment où elle était très vulnérable, et il l'a enfermée dans une forteresse de billets de banque. Il l'a cachée là, il a empêché qu'elle me revienne. »

Son regard s'assombrit, se remplit de venin.

« J'ai toujours estimé qu'il était infiniment plus

satisfaisant de battre un adversaire à son propre jeu. De lui donner l'avantage du terrain, de l'arme — et de l'écraser. Infiniment plus satisfaisant. Vous n'êtes pas d'accord ? »

Thorn garda le silence et scruta ce regard gris et amer.

« Peu de temps après le départ de Doris, je me suis consacré à l'étude des poissons. J'ai réfléchi, j'ai lu, je suis devenu un véritable expert. Et j'en suis arrivé à comprendre quelque chose que, j'en suis sûr, vous avez également compris. Il ne faudra pas longtemps pour que les marins-pêcheurs nous paraissent aussi rétrogrades que les trappeurs ou les chasseurs de bisons. Ridicules, d'un autre temps. Surannés. »

Thorn suivit le passage d'un avion de ligne argenté, très haut à l'est. Harden avala une nouvelle gorgée de bourbon, puis prit d'autres allumettes pour compléter le tas régulier qu'il édifiait avec méticulosité.

« Cet homme qui m'a volé ma Doris est infirme, à l'heure actuelle. Un vieux fou, malade, en train de mourir. » Harden détacha les yeux de son ouvrage. « Mais pour moi, ce n'est pas une punition suffisante. Non, mon vieux. Avant qu'il soit mort, je vais lui reprendre Doris. Sous ses yeux. Et pour faire bonne mesure, je vais démolir l'univers de cet homme. Je veux qu'il soit témoin de la destruction de son ancien mode de vie.

— Ah oui ? Et comment allez-vous vous y prendre ? »

Winchester regarda Thorn pendant quelques instants, nettement désireux de divulguer son plan, mais luttant en même temps contre cette envie. Puis il se détourna pour s'intéresser à un vol de chevaliers des sables qui tourbillonnait au-dessus de la plage. La lumière avait perdu de son éclat brutal et pris des nuances jaune citron depuis que le soleil avait disparu presque complètement entre les nuages.

« Oh, vous le verrez, monsieur Lavery. Le moment venu, vous le verrez. Retenez bien ce que je vous dis. Tout le monde le verra. Le monde entier va connaître mon nom. Il sera écrit partout, en grandes lettres. On pourrait dire que je vais ouvrir la prochaine boîte de Pandore. »

Harden éclata d'un rire amer ; puis, soudain, il ferma les yeux et se pinça le nez. Il inclina la tête et parut tout d'un coup très fatigué.

Au cours des douze dernières années, Thorn avait rencontré plus que son compte de cinglés en tout genre. Des hommes au regard errant, l'esprit plein de molécules vagabondes. On ne parle pas avec des gens comme cela. La raison et la logique ne font pas partie de leur univers. Non, on s'écarte de leur chemin. Et s'ils insistent et que vous n'ayez aucun moyen de les éviter, on se sert des outils que l'on a sous la main pour s'en prémunir. Chaises, tables, instruments contondants.

Thorn se leva, rapprocha sa chaise de celle de Winchester et se rassit, épaule contre épaule avec lui.

Il se pencha alors sur lui et murmura : « Quand est-ce que je vois ce que j'achète ? »

Harden finit son reste de bourbon et reposa le verre. « Bientôt, très bientôt. » Il eut un sourire douloureux et frotta les chairs enflammées, autour du pansement adhésif. Puis il s'éclaircit la gorge et se mit à osciller sur son fauteuil. On aurait dit que l'alcool venait de lui tomber brusquement dessus et son regard avait perdu de sa netteté.

« Il y a une chose que j'aimerais bien savoir, Peter. Croyez-vous qu'un homme soit capable de surmonter l'éducation que lui a donnée sa famille ? Qu'il puisse être meilleur père que son père ? Un homme mieux que lui ? »

Thorn garda le silence. Il ignorait la réponse à cette question, mais se sentait dubitatif. Nature, culture. Les parents représentent les deux. Il n'y a aucun moyen d'échapper au message inscrit dans son sang.

« Moi, je connais la réponse, reprit Harden. Voyez-vous, mon père était un homme très brutal, monsieur Lavery. Il avait l'habitude de nous obliger à nous allonger face au sol, mon frère et moi, sur la terre battue de notre cabane, et de nous fouetter avec une branche épineuse d'acacia. C'était, d'après lui, pour nous apprendre à distinguer le bien du mal. Mais il s'agissait de torture pure et simple. Il nous torturait parce que ça l'amusait. Je l'ai vu battre mon frère à mort de cette façon. Assassiner son propre fils parce qu'il avait fumé de la barbe de maïs dans la grange. J'ai vu mon père fouetter Stewart Winchester jusqu'à ce qu'il se noie dans son propre sang.

« Voilà le genre de famille d'où je suis issu, Lavery. Pas comme la vôtre. Pas des braves gens civilisés du monde de la presse. Avec thé et petits gâteaux à quatre heures. Et des œuvres d'art françaises accrochées aux murs. Non, mon vieux. J'ai eu un sacré bout de chemin à parcourir, un combat bien plus grand à mener pour parvenir au triomphe. Une vie bien plus dure que ce que vous connaîtrez jamais, Lavery. Vous et vos petits sourires, vos plaisanteries inconsistantes. Vous ignorez ce que c'est, que d'avoir à construire toute son existence. Tout, une planche après l'autre, jusqu'à ce que ça soit vivable. Une existence dans laquelle une femme honnête et civilisée puisse se sentir chez soi. Mais c'est ce que j'ai réussi à faire. Je me suis transformé en un homme que Doris aimera. Et lorsque j'aurai votre argent en poche, Peter, ma métamorphose sera complète. Mon ardoise aura été réglée, et je pourrai repartir à zéro. »

Harden lui souriait vraiment, maintenant, dodelinant de la tête comme un ivrogne, mais ses yeux scrutaient ceux de Thorn avec une telle intensité qu'on l'aurait dit sur le point de lire directement dans son esprit.

Thorn se leva brusquement, alla au bar, commanda une chope de bière pression et un autre bourbon pour Winchester. Il tendit au barman son dernier billet de vingt dollars, puis revint à la table avec les consommations. Harden regardait le ciel, à l'ouest.

Puis Thorn retourna chercher sa monnaie, mais le barman parlait avec un de ses habitués et se trompa deux fois en la lui rendant ; si bien que lorsqu'il retourna à la table, Winchester ne s'y trouvait plus.

Thorn resta debout pour faire un tour d'horizon. Des enfants jouaient au volley-ball en poussant des cris suraigus, il n'y avait personne dans la piscine ; seules quelques tables étaient occupées, sous la banne du café extérieur. Pas trace de Winchester.

Il abaissa les yeux vers la table ; à côté du verre vide laissé par Harden, il vit alors une cabane en rondins faite d'allumettes soigneusement empilées. La tête soufrée d'une allumette posée sur l'extrémité inférieure de l'autre, le tout formant un carré parfait de cinq étages de haut. Vingt cadavres.

Thorn parcourut le secteur des yeux, une nouvelle fois. Toujours pas de Winchester. Il poussa un bref soupir, s'assit et porta la chope à ses lèvres — puis l'éloigna si vivement qu'il s'en renversa la moitié sur les genoux.

Au milieu de la mousse de bière flottait un alevin, un poisson qui ne faisait même pas cinq centimètres de long. Il ressemblait trait pour trait aux tilapias que Thorn avait vus à la ferme de Winchester. Trait pour trait, sauf un.

Ce tilapia-ci était d'un beau rouge écarlate.

25

C'est en taxi que Thorn se rendit à l'Office des eaux et forêts, c'est-à-dire au troisième étage du Holiday Inn, à côté de l'entrée d'Alligator Alley. Mais le temps d'arriver, il était déjà sept heures passées et Judy Nelson et toute l'équipe du bureau local étaient parties. Il repéra un homme du service de sécurité assis au comptoir de la cafétéria, au rez-de-chaussée, et lui expliqua ce qu'il désirait. Le type jeta un coup d'œil rapide à Thorn et revint à son café.

« Vous voulez leur laisser un poisson?

— Celui-ci. »

Thorn le tint par la queue.

Le gardien ne l'examina qu'un instant. Nullement impressionné. Il avait largement plus de soixante ans et paraissait avoir passé ses décennies de retraite de flic dans un milieu irlandais assez chahuté. Son visage s'ornait d'un nez, une vraie trompe, tellement massif et rouge qu'un chef de cuisine un peu inventif aurait pu le servir sur un lit fait d'une bavaroise et accompagné de crème chantilly. Babar au rhum.

« Je connais l'une des dames qui travaillent ici, dit Thorn. J'ai la conviction qu'elle serait extrêmement intéressée par cet échantillon.

— Et de quelle dame parlez-vous?

— Judy Nelson. »

Le gardien prit une gorgée de café. Marmonna quelque chose. Judy devait probablement faire cet effet à beaucoup d'hommes. Tous ceux qui pensent que les femmes devraient être comme des caniches nains. Debout sur les pattes arrière pour le susucre, fais la belle pour les invités. T'es mignonne avec tes petits rubans. Et fous-moi le camp à la cuisine pour nous servir ton foutu dessert.

« Et qu'est-ce qui vous a empêché d'amener votre cochonnerie pendant les heures ouvrables?

— Je voulais qu'elle l'ait dès l'ouverture des bureaux.

— Ça ne fait pas partie de mes responsabilités, mon pote. Même pas de loin.

— Le café est-il si bon que ça, ici ? Vous ne pourriez pas vous lever, utiliser votre passe et aller coller ce poisson quelque part dans un réfrigérateur ?

— Ouais, il est pas mauvais. » Il sourit à la serveuse rouquine qui passait, derrière le comptoir. Genre caniche nain.

« Je vois ce qui vous est arrivé, dit Thorn. Vous vous êtes trouvé un boulot qui vous permet de vous balader avec un colt attaché à la bedaine, et du coup, vous vous croyez toujours le coq du poulailler. »

L'homme reposa sa tasse. S'essuya les lèvres avec un mouchoir en papier qu'il replaça ensuite sur le comptoir. Et lentement, se tourna à demi pour fusiller Thorn de ses yeux jaunes.

« Vous avez affaire dans cet hôtel, mon garçon, ou bien êtes-vous un rôdeur ? »

A ce moment-là, la serveuse arriva, remplit la tasse du gardien et dit :« Ecoutez, si vous voulez, je vais prendre ce poisson, le mettre dans un sac et le laisser dans le frigo, derrière. Lorsque je viendrai prendre mon service, pour le petit déjeuner, je verrai Judy et je le lui donnerai. Qu'est-ce que vous en pensez ? C'est pas mieux qu'une bagarre dans une cafétéria d'hôtel ? »

L'homme du service de sécurité scrutait Thorn, et des choses passaient dans ses yeux, des petites lumières, comme s'il revoyait des centaines de scènes de rue mal éclairées, en nocturne, ayant à maîtriser un énergumène grande gueule. Prêt à toute éventualité. Attendant la suite des événements et apte à y faire face, quels qu'ils fussent.

« Désolé, dit Thorn à la serveuse. Ma testostérone qui fait des siennes, depuis quelque temps. »

Elle acquiesça d'un signe de tête.

« Faudrait mettre la pédale douce sur la viande rouge, observa-t-elle. Ce truc-là est rempli d'hormones, ça vous fiche de ces démangeaisons... On se retrouve avec l'envie de lever la patte sur les arbres des autres, si vous voyez ce que je veux dire. »

Le flic n'écoutait pas. Toujours perdu dans la contemplation des ombres d'innombrables contre-allées. Tout ce qui l'avait envoyé prendre des mauvais coups dans les quartiers pourris s'incarnait en face de lui en la personne de Thorn.

Celui-ci tendit le tilapia rouge à la serveuse et la remercia. Il lui demanda si elle avait de quoi écrire un mot, et elle arracha une feuille de son carnet de commandes. Thorn rédigea un bref message dans lequel il donnait à Judy le numéro de sa chambre au Ritz, disant qu'il passerait demain.

Il confia le mot à la serveuse, lui demanda de le joindre au poisson dans le sac et la remercia à nouveau. Il donna le bonsoir au flic, mais l'homme ne répondit pas.

Dehors, depuis le parking, Thorn regarda à travers les vitres de la cafétéria ; le flic l'avait suivi des yeux. Des milliers de nuit, des milliers de chiens ayant compissé son arbre, aucun ne manquait à l'appel pour venir hanter ses rêves, tous étaient présents. S'il ne faisait pas attention, Thorn savait qu'il finirait comme ça, un vieux bourru, solitaire et acariâtre, penché quelque part sur une tasse de café, à attendre qu'un morveux vienne le provoquer, lui lancer une vanne. Toute cette testostérone qui avait mijoté sur un feu réduit pendant des dizaines d'années jusqu'à ce qu'elle fût réduite à un magma visqueux de bile corrosive.

Il était presque minuit lorsque Thorn gara la Coccinelle à côté d'un pacage et regarda au loin, par la fenêtre, les scintillements dorés de l'Okehatchee, entre les arbres. Une lune pas tout à fait pleine saupoudrait les ronces, les marécages, les fourrés et les affleurements calcaires d'une fine pellicule farineuse.

Il descendit de voiture et s'avança jusqu'à la barrière, où il estima, du bout du doigt, la tension du fil de fer barbelé. Une sauterelle était empalée sur une griffe, à côté de sa main ; un peu plus loin, c'était une chenille et un grillon. Thorn leva la tête vers la ligne à haute tension. Directement au-dessus de lui, il vit se détacher la silhouette d'une pie-grièche ; l'oiseau était sur le qui-vive, surveillant son terrain de chasse. Les insectes empalés étaient les siens ; non seulement ils marquaient son territoire mais ils constituaient son repas du lendemain. Fichtrement économe, cette bestiole, et disciplinée. Déterminée.

Thorn escalada la barrière par le poteau, prenant bien soin de ne faire tomber ni la sauterelle ni le grillon, ces délicieux repas à venir. Puis il sauta dans le champ de la pie-grièche et se dirigea vers la rivière, sur le sol spongieux.

Une fois sur la berge, il prit la direction de l'est. Sans très bien savoir pendant combien de temps il devrait marcher. Entre deux et cinq kilomètres, sans doute. De toute façon, il avait toute la nuit devant lui ; c'était sans importance. Il y parviendrait. Il verrait ce qu'il voulait voir. Trouverait ce qu'il pourrait.

Pendant la première demi-heure, il n'observa rien de remarquable, sinon une station de pompage à l'abandon. Une vieille construction cubique en béton, contenant les restes rouillés d'une pompe et de tuyaux d'irrigation. Il y entra pour souffler un moment, et aperçut un matelas déglingué posé de travers sur le sol de terre avec derrière, sur le mur, un graffiti qu'éclairait la lune. Trois types sur une femme, prenant du bon temps.

Thorn reprit sa marche au milieu des chênes, des palmiers nains et du sous-bois broussailleux, la végétation s'accrochant aux rives jusqu'au bord de l'eau. Des branches râpeuses lui écorchaient les parties exposées de son corps, les chardons lui piquaient les chevilles. Il aurait peut-être encore mieux fait de remonter le cours d'eau en pataugeant comme un chien. Le sol devenait glissant dans le bouillon de culture de l'estuaire qui remontait insidieusement vers l'intérieur, comme un flot de lave doré.

Au bout d'une deuxième demi-heure, il transpirait d'abondance et les moustiques se précipitaient en nuages affamés pour s'abreuver de son sang. Finalement, il n'y tint plus, alla s'accroupir au bord de l'eau, prit de la boue à pleine poignée et s'en barbouilla le visage, les oreilles, le cou. Il en fit autant avec sa chemise, devant et derrière, et avec ses cheveux.

Il reprit son chemin, au milieu du zonzonnement coléreux des essaims de moustiques et de moucherons. Des milliers d'insectes. Et Thorn, l'homme de boue, leur seul espoir de se procurer du sang, qui les attirait un peu plus haut en amont. Il dut s'arrêter encore pour couvrir, avec de la terre à l'odeur rance et sulfureuse, des points qu'il n'avait pas bien protégés la première fois. Puis il se remit en marche.

Deux ou trois kilomètres plus loin, la nuit devint soudain plus sombre ; Thorn leva les yeux et vit la lune qui se glissait derrière une paroi épaisse de cumulus. Une lumière grise, tamisée, se diffusait dans les nuages.

Tandis qu'il cherchait son chemin à tâtons dans ces ténèbres, il trébucha. Déporté sur la gauche, son pied se mit à glisser le long de la berge. Moulinant des bras pour retrouver l'équilibre, c'est par un pur hasard qu'il put se raccrocher à une plante grimpante hérissée de piquants. Il reprit sa respiration et se hissa jusqu'en terrain sûr.

Il fonça alors droit devant lui dans les buissons, tandis que les branches se prenaient dans sa chemise et lui griffaient les joues. Complètement aveugle, avançant les bras tendus, il se trouvait idiot et se demandait s'il ne venait pas de commettre une grave erreur. Il avait perdu son chemin, et sans doute avait-il déjà dépassé la ferme. Il allait devoir revenir sur ses pas, refaire le même pénible trajet, être plus attentif.

Il se coula sous une grosse branche, repoussa un écheveau de plantes grimpantes et de rameaux, et déboula dans une clairière. Il reprit son équilibre, et s'apprêtait à repartir lorsque la lune apparut entre deux nuages et illumina l'endroit. Il s'immobilisa, paralysé, incapable de respirer.

A trois mètres devant lui, au milieu de la clairière, se tenaient deux alligators de grande taille. L'un d'eux était monté sur l'autre et était agité de petits tressautements. Une sacrée bête à deux dos. Les alligators faisaient face à Thorn, tout à leur plaisir. La femelle tenait des restes sanglants dans sa gueule, ceux d'un oiseau-serpent ou d'un autre infortuné volatile. Cadeau du mâle, probablement.

La lune disparut presque aussitôt et l'obscurité envahit de nouveau brusquement la clairière. Thorn attendit un moment, fit un demi-pas en arrière. Une tige craqua sous son pied. Il n'attendit pas de savoir comment les deux bestioles allaient réagir. Il fit demi-tour et, écartant les branches, se précipita dans la direction d'où il était venu, sans s'inquiéter du tapage qu'il pouvait faire, désireux seulement de battre en retraite le plus vite possible, afin de laisser le couple d'alligators à l'ivresse de ses ébats.

Il parcourut ainsi entre cinquante et soixante mètres le long de la rivière avant de s'arrêter pour reprendre son souffle et tendre l'oreille. Il n'entendit aucun froissement de buisson, aucun remue-ménage proche, seulement la douceur du silence. Tout était paisible, extraordinairement calme et Thorn sentit, à son corps défendant, une prière monter en lui. Une bénédiction, une action de grâces à la déesse de la lune et des nuages qui avait trouvé bon d'éclairer son chemin à cet instant.

La respiration encore haletante, Thorn s'appuya contre un petit chêne. Sur sa peau, la boue desséchée était raide et cassante. Il ne pouvait sourire ou parler sans se pincer lui-même, sous ce masque rigide. Adossé au tronc, il écouta la nuit et eut l'impression de s'enfoncer dans son silence absolu.

Lorsqu'une aiguille de phonographe se mit à gratter le sillon d'un disque, à quelques centaines de mètres de là, il lui fallut trois ou quatre secondes pour le remarquer, tant il s'était enfoncé loin dans sa méditation. Mais alors il se raidit et se détacha de l'arbre d'un coup de reins. Un opéra qu'il ne connaissait pas, un disque très ancien, une soprano gravissant les arpèges abrupts qui conduisaient à des sommets d'émotions nobles.

Il s'avança de quelques mètres en direction de la musique, traversa un bosquet de pins, et s'arrêta à côté d'un groupe de fougères arborescentes et de palmiers. Il écouta s'élever la voix féminine, scrutant l'obscurité jusqu'à ce que se matérialisât enfin la forme de la maison, que rien n'éclairait.

A pas prudents, il reprit sa progression vers la chanteuse, tandis que prenait peu à peu forme la silhouette des autres bâtiments. Les grands bassins à tilapias miroitaient faiblement dans l'ombre. Les yeux fixés sur la maison, Thorn trébucha une fois de plus, sur une racine ou un tuyau, et s'étala de tout son long sur le sol détrempé. Il resta immobile, à plat ventre, le souffle coupé, l'oreille tendue pour savoir si on avait détecté sa présence.

Mais la diva poursuivait ses vocalises, son chant prenant un rythme plus lent et une coloration nostalgique. Il resta ainsi quelques instants à l'écouter, puis, avec un grognement retenu, il se remit sur ses pieds et s'éloigna en direction du hangar le plus proche.

Le long du mur du bâtiment, il tomba sur trois gros barils métalliques. Il réussit à ouvrir le couvercle de l'un d'eux mais détourna vivement le visage des émanations caustiques qui en montaient. Le baril était rempli de granulés blancs, probablement le produit chimique dont Sylvie avait parlé et qui servait à tuer les poissons. Les larmes aux yeux, il remit le couvercle en place et se dirigea vers l'autre hangar, où il trouva ce qu'il était venu chercher si loin. La remorque à bateau qu'il avait aperçue l'après-midi.

Il essuya ses larmes et écouta les arabesques sonores de l'opéra ; deux ténors s'affrontaient maintenant pour le cœur de la soprano. Il se rapprocha du bateau et caressa la coque élancée. Un Grady White tout neuf, un vingt-deux pieds. Ses doigts sentirent la croûte salée qui trahissait une sortie récente en mer. Il arriva à la proue et grimpa à bord par la plate-forme de plongée.

Le hangar lui cachait la maison, mais il entendait encore l'opéra ; Thorn se sentait légèrement perturbé par la musique, ce qu'elle avait de tragique, la mélancolie de la voix féminine. Impression que ce qui s'était solidifié en glace au fond de lui au cours de la dernière semaine redevenait liquide et chaud.

Il ouvrit le panneau de rangement, sous le siège du poste de pilotage. Trouva des vestes de sauvetage orange et une sirène à air comprimé. Un sifflet en plastique, une gaffe, une boîte de première urgence. Le matériel habituel. Il n'y avait rien, dans le compartiment avant, sinon le filin de l'ancre, du matériel de pêche et une serviette de toilette en train de moisir. Il revint à la poupe et ouvrit le dernier compartiment de rangement du Grady White. Il contenait deux palmes et un masque de plongée. Il souleva les palmes dans le peu de lumière qu'il y avait et glissa la main dans l'une d'elles. Puis il appuya le masque sur son visage.

« Nom de Dieu, murmura-t-il. Bordel de nom de Dieu... »

Palmes et masques étaient bien trop petits pour Harden. Assis sur la bordée, les yeux tournés vers le ciel obscur, il s'efforçait d'assimiler cette découverte. De comprendre cette famille, les mécanismes de sa folie. Sans arriver nulle part. De toute façon, cela n'avait pas d'importance. Les méandres de la psychologie des Winchester, les raisons des aspects particuliers de leur pathologie, il s'en fichait. Complètement. Avec un avocat suffisamment brillant, une brochette d'experts qualifiés, on parvenait à justifier jusqu'aux actes les plus monstrueux. On arrivait toujours à donner l'impression que le coupable était la victime d'une forme ou d'une autre de lavage de cerveau, un accidenté impuissant du conditionnement négatif. La pauvreté, les origines raciales, la drogue, les violences sexuelles. Toutes les bonnes raisons de s'en tirer propres à l'époque. Mais pour Thorn, ce n'était qu'un ramassis de conneries. Seule comptait la conduite. Le comportement était tout.

Le cœur en déroute, il remit masque et palmes dans leur compartiment et s'accroupit à côté de la bouteille de plongée rangée sous le tableau arrière. Il attacha la boucle de la ceinture lestée et en évalua la dimension. A peine cinquante centimètres de circonférence. Evidemment, évidemment.

Il se releva et resta quelques instants à écouter le chant qui s'élevait à nouveau. L'opéra racontait, semblait-il, une douloureuse histoire d'amour où la passion s'était éteinte pour renaître plus tard, sous une forme malveillante. Haut dans le ciel, la lune apparaissait et disparaissait au gré des trouées entre les nuages et, dans un moment de relative clarté, Thorn aperçut l'éclat du métal poli sur l'étagère de la console. Il s'avança à côté de la barre.

Il n'y toucha pas tout de suite, la respiration courte, l'air lui brûlant les poumons, savourant l'amertume du moment. Le couteau de plongée de Darcy. Le Medlon à lame dentelée et poignée de caoutchouc. Sinistre petit souvenir d'une promenade en bateau, un certain après-midi d'août. Ce n'était pas une arme d'assassin, et personne n'avait pris la peine de la dissimuler. Il entendait déjà ce qu'allait répondre Sugarman : le couteau n'avait aucune valeur en tant que pièce à conviction. Et même Thorn, oui, même lui devait en convenir. Peu importaient les empreintes digitales que l'on découvrirait dessus, peu importait que l'on pût prouver que le couteau avait bien appartenu à Darcy, jamais un jury ne condamnerait quelqu'un pour l'avoir seulement eu en sa possession. L'objet n'avait strictement aucune signification. Sauf, bien sûr, devant le tribunal intérieur de Thorn.

Finalement il tendit la main et le prit, le souleva vers la lune ; un rayon se refléta sur la lame et s'enfonça dans la nuit. Au loin, la voix de la soprano, toute pétrie de souffrance, outrepassait les limites humaines, comme si elle cherchait à atteindre à tout prix le royaume de l'extase, au-delà de la douleur et du doute. A atteindre l'eldorado, le paradis d'avant la chute, une enfance à la perfection estivale, ce lieu intemporel et paisible qui ne paraissait exister que dans la musique et les contes de fées.

Thorn éprouva la lame sur le dos de sa main, se rasant les poils sur deux ou trois centimètres. Toujours effilée comme un rasoir après des heures d'affûtage. Et tandis qu'il l'essuyait contre sa cuisse, l'aiguille dérapa sur le disque avec un grincement strident, une main la souleva et la soprano fut interrompue en plein crescendo. Un silence pesant envahit de nouveau la nuit.

Thorn regagna vivement la poupe et se pencha pardessus pour voir derrière l'angle du hangar en aluminium. La maison était toujours plongée dans l'obscurité. Il se tourna pour descendre l'échelle de plongée et était sur le point de sauter au sol lorsque retentit la puissante détonation d'un fusil ; une demi-seconde après, quelque chose explosa contre le côté du hangar, formant un trou lumineux.

Il partit au triple galop vers le couvert tandis que les coups de feu déchiquetaient les feuilles autour de lui.

Tenant le couteau de la main droite, sans faire attention aux branchages qui lui fouettaient le visage, il courut jusqu'à la rivière. Il allongea encore sa foulée, pensa au couple d'alligators qui copulaient non loin de là, et prit plus à l'ouest.

Les projecteurs inondèrent la ferme Winchester de lumière, derrière lui. Un rayon lumineux se mit à parcourir les bois d'un mouvement saccadé ; quelques milliers de watts éclairèrent le sol à côté de lui, passèrent sur son dos et s'éloignèrent. Il y eut plusieurs détonations, presque une rafale, qui allèrent écorcher les pins sur sa gauche.

Il obliqua à droite, s'enfonça au milieu d'un bouquet de palmiers et se retrouva de nouveau dans la clairière. Les alligators en avaient terminé avec leur laborieuse copulation. Ils regardèrent cette étrange créature couverte de boue s'arrêter pile devant eux. Le plus gros, le mâle, fit deux pas rapides vers la droite de Thorn. La femelle ne bougea pas. Un mouvement en tenaille. Aucun des deux ne paraissait particulièrement somnolent après leur petite séance.

Quelques milliers de watts commencèrent à fouiller les buissons, juste à l'est, se rapprochèrent de plus en plus de l'endroit où Thorn se tenait, hésitant. Il regarda la lumière avancer, affermit sa position et se décida. Il prit une profonde inspiration, démarra à toute vitesse, feinta à droite puis coupa à gauche — ce bon vieux mouvement des hanches — et courut directement sur la femelle, la vit qui détachait son corps pesant du sol et ouvrait les mâchoires à son approche. Après un crochet à gauche, il exécuta un énorme bond par-dessus l'animal et faillit s'étaler lorsqu'il retoucha terre, alors que de nouvelles détonations retentissaient dans son dos. Il retrouva néanmoins son équilibre et fonça vers la rivière.

A quelques pas de la berge, il trébucha à nouveau, et se trouva propulsé contre un tronc d'arbre. Il avait le pied empêtré dans une sorte de filet. Il tira violemment, faillit perdre sa chaussure, se mit à genoux et commença à se dégager fébrilement.

Le rayon lumineux éclaira les arbres au-dessus de lui, tressautant au rythme de la course de son poursuivant. Thorn se débarrassa d'un repli du filet et arracha le reste. La lumière passa soudain sur le sol, tout à côté de l'endroit où il se tenait recroquevillé, éclairant pendant une demi-seconde une chemise brune déchirée, tout près de ses pieds. Une chemise avec les insignes du service postal cousus dessus. Et à son second passage, le rayon traversa le filet, révélant, sous le camouflage, une pile de cadavres méticuleusement rangés et à des stades divers de décomposition. La puanteur de la chaux vive et de la pourriture le submergea instantanément, et des relents acides lui montèrent dans la gorge. Il se précipita dans les fourrés et se retrouva brusquement sur le bord de l'eau. Il s'immobilisa un instant, calculant ses chances. Le tireur ou les alligators. Il regarda le rayon lumineux qui éclairait la rive opposée, entendit un piétinement qui se rapprochait.

Se faisant aussi aérodynamique que possible, il plongea dans la rivière avec un plouf! discret, s'enfonça sous la surface — et oui ! oh, oui ! une fois de plus la déesse de la lune et des nuages avait entendu sa prière, car au cours de la dernière heure, le globe avait tourné suffisamment sur son axe pour que le sens de la marée se fût inversé et que le courant allât vers la mer.

Battant des pieds et brassant, il se maintint dans le courant noir, à un mètre sous l'eau. Une minute, deux minutes, emporté en aval par le flot tiède, ne faisant que le minimum d'efforts nécessaires pour rester à la même profondeur.

Lorsque sa poitrine devint trop douloureuse, il remonta à la surface, prit une profonde inspiration et tendit l'oreille. Il entendait des appels, en amont. Il y eut un nouveau coup de feu, puis un dernier. Il se laissa dériver à la surface pendant un kilomètre, puis deux, puis trois. Sur le dos, contemplant le grand éparpillement d'étoiles à travers les déchirures de plus en plus grandes des nuages. Et finalement, trempé, épuisé, il remonta sur la même berge glissante du pâturage où il avait laissé sa voiture. Et entendit le cri d'irritation de la pie-grièche. Car après tout, c'était son territoire, ici. Et cela faisait deux fois que Thorn le violait.

Une fois de retour au Ritz, Thorn ne se doucha pas. L'eau de l'Okehatchee l'avait débarrassé de presque toute la boue et il était trop fourbu pour faire autre chose que se déshabiller et se laisser tomber sur le lit aux draps immaculés, jeter un coup d'œil à l'horloge — deux heures vingt du matin —, poser la tête sur l'oreiller et sombrer.

Il n'avait pris aucun repos au cours des deux nuits précédentes et n'avait connu que l'inconscience agitée de l'alcool, les deux nuits d'avant. Il se sentit dégringoler dans des ténèbres épaisses, entraîné par un lest : son corps, faisant comme un poids insupportable autour de lui. Davantage un coma que du sommeil. Il était trop fatigué pour rêver, trop fatigué pour changer de position, trop miséricordieusement engourdi pour se réveiller complètement, même lorsqu'il crut entendre grincer la porte de sa chambre, quelques heures plus tard. Impression de lumière, puis de nouveau l'obscurité.

Il sentit ce qui se passait, ou le rêva, sans lutter pour reprendre conscience. Il avait un sirop paresseux dans les veines, ses muscles n'étaient que poids morts. Trop épuisé et trop pesant pour résister lorsque le lit bougea et que quelqu'un vint s'installer à côté de lui. Bien trop enfoncé dans les brouillards narcotiques de son sommeil. Ne se souciant même pas de la main qui le touchait, des doigts osseux et frais qui descendaient le long de son ventre, s'introduisait plus bas, à travers la touffe de poils pubiens, s'emparait de son pénis et l'animait par ses caresses.

Éveillé et pas éveillé, endormi, mais dans un état plus profond que le sommeil, Thorn chevaucha son rêve, pris dans son élan magnétique, s'y abandonna, sentant la présence féminine à ses côtés, qu'on le prenait dans la bouche, qu'on l'y tenait, qu'on l'engloutissait dans toute sa longueur, ce n'était pas un rêve, un rêve n'aurait pu être aussi réaliste, mais il resta là, à des miles sous la surface de son corps. A l'intérieur de quelque cercueil obscur posé sur les fonds océaniques du sommeil.

Il aurait voulu que ce fût Darcy, il voulait que ce fût elle, lui faisant cela, l'enfonçant dans sa bouche, le gland délicat du pénis devenant douloureux, il fallait que ce fût Darcy, et il se sentit soulevé au milieu des chaudes infinités obscures de l'océan, se sentit soulevé et soulevé pour aller reprendre possession de ce corps qui flottait à la surface du lit où elle le tenait dans sa bouche, puis le lâchait, pivotant sur les hanches pour venir l'introduire dans son propre corps compact, une étreinte qui était trop serrée, qui l'irritait, lui faisait mal, lui arrachait des grognements de chagrin et de plaisir. Qui allait et venait au-dessus de lui, un galop, monté à cru, dans un champ bosselé, Thorn jouant son rôle, les yeux ouverts, la voyant, la voyant au-dessus de lui, sa poitrine de garçon, ses cheveux ravagés, non, pas Darcy, pas Darcy mais cette autre fille dont le nom lui revenait au milieu des torpeurs du sommeil.

Sylvie.

Qui l'enfonçait dans son corps pour des raisons qui n'avaient rien à voir avec l'amour, qui voulait altérer l'orbite de ses atomes, s'insérer en lui, le faire changer de forme, sceller leur accord — Sylvie, qui se tortillait et tordait son corps de gauche à droite et de droite à gauche, un vrai tire-bouchon, un bras levé au-dessus de la tête comme un cavalier dans un rodéo, lui arrachant ce qu'elle pouvait et qui était tout ce qu'il avait gardé de côté, tout ce qu'il n'avait pas révélé à Darcy, tout ce qu'il avait économisé, les réserves qu'il avait constituées, par modestie ou par peur, peu importaient les raisons, il les avait oubliées, mais il lui semblait insensé d'avoir caché quoi que ce fût à Darcy, et en particulier la sauvagerie, ces hurlements sauvages de plaisir et le cisaillement furieux et animal de ses hanches, donnant tout cela à Sylvie, essayant de la rejeter et en même temps de la garder sur lui.

Jusqu'à finir par se haïr de le permettre, par haïr aussi Darcy pour n'avoir pas senti ce qu'il avait en réserve, et par haïr Sylvie de si bien savoir que c'était là, de si bien savoir comment y avoir accès, de le voir jaillir. Et il la haït encore lorsqu'elle se détacha de lui, courut à la porte, tirant sur ses vêtements, avant qu'il eût terminé.

Il jouit sur lui, un sperme épais coula sur son ventre tandis qu'elle, non pas une apparition, non pas un rêve mais Sylvie, se précipitait dehors, claquait la porte derrière elle, le fuyant, et Thorn paralysé sur le dos, continuant à jouir, se haïssant, haïssant Sylvie et même Darcy, mais surtout lui-même, poussant des grognements à l'idée de sa bêtise, de cette érection imbécile.

Il agrippa les draps jusqu'au dernier spasme.

26

Ébloui par la lumière du jour, Thorn se réveilla avec six pistolets braqués sur lui. Il lui fallut une bonne minute pour tous les compter, et une minute de plus pour se rendre compte qu'il ne rêvait absolument pas.

Massés autour du lit, il vit deux hommes en uniforme, deux autres en civil. Et derrière, deux autres individus. Plus un autre homme et une femme. Revolvers, automatiques, calibres divers. Personne ne dit rien, le temps qu'il se réveille et se hisse sur les coudes. Sur quoi un jeune type d'environ trente ans à la coupe de cheveux kennedyenne, en chemise oxford bleue et pantalon sombre, qui braquait un Glock directement sur le nez de Thorn, demanda : « C'est bien lui, Judy ? »

L'air très officiel dans son uniforme vert impeccablement repassé, Judy Nelson s'avança jusqu'au bout du lit, et l'examina de la tête aux pieds, nullement gênée par sa nudité.

« C'est lui.

— Très bien, dit John Kennedy. Habillez-vous, monsieur Thorn. Nous allons avoir une petite conversation.

— C'est parfait. Je suis très fort en conversation. »

Tandis qu'il sortait du lit, il remarqua quelque chose dans le cendrier, sur la table de nuit. Il s'inclina un peu et vit une petite clef argentée. Cadeau apparemment laissé par sa visiteuse. La clef d'une consigne automatique d'aéroport.

« C'est nous qui posons les questions ici, monsieur Thorn.

— Suis-je en état d'arrestation ?

— Pas encore.

— Et comment appelez-vous ça, alors ?

— Nous appelons cela une enquête fédérale, répondit le jeunot coiffé à la Kennedy. Jamais entendu parler ? »

Judy marmonna quelque chose et les types du FBI se tournèrent vers elle avec un bel ensemble.

Elle saisit son nez par l'arête, le détacha et le remit en place. On entendit distinctement le petit claquement sec, dans la pièce. Sa manière personnelle de manifester. Elle détourna le regard, laissant voir à Thorn que si elle n'était pas particulièrement de son côté, elle n'éprouvait toutefois qu'une sympathie mesurée pour les policiers.

Le reste de l'équipe était dehors, dans le couloir, à se raconter des blagues. Le Holiday Inn, troisième étage, une fois de plus, salle du fond, réservé à l'Office des eaux et forêts. Thorn était assis au haut bout d'une table de conférence ; à sa droite, une unique fenêtre donnait sur les marais. Des aigrettes montaient la garde au milieu des ronces, immobiles comme des statues, prêtes à transpercer leur déjeuner.

Les fédéraux étaient restés debout et marchaient de long en large dans la salle, sans cesser de jeter des coups d'œil à Thorn comme s'ils cherchaient à le surprendre en train de tricher à un examen. Les deux hommes portaient la même chemise bleue, les mêmes pantalons de coton au pli impeccable, l'un bleu marine, l'autre kaki. Le blond s'appelait Bill et le brun, Joe. Ou Bob et Tom. Thorn ne se rappelait plus très bien. Des noms interchangeables, comme leurs coupes de cheveux, leurs visages et leurs vêtements. Des boy-scouts directement passés par les services de clonage du FBI. Tous les deux équipés d'une ceinture de cuir noir à laquelle, pour le moment, restaient pendus les revolvers, dans leur étui. Il y avait quelque chose qui ne collait pas : devoir ouvrir l'étui avant de défourailler.

Un tableau noir surmonté d'une horloge sur l'un des murs. Il était dix heures dix. Une demi-heure qu'ils étaient dans cette pièce. Des affiches diverses ornaient les autres murs ; une du Sierra Club, deux reproductions en noir et blanc d'Ansel Adams. Des montagnes couronnées de neige, un cactus solitaire, des faucons pèlerins en vol, des chiens de prairie montant la garde devant leur trou. On était dans la tribu des amoureux professionnels de la nature, il ne fallait pas l'oublier. Sans quoi, ils risquaient de brandir leurs Glock et de vous rafraîchir la mémoire.

« Allez, Thorn, dis-nous où tu as trouvé ce poisson. » Judy était assise à trois chaises de lui, et regardait par la fenêtre. « Si la réponse nous satisfait, nous ne te retiendrons plus.

— Bon, vous avez gagné », répondit-il.

Les deux Pieds Nickelés prirent position face à Thorn, le regard brillant.

« Allez, parlez, l'encouragea l'un d'eux.

— Je l'ai trouvé qui flottait dans ma bière. »

Les types du FBI échangèrent un regard déprimé.

« J'étais à une table du bar du Ritz, avec une chope de bière pression. Je crois que c'était de la Michelob, mais je n'en suis pas sûr. Je ne suis pas très fort pour faire la différence. Une bière américaine, en tout cas. Froide, très froide. La chope tout embuée.

— Où vous croyez-vous, monsieur? A la nuit des amateurs du club machin? Vous pensez que si nous trouvons ça drôle, nous vous rendrons la liberté?

— Hé, ce que je vous dis est la vérité. *La vérité me libérera.*

— Dans ta bière, Thorn? intervint Judy. Voyons!

— Vois donc toi-même, Judy. Quel est au juste le problème, ici? Est-ce que je suis tellement dangereux que vous ayez dû faire appel à ce peloton d'abrutis pour m'amener ici et me poser vos questions? Commencez par me dire ce qui se passe, et je vous dirai tout ce que je sais. Qu'est-ce que vous en pensez? C'est honnête, non?

— Sais-tu de quel genre de poisson il s'agit, Thorn?

— Miss Nelson, il n'est pas nécessaire d'expliquer quoi que ce soit à ce monsieur. C'est à lui de nous parler, et non à nous de lui donner des explications.

— On dirait un tilapia, dit Thorn.

— Un tilapia *nilotica*, précisa-t-elle.

— Sauf qu'il est rouge.

— Tu l'as remarqué.

— Miss Nelson, nous sommes dans l'obligation de vous demander de cesser immédiatement. Nous vous avons autorisée à assister à cet interrogatoire, mais vous êtes ici strictement avec le statut d'observateur.

— Observatrice statufiée, ricana Thorn. Tout à fait ton truc, Judy.

— Écoutez, répliqua Judy à celui des clones qui avait parlé, vous nous avez donné un bon coup de main, les gars. Parfait. Nous apprécions votre aide. Je n'oublierai pas d'écrire un mémo à mon pote Shanks à Washington. Vous aurez vos petites citations. Sauf qu'ici, vous êtes sous ma juridiction. Pour l'instant, nous n'avons qu'une infraction au règlement des Eaux et Forêts. Il s'agit de mes preuves, de mon affaire. Tout ce qui la concerne relève de moi seule.

— Maintenant, c'est vous qui allez nous écouter, Miss Nelson », dit le deuxième clone. Mais Judy se leva et le type remballa sur-le-champ ce qu'il s'apprêtait à ajouter.

« Je n'ai pas envie de vous bousculer, tous les deux, mais s'il le faut, je n'ai qu'à claquer dans les doigts, mes bonshommes rappliqueront et nous pourrons comparer nos connaissances en judo. C'est pourquoi il me semble que vous devriez sortir, aller prendre une tasse de café, et vous dégourdir les jambes pendant dix minutes ou un quart d'heure. Je parie que d'ici là, Thorn et moi nous aurons fait quelques progrès.

— Rien ne vous autorise à nous menacer !

— D'accord. Voyons les choses autrement. C'est peut-être le moment d'adopter une approche féminine de la question. Vous n'avez, vous les mecs, manifestement rien tiré de lui. Laissez l'autre sexe s'y mesurer.

— Une approche féminine ? » fit John Kennedy d'un ton interrogatif. Il parut envisager un instant de lancer une vanne, mais y renonça après avoir jeté un nouveau coup d'œil à Judy.

Les deux boy-scouts se regardèrent. Puis celui en pantalon kaki adressa un bref signe de tête à Judy, pantalon kaki et pantalon bleu foudroyèrent Thorn d'un regard virulent dans lequel on sentait tout le poids du gouvernement fédéral, et ils sortirent.

« Bordel, ce sont de vrais androïdes, dit Thorn une fois la porte refermée. C'est ce qu'on fabrique maintenant? Des robots-cons? »

Judy se leva et alla s'asseoir à côté de Thorn.

« Écoute, mon vieux, mettons bien les choses au point. Je t'ai connu pendant un ou deux ans, quand nous étions adolescents. Mais hier, j'ai trouvé qu'il y avait quelque chose qui clochait sérieusement dans toute cette scène, à la ferme. Si bien qu'après t'avoir laissé, j'ai donné quelques coups de téléphone. J'ai eu le shérif Rinks, à Key West, et des gens des gardes-côtes que je connais à Key Largo. Je leur ai demandé de me parler de toi, de me dire ce que tu étais devenu.

— Tous ces types ne figurent pas parmi les premiers, dans ma liste de personnes de référence.

— Ce que j'ai découvert, c'est que tu t'es acquis la réputation d'être une espèce de croisement bizarre de Davy Crockett et de Bozo le Clown. Avec un penchant pour foutre les pieds dans la merde et l'habitude de n'en avoir rien à cirer du propriétaire du paillasson sur lequel tu les essuies. Un solide mépris pour les petites technicités de la loi. Pas de carte de sécurité sociale, pas de permis de conduire, n'a jamais voté. Passe pour en prendre à son aise, à l'occasion, avec la sécurité et le bien-être de ses concitoyens.

— Ah, c'est donc ça! Tu débarques dans ma chambre d'hôtel, avec un escadron l'arme au poing, tout ça parce que je n'ai jamais voté et que je ne suis pas inscrit à la sécurité sociale! »

Judy pivota dans son fauteuil et le vrilla du regard de ses yeux bleus, la bouche serrée. Puis ses traits se mirent à s'adoucir tandis qu'elle réfléchissait. Elle marmonna quelque chose, détourna les yeux, puis se leva et alla regarder, par la fenêtre, les hérons et les aigrettes qui guettaient leurs proies.

« Tu essayais de vendre des tilapias rouges à Harden Winchester. C'est bien ça, non ? Tu voulais faire affaire avec lui.

— Bon Dieu, non ! Je te l'ai dit. J'ai trouvé cette foutue bestiole dans ma bière. Pourquoi voudrais-tu, nom de Dieu, que je sois allé la porter dans ton bureau si j'avais fait quelque chose d'illégal ? C'est moi qui t'ai donné ce satané poisson, Judy. Crois-tu que c'est comme ça que se comportent les criminels, en allant apporter la preuve de leurs méfaits aux autorités ?

— Je ne sais pas dans quelle connerie tu t'es lancé, Thorn, mais je trouverai, je te le jure.

— Laisse-moi deviner, dit Thorn. C'est en rapport avec ce qui s'est passé à Seamark, hein ? »

Très lentement, Judy tourna le dos à la fenêtre. Puis elle alla jusqu'à la porte, l'ouvrit, jeta un coup d'œil dans le couloir, referma le battant et vint enfin s'asseoir en face de Thorn. Prit une profonde inspiration. Puis une autre.

« J'ai donc prononcé la formule magique. »

La voix réduite à un murmure, Judy répondit : « Raconte-moi ça. »

Thorn la regarda quelques instants dans les yeux, et vit la jeune fille qu'elle était restée, l'entêtée qui était capable de culbuter la moitié de l'équipe de football de Coral Shores et que l'on avait forcée à rester assise sur le banc de touche pour le reste de sa vie, à contempler les types qui se couvraient de gloire. Les yeux de cette adolescente dans le visage de cette femme.

« Il y a une semaine, commença Thorn, une amie très proche a été assassinée. Darcy Richards. Tu t'en souviens peut-être. C'était la petite sœur de Gaeton Richards. »

Elle acquiesça d'un signe de tête à peine perceptible ; encore sur ses gardes, mais attentive.

« Juste avant de mourir, elle a fait allusion à un poisson. Un tilapia rouge. Du coup, j'ai commencé à fouiner dans ce sens, à suivre cette piste. J'ai découvert qu'un tilapia rouge, ça n'existait pas. Mais je me suis obstiné, et le nom de Seamark est sorti du chapeau. J'ai fini par repérer l'endroit et je m'y suis rendu. A l'heure actuelle, c'est un camp de nudistes.

— Je sais.

— Ils m'ont dit ce qui s'était passé. Douze morts, les cadavres empilés comme des rondins, tous les poissons morts, les bâtiments incendiés.

— On ne t'a pas dit que tous les alevins avaient disparu? Quelques centaines de milliers, rouge cerise. »

Il se leva. S'approcha à son tour de la fenêtre et observa le marais. Entre les cyprès, on devinait le péage à l'entrée d'Alligator Alley. Les voitures faisaient la queue pour parcourir la ligne droite qui traversait l'État. La route qui avait fait barrage à l'écoulement des eaux claires et douces des Everglades, pendant des décennies. Et les marécages qui n'étaient plus inondés comme ils auraient dû l'être, par infiltration, sur des dizaines et des dizaines de kilomètres, à travers les plantes épineuses et les pins rabougris. N'étant plus capables de se nettoyer eux-mêmes. En plus, les eaux usées et polluées des fermes et des plantations de canne à sucre se retrouvaient là, contaminant les eaux vierges. Mercure, soufre, plomb. Certains poissons naissaient avec un troisième œil, des nageoires surnuméraires. Les alligators mouraient du cancer de l'estomac, les hérons et les poules d'eau souffraient de la cataracte. Simple échange de mauvais procédés. L'Eden sacrifié pour que les Chrysler et les Nissan puissent rouler à deux de front à travers les décombres de l'État.

Il s'éloigna de la fenêtre, jeta un coup d'œil au chien de prairie qui sortait de son trou, dans le dessin d'Ansel Adams, quelque part dans le désert du Nouveau-Mexique, du Texas ou de l'Arizona. Bon Dieu, la même chose s'y produisait sans doute. Le cas de la Floride n'avait rien d'unique. On avait de bonnes chances de trouver des chiens de prairie avec des tumeurs malignes. Pas un seul lieu resté intact. Finies, la pureté et l'abondance d'antan. Des produits corrosifs dans toutes les nappes phréatiques. Elever la voix contre tout ça n'y changeait rien. Il y avait des personnes qui s'étaient égosillées pendant des années, debout sur leur caisse à savon, des personnes fichtrement plus éloquentes que Thorn, et rien n'avait changé. Même les gens de bonne volonté, les gens intelligents, avaient fini par se fatiguer de les entendre. Ils avaient changé de station. Ils étaient devenus cyniques. Une cause perdue de plus. Mettez votre mouchoir par-dessus, et qu'on n'en parle plus.

Tout ce qu'on pouvait faire, individuellement, c'était de tenir le coup. Continuer à se tâter le front pour sentir la boule qui grossissait. Le troisième œil.

Il se tourna vers Judy.

« Est-ce qu'il y a moyen de savoir si le poisson que j'ai apporté vient du lot volé à Seamark ?

— En ce moment même, le labo est en train de pratiquer une électrophorèse.

— Désolé, j'ai du mal avec les mots qui dépassent trois syllabes. J'ai besoin d'un coup de main dès qu'ils sont plus longs.

— On fait passer un courant électrique à travers un échantillon de tissu placé dans un gel, sur une plaque, et on étudie la façon dont migrent les particules chargées.

— C'est encore plus clair.

— C'est un peu comme des empreintes digitales. Un test d'ADN. Pas sûr à cent pour cent, mais une bonne indication.

— On ne peut pas savoir en examinant le poisson ? Ses marques ?

— Non, pas avec un seul alevin comme celui que tu as amené. Avec un poisson adulte, on aurait pu sans doute se faire une idée.

— Comment ça ?
— Les poissons de Seamark présentaient un cercle noir sur la nageoire caudale. Presque comme un poisson rouge classique, une sorte de faux œil. Très caractéristique. Aucun autre tilapia ne possède un tel signe distinctif. Il est probablement apparu au cours du processus de croisement, pour devenir un caractère permanent.
— Autrement dit, les tilapias qui présentent cette marque viennent de Seamark ?
— Je ne prétends pas que cela tiendrait devant un tribunal. Mais pour moi, oui, cette marque en forme d'œil est incontestablement issue de la lignée génétique de Seamark.
— Dans ce cas, allons jeter un coup d'œil à la ferme de Winchester.
— Tu prétends que c'est par Harden Winchester que tu as eu ce poisson ?
— Non, mais que nous devrions aller voir ça de plus près. »
Judy se perdit dans la contemplation de la table.
« Écoute-moi, Thorn. Il n'y a pas un mètre carré des installations de Harden que je n'ai pas visité cent fois. J'ai pris des échantillons, je suis allée partout où je voulais et quand je voulais. Il est impossible qu'il y ait une lignée de poissons que je n'aie pas vue. Impossible.
— Tu es peut-être victime de tes sentiments. Ce type te plaît. Il te plaît même beaucoup. Il t'a peut-être davantage pilotée que tu n'en as l'impression, et ne t'a laissée voir que ce qu'il voulait bien te laisser voir. »
Elle leva lentement les yeux et vint les poser sur ceux de Thorn. Elle tapotait du bout des doigts contre la table.
« J'aimerais savoir quelque chose, Judy. »
Elle soutint son regard mais ne répondit rien, continuant à pianoter.

« Les tilapias sont bien des poissons d'eau douce, non ? Des poissons de lac, selon Ludkin. Ils ne peuvent pas survivre dans l'océan, n'est-ce pas ? »

Elle arrêta de pianoter.

« Pourquoi cette question ?

— Je me demandais simplement...

— Eh bien, tu te trompes. Le fait est que ces poissons sont tolérants au sel et peuvent vivre où ils veulent, du moment qu'ils ont de l'eau.

— Non...

— Un poisson miracle. Merveille de la nature.

— Et si jamais on les y lâchait, dans la nature ? Tout un paquet ? Quelques millions d'un coup, par exemple dans l'Okehatchee ? Qu'est-ce qui se passerait ?

— Ça n'arrivera pas. L'une de mes responsabilités est justement que ça ne se produise pas.

— Oui, mais si ça se produisait tout de même ? S'ils étaient lâchés et se retrouvaient dans le Golfe ?

— Si on en lâchait suffisamment à la fois, nous aurions un sacré problème sur les bras.

— Jusqu'à quel point ?

— N'oublie pas que leurs capacités de se reproduire sont des milliers de fois plus grandes que celles des autres, Thorn. Quatre cycles reproductifs par an. Le temps de le dire, ces poissons seraient devenus un fléau. Et il ne faudrait pas longtemps pour commencer à voir disparaître les autres espèces.

— Elles seraient exterminées ?

— Exactement. Si le tilapia chasse un autre poisson de son habitat naturel, il ne dure pas longtemps. Et si les tilapias se révèlent aussi doués pour survivre dans les eaux salées du large qu'ils le sont pour survivre dans les canaux, je dirais qu'il ne leur faudrait que quelques années pour dominer tout l'écosystème. On aurait beaucoup de mal à trouver un autre poisson que le tilapia dans tout le golfe du Mexique.

— A ce point ?

— Pire que ça, encore. Catastrophique. »

Judy se passa la paume de la main sur le front comme si elle luttait contre les prémices d'un mal de tête. Puis elle regarda Thorn, l'air de chercher à découvrir dans ses traits des indices sur son caractère. Finalement elle se leva, lui dit de ne pas bouger et quitta la pièce.

Lorsqu'elle revint, quelques minutes plus tard, elle tenait à la main deux agrandissements photographiques qu'elle posa devant lui. Le premier était une vue aérienne de la côte d'une région tropicale. En nuances de verts éclatantes, on voyait moutonner palmiers, bambous et fougères jusqu'au bord de l'eau. L'eau elle-même présentait six nuances différentes de verts, autant de bleus.

« Le Brésil, dit-elle. A mille kilomètres au sud de Rio. La forêt pluviale pousse jusque sur la plage.

— Et alors ?

— Il y a sept mois, un barrage s'est rompu à huit kilomètres en amont sur la rivière Sangre de Cristo. Une ferme piscicole brésilienne était installée en aval du barrage. On y élevait du tilapia. Toute la production a été emportée et s'est retrouvée dans la baie. Quelques milliers de poissons. Regarde la photo suivante. »

Le deuxième cliché montrait la même baie. Les palmiers étaient toujours debout, mais la couverture végétale du sol avait disparu. On aurait dit qu'on avait aspergé la jungle d'un produit comme l'agent Orange [1], ou qu'un ouragan avait matraqué la côte pendant des jours et rasé quatre-vingt-dix pour cent de la vie végétale. Ce qui restait ressemblait davantage à un désert qu'à une jungle. L'eau avait pris une couleur d'un blanc crayeux, traversé par de grandes bandes d'un vert morbide.

1. Le défoliant employé par les Américains pendant la guerre du Viêt-nam. *(N.d.T.)*

« C'est le tilapia qui a fait ça?
— Oui, le tilapia.
— Mais comment?
— Si tu veux l'explication scientifique, il faudra demander à quelqu'un d'autre. D'après ce que j'ai compris, ils ont descendu la rivière jusqu'à l'océan. Il ne leur a fallu que sept mois pour pulluler dans les eaux du long de la côte. Sous l'effet d'une telle surproduction, c'est tout l'équilibre écologique du système qui a changé. Les quantités d'azote, du fait de leurs déchets, se sont élevées dangereusement; la présence de cet azote a favorisé l'explosion des algues, parce que les algues l'adorent — mais c'est à peu près tout ce qu'elles font.
« Les éponges sont mortes, comme les varechs et les crevettes. Les mouettes sont parties et les autres espèces d'oiseaux, les unes après les autres, ont fini par en faire autant. Or ces oiseaux contribuaient à contrôler les populations d'insectes nuisibles, qui à leur tour ont explosé. Termites, charançons, tout ce que tu veux. Ils ont bouffé toute la végétation, le long de la côte, et ont poursuivi vers l'intérieur.
« Tu connais l'histoire, Thorn? Celle de la manière dont le fémur est relié au bassin. Je frappe dans mes mains en Floride, un moineau tombe de son nid à Hong-Kong. Toutes les petites choses que l'on fait ont des conséquences que l'on ne verra jamais. Des effets que personne ne comprend. Quand on se met à bricoler la mère Nature, par exemple en déplaçant une population de poissons de son habitat naturel vers un autre endroit, il peut en résulter des conséquences désastreuses. »
Thorn contempla les deux photos, l'une après l'autre, et revint sur la première.
« Et qu'est-ce qu'on a fait pour traiter le problème?
— Ils étaient déjà pas mal en retard quand ils ont commencé à évaluer les dégâts. Les Brésiliens ont

empoisonné la baie. Ils ont commencé par l'isoler du mieux qu'ils ont pu, et ils ont tué tout ce qui vivait sur une superficie de 15 000 kilomètres carrés pour que le tilapia ne se répande pas. Voilà ce qu'ils ont fait.

— Bordel de Dieu... Ton service en ferait éventuellement autant? Pourrait-il seulement faire quelque chose?

— Tu n'es pas au courant de l'histoire de l'élevage de crevettes, en Caroline du Sud? On en a pourtant parlé dans les journaux. Le projet Parker. »

Thorn répondit que non.

« Eh bien, il s'agissait d'une station de recherche géante des Eaux et Forêts, avec plein de petits gars en blouse blanche travaillant avec un ingénieur en crevettes. Il s'agissait de produire des crevettes géantes, des jumbos. Ils élevaient leurs foutues monstruosités génétiques dans des bassins, des cages et des gros réservoirs de béton, assez semblables à ceux qu'utilisent Harden et tous ceux qui cherchent à élever le tilapia. C'est alors que s'est pointé le cyclone Hugo. Il fonçait directement sur Charleston et les gens du ministère de l'Intérieur, pris d'une trouille bleue, se sont mis à paniquer. Quelques heures avant l'arrivée du cyclone, ils ont fait une descente et détruit toutes les crevettes. Ils ont même incendié deux bâtiments. D'après ce qu'on m'a dit, ce sont dix ans de recherches qui sont partis en fumée. »

Thorn se leva, retourna à la fenêtre et regarda la file de voitures qui attendait de pouvoir envahir les Everglades.

« Il faut que tu me parles, Thorn.

— Je ne sais pas si c'est vrai. J'ignore dans quelle mesure je peux faire confiance à mes sources.

— De quoi est-il question, au juste? Sois plus précis. »

Observant un vol de vautours qui décrivaient des cercles, au loin, il répondit sans se retourner. « Je crois que Harden a décidé de lâcher ses tilapias. Tous. D'un seul coup.

— C'est du délire!

— Je crois qu'il l'envisage sérieusement. Il veut tous les balancer dans l'Okehatchee.

— Mais pourquoi diable vouloir faire un truc pareil?

— Je ne sais pas exactement. Pour régler ses comptes avec quelqu'un. Et parce qu'il est plein de haine. Je ne sais vraiment pas. Peut-être veut-il simplement laisser son empreinte, à sa manière perverse. Pisser sur la planète. »

Elle réfléchit quelques instants, puis secoua la tête.

« Écoute-moi, Thorn. Je ne sais pas ce que tu as contre Harden Winchester, mais cette histoire est ridicule. Un conte à dormir debout.

— Je te dis qu'il va le faire.

— Pour commencer, la ferme est à l'intérieur des terres.

— Et l'Okehatchee?

— Les bassins sont à deux cents mètres de la rivière », fit observer Judy. Elle se leva et vint à ses côtés. Épaule contre épaule, ils regardèrent la lisière des Everglades. « Il lui faudrait creuser plusieurs tranchées importantes dans le socle calcaire pour rejoindre la rivière. Un sacré boulot, qui nécessiterait un important matériel de terrassement. Il en aurait pour des mois. Il n'a aucun moyen de réussir un truc pareil. Vraiment aucun.

— Si, il a trouvé un moyen d'y parvenir. Crois-moi, Judy, il en a trouvé un. »

27

Lorsque Sugarman s'éveilla, son rêve persista comme un étrange parfum de terre fraîche, opulent, plein de soleil. Il pourchassait une femme, grande et souple, au milieu d'un champ de fleurs sauvages qui leur montaient jusqu'à la taille, il courait au ralenti, suivant la piste qu'elle ouvrait entre les hautes tiges vertes. Ces images venaient d'un film qu'il avait vu. Deux jeunes amoureux dans un champ de fleurs. Le titre lui revint comme s'il surgissait du brouillard, lui qui d'ordinaire ne se souvenait jamais des films qu'il voyait et encore moins de leur titre. *Elvira Madigan,* un film étranger vu des années auparavant, il ne savait ni où ni pourquoi. L'une des lubies passagères de Jeanne, peut-être, qui l'avait traîné voir un film français dans un cinéma d'art de Miami, et dont il avait dû déchiffrer les sous-titres, assis dans le noir, pour essayer de comprendre un peu ce qui se passait sur l'écran.

Et alors même qu'il évoquait le souvenir de Jeanne, son épouse depuis près de vingt ans, il ne ressentit pas la moindre pointe de culpabilité lorsqu'il regarda Doris Albright qui dormait à côté de lui, entre les draps bleu pâle.

Il contempla Doris et écouta les bruits de l'hôtel qui s'éveillait, le percolateur qui sifflait au rez-de-chaussée, une chasse d'eau qui grondait, une douche qui coulait. Hôtel était un bien grand mot pour le Olde Island Inn, un établissement d'un étage en bois, à deux pas de la jetée de Naples, que Doris connaissait. Lorsqu'ils étaient arrivés la veille, à huit heures du soir, la jeune femme de la réception leur avait dit qu'il ne lui restait qu'une chambre, en leur jetant un regard incertain. Sans l'ombre d'une hésitation, Doris avait déclaré : « Nous la prenons. »

L'instant le plus excitant, sexuellement parlant, de toute la vie de Sugarman. *Nous la prenons.*

Seigneur Dieu...

Ils n'avaient pas échangé un mot en empruntant l'escalier qui menait à la chambre. Pas un mot, lorsqu'il avait refermé la porte, qu'elle s'était retournée pour venir à lui, et il avait lâché les sacs et elle était venue poser la tête contre son cœur, l'avait encerclé de ses bras par la taille, et lui l'avait tenue, s'était plongé dans son doux parfum de fleur d'oranger, s'était retrouvé qui déposait un baiser dans la raie qui partageait ses cheveux, la tenant ainsi, sans mot dire, jusqu'à ce que finalement, de longues minutes plus tard, elle reculât d'un pas, passât les mains dans son dos et commençât à déboutonner sa blouse.

Nous la prenons.

Et ils l'avaient prise. Ils s'étaient emparés du lit de cuivre, des draps, des oreillers. Tortillements, maladresses, tâtonnements pleins de hâte, exactement comme cela doit être, une première fois. Comme cela devrait l'être longtemps après une première fois. Efforts, grognements, mais toujours sans échanger un mot, sans évoquer le péché qu'ils commettaient ni les obligations qu'ils avaient. Pas une pensée ne dérangea Sugarman ; sa tête resta vide. Pour la première fois de sa vie, il eut l'esprit aussi nu que son corps. Ça ne parlait plus. Un délicieux soulagement. Une complicité instinctive de leurs corps étranges et distants.

Tandis qu'il la contemplait, il vit se transformer le rythme de sa respiration ; il la vit qui remontait lentement aux travers des strates du sommeil et reprenait peu à peu possession de son corps. Finalement ses paupières tressaillirent, elle les ouvrit, étudia quelques instants le plafond et se tourna vers lui.

« Je rêvais, dit-elle d'une voix de gorge.

— Ouais. Moi aussi.

— Vas-y le premier.

— Si on les raconte avant le petit déjeuner, ils peuvent se réaliser », avertit Sugarman.

Elle sourit.

« Je crois que c'est déjà fait pour le mien.

— Alors autant que ce soit toi qui commences, dit-il.

— Je rêvais aux vers luisants des Bahamas.

— A quoi ?

— Ce sont des créatures marines qui vivent dans les récifs coralliens, au large des Bermudes. Elles ressemblent un peu à des crevettes. On en trouve peut-être ailleurs, mais c'est là que j'en ai vues, il y a longtemps.

— Ah bon, dit Sugarman, qui laissa retomber sa tête sur l'oreiller et se mit à contempler le plafond. Tu rêvais donc de vers...

— Oui, mais ce ne sont pas des vers comme les autres. Ils ont un rituel d'accouplement qui est unique.

— D'accord. Voilà qui est mieux.

— Quand les femelles sont en chaleur, elles montent toutes flotter à la surface de l'océan, où elles forment une masse énorme. Et elles deviennent lumineuses. Alors représente-toi un peu ça. Des essaims et des essaims de femelles scintillantes qui s'élèvent dans les eaux noires pour gagner la surface ; quand les mâles les voient, ils se mettent à nager vers elles et à briller aussi.

— Pas mal.

— Mais ce n'est pas fini. » Elle posa à son tour la tête sur l'oreiller et ferma les yeux. « Mâles et femelles finissent par se rejoindre et commencent à s'accoupler ; et à l'instant même où ils s'unissent, ils produisent une flamme brillante, comme un pétard, ou une ampoule qui explose. Immédiatement après, les vers perdent toute lumière et redeviennent noirs. Les ovules, le sperme et les vers épuisés coulent vers le fond de l'océan. »

Sugarman s'était tourné vers Doris, les yeux toujours fermés, le blond désordre de ses cheveux répandu sur l'oreiller.

« Et c'est à ça que tu as rêvé ? »

Elle acquiesça et ouvrit les yeux.

« A ton tour, maintenant.

— Le mien n'est pas de taille. »

Il tendit une main vers elle, sous le drap, et vint la toucher à la taille, puis sur l'estomac ; sa peau était douce, mais on sentait, en dessous, la solidité des muscles. Pas comme Jeanne, tout en os et en angles dangereux ; qui, après des heures et des heures au gymnase, avait atteint une sorte de perfection métallique. Sugarman admirait certes sa condition physique mais, depuis quelque temps, il commençait à trouver ce corps peu avenant, comme une terre agricole surexploitée. Tellement grattée et retournée que plus une graine ne peut y prendre racine. Alors que Doris avait une luxuriance féminine. Evoquant plutôt la glaise veloutée d'un champ récemment labouré.

Ce n'était peut-être pas les douces paroles qu'une femme aurait aimé entendre prononcer pour décrire son corps, mais dans l'esprit de Sugarman, il s'agissait d'un grand compliment. Doris, à la fois forte et pleine d'abandon, créait une impression de fertilité et d'abondance ; c'était une femme qui, pour la première fois de sa vie, lui donnait le sentiment d'être lui aussi fertile.

« Raconte-moi ton rêve. C'est la moindre justice. »

La main de Doris vint l'effleurer ; les ongles, en jouant dans les poils clairsemés de sa poitrine, le chatouillaient. Elle gratta son sein gauche et le tripota jusqu'à ce que le bout durcisse.

« Je rêvais à des fleurs sauvages, dit-il. Tout un champ de fleurs sauvages.

— On y était, tous les deux ?

— Oui. Tous les deux. »

Elle suivit le relief de sa clavicule, puis revint lentement au bout du sein et le fit à nouveau durcir.

« Et qu'est-ce que nous faisions, au milieu des fleurs ?

— Je te poursuivais. Nous étions nus.

— Je vois.

— Je me suis réveillé avant de t'attraper.

— Sauf que j'étais ici. »

Sugarman regarda, à l'autre bout de la pièce, la vieille coiffeuse de chêne sur laquelle était posé un petit vase blanc. On y avait disposé trois roses, dans des tons de rouge différents. Et le papier peint était fait d'un semis de fleurs des champs. Son rêve n'était pas du tout un rêve.

« Je n'ai jamais eu beaucoup d'imagination, admit-il. Je n'ai jamais appris à rêver.

— Ça demande de l'entraînement, comme le reste. »

La main de Doris poursuivit sa descente tandis qu'elle se pelotonnait contre lui. Atteignit l'entrejambe. S'emparant de cette partie de lui-même sur laquelle, depuis quelque temps, il se posait des questions. Cette partie de lui-même qui avait commencé à lui faire l'effet d'une médaille datant de guerres anciennes, toujours accrochée là mais ayant perdu toute signification.

« Des vers... c'est bien la première fois que je rencontre une femme qui rêve à des vers luisants.

— Tu es bien mon premier homme qui rêve à des fleurs sauvages.

— Parfait.

— Cela dit, je manque d'expérience en ce domaine.

— A vrai dire, moi aussi.

— Deux maris, et maintenant toi.

— C'est tout ?

— Un peu courte ma liste, selon les critères actuels, non ?

— N'empêche, elle est tout de même plus longue que la mienne. »

Le percolateur, au rez-de-chaussée, ne sifflait plus ; les toilettes ne gargouillaient plus, la douche s'était arrêtée de couler. On entendait des voix, une conversation de petit déjeuner. Des froissements de pages de journaux. L'agréable cliquetis des couverts, des étrangers se rencontrant et échangeant des propos pour la première fois devant des œufs au bacon, tandis que Doris et Sugarman repoussaient les draps et se mettaient en demeure d'améliorer, dans la lumière diaphane du matin, ce qu'ils avaient si bien commencé la veille.

« J'ai payé la foutue caméra Sony, j'ai payé la foutue cassette Maxell, j'ai payé pour l'installation de cette foutue vidéo dans mon magasin. Je crois que j'ai foutrement le droit d'avoir l'enregistrement.

— Sugarman a dit que non. Alors c'est non. »

Roy Murtha regarda un tube fluo qui donnait des signes de fatigue. Il poussa un profond soupir, puis s'enfonça dans le canapé vert où il était assis, en face d'Andy Stutmeyer. Il avait fallu une minute au faux adolescent maigrichon pour lever le nez après l'entrée de Murtha dans le bureau, et trente secondes de plus pour qu'il enlève les écouteurs de son baladeur. Murtha et sa chemise noire, son pantalon gris, sa veste de sport beige.

« Je ne pige pas. Sugarman vous aurait dit de ne pas me donner l'enregistrement ? Il a prononcé mon nom ?

— Tout ju-uste, répondit Andy sur un air de comptine.

— J'exige de lui parler.

— Impossible. Il n'est pas en ville.

— Il vous l'a dit ?

— Il est à Naples, pour affaire.

— Et il vous a laissé pour garder la boutique.

— Exactement. »

Andy remuait la tête au rythme de la musique qui montait des écouteurs restés autour de son cou ; ses yeux se baladaient en mesure dans la pièce.

« C'est beaucoup de responsabilité pour un jeune homme, de tenir une boutique de ce genre.

— J'en suis capable.

— Ce que je voudrais savoir, c'est où, à Naples ?

— Pas la moindre idée. Il a dit Naples, c'est tout.

— Et pourquoi devait-il aller à Naples ? »

Murtha croisa les jambes et mit les mains derrière la tête, s'installant confortablement sur le canapé, comme quelqu'un qui a tout son temps. Prêt à poser toutes les questions qu'il faudrait.

« Sugarman ne me raconte pas en détail tous les petits trucs qu'il a à faire, répondit Andy en minaudant.

— Connaissez-vous Doris Albright, Andy ? »

Andy marmonna une réponse affirmative.

« Lorsque je suis passé à la pêcherie, enchaîna Murtha, quelqu'un a eu la bonté de me dire que Mme Albright était partie quelque part avec M. Sugarman. Il ne paraissait pas savoir où.

— A Naples.

— Oui, je crois que nous sommes d'accord là-dessus. »

Du bout du doigt, Murtha effleura la crosse du Ruger, dans la poche de sa veste. Pour se donner un peu de tonus.

« Mais ce que nous n'avons pas établi, reprit-il, c'est à quel endroit exact, à Naples. Telle est la raison pour laquelle j'ai mentionné Mme Albright. J'ai pensé qu'un jeune homme aussi brillant que vous, à qui on confie d'importantes responsabilités, se rappellerait peut-être quelque chose à propos de Mme Albright ou de Naples, et pourrait en tirer des conclusions sur le lieu précis où nos deux oiseaux se trouvent.

— Je ne vois absolument pas en quoi cela vous regarde. »

Murtha décroisa les jambes. Les effluves âcres du salon de coiffure voisin parvenaient jusqu'à ses narines. L'odeur lui tombait sur l'estomac et y faisait cailler le café et les six beignets qu'il avait pris en guise de petit déjeuner. Par la porte du bureau de

Sugarman, restée entrouverte, il apercevait à travers le miroir sans tain l'agitation qui régnait dans le salon, entendait les éclats de voix, la sonnerie du téléphone et le ronflement des sèche-cheveux.

« Andy, demanda-t-il, êtes-vous prêt à mourir ? Etes-vous en paix avec vous-même ? »

Le jeune homme redressa la tête ; elle ne battait plus la mesure. Son expression ricanante disparut et, en cet instant, Murtha put apercevoir le visage de l'homme fait que Andy aurait pu devenir. Son air grincheux s'enracinant dans ses traits, se transformant en un masque de mépris. Murtha reconnut cette expression.

Il l'avait vue pendant des années sur le visage d'hommes avec lesquels il avait travaillé, petits voyous, gangsters de quartier, qui l'affichaient pour dissimuler leur bêtise, leur grossièreté. Année après année, Ray Bianetti était monté un peu plus haut, escaladant la montagne faite de leurs cadavres ricanants, jusqu'à se retrouver à trois hommes du sommet de l'organisation ; son territoire personnel s'étendait alors de New York à Detroit, et au sud jusqu'à Baltimore. Extorsion, prostitution, drogue. Puis, en juin 1975, Ray Bianetti avait commencé à voir quelque chose dans les yeux de ses lieutenants. Ses hommes, qui soutenaient son regard une demi-seconde de plus que d'habitude. Qui le défiaient. Une demi-seconde, pas plus. Mais assez pour lui faire comprendre que les choses avaient changé. Ray the Clink avait fait trop de graisse ; il s'était amolli, il avait perdu la main. Son contrat était en route. Il avait donc décidé de s'en occuper lui-même. Et la nuit du 30 juin de cette année-là, on avait assassiné Ray Bianetti. Dans le grand style. La figure dans les pâtes, douze balles.

Peu après était né Roy Murtha, laissant derrière lui un compte en banque de plus de sept millions de dollars. N'emportant que deux cents dollars avec lui. Non sans avoir soudoyé un photographe du *Post* ; deux serveurs du Tulipano, et un jeune interne de l'hôpital Cedars Sinai avant de s'évanouir dans la nature, à savoir ce dédale titanesque d'autoroutes, d'églises et de baraques à frites que sont les États-Unis d'Amérique. En déplacement continuel, une semaine ici, un mois là, jusqu'à ce qu'il eût décidé ce qu'il voulait faire. S'installer près de la seule famille qu'il eût. Sa fille. Avec l'espoir d'être un jour capable de trouver le courage de parler, d'essayer de faire amende honorable.

Il sortit le Ruger de sa poche, le prit bien en main et le braqua en direction du visage du jeune homme.

« Vous devriez faire un effort de réflexion, Andy. Peut-être allez-vous finalement vous souvenir de quelque chose qui pourrait nous suggérer un endroit précis de Naples ; un endroit où Sugarman et Doris Albright auraient eu une raison d'aller. »

Andy ouvrit la bouche, parut sur le point de dire un mot, puis un autre, mais aucun son ne franchit ses lèvres. Il essaya de nouveau, avec plus de succès cette fois. « Une ferme. Aquaculture. Un truc d'élevage de poissons.

— Élevage de poissons ?

— Mme Albright voulait aller voir quelqu'un qui vit dans une ferme où on élève des poissons. C'est tout ce que j'ai entendu.

— Et vous avez l'adresse de cette ferme ?

— Bordel, il doit pas y en avoir tant que ça, tout de même ! » Puis il jeta un nouveau coup d'œil sur le pistolet, pâlit et dit : « Non, je suis désolé, je ne connais pas l'adresse.

— Pourriez-vous arrêter cette putain de musique, s'il vous plaît ? »

Dans un accès fébrile pour se montrer agréable, Andy tripota son baladeur, trouva le bouton et le coupa. Murtha examina le garçon. Il venait à peine de quitter l'adolescence, mais il paraissait plus jeune, maintenant qu'il n'affichait plus son ricanement méprisant.

« Merci », dit Murtha. Il conserva néanmoins l'arme fermement pointée sur Andy. « N'est-ce pas étrange, Andy, n'est-ce pas foutrement ironique qu'il faille un pistolet pour rendre les gens civilisés ? Vous, par exemple. Vous vous comportez maintenant comme un brave garçon. Parfaitement bien. Excellentes manières. Simplement parce que vous savez que je risque de vous tuer dans le cas contraire. Vraiment étrange. Tiens, autre exemple. Il m'arrive parfois de rouler dans Miami et je suis émerveillé par la politesse des gens. Personne ne klaxonne. Aucun conducteur ne fait de gestes obscènes à un autre conducteur, même quand on s'est fait faire une sévère queue de poisson. Comment cela se fait-il, Andy ? Est-ce parce que les habitants de Miami sont plus polis qu'ailleurs ? A mon avis, non. C'est parce qu'à Miami, tout le monde a une arme dans sa voiture. Tout le monde. Il faut être très poli, sans quoi on se fait descendre. Pistolets, revolvers, fusils. Les armes ont fait de Miami la ville la plus courtoise d'Amérique. »

Andy contemplait son bureau ; il se mouilla les lèvres, l'air d'avoir mal au cœur.

« Ça me revient, dit le jeune homme. C'est une ferme qui appartient au premier mari de Doris Albright. Il s'appelle Winchester. Ça vient juste de me revenir. Winchester.

— N'est-ce pas remarquable, cet autre effet des armes à feu ? C'est fou ce qu'elles améliorent la mémoire. Elles permettent de se souvenir de ce qu'on croit avoir oublié. Encore plus fort que leur putain de sérum de vérité. »

Murtha garda le silence pendant quelques instants. Sans quitter Andy des yeux, commençant à éprouver le poids du pistolet dans sa main.

D'une voix étranglée, Andy répondit :

« Je vous ai dit tout ce que je savais. Une ferme d'aquaculture à Naples.

— Et moi, vous savez qui je suis?

— M. Murtha.

— Sugarman vous l'a dit, hein? Il vous a dit quel était mon vrai nom?

— Non, il ne me dit pas ce genre de chose.

— J'ai bien peur de ne pouvoir courir ce risque, Andy. J'ai bien peur d'être obligé de me débarrasser de toi. »

Le gros homme changea sa prise sur le Ruger et se baissa pour le jeter sur le plancher. L'arme rebondit et alla glisser jusqu'au bord du bureau. Il se trouvait à deux pas d'Andy, à environ six de Murtha.

Andy étudia le pistolet, puis revint à Murtha. Ensuite, ses yeux parcoururent la pièce. Les photos sous-marines, les citations à l'ordre de la police de Sugarman. Il prit deux profondes inspirations, le menton agité de tremblements, puis son regard retourna sur l'ancien truand. Il avait le visage exsangue, dépourvu d'expression.

« Il est à côté de toi, dit Murtha. Chargé. Sécurité enlevée. »

Le jeune homme s'agita sur son siège comme quelqu'un qui est pris d'une soudaine envie de pisser.

« Vous essayez de m'avoir. Vous avez un autre pistolet.

— Non, Andy. Je ne suis qu'un vieil homme. Un vieil homme qui en a assez des pistolets et des balles. Il est à toi, si tu le veux. Vas-y, Andy, ramasse-le. Défends-toi. Tu as devant toi un vieux gangster rangé des voitures. »

Andy se leva, fit le tour du bureau, effleura l'arme d'un pied timide, une expression endormie sur le visage. Il déglutissait de plus en plus. Ses yeux parcoururent le plafond, se fixèrent sur un point invisible; il plissait les paupières comme s'il s'apprêtait à donner son sang et ne pouvait supporter la vue de l'aiguille pénétrant dans son bras.

« Alors, qu'est-ce que tu attends pour le prendre et me tirer dessus ? »

Des larmes grossissaient dans les yeux du garçon. On aurait dit qu'il avait dix-sept ans, quinze ans. Un enfant qui tremblait.

« L'enregistrement, dit-il. L'enregistrement est dans le bureau. Je vais vous montrer où.

— C'est un peu tard pour ça, tu ne trouves pas, mon garçon ? Un peu tard pour nous réconcilier et arranger le coup. »

Les traits d'Andy s'effondraient. Il oscilla, comme s'il avait du mal à garder l'équilibre, les yeux fixés sur le pistolet.

« Très bien, dit-il, tandis que coulaient ses larmes. Très bien. »

Le rire bruyant d'une grosse femme leur parvint du salon de coiffure ; d'autres personnes se joignirent à elle. Le téléphone sonna. Quelqu'un laissa tomber un lourd objet de métal.

Avec maladresse, Andy se baissa pour saisir l'arme, l'attrapa gauchement, rien d'un sportif, ce garçon, aucune dextérité naturelle. Roy Murtha avait bondi du canapé et se trouvait derrière lui avant même qu'il eût le temps de se relever, lui passant la corde de harpe autour du cou et la tendant aussitôt.

Il y a les adeptes de la corde à piano, qui n'utilisent pas autre chose. Junior Monk, M. Sun Lee. Les plus célèbres. Murtha préférait les cordes de harpe pour des raisons esthétiques. Il aimait davantage le son si riche de la harpe que celui du piano — cette boîte en bois à trois jambes, bruyante, sur laquelle s'escrimaient des hommes en smoking. Une harpe, en revanche, avec ses sonorités célestes, jouée par une femme au toucher délicat, habillée en robe du soir, faisant courir ses doigts sur les cordes, était l'instrument des anges.

Sa corde mesurait soixante centimètres de long et se terminait à ses deux extrémités sur deux roulements à billes. Soudés. Des roulements à billes semblables à ceux avec lesquels Humphrey Bogart joue à la fin de ce film sur une mutinerie — quand il les sort de sa poche, en plein tribunal, et se met à les tripoter, trahissant ainsi sa folie. Des roulements à billes comme ceux de Bogart, qui donnaient une prise à Murtha et permettaient d'utiliser aussi la corde comme un bolo, au besoin, en le lançant au cou de sa victime.

Murtha comprenait la fascination de Bogart pour les roulements à billes. Leur poids, leur forme parfaite, le plaisir qu'ils lui donnaient lorsqu'il les faisait rouler entre ses doigts. Ils cliquetaient dans la poche de sa veste lorsqu'il marchait. C'était de là qu'il tirait son surnom : *Clink! Clink!* Le cliquetis de la mort qui approchait. Il y en avait bien sûr pour dire que c'était les boules qui pendaient entre les jambes de Bianetti qui faisaient ce bruit.

Il enfonça la corde à hauteur de la pomme d'Adam du garçon, le sentit qui se débattait, puis s'abandonnait peu à peu ; Murtha tint les roulements à billes, les bras croisés derrière la tête du garçon, et garda la corde tendue quelques secondes de plus, jusqu'à ce que le jeune homme s'effondrât et pesât soudain de tout son poids. Alors l'homme le relâcha et le laissa s'écrouler à ses pieds.

Ce fut Ray Bianetti qui se tint immobile quelques instants et tendit l'oreille pour se rendre compte si personne n'avait rien entendu depuis le salon de coiffure. Ray Bianetti toujours qui attendit qu'une femme éclatât de rire, bientôt joyeusement imitée par d'autres. Il se pencha pour regarder à travers le miroir sans tain et vit un groupe de coiffeurs et de clientes réunis autour d'un siège, qui écoutait quelqu'un raconter une histoire.

Ce fut encore Ray Bianetti qui fit demi-tour et ferma à clef la porte du bureau ; qui revint auprès du garçon et le retourna pour voir le visage d'Andy Stutmeyer. Un visage dont les traits étaient complètement relâchés.

Dans quelques instants, Roy Murtha aurait récupéré et détruit l'enregistrement, mais il avait envie de passer quelques instants à regarder Andy. Car il venait de prendre conscience que le garçon lui rappelait quelqu'un. Un autre enfant plein d'amertume, bien longtemps auparavant, un garçon du Bronx qui n'avait qu'un désir, être un bon petit, gagner l'amour de ses parents, et croyait désespérément aux promesses dorées du rêve américain. Mais il était arrivé quelque chose à ce garçon ; quelque chose qui manquait dans son régime l'avait lentement déformé, rendu laid, avait empoisonné son cœur.

Ray Bianetti se souvenait d'avoir passé des heures et des heures à contempler le visage de cet autre enfant, fasciné par lui, par ce rictus qui commençait à apparaître, par cette amertume, par la lumière froide de l'ambition qui s'imposait de plus en plus dans son regard. S'il ne pouvait avoir l'amour, nom de Dieu, il aurait au moins le respect.

Pendant des heures et des heures, Ray avait regardé le visage de ce garçon dans le miroir de sa chambre.

28

Sugarman poussa la barrière métallique grinçante qui ouvrait sur la ferme de Winchester. Il marqua une pause et étudia les vingt mètres de chemin sablonneux qui se terminaient sur un virage serré avant de disparaître à la vue. Il inspira sans se presser et souffla, puis fit demi-tour et revint à la Mustang. Il s'accroupit à côté de la portière, côté passager.

« Tu es bien sûre de ce que tu fais ? » demanda-t-il.

Doris toucha le bras nu de Sugar de la pointe d'un

doigt et le laissa là, comme si elle évaluait la température de sa peau. Elle le regarda, mais ne dit rien.

« Tu sais, c'est peut-être une vieille bagnole, mais elle a tout de même la marche arrière. Quoi que tu décides, ce sera très bien pour moi. Ça m'est complètement égal de faire demi-tour et de retourner à Key Largo. Et tout autant de rester ici et de rencontrer ce type. A toi de choisir.

— C'est parce que je suis une cliente ? Tu es obligé de faire ce que je te dis ?

— Doris, voyons, Doris... » Il secoua la tête, lui souriant. « Tu es dans une catégorie qui n'a rien à voir avec celle de client.

— Ce qui signifie sans doute que cela va me coûter encore plus cher.

— Probablement. Probablement beaucoup plus cher. »

Elle lui sourit, prête à courir le risque, apparemment.

Elle avait coiffé ses cheveux en une queue-de-cheval que retenait un ruban rose. La couleur était la même que les rayures de sa blouse. Son rouge à lèvres était d'une nuance légèrement plus soutenue. Un pantalon bleu marine et une paire de chaussures de bateau en toile blanche complétaient sa tenue. Il y avait, aujourd'hui, quelque chose de plus frais et détendu dans son regard. Elle paraissait tout voir, être plus présente que la veille, quand elle était perdue dans ses songes. Cent pour cent présente, même. C'était aussi ce que ressentait Sugarman. Impression de tout voir dans les moindres détails. Plus de ces interminables conversations avec lui-même. Les sens en alerte. Jouissant de chaque respiration.

« Non, pas question de revenir en arrière. Il faut que je sache ce qui se passe. Il y a quelque chose qui cloche.

— Les gens changent, observa Sugarman. Winchester n'est peut-être plus aussi terrible qu'à l'époque où tu l'as quitté. Il s'est peut-être calmé.

— Ou il est peut-être devenu pire encore. »

Sugar prit le doigt que Doris avait posé sur son bras et le porta à ses lèvres. Jamais il n'aurait imaginé qu'il pouvait être du genre à embrasser le bout des doigts des dames. C'est pourtant ce qu'il fit, déposant un baiser sur le doigt, sur l'articulation — Doris essaya de se libérer mais il la retint et continua à l'embrasser sur la main, jusqu'à ce qu'elle se dégageât en tirant d'un coup sec.

Sugarman se leva et recula d'un pas. Doris fixait quelque chose à travers le pare-brise.

« Qu'est-ce qu'il y a ? Tu n'aimes pas que je t'embrasse la main ? »

Elle conserva son attitude raide et ne le regarda pas ; Sugarman sentit un vent froid se lever en lui, retrouvant, dans le brusque changement d'humeur de Doris, le comportement de Jeanne, cette manière qu'elle avait de passer si souvent et si soudainement au mode boudeur.

« Qu'est-ce que j'ai fait ? Qu'est-ce qui ne va pas ? »

Doris ne cillait pas ; elle paraissait pétrifiée, comme un animal pris dans des phares, par un souvenir. Sugar se tourna pour suivre son regard et aperçut, à l'entrée du virage du chemin, un homme en jean serré, au crâne chauve bronzé par le soleil, debout, les bras croisés sur la poitrine. Jambes écartées. Un bel homme de soixante ans, découplé comme un athlète. Un gymnaste qui aurait perdu un peu de sa souplesse avec l'âge, mais aurait gardé tout son ressort. Une barbe de huit jours lui hérissait le menton.

Il avait des yeux très pâles, gris ou bleus, impossible de le dire à cette distance ; ce n'était cependant pas sa femme partie depuis quinze ans que Winchester foudroyait du regard, mais Sugarman. Son regard se concentrait sur la bouche et les lèvres de Sugar, cette bouche et ces lèvres qu'imprégnait encore le parfum de Doris Albright.

Ray Bianetti sortit de Key Largo au volant de la Firebird, parcourut les quatre-vingts kilomètres qui le séparaient de Miami, sortit de l'autoroute et continua en direction du nord par Dixie Highway, bien au-dessous de la vitesse limite afin de pouvoir repérer une boutique particulière parmi les innombrables magasins mal entretenus qui se massaient le long de cette voie. Une zone pauvre, des clochards, noirs ou blancs, vivant des chèques des services sociaux, beaucoup de marchands d'alcool. Il avait entendu parler de cette boutique plusieurs semaines auparavant, dans l'un des clubs qu'il fréquentait du côté de Miami Beach, et avait mis l'adresse de côté dans sa tête, juste au cas où : si tu veux une arme le jour même, sans avoir à respecter le délai de trois jours, va donc au Guns B'Us de Perrine.

Il se gara, entra, acheta deux pistolets de plus et un fusil de gros calibre, toujours de la même marque, Ruger ; le fusil était un Number 1 H Tropical à la crosse en noyer ; la solide gaillarde qui tenait le comptoir lui en expliqua rapidement le fonctionnement.

Bianetti commença à compter les billets et les tendit à la femme, qui lui demanda s'il ne voulait pas de munitions. Si, bien sûr, il en voulait. Il tira quelques billets de plus de la liasse. Ça va ? lui demanda la femme. Vous n'avez pas l'air très bien. Et Bianetti lui rétorqua, qu'est-ce que ça peut vous faire, comment je vais ? Si je déraille, si je suis en fait un putain de cinglé qui perd complètement les pédales, est-ce que ça compte, pour vous ? Est-ce que ça vous empêcherait de me vendre ces saloperies ? Combien de boîtes de cartouches voulez-vous ? répondit la femme.

Puis Ray demanda si par hasard elle n'aurait pas de la corde métallique. De la corde ? Oui, corde à piano, corde de harpe, matériel de strangulation. Non, en rupture de stock question corde. J'ai vendu mon dernier garrot ce matin même. La femme avait répliqué d'un ton tellement normal que Ray n'aurait su dire si elle se payait sa tête ou si elle était parfaitement sérieuse. On était à Miami : qui aurait pu le savoir?

Normalement, je me sers de corde à piano, dit-il. J'étais connu pour ça. Mais les pétards rendent parfois service, quand il n'est pas possible de s'approcher assez; dans ce cas, ils sont pratiques. Je préfère pourtant la corde de harpe. Mieux qu'une lame, moins salissant. Avec un couteau, on se met du sang partout. C'est comme ça que j'ai perdu tout un tas de chemises de soie. Vous savez ce que c'est, hein? Du sang sur de la soie.

La grosse femme le regardait, l'œil rond, ayant perdu toute envie de blaguer devant ce type qui était soit fou à lier, soit ce qu'il disait être, un tueur, un individu qui avait passé sa vie à perfectionner ses talents d'assassin.

Puis Bianetti s'en alla, remonta encore Dixie sur une longueur de deux pâtés de maisons et s'arrêta dans une épicerie afin de faire des provisions pour la route. Trois sacs de Cheetos, pour commencer, une boîte de noix assorties, quelques Ding Dong, des Milky Way, une bouteille de Miller, une boîte de beignets givrés à la noix de coco, encore tièdes. Puis, la bière entre les jambes, un sac de Cheetos ouvert à côté de lui — une main plongeant dedans, l'autre tenant le volant —, il s'engagea sur la voie rapide de Palmetto, suivit un temps la direction du nord, prit ensuite Southwest Eighth Street, et sortit de Miami par l'ouest pour se retrouver au milieu des marécages déserts; les pistolets cliquetaient, et Bianetti restait juste au-dessous de la limite de vitesse. Se goinfrant de graisse et de sel, dévorant la route qui traversait la Floride à sa manière.

De plus en plus loin, au-delà des maisons, des magasins, des stations d'essence, des boutiques d'armes, sur cette route goudronnée à deux voies, au milieu de cet endroit sauvage, les Everglades, la bière qui commençait à libérer sa tête, un paysage où il n'y avait rien à voir, rien qui empêchait l'esprit de se sonder, il se mit à réfléchir et, en fin de compte, après avoir conduit une heure à travers ce marécage désert, une heure de bière et de Cheetos, il se sentit glisser le long d'un tube qui n'en finissait pas pour se retrouver dans la cuisine de sa mère, cinquante ans auparavant.

La cuisine étouffante de sa mère. Le lieu où elle passait ses journées et une bonne partie de ses nuits à préparer les repas, à faire des pâtisseries et des plats de viande, à mitonner des soupes qui faisaient que toute la maison empestait l'ail et l'oignon ; Bianetti dégringolant les cinquante années de ce tube et se retrouvant sur le seuil de la porte de cette cuisine, la regardant de nouveau, sa mère, avec ses chicots de bras et de jambes, ses bas qui lui tombaient sur les chevilles, ne sachant pas parler la langue de ses voisins, mais qui cuisinait toute la journée, s'enfouissait dans cette cuisine, dans tous ces aliments, qui se cachait dans sa graisse, et, quand il l'embrassait, il avait l'impression de prendre un vieil arbre dans ses bras.

Sa mère s'y dissimulait quelque part, mais le tronc, tout autour, était devenu très épais. Cette femme ne donnait même pas l'impression d'être en vie. Quant au père, il était quasi inexistant. Toujours loin, dans la marine marchande, envoyant de temps en temps de l'argent à la maison. Mais constamment parti.

Ray était donc resté dans sa chambre pendant des années, il avait grandi dans sa chambre, il y avait relu mille fois ses bandes dessinées, les bons, les méchants, plus attiré par les méchants parce qu'ils étaient plus marrants, plus intéressants. Les méchants avaient de l'imagination, ils étaient créatifs ; tandis que les bons n'avaient qu'une envie, que les choses restent dans l'état où elles avaient toujours été.

Puis, un après-midi d'hiver, en explorant la maison, il avait découvert la chose dont il avait toujours soupçonné la présence. Il l'avait trouvée en sondant infatigablement les creux et recoins de la construction. Il ne comprit jamais très bien comment il avait su où fouiller, mais cet après-midi là, il repéra une planche qui ne tenait pas dans le cabinet de son père absent. Et l'objet était là, un unique magazine.

Sur ses pages, toutes les photographies en noir et blanc représentaient de très jeunes filles nues. Plus jeunes encore que Ray, à l'époque. L'œil exorbité, il avait regardé ces fillettes, avec des hommes plus âgés. Des hommes de l'âge de son père. Les clichés avaient été pris en intérieur, avec un drap en fond de décor. Ray entendait les bruits de casseroles qui montaient de la cuisine de sa mère, au rez-de-chaussée, et son visage devint brûlant tandis qu'il tournait les pages de ce magazine plein de jeunes filles nues. Lorsqu'il les eut toutes passées en revue, il recommença, prenant son temps, cette fois. Pour s'arrêter finalement page six. La fille de la page six était plus maigre que les autres ; elle avait l'air famélique, sombre, vaguement polonaise, et horriblement gênée — un homme enfonçait son visage entre ses cuisses.

Ray savait qui était la gamine. Une fille de paysans, maigre à faire peur, qui avait traversé l'Europe la faim au ventre, traversé l'Atlantique la faim au ventre, et avait fait ce qu'il fallait pour survivre. Qui avait vendu sa nudité dans les rues de New York, jusqu'au jour où elle avait rencontré le père de Ray, s'était mariée avec lui et avait commencé à cacher ce corps d'enfant terrifiée sous de multiples couches de chair. Ce magazine était à elle, pas à lui. Le rappel de ce qu'elle fuyait. De cette petite fille dissimulée au fond d'elle-même. Caché, mais pas jeté. Comme tout ce qui arrive d'horrible dans la vie de quelqu'un, le magazine était caché, mais pas jeté.

Tandis qu'il parcourait les cent soixante kilomètres de l'Etat décharné de Floride, Ray mangea toute la nourriture qu'il avait achetée. Pendant que, dans sa tête, sa mère ne quittait jamais la cuisine, ne quittait jamais ses fourneaux, pendant que les marmites bouillaient, que les fours doraient les tartes, les pâtisseries, les rôtis, fondant tout. Et Ray, l'esprit lucide, vit soudain tout clairement à travers le pare-brise de la Firebird, entendit nettement le cliquetis métallique des armes et des munitions, sur le siège voisin. Ray Bianetti, en route pour Naples avec son ventre caverneux. Dévorant noix, chips et confiseries et devinant maintenant une des raisons de son appétit chronique, de ses capacités illimitées à ingurgiter de la nourriture. S'enfouissant sous des tonnes de nourriture. Se dissimulant à lui-même. Exactement comme sa mère.

Mais de connaître l'origine de tout cela, la source profonde, ne résolvait rien. La psychologie, c'était une connerie absolue. Ray était toujours affamé, après les beignets, la bière, trois Milky Way, des noix par poignées, après s'être léché le sel sur les doigts jusqu'à ce qu'il n'en reste pas la moindre trace. Il termina tout ce qu'il avait acheté, jusqu'à la dernière miette, le ventre plein et chaud — et cependant Ray Bianetti avait encore faim, désirait encore autre chose, quelque chose qu'il n'aurait su nommer.

« C'est bien votre voiture, monsieur Lavery ? »

Le groom lui tenait la portière ouverte.

« Oui, répondit-il, il me semble. »

Thorn regarda la conduite intérieure bordeaux encore un instant, puis en fit le tour, donna son dernier billet de cinq dollars au groom et s'installa derrière le volant, dans le siège profond en cuir. Une Jaguar XJ-6.

Il regarda le tableau de bord en ronce de noyer, les instruments, tous ces interrupteurs et ces boutons, prit ses repères, puis engagea le levier de vitesse en première. Il relâcha l'embrayage et la voiture bondit en avant, faisant fumer les pneus sur le coûteux revêtement dallé. Impression de puissance. Il jaillit hors du parking, se faufila dans la rue principale et se retrouva rapidement au milieu de la circulation.

Il n'avait jamais été un grand amateur de voitures. Même adolescent, à l'époque où tous ses camarades mouraient d'envie de conduire, on aurait dit qu'il n'était pas atteint par ce virus. Les voitures n'étaient que des moyens de transport, et la plupart du temps une source d'embêtements.

Mais au bout d'un kilomètre tout en fluidité au volant de la Jaguar, il était prêt à se convertir. Manœuvrer cette voiture, ce n'était pas conduire, mais flotter dans la direction et à la vitesse qu'ordonnaient l'œil et l'esprit.

Il arriva à l'aéroport à trois heures moins le quart, trop tôt pour se garer et entrer ; il fit donc le tour de la voie de service et revint sur la route pour rouler encore un peu. Avoir autant de plaisir à conduire cette voiture était peut-être de la pure distraction, une manière d'éviter de regarder ce qu'il y avait au cœur ténébreux de cette situation tordue. Ou sa façon de maintenir sa rage à un niveau où elle restait encore gérable.

Ça marchait, néanmoins. La Jaguar s'abandonnait à lui aussi facilement et complètement qu'une pute à mille dollars la passe. Belle et sereine, lui murmurant qu'elle lui appartenait, à lui et à lui seul, qu'elle lui avait toujours appartenu, qu'elle lui appartiendrait toujours, qu'elle ferait tout ce qu'il voudrait, qu'elle satisferait toutes ses fantaisies de conducteur. Qu'elle l'apaiserait, lui ferait oublier toutes les voitures qu'il avait connues auparavant, tous les moments désagréables et imparfaits qu'il avait pu vivre derrière un volant.

Thorn repéra le casier de consigne 276, l'ouvrit, en retira le porte-documents et vérifia son contenu. Il jeta un coup d'œil autour de lui, mais personne ne faisait attention à ce qu'il faisait. Il semblait bien y avoir là trois millions trois, plus ou moins. Des billets usagés, surtout de cent dollars. Tout cet argent aurait peut-être fait battre plus vite le cœur de certains, mais pas celui de Thorn. Ça l'aurait plutôt un peu déprimé. Toute une vie de salaire, pour un ouvrier, toute une vie de corvées et de sueur. Tout ce labeur, tout ce désir de quelque chose de mieux se trouvait entassé en piles bien rangées devant lui. Dépourvu de sens. Simple béquille dans les rêves d'un fou.

Il remit le porte-documents en place, alla s'asseoir sur les sièges rembourrés situés à quelques pas des consignes, et commença à surveiller le hall. Trois heures. Puis trois heures et demie. Personne.

Il envisagea un moment de téléphoner à la police, de lui signaler la pile de cadavres aux limites des terres de Winchester, de prendre cet argent et d'en faire profiter quelqu'un dont il améliorerait le sort. Idée tentante. Prendre le large, laisser les tuniques bleues s'en occuper. Mais il n'était pas sûr que ça marcherait, il se demandait de quelles arguties juridiques on pourrait se servir. Il ignorait aussi quelles étaient les relations que Winchester avait gardées de l'époque où il servait le gouvernement ; conduisaient-elles à Tallahassee, à Washington ? Non, la seule preuve irréfutable de la culpabilité de cet homme restait les tilapias rouges, ceux qui provenaient de Seamark. Et pour découvrir où ils étaient cachés, Thorn n'avait pas d'autre choix que de continuer à tenir le rôle de Peter Lavery.

Il se rendit au bar, prit une bière à la pression et un paquet de barres chocolatées ; c'était sa première nourriture de la journée. Il fit passer les confiseries avec deux gorgées de bière, reposa son verre et retourna à son poste d'observation.

Quatre heures moins le quart. Un groupe de femmes âgées en voyage organisé, en tenues pastel assorties et tenant des sacs à main brillants, bavardaient sur les bancs voisins. Une bande d'adolescents japonais souriants s'alignait en ordre impeccable sur des sièges de plastique, un peu plus loin que le voyage organisé, et deux femmes menues, en bottes rouges de cow-boy et chemises à boutons de nacre, fumaient comme des locomotives dans la zone non-fumeurs qui donnait sur la piste principale.

Thorn décida d'attendre encore cinq minutes, de déclarer forfait à quatre heures pile, de se rendre alors à la ferme et de voir ce qui se passait. Se jeter au cœur de la situation. Il était sur le point d'aller se chercher autre chose à manger lorsque Harden Winchester fit son apparition à l'extrémité du long couloir. En jean et sweat-shirt sans manche gris, chaussures de jogging.

Il sourit en apercevant Thorn et accéléra le pas. Une vraie démarche de tigre, lente, souple, prête pour le bond.

Thorn s'approcha des casiers de consigne et attendit.

« Je vous en prie, Peter, pardonnez-moi », dit Winchester en lui tendant la main. Thorn la lui serra et Harden le tapota dans le dos. Il laissa un instant la main sur son épaule, comme s'il cherchait à éprouver la masse musculaire — et à évaluer les capacités au combat de Thorn.

« Nous étions convenus de nous retrouver à trois heures, je sais, mais il est arrivé quelque chose d'inopiné à la ferme et je n'ai pas pu me libérer. Je vous aurais bien fait appeler ici, mais je crois que vous n'auriez pas apprécié d'entendre les haut-parleurs diffuser votre nom dans l'aéroport. Je suis vraiment désolé.

— N'en parlons plus. Réglons plutôt nos affaires. Je veux mes poissons.

— Vous me donnez l'argent, vous avez vos poissons. »

Thorn sortit la clef de sa poche et, Winchester à ses côtés, ouvrit le casier pour en retirer le porte-documents noir. Il était percé d'un trou déchiqueté au milieu ; on voyait même les « dos-verts » à l'intérieur. Thorn fit jouer les serrures, regarda autour de lui pour vérifier que personne ne les observait et souleva le couvercle.

Winchester, de la main, palpa une liasse de billets déchirés. La balle, en traversant le porte-documents, avait détruit quelques centaines de dollars.

« Qu'est-ce qui est arrivé ?

— Ne vous inquiétez pas. Ils sont encore négociables. »

Thorn referma le porte-documents, le laissant à l'entrée du casier.

« On sait maintenant qu'il faut plus d'un million de dollars pour arrêter une balle », dit-il.

Harden laissa retomber les bras le long de son corps, mains ouvertes, et s'avança d'un pas ferme jusqu'à une longueur de bras de Thorn, tandis que disparaissait son sourire. Thorn, sur ses gardes, affermit sa position.

« Voilà donc votre argent.

— Ouais, je vois, répondit Harden, le regard vide.

— Et maintenant, deuxième partie des opérations.

— Oui, mais j'aimerais vous poser une question, auparavant. Vous permettez ?

— Allez-y. »

Winchester jeta un coup d'œil à droite, un coup d'œil à gauche et revint à Thorn.

Il se pencha vers lui et dit : « Thorn est-il votre prénom, ou votre nom de famille ?

— De quoi parlez-vous ? »

Harden sourit et fit semblant d'observer un homme en fauteuil roulant dont le moteur électrique ronronnait dans l'allée centrale, comme s'il invitait Thorn à frapper le premier.

« Vous m'avez fait marcher pendant un moment, répondit Winchester, qui reporta d'un mouvement paresseux son attention sur Thorn. Je me suis vraiment laissé prendre, ce coup-ci, Dieu seul sait pourquoi. Je dois rendre cette justice à Sylvie, pour essayer, elle essaie. »

Thorn regarda autour de lui. Personne pour l'aider dans ce secteur de l'aéroport.

« Vous savez, reprit Harden en faisant passer le poids de son corps d'un pied sur l'autre, j'ai toujours admiré les Blancs capables d'avoir des amis noirs. Moi, je n'ai jamais réussi. Je n'ai jamais été en contact avec un Noir avec qui j'aurais eu plaisir à me lier. Je suppose cependant que Sugarman n'est qu'à moitié noir, n'est-ce pas ?

— Espèce d'enfant de salaud !

— Voyons, voyons... Ne nous énervons pas. Envisageons tout cela sous son aspect pratique.

— Qu'est-ce que vous lui avez fait ?

— Pour dire les choses avec tact, j'espère que vous n'étiez pas trop attaché à monsieur Sugarman. »

Thorn feinta à gauche et, du droit, expédia un coup à assommer un bœuf au visage de Winchester ; mais celui-ci l'esquiva, se glissa dans la garde de Thorn et porta une prise par pincement à son triceps droit. Thorn sentit une secousse se propager dans ses nerfs et son bras perdit toute force, encore en plein élan ; son poing se détendit et retomba mollement sur l'épaule de son adversaire.

Harden maintint la prise paralysante, s'empara du porte-documents et fit pivoter Thorn en direction de l'allée principale de l'aéroport, le poussant devant lui. Il le tenait de la main droite, le porte-documents à la main gauche. Les deux filles en tenue de cow-boy se retournèrent et suivirent la scène des yeux en tirant sur leur Camel ; mais elles ne parurent pas s'inquiéter particulièrement du sort de Thorn. Elles avaient trop vu de bagarres de bar pour être émues par une échauffourée aussi discrète.

« Les choses seront plus faciles si vous restez conscient, Thorn. Alors, soyez gentil, ne renouvelez pas vos petites tentatives héroïques à la mords-moi-le-nœud. Vous n'êtes pas de taille, mon vieux. On est dans la cour des grands, ici. »

29

Même au bout des trente kilomètres qui séparaient l'aéroport de la ferme de Winchester, le bras de Thorn pendait encore sans vie à son épaule. Les nerfs en état de choc. Lorsque la voiture cahota dans les ornières du chemin privé, le membre se mit à se balancer et à rebondir, réduit à un bras fantôme, agité de mouvements qui n'étaient pas les siens.

L'engourdissement lui rappelait le coup de fusil qu'il avait reçu à ce même bras quelques années auparavant, tiré par un cul-terreux amoureux de Darcy Richards qui s'imaginait que Thorn était son rival. Thorn se souvenait encore du nom du type, Ozzie, et de la blessure laissée par la balle, comment aussi, à l'engourdissement, avait rapidement succédé une douleur aiguë. Mais au moins avait-il pu bouger, à l'époque. Thorn aurait aujourd'hui volontiers accepté d'échanger la douleur pour le mouvement.

Il avait l'impression d'avoir le membre bien plus endommagé que par le coup de fusil. Comme si quelque chose d'essentiel avait été touché. Winchester savait avec précision où enfoncer son pouce, avec quelle force peser, et combien de temps. Ses nerfs donnaient à Thorn l'impression d'être déchirés et irréparables.

Arrivé au portail de fer de l'entrée, Winchester arrêta la voiture. Il descendit, ouvrit le portail, remonta, fit passer la voiture, s'arrêta à nouveau pour aller refermer derrière eux. Thorn se rendit compte vaguement qu'il y avait là une occasion de s'échapper, une occasion d'ouvrir sa portière, de se précipiter au milieu des ronces et des marécages, de voir jusqu'où il était capable d'aller avant d'être rattrapé par cet homme, jeté à terre et paralysé de tous ses membres.

Mais il ne bougea pas. Il suivit Winchester dans le rétroviseur, le vit refermer le portail et revenir vers la voiture, entre les gros pare-chocs chromés de l'Oldsmobile. Il se pencha à gauche, et de son bon bras enclencha la marche arrière, écrasant en même temps l'accélérateur du pied gauche. Le moteur rugit, la voiture oscilla mais ne se déplaça pas, tandis que les roues creusaient un sillon dans le sable.

Thorn passa alors en marche avant, appuya de nouveau sur l'accélérateur, et essaya de dégager le véhicule dont les roues, cependant, continuèrent à patiner de plus belle, envoyant de la poussière sur le visage de Harden qui continuait d'avancer du même pas tranquille, plissant les yeux, aussi serein que s'il essuyait une brise légère.

Thorn relâcha l'accélérateur. Harden s'arrêta à côté de sa portière et s'épousseta. Puis il s'installa au volant. Regarda par le pare-brise.

« J'aurais été déçu, si vous n'aviez pas essayé quelque chose », commenta-t-il.

Par une série de marches avant et arrière, il dégagea peu à peu la voiture de l'ornière creusée par Thorn.

« Vous savez ce que cela signifie, dit Thorn. Il ne faut plus trop compter que je vous présente à Warren Beatty. »

Harden ne tourna pas la tête pendant tout le trajet jusqu'à la ferme.

« C'était vous, la nuit dernière, n'est-ce pas ? Qui couriez au milieu du bois. C'était vous ?

— Ouais, c'était moi. Et j'ai trouvé votre petit bûcher funéraire, dans le coin. Je connais tous vos secrets, maintenant.

— Pour le bien que ça va vous faire... »

Harden se tourna vers lui, secoua la tête et eut un sourire sans joie.

« Votre ami Sugarman s'est battu plus énergiquement que vous. Un vrai bagarreur, celui-là. Un adversaire digne de moi.

— Espèce de salopard !

— Quand on accède à mon niveau, Thorn, il est impossible de trouver quelqu'un capable de vous tenir tête. La seule manière de rester en bonne condition physique est de boxer contre son ombre. M'entraîner contre des gens comme vous me fait perdre mes bons réflexes.

— Ils vont venir vous chercher, Winchester. Ils savent ce que vous avez fait, dans les moindres détails. C'est terminé. Vous pouvez tout aussi bien lever les mains dès maintenant.

— Qui ça, ils ?

— Ceux qui ont des pistolets et des insignes. Les flics. »

L'averse de l'après-midi venait de commencer. Une petite pluie sans âme. Une parodie de pluie, dépourvue d'énergie. Mais devenant peu à peu plus intense et commençant à tambouriner sur le toit de l'Oldsmobile.

« Les pistolets rendent les gens idiots, répondit Harden. Les insignes aussi. Et il suffit que quelqu'un ait à la fois un pistolet et un insigne pour se croire invincible. Mais croyez-moi, il en faut beaucoup plus que ça pour devenir invincible.

— Comme un entraînement dans les écoles des forces spéciales ? »

Winchester lui jeta un coup d'œil lorsqu'il s'arrêta dans la cour. La Mustang de Sugarman était garée devant la maison.

« Mais qui diable êtes-vous ?

— Thorn.

— Votre foutu nom, je le connais. Mais pourquoi

êtes-vous ici ? Vous n'êtes quand même pas encore un coup monté de Sylvie, n'est-ce pas ? Vous n'êtes pas stupide à ce point ?

— Je suis ici à cause de Darcy Richards. Vous vous en souvenez ? »

Le regard de l'homme changea, comme s'il battait en retraite en lui-même pour explorer toute une collection de noms. Sa galerie privée de victimes.

Thorn sentait un picotement dans son bras droit, signe d'un retour à la vie. La main cachée à la vue de Winchester, il bougea un doigt. Ouvrit sa paume, l'appuya fortement contre le siège.

« Vous dites Darcy Richards ?

— La femme de Key Largo. Celle qui s'est noyée. »

Il secoua sa belle tête tannée par le soleil. Passa le bout des doigts sur les poils qui lui hérissaient les joues, comme s'il faisait de la musique avec les dents d'un peigne.

« Il y en a trop, dit Thorn. Il faudrait avoir une mémoire d'éléphant pour toutes se les rappeler.

— Normalement, je devrais vous rompre le cou et vous jeter sur le haut de la pile, avec les autres. Je crois cependant que j'aurais envie d'avoir une petite conversation avec vous, dans quelque temps. Une petite séance privée de débriefing. Je vais donc vous traiter avec un minimum d'égards. » Il sourit à Thorn.

« Ça ne marchera pas, Winchester. Judy Nelson est sur votre piste.

— Oh, Judy ? Ah, c'est donc vous qui me l'avez collée sur le dos. »

Thorn sentit qu'il s'affaissait.

« En effet, Judy est passée, cet après-midi. Nous avons eu une agréable conversation. Elle et ses hommes ont fouillé tout ce qu'ils ont voulu. Elle s'est même excusée en repartant. Excusée de m'avoir ennuyé alors que j'avais du monde. Voyez-vous, Doris venait d'arriver. Autrement dit, si c'était ce que vous vouliez dire en parlant des flics supposés venir vous sauver la vie, les types avec les pistolets et les insignes, eh bien, même s'il me déplaît souverainement de chier dans votre assiette, monsieur Thorn, Judy Nelson ne viendra pas à votre secours. Ni personne d'autre. »

Winchester eut un sourire plein de sympathie et tendit la main pour saisir le coude gauche de Thorn, afin de lui infliger une nouvelle dose de souffrances. Mais avant qu'il ait eu le temps de refermer sa prise, Thorn s'arracha à elle, ramena son bras à lui et, d'un effort désespéré, frappa droit devant lui, heurtant le nez de Harden du dos de la main. Le coup porta, faisant aussitôt jaillir le sang, mais Winchester réussit à saisir le poignet de Thorn et à l'immobiliser ; le fixant du regard, il lui ouvrit les doigts les uns après les autres, puis lui tordit la main et lui redressa le coude. Tout cela sans le quitter des yeux, le mettant au défi de tenter autre chose.

Thorn se débattit mais ne put s'arracher à la prise.

Sa main gauche maintenant le bras de Thorn rigide, Harden se mit à explorer le triceps gauche de son adversaire. Au bout d'un moment, il trouva le point qu'il recherchait. Thorn eut l'impression d'être traversé par un courant électrique. Il se mit à faire sombre, puis sa vision revint par à-coups à la normale lorsque l'homme relâcha la tension. Jouant avec lui.

Puis, un sourire rusé aux lèvres, un filet de sang coulant de son nez, Winchester raffermit sa prise, émit un gémissement rauque de plaisir, enfonça un doigt dans la boîte de fusibles du bras de Thorn, écrasant synapses et circuits, et donna un mouvement de torsion comme un pianiste qui joue un accord particulièrement complexe, charcutant des relais essentiels, des tendons, des ligaments, les centaines de lanières de nerfs qui contrôlent un bras.

Thorn poussa un rugissement et s'effondra contre la portière. Sa vision s'enfonça dans des eaux noires, son estomac se souleva. Lorsqu'il put finalement rouvrir les yeux, il se retrouva dans un brouillard jaunâtre et sombre.

Il cilla, plissa les paupières et, à travers les brumes de son hébétude, distingua vaguement Harden Winchester qui descendait de voiture, passait devant le capot, sous la pluie légère, et venait ouvrir la portière de droite. Il rattrapa Thorn au moment où il dégringolait, le mit debout, passa un bras autour de sa taille après avoir balancé son bras mort par-dessus une épaule, et l'entraîna comme un invité ivre.

Tourné vers le ciel qui lui donnait l'impression de vaciller, Thorn sentit la pluie lui picoter les yeux. Il prit une inspiration profonde qui lui fit mal et regarda Harden qui lui souriait, avec dans les mains une pelle qu'il tenait comme une batte de base-ball.

Thorn bondit lourdement en avant, en enjambées mal assurées et flageolantes, prenant la direction de la rivière sous l'averse d'été, la direction de l'Okehatchee au-delà des pins — mais ne parcourut que quelques pas avant de trébucher et de s'étaler, alors que retentissait un fort bruit de gong, l'acier contre l'os, et qu'une pluie d'étincelles dorées envahissait sa vision. Son crâne se transforma en une grande cloche de cathédrale, froide, dure, pesant trente tonnes. Un grand bourdon.

La vision parfaitement claire, il regarda en direction de ses pieds, mais ses pieds n'étaient pas où ils auraient dû être, il n'y avait qu'une eau noire, une eau qui montait vers lui, très vite, comme si la terre était couverte d'une fine nappe d'eau noire, elle montait toujours, éclaboussait son visage, remplissait ses narines de son parfum intense, effluves des marais primitifs, des lacs d'eau salée emprisonnés loin dans les terres, ces lacs où de minuscules organismes avaient commencé à se reproduire, où étaient apparues les créatures monocellulaires gluantes qui s'entre-dévoraient et devenaient plus grosses, s'entre-dévoraient encore et atteignaient une telle taille qu'elles furent un jour capables de se redresser, de marcher, de parcourir la terre, assez grandes et mauvaises pour dévorer tout ce qui se trouvait sur leur passage.

C'est dans cette eau qu'il s'enfonça. Dans ces anciennes eaux noires.

« *Casablanca,* dit Sylvie. Tu te souviens, l'après-midi où nous avons été voir *Casablanca,* Maman ? Comment nous avons pleuré, toutes les trois ? Tu t'en souviens ? »

Doris, assise sur le bord du lit de Sylvie, regardait cette jeune femme qui était sa fille. Les cheveux noirs taillés à la diable, le blue-jean déchiré aux genoux et sur les cuisses, une chemise à manches longues couleur crème, toute froissée et maculée de boue, les tennis noires. Sylvie s'efforçant de prendre une allure dépenaillée et grotesque, mais que Doris trouvait toujours belle. Toujours la petite fille souriante, celle qui écoutait si attentivement les histoires, au moment de se coucher ; qui voulait si fort faire plaisir.

« Je me rappelle très bien cet après-midi.

— Et tu te souviens, aussi, comment je m'étais entichée du Super-8 de papa, comment je n'arrêtais pas de filmer ?

— Je m'en souviens. » Elle avait répondu doucement, la voix à pleine plus forte qu'un murmure.

« Lumière, moteur, ça tourne. Je le disais tout le temps, n'est-ce pas ? Lumière, moteur, ça tourne. Je vous rendais fous. Tu m'as interdit de le répéter. Lumière, moteur, ça tourne.

— Je me souviens de tout, Sylvie. Absolument de tout. Comme si c'était hier. De chaque minute.

— Non, ce n'est pas vrai. Tu ne te souviens de rien. Comment as-tu été capable... ? »

La chambre était fermée à clef, les fenêtres obstruées

par un grillage métallique, la pièce transformée en cellule. Et Sylvie qui avait paru trouver normal, une heure auparavant, d'y être jetée dedans par Harden, en compagnie de Doris. Avec l'ordre de n'en pas bouger, il avait des choses à faire.

Qu'as-tu fait de monsieur Sugarman ? lui avait demandé Doris. Rien, pour le moment. Il va très bien. Nous en reparlerons plus tard.

Sur quoi Harden les avait quittées et avait fermé la porte à clef. C'est alors que Sylvie avait dit, tiens, regardez qui débarque. Maman. Elle est finalement revenue, comme elle l'avait promis. Finalement.

Doris avait essayé d'ouvrir la porte, s'était précipitée à la fenêtre, avait secoué le grillage, solide et résistant.

Alors, maman, qu'est-ce qui t'est arrivé ?

Doris avait continué à secouer vainement le grillage. Retenant ses larmes, s'efforçant de réfléchir.

Tu sais, avait dit Sylvie, je connais un excellent moyen de passer le temps. Oui, oui. On regardera un film familial. Ça ne te plaît pas, cette idée ? Pour rattraper le temps perdu. Pour voir comment Sylvie est devenue Sylvie. Pour qu'on apprenne à mieux se connaître, toi et moi. Ouais, un film familial.

Doris tourna le dos à la fenêtre. Suivit des yeux sa fille qui sortait un projecteur d'un placard, le posait sur une petite table, déployait un écran, lui disait qu'elle regardait souvent ce film, au moins une fois par semaine, que c'était sa manière à elle de se souvenir du passé, de se souvenir de sa maman, comme un album de photos.

« Tu te rappelles la façon dont Humphrey Bogart se laisse attendrir à la fin du film ? Comment Ingrid Bergman fait de lui ce qu'elle veut ? C'était pour ça que tu pleurais, maman ? Tu pensais à papa, et tu aurais aimé qu'il s'attendrisse, aussi. Moi, c'est pour ça que j'ai pleuré.

— Sylvie, il faut qu'on parle. Il se passe des choses terribles, ici.

— Terribles ? tu es encore loin de la vérité, maman. Epouvantables, oui. »

La jeune femme glissa le film dans la fente et l'enroula sur le galet, puis dirigea le faisceau brillant de lumière sur l'écran placé de guingois contre le mur. Elle ferma l'éclairage de la pièce, lança le film, et, soudain, l'écran déborda de couleurs criardes.

« Lumière, moteur, ça tourne ! »

Deux fillettes en robe XIXe à ruche et bonnet à large bord se tenaient à côté d'un jacaranda violet, en pleine floraison. Sylvie devait avoir dix ou onze ans, l'air monté en graine, avec une opulente chevelure noire qui lui tombait jusqu'au milieu du dos. Sa sœur était blonde et, plus âgée de quelques années, présentait déjà les rondeurs d'un corps de femme ; contrairement à Sylvie, elle ne souriait pas et regardait la caméra avec une expression boudeuse. La scène sautillait comme dans tous les films en super-8 et avait ce grain des films muets.

La famille Winchester lors de l'une de ses rares sorties — pour aller assister à la messe de Pâques. Sylvie, enivrée par l'attention dont elle était l'objet de la part de son père, pivotait sur elle-même pour faire gonfler sa robe. Sa sœur ne bougeait pas, sauf pour retenir son chapeau, empêcher la brise de le déplacer.

« Gwyneth et sa petite sœur, deux fillettes en route pour aller prier, dit Sylvie. L'une est heureuse, l'autre est triste. Devine laquelle est laquelle.

— Sylvie, je t'en prie. Nous devons parler.

— La petite fille aux cheveux noirs est celle qui est heureuse, ou qui du moins pense qu'elle l'est. Bien entendu, comme toujours, ce n'est qu'après que l'on connaît son bonheur, en y repensant. On se dit, je suis heureuse, mais en fait ce n'est pas vrai. Ou bien on croit qu'on est triste et bien plus tard, on se rend compte qu'on ne sera jamais davantage heureux.

« Bref, la petite Sylvie est en grande tenue, chaussures neuves, bourse neuve, sous-vêtements neufs. Elle s'imagine que le monde a été créé pour elle seule. Mais sa sœur ne partage pas cette illusion. Elle sait ce qui va arriver. »

Doris poussa un profond soupir et se rassit sur le lit de Sylvie.

La matinée de Pâques disparut dans un tremblotement, transformée en un pique-nique de l'après-midi, au milieu d'un champ à l'herbe bien verte. Doris, âgée de trente ans, était assise sur une nappe à carreaux posée sur le sol ; Doris avec ses longs cheveux blonds, une robe blanche toute simple, qui ouvrait un panier de pique-nique et disposait des morceaux de poulet sur des assiettes. Dans le regard, la lassitude de ceux qui perdent le combat contre la dépression. Puis la caméra se déplaça pour cadrer Sylvie et Gwyneth dans le champ, derrière leur mère, Sylvie en jean et T-shirt tenant la corde d'un cerf-volant, Gwyneth habillée d'une robe informe, à côté de sa sœur, les yeux tournés vers le sol. La caméra continua son mouvement ascendant et montra le cerf-volant qui oscillait dans le vent.

« Des fois, en regardant ça, j'essaie de l'interpréter autrement, d'en faire une histoire heureuse, mais, en général, c'est trop dur. En général, j'y renonce. »

Le projecteur ronronnait. Doris se sentit happée par les images de l'écran, comme si elle avait glissé au travers d'un point faible dans la trame du temps et était de retour dans ce passé, complètement absorbée par lui.

« Ça, c'est une famille heureuse, reprit Sylvie. On était en juin. On fêtait l'anniversaire de Gwyneth. Un pique-nique au bord de l'Okehatchee, là où sont maintenant les bassins. »

Sylvie continua de faire virevolter son cerf-volant pendant quelques instants, puis il y eut un blanc, et les couleurs revinrent. La caméra un peu de travers, Gwyneth assise avec Doris sur la nappe à carreaux, Harden, d'âge mûr mais athlétique, installé entre elles, un bras passé sur chacune de ses deux femmes. Bel homme, à sa manière rugueuse. Celui qui avait arraché Doris à sa petite ville du Tennessee pour l'amener en Floride et la cacher dans cette ferme. La coupant de ses parents, de ses amis. Interdisant aux filles d'aller à l'école. Paranoïaque. N'autorisant aucun contact avec le monde extérieur, sous prétexte que son travail à l'armée lui avait valu de nombreux ennemis. Des ennemis très dangereux. La seule manière de protéger sa famille était de la séquestrer, de la mettre complètement à part du reste du monde. Doris obéissait. Effrayée à l'idée que ce qu'il disait était peut-être vrai, mais tout aussi effrayée par la fureur de Harden, si elle désobéissait.

Elle n'avait guère le choix, de toute façon. Lorsque Harden était à la maison, ils n'allaient nulle part, sinon à l'épicerie. Et quand il partait, il dissimulait les clefs de la voiture et laissait derrière lui une dépense pleine de nourriture.

Dans le film familial, le prince noir de Doris était assis entre deux de ses femmes, et Harden était le seul à sourire. Cheveux noirs coupés court. Doris s'adressant à Sylvie, derrière la caméra, sans doute en train de la réprimander et de lui dire de faire attention à l'objet coûteux qu'elle manipulait. Gwyneth détournant les yeux vers l'endroit où se serait trouvé le cerf-volant s'il avait encore volé.

« C'était tout de suite après *Casablanca.* Tu avais trouvé l'endroit où papa cachait les clefs, et nous sommes allées en ville pendant qu'il n'était pas là. Tu t'en souviens ? Un grand jour, le jour où tu as trouvé les clefs. C'est après que je suis devenue Sylvie la cinéaste. Sylvie, la reine du cinéma. Tu t'en souviens ? Lumière, moteur, ça tourne. »

L'objectif était resté fixé sur Gwyneth perdue dans la contemplation du vide. Puis l'écran redevint blanc. L'image suivante, brillante, surexposée, montrait la pelouse, derrière la maison, et une Ford blanche garée au milieu. Une quatre-portes modèle 63 dont le coffre était ouvert. Plusieurs valises attendaient, posées sur le sol, et Doris se tenait avec raideur à côté.

« Et là, qui est-ce ? Est-ce ma mère ? Est-ce Doris Winchester ? Oui, je crois que c'est elle. Nous sommes en août. Le jour de la grande évasion.

— Mon Dieu, Sylvie, arrête de faire ça ! Je t'en prie, arrête !

— Je dois reconnaître que le travail de la caméra est un peu approximatif. Mais Sylvie avait des difficultés à garder la main ferme, ce jour-là. »

La caméra fit un panoramique et atteignit Harden, debout à l'ombre du porche dans son uniforme de militaire à manches courtes, serrant Gwyneth contre lui de la main gauche, l'empêchant de courir. Elle avait sa jolie robe ancienne, et deux petites valises étaient posées sur le porche, devant elle. De la main droite, Harden tenait son automatique calibre 45 réglementaire. Il le braquait avec beaucoup de précision sur sa femme.

30

La caméra pivota lentement et cadra à nouveau Doris, qui se tenait à une vingtaine de mètres de la voiture. Puis la vitre arrière de la Ford explosa. Une seconde plus tard, le rétroviseur extérieur volait en éclats. Doris pleurait. Elle portait une robe d'été blanche.

« Papa est un sacré tireur, hein ? Il aurait pu te tuer. Il aurait pu t'enfoncer le cœur dans la poitrine, maman, mais il ne l'a pas fait. Il aurait pu crever les pneus, faire sauter le réservoir, mais il ne l'a pas fait non plus. Il t'a laissé la vie, maman. Ne me demande pas pourquoi. »

L'une des vitres latérales de la Ford, réduite en miettes, éparpilla ses milliers de diamants dans l'herbe.

« Du grand art, non ? Lumière, moteur, ça tourne... »

L'objectif pivota à nouveau vers Harden, debout sur le porche. Il continuait de brandir son pistolet et hurlait en direction de sa femme. Le visage déformé, les tendons du cou qui saillaient. Même après tant d'années, Doris entendait encore sa voix, ses injures.

« Papa t'a eue par surprise. Il est arrivé d'Iran un jour avant la date prévue. Il a coincé ses trois femmes avant qu'elles puissent s'évader. Tu as raté ton coup, hein ? Tu l'as vraiment raté, maman. Tu ne crois pas ?

— Oh, Sylvie... arrête ça, je t'en prie !

— Non. Je ne peux pas. L'interrupteur ne fonctionne pas. Une fois en route, il ne s'arrête plus jamais. Lumière, moteur, ça tourne. Lumière, moteur, ça tourne.

— J'avais prévu de vous prendre avec moi, protesta Doris. C'est vrai. Tu le sais. Tes valises étaient faites. On devait partir ensemble.

— Mais, en fin de compte, tu ne nous as pas prises avec toi, maman. Tu ne l'as pas fait. Les choses se sont passées autrement. Tu as changé d'avis. »

Sur l'écran, on voyait Doris qui chargeait ses valises dans le coffre. Et même à cette distance, même avec l'aspect granuleux du film et le mauvais éclairage, elle devinait son œil droit gonflé et noir, là où Harden l'avait frappée. Ce n'était d'ailleurs pas la première fois.

Doris se leva et tourna le dos à l'écran.

« Attends, attends, regarde un peu, dit Sylvie. Quelqu'un arrive. Qui est-ce ? Qui cela peut-il être ? Ah oui ! regarde, c'est ta petite fille toute triste. Oui, la voici qui arrive. »

Lentement, Doris se tourna et vit Gwyneth, suivie

par la caméra, qui courait jusqu'à la voiture. Elle se jeta sur sa mère, les poings serrés, et se mit à faire pleuvoir une grêle de coups. Doris ne bougeait pas, ne faisait rien pour s'en protéger.

Au bout de quinze ans, Doris les sentait encore, leur souvenir toujours lancinant. Elle alla se placer devant l'écran, les couleurs jouant sur son visage comme si elle se tenait devant un grand feu de joie.

« Il fallait que je parte, Sylvie. On se mourait ici, on se racornissait. Toi et ta sœur vous n'aviez pas d'amies ; je restais des mois sans avoir l'occasion de parler à un adulte. Il nous avait rendues méfiantes vis-à-vis de tout le monde. On était toujours sur nos gardes. On était persuadées que les inconnus ne pouvaient que chercher à nous assassiner. C'était une vie épouvantable. Je me desséchais à l'intérieur. Toi aussi, Sylvie. Et ta sœur.

— Sors-toi de là, maman. Sors-toi de là. »

Doris hésita, l'air désemparée dans la lumière vacillante du projecteur. Puis elle fit un pas de côté et se laissa tomber à nouveau sur le lit.

Sur l'écran, la jeune Doris en robe blanche s'accroupit à côté de la Ford et prit Gwyneth dans ses bras. La fillette sanglotait. Elles restèrent ainsi quelques instants, jusqu'à ce que Harden surgît dans le cadre et arrachât l'enfant aux bras de sa mère. Il l'entraîna sous le porche, et il criait par-dessus son épaule tout en se dirigeant vers la caméra.

« Il te donne le choix, maman. C'est ça qu'il est en train de te crier. Ou tu pars, ou tu restes avec ta famille. Tu t'en souviens ?

— Je m'en souviens », répondit-elle d'une voix mourante.

La caméra se mit à osciller et l'image se brouilla quelques instants. Puis elle reprit progressivement sa netteté.

Doris se tenait dans la cour, entre la voiture et la

maison, les bras ballants, les yeux débordant de larmes. Elle parlait. Le soleil était vertical, les ombres réduites à rien. Oh, oui ! elle s'en souvenait. Oh, oui ! elle avait revécu cet épisode des milliers de fois. L'avait reconstruit, avait imaginé un discours différent, d'autres mots qui auraient propulsé sa vie sur un itinéraire différent.

« En ce moment, maman est en train de dire à Sylvie et à Gwyneth qu'elle reviendra prendre ses filles dans quelques jours. Dès que les démarches légales auront été faites, le divorce acquis, voilà ce qu'elle dit, elle reviendra chercher ses filles, elles auront une autre existence. Mais ce n'est pas comme ça que les choses se sont passées. Pas du tout comme ça. N'est-ce pas, maman ? »

La jeune Doris s'arrêta de parler, parcourut lentement les lieux des yeux pour arrêter son regard sur le porche où se tenaient Harden et ses filles. Finalement, elle inclina la tête, leur tourna le dos, regagna la voiture et y monta. Elle mit une minute avant de démarrer.

« Je suis allée devant les tribunaux pour avoir votre garde, Sylvie. Mais je n'avais pas d'argent, et Harden en avait beaucoup. Il avait des relations, aussi. Des gens influents du gouvernement qu'il connaissait. Des gens de Washington auxquels il avait rendu des services. Ils ont agi en coulisse. Ils ont trouvé un juge pour me déclarer incompétente. Déchue de mes droits parentaux, tout le bazar. J'ai fait appel, une fois, deux fois. J'ai tout essayé. Pendant des années, je me suis battue pour vous récupérer.

« Mais en vain. Il a gagné, Sylvie. Il m'a humiliée. Il m'a empêchée de vous revoir sans sa permission. C'était sa manière à lui d'être quitte. Sa manière de m'obliger à revenir. Il me l'a dit. Il me l'a dit en me regardant dans les yeux, à la sortie du tribunal, la dernière fois. *Si tu veux revoir tes filles, tu devras ramper et demander pardon.*

— Mais tu ne l'as pas fait, dit doucement Sylvie. Tu n'as pas rampé. Tu n'es pas revenue.

— Non. Non, je ne l'ai pas fait. Pendant des années, j'ai tout essayé par les voies légales.

— Tu n'es jamais revenue. Tu as renoncé à nous. »

L'écran était d'un blanc aveuglant, tandis que se déroulait une longueur de film vide, avec des rayures et des taches de couleur. Sylvie le contemplait. Elle resta silencieuse pendant un moment puis s'éclaircit vigoureusement la gorge, comme si elle ravalait sa fureur et sa souffrance.

« C'était donc le 7 août, reprit-elle d'une voix creuse. La scène suivante a eu lieu un peu plus tard. Je ne sais pas exactement quand, mais aussi en août. Une semaine après, ou un peu plus. Les deux petites Winchester se débrouillant toutes seules. L'une d'elles est un peu moins heureuse, l'autre un peu plus triste. »

Sur l'écran, on voyait maintenant des couleurs étouffées. Tournage à l'intérieur, avec un éclairage insuffisant. Le chaos régnait dans la cuisine. La table ronde en chêne était renversée, les casseroles, les poêles et la vaisselle s'entassaient sur les comptoirs et dans l'évier, des pots de confiture et de beurre de cacahuètes ouverts traînaient partout. Des boîtes de conserves avaient roulé dans les coins. Un gros chat gris léchait une boîte de Spam.

« C'est Mister Boots, dit Sylvie. Avant.

— Qu'est-ce qui s'est passé ? demanda Doris.

— C'est quand papa est parti à ta poursuite. Il a essayé de te retrouver tout de suite après ton départ. Il voulait te ramener. Qu'on soit de nouveau une famille.

— Il vous a laissées seules ?

— Oh, oui ! Tu ne l'as jamais su, n'est-ce pas, maman ? Tu es partie, et tu n'es pas revenue comme tu l'avais promis. Tu n'as jamais su ce qui nous était arrivé.

— Je vous ai écrit tous les jours. Pendant des années et des années. »

Sylvie secoua la tête d'un mouvement exagéré.

« Tu es maintenant capable de dire n'importe quoi, maman. De mentir, d'inventer n'importe quelle histoire pour que ça n'ait pas l'air trop moche.

— Vous n'avez jamais vu les lettres, n'est-ce pas ? Oh, Seigneur, je me doutais bien qu'il ne vous les montrait pas.

— Tu nous a quittées, maman. L'histoire se résume à ça. Tu n'es jamais revenue. Nous avons appris à nous débrouiller sans toi. On est devenues très bonnes à ce petit jeu. »

Doris s'approcha de Sylvie et la scruta dans la pénombre.

« Combien de temps vous a-t-il laissées toutes seules ? Combien de temps, Sylvie ?

— Une semaine, la première fois.

— Et après ça ?

— Oh ! j'ai oublié, répondit Sylvie, triomphante. La deuxième fois, c'était un mois, peut-être deux. Il nous a laissé beaucoup de nourriture, assez pour plusieurs semaines. Assez, si on n'en avait pas tant gaspillé, au début.

— Le salopard. L'ignoble salopard.

— Il voulait te trouver, maman. Il voulait te ramener. Pour que tu sois de nouveau notre maman. »

Un coup de feu retentit au loin, pendant que la caméra filmait la maison. Tout paraissait normal. Lent panoramique sur la propriété. Journée venteuse, des nuages épais s'amoncellent au-delà des pins.

« Lumière, moteur, ça tourne. »

La caméra avance en tressautant dans la cour, escalade les marches du porche, pénètre dans la maison, clair-obscur, on y voit à peine, la salle de séjour avec toujours le même mobilier. Elle s'engage dans le couloir, tourne pour entrer dans la cuisine. La pièce est impeccable. Tout a été lavé, rangé, la table remise sur ses pieds. Sur le comptoir, à côté de l'évier, une casserole, couvercle enlevé. Une pièce de viande à l'intérieur.

« Mister Boots, dit Sylvie, avait tout à fait le goût du poulet. »

Doris sentit les larmes lui brûler les yeux.

« Pas de téléphone, trente kilomètres pour atteindre la ville. On aurait pu y arriver, la première semaine, mais après, on n'avait plus assez d'énergie. Et de toute façon, on ne pouvait pas quitter la ferme : si maman était venue nous chercher ? Alors nous sommes restées. Nous sommes restées, pour attendre notre mère. Nous ne savions pas qu'elle avait renoncé à nous. Gwyneth s'en doutait peut-être bien un peu. Elle savait peut-être que tu nous avais abandonnées. »

L'écran redevint blanc quelques secondes. Puis une chaise de bois renversée emplit l'image.

« Je ne crois pas que la suite ait besoin de commentaires. »

La caméra montra une paire de pieds nus suspendus à trente centimètres du sol et remonta le long de cette même robe de fête que Gwyneth avait portée pour Pâques. L'adolescente avait la tête inclinée de côté, la langue tirée. La corde était attachée au ventilateur du plafond. La caméra s'attarda sur son visage, s'attarda longtemps, jusqu'à ce que les points et les rayures brillantes indiquant la fin de la bobine apparussent ; puis le bout du film se mit à claquer contre le projecteur, et l'écran de guingois devint de nouveau tout blanc.

« Je l'ai enterrée, dit Sylvie. Mais quelque chose ne cessait de la déterrer. Une grosse bête, un ours, peut-être, ou une panthère. Je ne sais pas. Je l'entendais qui grattait la terre, dans le noir. Je ne pouvais rien faire d'autre qu'attendre. Et écouter. J'ai dû enterrer Gwyneth cinq fois avant qu'elle reste enterrée, avant que la bête qui la sortait de là ait eu tout ce qu'elle voulait. Cinq fois. »

Doris entendit le grondement d'une automobile qui,

quelques secondes plus tard, arrivait dans la cour. Une portière claqua, puis une deuxième. Elle avait l'impression que la chambre s'était mise à tourner lentement et que le lit tombait, sous elle.

« Sylvie, dit-elle d'une voix étranglée, il te garde prisonnière ici, n'est-ce pas ? Il t'a gardée ici pendant toutes ces années...

— Et qu'est-ce que je devais faire, maman ? Abandonner papa ? C'est ça, que j'aurais dû faire ? Comme toi ? Ficher le camp ?

— Oui. Pour te sauver.

— Mais enfin, maman ! Tu nous avais dit que tu reviendrais. Je ne pouvais pas partir. Je risquais de te manquer. »

Un autre bruit leur parvint de la cour, un frottement rude ; Doris se leva, mal assurée sur ses jambes, et s'approcha de la fenêtre. Le soleil éclairait les nuages par-derrière, à l'ouest, et une lueur d'un rouge rubis emplissait l'horizon. Au loin, elle vit Harden qui maniait la pelle. Elle n'aurait su dire à quelle tâche il se livrait.

Il la brandissait et la faisait retomber de toutes ses forces, comme s'il essayait de couper une racine. Doris agrippa le grillage de la fenêtre et se mit à le secouer, mais il était solide et bien monté.

31

Ficelé comme un saucisson. Chevilles et poignets attachés ensemble dans le dos. Thorn gisait sur le flanc, l'épaule gauche s'enfonçant dans la terre détrempée. L'eau lui couvrait la moitié du visage et continuait de monter.

« T'es réveillé ? »

Thorn entendit bien la voix, mais il n'aurait pu dire à quelle dimension elle appartenait ni de quel siècle elle provenait. Il la reconnut, mais les connections, dans sa tête, devaient s'être embrouillées — le fil bleu relié au rouge et le vert au jaune. Rien ne s'ordonnait, les lumières vacillaient, un son lui parvenait de quelque part comme un poisson qui surgit de l'eau pour attraper une mouche et crève la surface, battant de la queue.

L'eau qui monte sur le côté de son visage. Qui n'est plus très loin du coin de ses lèvres. Et il se dit qu'il flotte peut-être, qu'il dérive au milieu de l'océan. Un océan surnaturel, aberrant, au milieu duquel une voix lui dit : « Tu m'entends, Thorn ? t'es réveillé ? Allez, mon vieux, lève-toi ! Faut se bouger le cul. »

Saucissonné. Arqué, la colonne vertébrale recourbée sur elle-même, la joue dans l'eau, obligé de soulever légèrement la tête pour ne pas respirer l'eau de la mer, l'eau qui sent le poisson, l'eau chargée des opulents effluves des Everglades. Une voix lui parle, mais Thorn n'arrive pas à distinguer les mots, cette fois-ci. Une voix familière, à laquelle il ne peut cependant rattacher aucun nom, comme une ancienne chanson que l'on fredonne sans se souvenir des paroles, ou un parfum, l'un des parfums de Darcy, ces parfums dont il n'arrivait jamais à se rappeler le nom, Darcy qui lui demandait toujours lequel il préférait, mais bon Dieu, il les aimait tous, du moment qu'ils étaient sur elle, il les aimait. C'était Darcy qui donnait tout leur arôme aux parfums, et non le contraire.

Il se détendit, reposa la tête dans la boue, le visage à moitié sous la surface, retint sa respiration et souffla des bulles dans l'eau.

« Thorn ! Nom de Dieu, Thorn, réveille-toi ! »

Ouais, ça y est, il sait maintenant à qui appartient la voix. Son vieux copain. Comment c'est son nom, déjà ? Le flic. Dans une sorte de crépuscule, l'eau jusqu'au nez, plus haut que sa bouche. Comme s'ils étaient encore en dessous de cet empilement de joueurs, en train de se regarder à travers les masques protecteurs. Sourires idiots. Heureux en diable, jusqu'à ce que le bras s'immisce entre les corps. Le bras d'un connard qui en voulait à tous ceux qui réussissaient quelque chose. Le connard qui avait envie de démolir tous ceux qui étaient bons dans un domaine ou un autre.

« Je t'entends, répondit Thorn. Je t'entends, Sugar.

— Enfin, bon Dieu ! »

Il y eut un clapotis et Thorn sentit l'eau s'agiter autour de son visage. Il faisait presque nuit, il avait les yeux ouverts et il voyait, maintenant. Le crépuscule. Plus que quelques minutes de clarté. Il se tortilla pour voir son ami, et découvrit Sugarman ficelé lui aussi comme un saucisson, à quelques pas de lui, à mi-chemin entre les bassins et la ferme.

« Faut qu'on se détache, mon vieux, dit Sugarman. Faut pas qu'on traîne trop longtemps. Ce type ne rigole pas. »

Thorn roula sur le dos, soutenu par ses bras. Son corps lui faisait mal, mais il n'aurait su dire où. Sugarman se mit également sur le dos ; ils avaient de l'eau jusqu'à la poitrine. Mais ils ne gagnaient guère de hauteur dans cette position et étaient toujours sur le point de se noyer. Au moins l'esprit de Thorn s'éclaircissait-il ; les nerfs endommagés, les fragiles logiciels de la conscience se reconnectaient.

« Le couteau, dit Thorn. Je l'ai toujours attaché à la cheville.

— Tu as un couteau ?

— Celui de Darcy. A la cheville. Vois si tu peux y arriver. »

Sugarman se tortilla pour se rapprocher. Il avait une profonde entaille au front, un œil gonflé et fermé.

« Qu'est-ce qui se passe, vieux ? C'est une inondation, ou quoi ?

— Marée haute de la pleine lune, répondit Thorn. L'Okehatchee noie ses berges.

— C'est une sacrée putain de marée haute ! Ça va monter encore ? »

Sugarman s'approcha. Thorn bascula sur une épaule afin de lui présenter ses chevilles.

« Peut-être que ça commence tout juste. Elle pourrait encore monter de trente ou quarante centimètres.

— Super. Très bonne nouvelle. »

Thorn sentit Sugar qui le heurtait, ses doigts qui se débattaient contre la corde. Dos à dos, Sugar travaillant au toucher. Soufflant dans l'eau. Puis se redressant et prenant une profonde inspiration.

« J'arrive pas à le toucher, vieux », fit-il en reprenant sa respiration. Il suffoquait. « C'est un mauvais angle. Je vais essayer autrement. »

Pendant que Sugarman haletait, Thorn regarda en direction de l'horizon et aperçut, à contre-jour devant les dernières lueurs grises du ciel, à l'ouest, la silhouette de Winchester maniant sa pelle. A trente, quarante mètres d'eux, leur tournant le dos, il détruisait le remblai de l'un de ses bassins d'élevage. L'eau se mit à se déverser.

Et il entendit Sugar qui prenait trois inspirations profondes, plongeait la tête sous l'eau et recommençait à explorer sa cheville.

Très clairement, Thorn vit la nappe d'eau s'étaler dans la cour, brillant des premiers reflets de la lune qui se levait, la surface bien plane crevée ici et là par l'agitation d'un poisson. Les tilapias s'échappaient dans la cour. Eclaboussures tout près du visage de Thorn — un petit poisson effrayé par les deux géants postés sur son passage zigzagua pour reprendre la direction de la rivière.

Winchester balançait des pelletées de terre par-dessus son épaule, élargissant le sillon qu'il avait ouvert dans l'épaulement du plus grand de ses bassins. L'eau recouvrait ses chaussures. Les poissons, emportés par le courant soudain, sautaient et cabriolaient mais nageaient dans le même sens. Vers l'Okehatchee, vers le Golfe, vers l'Atlantique, vers les récifs et vers les grands courants qui les disperseraient dans tous les détroits, toutes les baies, le moindre endroit où ils pourraient se nourrir. Pandore forçant sa boîte à coups de pelle.

Derrière lui, Sugarman s'engoua et s'étouffa.

« Ça va ? »

Sugar toussa et Thorn l'entendit faire clapoter l'eau. Il se tordit sur lui-même, laborieusement, roula sur la droite et le vit, impuissant, qui avalait de l'eau. Lorsqu'il eut repris son souffle, il dit : « L'ai presque eu. L'ai senti. J'ai failli l'avoir, ton couteau.

— Calme-toi, Sugar. Prends ton temps.

— Tiens, pardi ! Si je le prends, on est morts. »

Il inspira à fond, sur le dos, tendant le cou pour se maintenir au-dessus de la surface.

« Mais qu'est-ce qu'il fout, ce salopard ? Qu'est-ce qu'il peut bien fabriquer ?

— Il laisse échapper ses poissons.

— Bordel de Dieu ! Mais qu'est-ce qui nous a pris de nous occuper de ses affaires ?

— Faut que tu attrapes ce couteau, Sugar. Et vite.

— Je sais, je sais. Mais y en a qui peuvent pas rester sous l'eau autant que les autres, figure-toi. »

Thorn roula sur son autre épaule et vit Harden qui continuait à démolir le remblai de son bassin.

« Mais aussi, quel besoin avais-tu de boucler le fourreau ? si tu l'avais laissé ouvert, j'aurais déjà ce truc.

— Désolé, répondit Thorn. Je tâcherai de faire mieux la prochaine fois. Je te le promets. »

Doris et sa fille se tenaient à la fenêtre de la chambre de Sylvie et regardaient à travers le grillage. Elles voyaient Harden, au loin, qui libérait ses poissons. Et deux hommes qui gisaient dans la cour, attachés, alors que l'eau montait et qu'elle continuerait à le faire d'une trentaine de centimètres ; elle atteindrait la marche supérieure du porche, sur le devant de la maison, avant de reprendre son écoulement vers la mer.

Sylvie ne savait plus où elle en était. Se sentait à la fois très jeune et très âgée. Sa mère était dans sa chambre, exactement comme quinze ans auparavant, lorsqu'elle venait s'asseoir tous les soirs au bord du lit de la plus jeune pour raconter des histoires à ses filles. Tous les soirs, des histoires de géants, de gnomes, de princesses, des histoires d'enfants qui disparaissaient dans les placards de leurs parents, repoussaient les manteaux et les fourrures et découvraient une porte secrète qu'ils ouvraient et qui les conduisait ailleurs, dans un monde infiniment plus coloré, plein de dangers et de choses excitantes, de héros et de guerriers, de fous et de monstres. Sylvie avait cherché cette porte dans sa maison. Elle avait sondé les murs, regardé partout. Mais ne l'avait jamais trouvée.

Elle avait aimé ces histoires ainsi que le son de la voix de sa mère, elle en avait chéri le souvenir. Mais lorsque Doris était partie, les histoires s'étaient interrompues. Tout le reste aussi. Son cœur s'était arrêté. Son organisme, sa physiologie, tout. Tout ce qu'elle parvenait à faire se résumait à rejouer dans sa tête, inlassablement, ces quelques années avant le départ de sa mère. A se souvenir des histoires, à essayer de les comprendre. Essayer aussi de déchiffrer ce film, *Casablanca,* un autre conte de fées. Peut-être l'explication était-elle là. Comme si sa mère avait tenté de lui communiquer un secret, de laisser un message codé, par le biais de ces histoires, de ce film.

Et elle se trouvait maintenant aux côtés de sa mère, devant la fenêtre, regardant ces hommes dans l'obscurité qui gagnait. Thorn et l'autre, attachés, sur le point de se noyer. Sylvie, qui ne valait pas les conteurs qui avaient écrit les histoires que sa mère lui lisait. Dans ces histoires, les héros étaient intelligents, pleins de couleurs, ingénieux. Ils échappaient au danger, ils trouvaient le moyen d'abattre le monstre. Ces héros sauvaient les enfants, dans cet univers redoutable au-delà de la porte du fond du placard. Pas les héros de Sylvie. Les siens se retrouvaient ficelés comme des saucissons dans la cour, et allaient se noyer. Les siens étaient stupides, ennuyeux, ils lambinaient.

Mais c'était la faute de Sylvie. Les hommes n'accomplissaient de hauts faits que poussés par les femmes. Sans Ingrid Bergman, Humphrey Bogart serait resté toute sa vie dans le même bar. Froid et mort à l'intérieur. Sylvie avait essayé. Encore et encore. Elle s'était tuée à la tâche pour transformer les hommes en héros. Ses petits amis, son père. Mais elle avait échoué. Il suffisait de regarder dans la cour. Si seulement elle avait pu se faire aimer un peu plus.

« Le type, là, qui est avec ton petit ami, c'est Thorn. Il est venu pour m'arracher au cercle de flammes. Mais il n'y arrivera pas. Personne ne peut vaincre papa. »

Doris agrippa les barreaux et scruta la pénombre.

« Est-ce qu'il n'y a pas moyen de sortir de cette chambre ? Tu dois bien en connaître un !

— Il y a toujours un moyen de s'échapper. »

Elles virent une voiture arriver dans la cour.

« Je te prendrai avec moi, dit Doris. Nous irons à Key Largo. J'ai une maison, là-bas. On sera en sécurité. »

Non, ce n'était pas une voiture, mais un pick-up.

« Pourquoi es-tu revenue, maman ? C'est à cause de l'argent, n'est-ce pas ? Papa est devenu riche, alors tu es revenue. C'est ça, hein ?

— Non, Sylvie. Je suis revenue pour toi. »

Les deux femmes virent le véhicule avancer dans l'eau, les phares éclairant en direction des bassins d'élevage et prenant Harden dans leur faisceau. Il pelletait toujours la terre. La camionnette s'arrêta, sans éteindre ses phares, et Winchester hésita un instant avant de se remettre à creuser. Les vagues provoquées par l'arrivée du véhicule se propagèrent en éventail dans la cour, et se mirent à faire scintiller des étoiles d'argent, comme pour la fête de l'Indépendance. Toute la cour brillait.

Judy Nelson descendit du pick-up.

« Réponds-moi, Sylvie. Comment sort-on d'ici ? »

Sa mère lui avait posé une main sur l'épaule et la secouait doucement, comme si elle essayait de la réveiller. Comme le matin où elle était partie et où elle avait réveillé Sylvie pour l'embrasser, l'avait fait asseoir dans son lit, Sylvie toute chaude de sommeil qui regardait sa mère lui disant qu'elles partaient, que les bagages étaient prêts, qu'elle devait se lever. Elles allaient dans un endroit sensationnel. Lui secouait l'épaule pour la réveiller.

« Comment peut-on sortir d'ici, Sylvie ? Qu'est-ce qu'on peut faire ?

— Tu n'y arriveras jamais. Jamais tu ne sortiras d'ici. Maintenant que tu es ici, tu n'en repartiras plus jamais.

— Montre-moi, ma chérie. Je t'en prie. »

Sylvie fit demi-tour, alla fouiller sous ses sous-vêtements, dans un tiroir de la commode, trouva le tournevis qu'elle y avait caché, revint à la fenêtre, passa la main à travers le grillage et commença à détacher une vis.

« Une bête énorme continuait à la déterrer, dit Sylvie tout en travaillant. Je n'ai jamais su quoi. Je ne pouvais rien faire d'autre que rester dans mon lit et écouter, tous les soirs. Rester dans mon lit et te haïr, maman. Je te haïssais. Vraiment.

— Je sais, Sylvie. Je sais. Ça ne fait rien.

— On n'a plus besoin de toi, maman. Il était inutile de revenir. Papa et moi, on s'en sort très bien tous les deux. On n'a pas besoin de toi. Tu n'aurais pas dû revenir. »

« Vous ne devriez pas faire ça, Harden. C'est mal. Je ne peux pas vous laisser faire. »

Judy Nelson escalada le talus que Harden défonçait. A vingt mètres. Elle se rapprocha.

Thorn voyait leurs silhouettes et sentait Sugarman qui, derrière lui, sciait les cordes depuis déjà une minute, retenant sa respiration sous l'eau ; il entendait les bulles d'air qu'il rejetait crever à la surface, tandis qu'il tenait jusqu'à la limite de son endurance.

« Je vous en prie, Harden, posez cette pelle. »

Mais l'homme continuait de creuser, l'eau lui inondant les pieds.

« Pourquoi êtes-vous revenue, Judy ? »

Elle eut un rire amer.

« Pour m'excuser de ma grossièreté, cet après-midi. Vous n'allez jamais me croire. Je vous ai fait un gâteau. Pour Sylvie et vous. Il est dans le pick-up. Et je vous trouve en train de... de faire ça. Incroyable.

— Allez-vous-en, Judy. Ne m'obligez pas à vous faire mal.

— Posez cette pelle, Harden ! Posez-la tout de suite ! »

Thorn aperçut le pâle reflet métallique du revolver dans la main de Judy.

L'eau arrivait à la hauteur de sa bouche. Il se tendait pour rester au-dessus, s'étirant tant qu'il pouvait, aspirant l'air par le nez, le recrachant par la bouche. Il sentait les cordes se détendre.

Harden s'arrêta de creuser et fit face à Judy. Thorn aurait voulu lui hurler de faire très attention, l'avertir qu'à cause de son béguin pour l'homme, elle se tenait trop près de lui, que l'amour lui faisait perdre son jugement et ralentissait ses réflexes, la poussait à faire encore confiance à cet homme, la mettait en danger.

Mais l'eau lui recouvrait la bouche et il pouvait seulement regarder Harden qui disait quelque chose à Judy, mais à voix basse, si bien qu'il n'entendit pas. Et à l'instant même où Judy abaissa son arme, il vit le fer de la pelle lancer un reflet tandis qu'elle décrivait un demi-cercle et venait s'abattre contre le crâne de Judy, qui s'écroula sur la pente du remblai.

Dans son dos, Thorn sentit les cordes qui se défaisaient enfin ; il pivota et défit lui-même les derniers nœuds, poussant la tête hors de l'eau.

« A toi, Sugar, à toi. »

Mais son vieil ami ne réagit pas.

Thorn se releva, se tourna et le vit qui flottait sur le ventre, coincé contre un chêne encore à l'état d'arbuste, tandis que l'eau coulait en reflets argentés autour de son corps.

32

Haletant bruyamment, à la recherche de sa respiration, Thorn souleva la tête de Sugarman et l'éloigna de l'arbuste. Il avait toujours le corps arqué à cause des cordes, mais n'avait pas lâché le couteau de Darcy, qu'il étreignait encore. Thorn le lui détacha de la main, libéra son ami de ses entraves, remit l'arme dans son fourreau, prit Sugarman dans ses bras et entreprit de traverser le plus vite possible la cour inondée, où l'eau lui arrivait jusqu'aux genoux. Il avait le cœur qui cognait tant qu'il pouvait contre sa cage thoracique. Endolori jusqu'à la moelle, il se dirigea vers la terrasse qui entourait la piscine, plus haute que l'eau d'environ un demi-mètre. Le dallage de pierre brillait au clair de lune, blanc et sec.

Il étendit Sugar par terre, lui renversa la tête en arrière et vérifia que sa bouche n'était pas obstruée. Jeta un rapide coup d'œil en direction de Harden, toujours occupé à creuser le remblai (le trou était maintenant d'une taille importante), revint à Sugarman et commença le bouche-à-bouche. Et cette fois-ci, pas question de s'écarter une seconde du corps, pas d'appel à l'aide par radio, il continuerait jusqu'à ce qu'il n'eût plus d'air lui-même dans les poumons. Que les tilapias aillent au diable, que les océans et la planète aillent au diable. Il ferait ce qu'il pourrait pour sauver la seule chose qu'il était en son pouvoir de sauver, le seul être qui comptait maintenant pour lui dans cet univers pervers, cet univers de malheur. Doris était de retour. Elle était de nouveau dans la sécurité de leur maison.

Harden suivait le raclement de sa pelle qui s'enfonçait dans la terre, au rythme de ces deux phrases qui se répétaient dans sa tête. Doris était de retour, Doris était à la maison.

Les tilapias affluaient, des milliers et des milliers de poissons retrouvaient la liberté. Appuyé un instant sur le manche de la pelle, il les regarda nager au-dessus de sa pelouse, d'un blanc fantomatique dans les phares de la camionnette. Ils filaient comme des spermatozoïdes à la recherche de la grande matrice océane, flèches pointées dans toutes les directions, certains orientés vers la terre mais d'autres, bien plus nombreux, attirés par la rivière, la voie du salut.

Des millions de poissons tombant en cascade de leur enclos, une avalanche de poissons. Il éprouva un sentiment de puissance devant cette masse libérée, le plaisir de leur nage, un grand orgasme de poissons, des noirs, des blancs, après ces années de pénitence passées à les alimenter, à les soigner, à les protéger des oiseaux prédateurs, des floraisons d'algues. Sans parler du labeur fastidieux consistant à les transférer d'un bassin à un autre au fur et à mesure qu'ils grandissaient, jusqu'à ce qu'ils fussent finalement prêts à se reproduire...

Telle était la clef de la réussite. La reproduction. Les femelles creusaient de faibles dépressions dans le fond sablonneux du bassin, y déposaient leurs œufs, et les mâles montaient la garde, surveillaient la naissance et le développement des alevins, les défendaient à toutes les étapes. Mille fois plus productifs que les autres poissons à cause de cela, mille fois plus à même de transmettre leurs gènes aux générations futures, de se perpétuer, de devenir immortels, car tout simplement les tilapias mâles protégeaient leur famille : ils sont plus combatifs, plus agressifs, plus dévoués aux leurs que tout autre poisson.

L'eau se précipitait par la brèche creusée dans le dernier bassin, et tout ce qui était emprisonné se déversait dans les flots débordants de la marée haute. Et Doris était à la maison, Doris était de nouveau à la maison. Doris qui avait fait de lui quelqu'un de mieux que ce qu'il était avant. Même pendant sa cruelle absence, elle avait continué à le transformer, à lui donner une nouvelle identité. Il n'était plus le fils d'un cul-terreux du Texas, il n'était plus l'assassin professionnel au service de l'État, mais un créateur, un artiste qui avait introduit quelque chose de neuf dans le monde. Une nouvelle et superbe conception.

Il leva la tête et vit un autre véhicule franchir le portail. Les phares balayèrent la cour et la maison, et le nouvel arrivant tourna, sans doute après avoir aperçu le pick-up de Judy Nelson dont les phares éclairaient Winchester et les poissons qui se déversaient à gros bouillons du bassin.

La nouvelle paire de projecteurs s'aligna sur ceux de la camionnette, et un homme descendit de voiture. Un homme corpulent, qui tenait un fusil de chasse à la main. Harden reprit sa pelle et se remit à creuser, surveillant d'un œil le nouveau venu.

« Hé, vous, là ! »

Harden poursuivit sa tâche.

L'homme s'avança en pataugeant dans le faisceau des phares, braquant le fusil de chasse sur Harden.

« Vous êtes le père de Sylvie ? Oui, vous, là ! Répondez-moi.

— Oui, je suis son père. »

L'homme trapu, la démarche pesante et ralentie par l'eau, arriva jusqu'au pied du talus.

« Vous avez touché cette fille ?

— Quoi ?

— Vous savez de quoi je parle, Winchester. Vous avez eu des relations sexuelles avec elle ?

— Oh, Seigneur ! Bordel de bordel de Dieu ! C'est donc ça, les conneries qu'elle vous raconte, les mecs ? C'est comme ça qu'elle vous remonte à bloc ? Moi, avoir des relations sexuelles avec elle ? Bordel, quels crétins ! »

Et il se remit à creuser, tandis que l'homme introduisait une cartouche dans la culasse de son arme.

« Écoutez-moi, Winchester. J'emmène la petite d'ici. Et ce n'est pas vous qui allez m'arrêter. »

Harden chargea une nouvelle pelletée de terre boueuse et se tourna vers ce vieillard qui le menaçait de son fusil de chasse.

« C'est ma petite-fille, expliqua l'homme. Je l'emmène avec moi. Dès que j'en aurai fini avec vous. »

Harden éclata de rire, se moquant de ce type avec son fusil de chasse.

« Le grand-père de Sylvie ! Bon, écoutez-moi, mon vieux. J'ai rencontré le père de Doris plus d'une fois, et, croyez-moi, ce n'est pas vous. Et vous êtes encore moins mon paternel, je peux vous l'assurer. »

Harden se remit à rire, longtemps, vit le visage de l'homme se transformer, se durcir, le vit changer la position de ses mains sur l'arme, assurant sa prise.

« Barrez-vous d'ici, grand-père, tant que vous respirez par le bon trou. (Il rit de nouveau.) Sylvie n'ira nulle part. Elle, sa mère et moi nous reformons une famille, maintenant. Affaire classée. »

Le vieil homme se rapprocha, redressa le canon de son arme, la crosse bien calée contre l'épaule et visa à mi-hauteur du talus.

« Qu'est-ce que vous avez à vous foutre de moi ? Vous êtes cinglé, ou quoi ? »

Harden arrêta de rire, mais continua à sourire, tenant toujours bon.

« J'aime pas tuer les cinglés, dit le vieil homme. Je le ferai, mais ça ne me plaît pas. »

Harden affermit la position de ses pieds et scruta les yeux de son adversaire dans la faible lumière.

« Fichez le camp, maintenant, vieillard ! lui dit-il. Sortez de mes terres ! Je suis trop occupé pour m'intéresser à ces conneries, ce soir. La marée ne va pas tarder à tourner. »

L'homme releva l'arme d'un cran ; il visait maintenant Harden. Celui-ci, cependant, avait l'impression de voir le canon trembler.

« Vous n'en êtes pas capable, dit-il. Vous êtes exactement comme les autres. Croyez-moi, j'ai déjà vu une belle brochette de cinglés dans votre genre. Sylvie vous a vidé les couilles. Elle a le génie pour ça. C'est son grand talent dans la vie. Transformer les types en lavettes.

— Je m'appelle Ray Bianetti, dit l'homme. Ce nom ne vous dit rien ?

— Non.

— Eh bien, il devrait. Ray Bianetti, de la famille Petrosino. Le père de Doris Carter. Le grand-père de Sylvie.

— Pouvez répéter ? »

Bianetti avança d'un pas.

« Vous avez abusé d'elle, dit-il. Vous avez eu des relations sexuelles avec votre propre fille.

— Sûrement pas.

— Pourquoi Sylvie aurait-elle menti ? Quel intérêt aurait-elle ?

— Dieu seul sait pour quelles raisons cette fille fait ce qu'elle fait. Allez lui demander, si vous voulez. Elle est à la maison. Allez-y donc, et demandez-lui pourquoi elle ment. »

Bianetti hésita, jeta un coup d'œil à la maison puis revint sur Winchester. Il avança d'un demi-pas. Harden vit un doigt se contracter sur la détente et n'attendit pas de voir si le canon avait cessé de trembler. Il plongea, tout en lançant la pelletée de terre en direction du vieil homme, et dégringola la pente du talus d'un saut périlleux ; il y eut deux détonations pendant qu'il roulait, il se retrouva sur ses pieds, sous le canon brûlant du fusil qu'il arracha aux mains de son adversaire et lança dans la cour transformée en un lac brillant.

Bianetti recula, trébucha, faillit s'étaler de tout son long ; de la boue lui maculait le visage et tachait son veston sport.

Il haletait et se griffait les joues à force de vouloir se débarrasser du magma qui le recouvrait jusqu'aux yeux. Un septuagénaire, les cheveux grisonnants, ventru. Et lorsqu'il baissa les mains, Winchester vit sur son visage une expression abasourdie d'incompréhension. L'homme s'efforça de reprendre sa respiration, puis son regard vint croiser celui de Harden.

« Cette gosse ne va pas bien, dit-il. Elle déraille. Vous lui avez fait quelque chose. » Un filet de bave écumeuse pendit de sa lèvre, s'étira et refléta la lumière. Il mit les mains dans ses poches.

« C'est parce qu'elle n'était pas dans une vraie famille. Mais tout ça ne va pas tarder à changer. »

Le vieil homme sortit les mains de ses poches ; avec l'une d'elles il se serra la gorge, pendant que ses genoux pliaient sous lui. Harden recula d'un pas. Puis Bianetti trébucha sur sa droite et renversa la tête — on aurait dit qu'il s'apprêtait à hurler à la lune. Il s'étreignit la poitrine à deux mains, comme si son cœur venait d'éclater tandis que Winchester l'observait, prudent. Mais l'autre eut l'air de se reprendre, vacilla, et changea de direction; on l'aurait cru sur le point de s'effondrer.

Sauf que l'instant suivant, Bianetti n'avait plus rien d'un vieillard impuissant et ne chancelait plus, il fonça en avant, la tête rentrée dans les épaules, éructant comme un fou, très vite, visant les jambes de Harden. Il les étreignit, le souleva et le renversa brutalement sur le dos. Winchester pivota vivement, recracha de l'eau, se dégagea de la prise de Bianetti et essaya de lui faire face pour pouvoir lui porter l'une de ses bottes secrètes sur un point vulnérable que sa main cherchait à tâtons entre leurs corps entremêlés.

Mais il y avait quelque chose qui clochait. Winchester n'était pas totalement à ce qu'il faisait, il manquait de concentration, ses muscles s'affaiblissaient rapidement, comme s'il avait reçu une décharge de chevrotines sans s'en rendre compte. Il ne sentait pas la tiédeur humide d'une blessure, et cependant il savait que ça n'allait pas, que quelque chose l'empêchait de tourner la tête d'un côté ou de l'autre. L'empêchait de respirer. Son visage devenait chaud et se gonflait. Et finalement il comprit. Il sentit la brûlure aiguë qui lui entaillait la pomme d'Adam. Ce n'était pas la première fois. Très dangereux, ça.

Une corde à piano. Une putain de corde à piano l'étranglait.

Sylvie avait raison. Les hanches de Doris étaient trop larges et ne lui permettaient pas de franchir l'ouverture. Mais Sylvie réussit, comme toujours; elle repoussa un angle du grillage, puis coula son corps le long du bord métallique effilé; il n'y avait que quelques dizaines de centimètres entre le mur et l'acier.

Elle sauta dans l'eau et Doris lui lança : « Va ouvrir la porte de la chambre, Sylvie. Viens m'ouvrir. »

La jeune femme regarda les deux hommes qui se battaient à côté du bassin d'élevage. L'un d'eux tenait l'autre à la gorge. Un grognement rageur. Elle reconnut la voiture de Murtha, la Firebird rouge. Murtha était venu jusqu'ici pour combattre pour elle. Bon sang !

« Va ouvrir la porte de la chambre, Sylvie. Vite ! Dépêche-toi !

— Non, maman. Tu restes là. J'ai autre chose à faire pour le moment. »

Sylvie s'éloigna en direction de son père et de Murtha, toujours en train de se battre dans la lumière des phares. Elle avait une idée. Il y avait un moyen pour que les choses redeviennent comme elles étaient avant.

33

La bouche de Sugarman rejeta une tasse d'eau saumâtre, aussitôt suivie de l'épais gruau du vomi. Thorn se détourna, fit un effort pour empêcher son estomac de se révulser, mais il lui fallut une seconde avant de pouvoir reprendre le rythme du massage cardiaque. Il était agenouillé à la droite de Sugarman, lui tenant la main droite de sa main gauche, la paume donnant des coups violents dans la partie tendre juste sous le sternum pour faire repartir, de l'extérieur, le cœur de son ami — une fois, deux fois, trois fois, puis il se penchait en avant, lui pinçait le nez, et lui soufflait rapidement trois fois dans la bouche.

Derrière lui, il entendit les bruits d'éclaboussure de quelqu'un qui pataugeait vers eux, mais il ne se retourna pas. Une pression, deux, trois.

La personne quitta la zone inondée, courut vers le patio, et il entendit le claquement de plusieurs interrupteurs. Tout autour d'eux, les projecteurs s'allumèrent sur les toits de la maison et des hangars, ainsi qu'en haut des mats dispersés sur l'ensemble du périmètre.

Thorn jeta un rapide coup d'œil autour de lui et vit un demi-hectare inondé d'une lumière brutale, les deux véhicules immobilisés dans la cour, le corps de Judy allongé sur le talus du bassin, un autre corps gisant au-dessous du sien, dépassant de l'eau. Etourdi, les genoux endoloris, il se pencha pour souffler par trois fois dans la bouche de Sugarman. Entendit bien les pas précipités qui se dirigeaient vers lui, mais ne se retourna pas. Une pression, deux...

Et le corps de Sugar réagit ; Thorn sentit un faible tremblement sous ses mains. Rendu maladroit par l'excitation, ses mains glissèrent et il s'affala sur la poitrine de son ami.

Sugarman ouvrit les yeux, cilla et regarda Thorn.

« Bordel ! dit-il d'une voix menue et enrouée. Ferait pas de mal de te raser, mon vieux. J'croyais bécoter un porc-épic. »

Thorn se rassit et redressa la tête de Sugarman. Celui-ci ferma les yeux un instant, respirant de lui-même. Puis il prit une profonde inspiration et ouvrit de nouveau les yeux.

« Faudrait aussi te laver les dents.

— Tais-toi. Repose-toi.

— Les cacahuètes. Le goût de ton haleine. J'ai rêvé qu'on jouait au base-ball.

— Ne parle pas. Repose-toi, Sugar. »

Le regard de Sugarman passa lentement par-dessus l'épaule de Thorn. Un long voyage depuis le rêve de la partie de base-ball jusqu'à cette sauvage nuit d'août à la limite des Everglades. Il regardait quelqu'un qui se tenait derrière son ami, il regardait cette personne comme si c'était un cobra qui lui barrait la route.

Thorn se releva. D'une main, elle tenait un seau

argenté et de l'autre un fusil de chasse. Sylvie posa le seau par terre et prit le fusil à deux mains, mais mollement.

« C'est le moment ou jamais, Thorn. Mon papa est là-bas. Il est affaibli. »

Thorn s'approcha d'un pas et dit :

« Ce que je voudrais savoir, Sylvie, c'est ce que vous avez fait du corps.

— Quel corps ?

— Celui de Lavery. »

Elle se tendit et le jaugea d'un long regard neutre. Finalement, d'une voix sans emphase, elle répondit :

« C'était de la légitime défense.

— Oh, je n'en doute pas. Pour vous, tout est de la légitime défense. N'est-ce pas ? La justification universelle de tout ce que vous faites.

— Si vous aviez mené la vie que j'ai menée, Thorn, vous comprendriez. Si vous aviez marché dans mes mocassins pleins de verre pilé, vous sauriez.

— Alors, qu'est-ce qui vous est arrivé, Sylvie ? Que vous est-il arrivé de si foutrement terrible que vous vous octroyiez la permission d'assassiner les gens ?

— C'était de la légitime défense, avec Lavery. Je vous le répète. Il m'a sauté dessus, il a essayé de me tuer, et je n'avais pas le choix.

— Lui avez-vous aussi demandé de vous sauver ? C'est bien ce que vous faites, non ? Vous recherchez les Murtha, les Lavery, vous tortillez votre effrayant petit cul sous leur nez, vous essayez de les convaincre que votre père est le mal incarné.

— Vous avez eu l'air d'apprécier le petit cul de Sylvie, la nuit dernière, pourtant. Cette manière que vous aviez de bouger ! Jamais vu un type aussi excité. »

Thorn jeta un coup d'œil à Sugarman et haussa les épaules, sans vouloir nier. Sugar secoua tristement la tête à l'idée de ce sacrilège.

« Darcy est tombée sur cette histoire par hasard,

c'est bien ça, Sylvie ? Elle a vu quelque chose qui lui a paru malsain, et elle s'est précipitée pour vous aider. Et vous, vous vous êtes dit, pourquoi pas ? Je devrais peut-être donner sa chance à une femme, pour une fois. Ça me changerait agréablement. »

Le regard de Sylvie se fit distant, perdu.

« Personne ne peut aider Sylvie.

— C'est que, peut-être, vous ne souhaitez pas d'aide. Ce n'est peut-être pas du tout ce que vous attendez des autres.

— Sylvie est en détresse. Elle a besoin que quelqu'un s'avance dans le cercle de flammes et la sauve.

— Ou plutôt, ce qu'elle désire, c'est voir les gens se brûler les ailes en essayant. C'est peut-être ça, qui vous fait bander. Attirer les types dans les flammes et les voir griller. Voilà qui doit être très satisfaisant : vous avez l'art de tellement les remonter qu'ils sont prêts à mourir pour vous. Ça doit être un pied incroyable ! »

Les yeux de Sylvie revinrent se fixer sur Thorn. Elle inclina la tête de côté, un sourire glacial sur les lèvres.

« Vous êtes un grand penseur, n'est-ce pas ? Aussi profond qu'il est possible.

— Non, pas assez.

— Je ne vous aime pas, Thorn. Je ne comprends pas comment Darcy a pu s'enticher d'un individu aussi nombriliste que vous. Elle méritait mieux. Quelqu'un qui l'aurait emmenée ailleurs, qui lui aurait fait voir le monde. Pas un foutu ermite à la noix. Un type qui ne trouve rien de plus intéressant à faire que d'aller voir passer la circulation au bout de l'allée de son garage. »

Sugarman commença un discret mouvement tournant, sur sa droite, mais Sylvie le remarqua et braqua le fusil dans sa direction. Il s'immobilisa.

« Sans compter cette histoire de dragon qui monte la garde à l'entrée de la grotte », reprit Thorn. Il jeta un coup d'œil en direction des bassins, et vit une silhouette masculine qui se dirigeait en pataugeant vers la maison. « Foutaises. Vous n'avez aucune envie de fuir Harden. Parce que vous et le dragon, vous vous arrangez très bien ensemble, n'est-ce pas ? Sylvie lui fournit toute la viande rouge qu'il peut contrôler, et il lui montre à quel point il prend soin d'elle, ce qu'il est prêt à faire pour la défendre. Comme un chat qui ramène ses prises à la maison pour recevoir les félicitations de son maître. C'est bien comme ça que ça marche, non ? En voilà, une sacrée famille heureuse. »

Les yeux de Sylvie sautaient de Thorn à Sugarman.

« Vous ne connaissez pas mon papa, dit-elle. Il n'est pas comme vous, Thorn. Un homme comme lui s'ennuie s'il n'a pas de défis à relever. Il a besoin d'action. C'est de cette façon qu'il reste jeune.

— Autrement dit, c'est votre boulot, n'est-ce pas ? Vous lui lancez de bonnes balles, et il les balance hors du stade de son fabuleux coup de batte ? »

Il avança d'un demi-pas de plus. Il n'était plus qu'à deux mètres d'elle. La prise de Sylvie s'affermit sur le fusil et elle le tint en joue.

« Ce n'était pas non plus un bateau de location, ajouta-t-il.

— De quoi parlez-vous ?

— C'était vous, dans le Grady White. J'ai retrouvé vos palmes. Votre ceinture de plongée. Bien trop petites pour votre père. C'était vous, sur le récif.

— Je vous ai dit ce qui s'était passé. Mon papa l'a tuée. Comme il les tue tous.

— Vous ne pouviez pas contrôler Darcy. Elle n'était pas tombée sous le charme, elle. Elle n'était pas aussi crédule que les hommes. Du coup, vous vous êtes inquiétée. Car cette fois, quelqu'un aurait pu réussir, traîner votre papa devant les tribunaux. Vous avez commencé à avoir des sueurs froides, à vous dire que votre foutu conte de fées risquait de tourner au cauchemar. Alors vous l'avez tuée, n'est-ce pas, Sylvie ? »

Comme elle ne répondait pas, Thorn enchaîna :

« Vous deviez en principe la retrouver à la marina de Snake Creek pour en reparler, mais vous n'êtes pas venue. Au lieu de cela, vous nous avez suivis au large, avec l'espoir qu'une occasion se présenterait. Vous aviez peut-être même emporté une arme à feu. Prête à nous tuer tous les deux, s'il le fallait. Et justement, une occasion s'est présentée. Vous êtes partie en plongée, et vous avez porté à Darcy cette prise de doigts que votre père vous avait apprise. Je vois ça d'ici. Harden et vous assis autour de la table, après le dîner, le père enseignant à sa petite fille les coups vicieux qu'on lui avait appris autrefois à l'armée. Des fois qu'elle ait un jour besoin de paralyser une de ses copines de jeu. »

Sylvie redressa le fusil, et son doigt se rapprocha de la détente. « Je n'aurais jamais dû mettre Darcy dans le coup.

— Ouais. Et pourquoi, à votre avis ?

— On ne peut pas faire confiance aux femmes. On reste pendant des heures et des heures debout à côté de la fenêtre, à les attendre, mois après mois, mais elles ne reviennent jamais. Elles prétendent se soucier de vous, mais ce n'est pas vrai. Elles se fichent éperdument de vous. Elles vous abandonnent.

— Et c'est pour cela qu'il fallait la tuer, n'est-ce pas ?

— Bon, d'accord, je l'ai fait. Avant qu'elle ne puisse me faire du mal. Les femmes vous frappent dans le dos. Elles font semblant de vous aimer, puis elles font ce qu'elles ont envie de faire. Elles se tirent. Sylvie a été obligée de se défendre avant d'être blessée, une fois de plus. »

Elle braqua le fusil directement sur la poitrine de Thorn, cette fois. A quelques pas sur sa droite, Sugarman continuait de s'éloigner imperceptiblement, afin de créer le plus grand écart possible entre les deux cibles. Il avait l'œil droit tellement enflé qu'il se réduisait à une fente — un trait blanc. Sylvie lui adressa un coup d'œil d'avertissement, puis revint sur Thorn.

Celui-ci avait légèrement changé sa position, faisant porter le poids de son corps sur l'avant, et estimait ses chances s'il plongeait sur les pieds de la jeune femme. Du coin de l'œil, il voyait bien Sugar qui essayait de lui communiquer un message, d'un petit mouvement de sa main droite, un compte à rebours d'attaque, quelque chose comme ça, mais Thorn n'arrivait pas à le déchiffrer.

Sylvie déglutit difficilement et voulut parler, mais un hurlement lui coupa la parole. Un hurlement angoissé de femme. Il provenait de la maison et fut suivi d'un deuxième, puis d'un troisième. Sugarman laissa échapper un juron et fonça sur la pente de la terrasse.

Avant que Thorn eût le temps de bouger, Sylvie avait pivoté et fait feu dans la direction de son ami. Le recul, cependant, fit bondir le canon du fusil, et Sugar continua de patauger maladroitement dans l'eau qui montait encore à hauteur des genoux. Thorn se jeta sur Sylvie, mais celle-ci recula à temps, et il se retrouva avec l'arme braquée à trente centimètres de son visage.

34

« Reculez ! Reculez, nom de Dieu ! »

Thorn obéit.

Elle paraissait abasourdie par le coup de feu. Au bout de quelques instants, son regard s'éclaircit peu à peu et elle regarda Thorn, la tête inclinée sur le côté : on aurait dit qu'elle venait de surgir brusquement sur la scène et ignorait le rôle qu'elle y jouait, qu'elle avait même oublié le nom de la pièce. Et attendait que Thorn la mît au courant.

Mais il ne disait rien et, pendant qu'elle l'étudiait, un sourire de séduction vint se poser sur ses lèvres et y demeura comme une volute paresseuse de fumée. Il s'approchait d'elle. Une vieille scène, qu'elle avait si bien jouée, pendant tant de nuits.

« Allons voyons, Hemingway, soyez sincère, dit-elle d'une voix de gorge soyeuse. Tous ces cris et ces gémissements, la nuit dernière, toute cette cavalcade... Allez, avouez-le, Thorn. Vous aimez Sylvie, au moins un petit peu, non ? »

Il se détourna du double canon noir du fusil, et leva la tête vers le ciel brumeux, au-delà des projecteurs. La voûte céleste s'était éclaircie, la lune voguait très haut sur sa trajectoire abrupte, tirant sa force de la terre, se déplaçant à des milliers de kilomètres à l'heure, rocher froid et stérile qui exerçait son influence sur les marées, les amoureux et les gens désespérément fous.

Revenant à Sylvie, il lui répondit : « Et si vous posiez ce fusil par terre, sale petite merdeuse, que je vous montre un peu combien je vous aime. »

Elle le foudroya pendant quelques instants, puis parut se désintéresser de lui ; son regard semblait se tourner vers l'intérieur, comme les yeux d'un dormeur entraîné par les puissants courants de son rêve. Thorn était à peu près sûr qu'elle n'avait même plus conscience de sa présence. Il se réduisait à une silhouette floue, une forme vaguement humaine. Il ne faisait plus partie des petits soldats de Sylvie, il n'avait plus aucune utilité, il n'était plus qu'un infime désagrément. Sans doute était-ce ainsi qu'elle avait regardé Darcy, à la fin. Ainsi qu'elle avait appris à réagir aux trahisons en tout genre.

Soit on était complètement dévoué à Sylvie, soit on n'existait pas. Soit on lui avait juré sa foi, son absolue loyauté, on était en adoration à l'autel de son sourire de folle, en ayant fait vœu de satisfaire tous ses désirs, d'essayer de l'apaiser quand elle était contrariée, soit Sylvie vous rejetait dans un recoin mort d'elle-même, vous enfouissait dans le cimetière de son cœur où l'on devenait, comme Thorn à l'instant même, un fantôme.

Thorn se détourna de nouveau et tendit l'oreille vers le tapage en provenance de la vieille ferme de bois ; il entendait des grognements, des frottements, le bruit du mobilier renversé, une voix de femme suppliante. Une grande baie vitrée s'effondra.

« N'y pensez même plus, Thorn. Vous restez avec moi. Sylvie a du boulot pour vous. (Elle s'exprimait d'une voix lointaine, l'œil atone, fixé sur un point quelque part au-dessus de la tête de Thorn.) Les poissons, c'est le fric, et le fric, c'est ce qui l'a fait revenir. On va donc détruire les poissons. »

Elle garda le fusil pointé sur Thorn, s'accroupit à côté de la piscine et plongea le bras jusqu'au coude dans l'eau. Elle dut tirer de toutes ses forces sur quelque chose pendant un moment, les yeux sur Thorn, puis souleva le bord d'une feuille de plastique. On aurait dit une bâche de couleur bleu foncé, qui aurait été maintenue contre les parois au moyen de boutons-pressions, à quelques dizaines de centimètres au-dessous de la surface de l'eau.

« Et maintenant, à vous de terminer, Thorn. Détachez-la. C'est un boulot d'homme. »

Thorn hésita un instant. Un silence chargé de menaces planait sur la maison. Il s'agenouilla au bord de la piscine, tâtonna un peu, trouva le premier bouton-pression, le défit, continua. Pendant qu'il détachait la bâche, Sylvie l'attirait à elle, l'empilant n'importe comment, au fur et à mesure, sur le dallage du patio. Elle était d'un bleu brillant, sorte de camouflage opaque qui donnait à la piscine son aspect de bassin peu profond.

Lorsque Thorn eut presque terminé, Sylvie s'approcha d'un panneau de commandes, situé sur l'une des colonnes du kiosque, et brancha les lumières de la piscine. C'est alors que Thorn les vit. La piscine était pleine de poissons. Des tilapias *nilotica* qui nageaient dans tous les sens, rendus un peu nerveux par ce brusque afflux de lumière. Des milliers de tilapias, tous d'un beau rouge écarlate et portant la marque distinctive sur la queue, celle en forme d'œil.

« Et maintenant, jetez ça dans la piscine. »

Elle fit un geste en direction du seau, plein à ras bord de granulés blancs.

« Acide fluoracétique. » Une voix qui semblait provenir du plus profond d'elle-même.

Thorn souleva le seau et Sylvie recula de quelques pas, hors de portée.

« Dans la piscine. Jetez-le dans la piscine. »

Il regarda les poissons pendant quelques instants, tourbillons écarlates. La couleur qui, paraît-il, faisait fureur sur les marchés. Ce n'était que celle de la peau, une illusion. Parce que en réalité, ces poissons étaient identiques à tous les autres tilapias ; les blancs et noirs avaient le même goût, avaient la même chair en lamelles. Et cependant, des hommes étaient morts pour ces poissons. Ils étaient les belles blondes aux yeux bleus. Les princesses de contes de fées. Nés coiffés, les Aryens des mers.

Thorn jeta le produit chimique dans la piscine ; les poissons se précipitèrent, mystifiés, croyant qu'on les nourrissait. Ils picorèrent les granulés qui se dissolvaient, puis battirent précipitamment en retraite, se réfugiant à l'autre extrémité de la piscine.

« Ça prend un moment, expliqua Sylvie. Ils sont costauds, ces petits salopards. »

Sous leurs yeux, les tilapias se mirent à nager de plus en plus vite et de manière de plus en plus erratique, comme si on venait de jeter un énorme prédateur au milieu d'eux. Ils filaient à toute vitesse, sondaient, heurtaient les parois, bondissaient hors de l'eau.

« C'est votre tour, maintenant, Thorn. J'en ai terminé avec vous. Sautez dans la piscine. »

Il la regarda. Les muscles du visage de Sylvie étaient lâches, sa bouche molle ; elle paraissait exsangue et avait une peau d'une blancheur de zombie. Sinistre parodie d'elle-même qui braquait le fusil sur lui. Le doigt fermement posé sur la détente.

Il fit un pas vers la piscine tandis que Sylvie reculait, l'arme prête. Il réfléchit aux contorsions qu'il aurait à faire s'il voulait la désarmer — feinter, plonger, rouler. Un numéro de voltige à la Bruce Lee finissant par un coup de talon dans le fusil. Mais Thorn n'avait jamais eu cette souplesse, ni ces dispositions. Il était plutôt du genre à foncer tête baissée, l'homme qui remporte la victoire — s'il la remporte — à force de se relever et de recommencer. L'opiniâtreté était son seul talent.

« Il y a un autre moyen que celui-ci, Sylvie. Personne d'autre ne doit mourir. Mais il faut commencer par poser ce fusil par terre. » Il s'efforçait de mettre une certaine chaleur dans sa voix, de calmer le candidat au suicide debout sur le parapet du pont. Sylvie, toutefois, n'écoutait pas. Ses yeux étaient deux cataractes de glace.

« Sautez dans la piscine, répéta-t-elle. Vous n'allez pas vous en tirer en faisant le doucereux.

— Si vous témoignez contre votre père, Sylvie, ils seront moins durs avec vous. C'est comme ça que ça marche.

— Je ne témoignerai contre personne. Harden et moi, on va reprendre notre vie comme avant. C'est tout ce que je cherche. Que les choses soient comme avant. »

Derrière Sylvie, Winchester sortit sur le porche de la maison. Il tenait Doris Albright par la taille et l'entraînait avec lui en direction de la piscine.

« Voyons, Sylvie. Ça ne sera plus jamais comme avant. C'est fini, tout ça. Il faut me donner ce fusil. Tout de suite, Sylvie. Pas question d'attendre encore. »

Thorn avança d'un pas timide, dans la ligne de mire ; il ne lui restait plus que quelques secondes avant que Winchester ne fût à portée d'oreille.

« Fermez-la, Thorn, fermez-la tout de suite. »

Il prit une profonde inspiration. C'était trop tard. Harden monta d'un pas lourd sur la terrasse ; Sylvie l'entendit et recula légèrement, sans cesser de braquer le fusil sur Thorn. Elle tourna brièvement la tête, le temps de voir ses parents arriver, puis revint aussitôt sur Thorn et ne le lâcha plus des yeux.

« Bon travail, Sylvie, dit Winchester. Tu es une bonne petite. »

Un filet de sang coulait régulièrement de la gorge de l'homme. Un fil métallique brillant semblait y être enfoui et la peau du cou, autour, était gonflée et boursouflée. Aux deux extrémités du fil, pendaient deux boules argentées brillantes, légèrement plus grosses que des billes. Elles retombaient à hauteur de la poitrine de Winchester et oscillaient comme un pendule grotesque tandis qu'il s'avançait dans le patio, où il lâcha Doris.

« Je dois valoir le coup d'œil, dit-il d'une voix cassée, avec ce truc. (Il porta un doigt à son cou ensanglanté.) Je l'aurais bien enlevé, mais j'ai l'impression que c'est ce qui me maintient en un seul morceau, pour le moment. Ça tiendra bien jusqu'à ce que j'arrive à l'hôpital. La jugulaire est intacte. C'est elle qu'il cherchait à avoir. Ce salopard m'a coupé quelques muscles du cou, c'est tout. Le sterno-cléido-hyoïdien et l'omohyoïdien. Mais j'ai survécu à pire. Bien pire. »

Il prit une longue bouffée d'air qui gargouilla dans sa gorge comme s'il aspirait, avec une paille, le fond d'un verre de lait.

Il s'avança ensuite jusqu'aux marches de la piscine et s'engagea laborieusement sur les deux premières. Le sang tachait sa chemise grise et dessinait, se dit Thorn, une sorte de tarpon qui avait l'air de plonger vers le fond de l'océan, pris de panique.

« Viens voir, Doris. Viens ici, dit Winchester avec un geste de la main. Je veux que tu voies ce que j'ai fait. Ce que j'ai fait pour nous.

— N'y va pas, papa. N'entre pas dans l'eau.

— Qu'est-ce qu'il a fait à Sugar ? demanda Thorn à Doris.

— Votre ami, répondit Harden, souille le tapis de ma salle de séjour de son sang. »

Doris déglutit. « Il est vivant, réussit-elle à dire. Il est encore vivant.

— Ne va pas dans l'eau, papa. C'est dangereux. Tu saignes, tu es blessé. »

Harden la fusilla du regard.

« Ne me gâche pas le plaisir, ma fille. N'essaie pas de saboter ma grande soirée. Tu entends ce que te dit ton père ? »

Il s'avança dans la piscine jusqu'à ce que l'eau atteignît sa taille ; puis il se pencha, écuma l'eau de ses deux mains en coupe et ramena une demi-douzaine de poissons qu'il retint pendant qu'ils se débattaient. Des tilapias d'un rouge éclatant. Il les souleva bien haut, écarta les bras et les laissa retomber dans l'eau.

Tandis que le sang coulait toujours régulièrement de sa gorge, il recommença, en prenant presque une douzaine cette fois, les tint contre lui, adressa un sourire émerveillé à Doris et les relâcha un par un, les laissant se faufiler entre ses doigts et retrouver l'eau claire.

« Tu vois, Doris. Voilà ce que j'ai fait. Tant de gens ont essayé, des gens qui disposaient de moyens financiers illimités, des savants bardés de diplômes... Mais moi, j'ai réussi. J'ai réussi, parce que j'avais une raison d'y arriver, une juste cause. J'ai donné vie à une forme d'existence entièrement nouvelle sur la terre. »

Doris paraissait fascinée par la piscine, les poissons, Harden Winchester qui batifolait au milieu et venait d'attraper deux spécimens plus gros, en tenant un dans chaque main ; il les tendit vers le ciel noir comme des offrandes dorées, souriant à Doris tandis que les tilapias se débattaient, impuissants.

« Ils sont à nous, Doris. Les plus beaux poissons du monde, ceux qui rapporteront le plus. Est-ce qu'ils ne sont pas merveilleux ? »

Elle lui répondit quelque chose, dans un souffle à peine audible.

« Dis-le, Doris. Dis que ce sont des poissons merveilleux.

— Ce sont des poissons merveilleux », murmura-t-elle dans une sorte de transe.

Il y avait de l'humidité dans l'air, et une brise paresseuse apportait des effluves discrets de pin et de végétation en décomposition. Haut dans le ciel, la lune fonçait le long de sa trajectoire, inaccessible.

« Est-ce que tu te rends compte, Doris, que des gens sont prêts à payer des fortunes, pour ce poisson ? Des millions de dollars ! De quoi rembourser toutes tes dettes, de quoi quitter ton mari mourant, ton affaire en faillite, ta vie pitoyable. Voilà ce qu'ils valent. C'est ce que j'ai fait pour toi. Pour nous. Pour te sortir de tes dettes et de tes problèmes, pour régler ton ardoise, afin que tu puisses revenir parmi nous comme tu nous avais quittés.

— Je veux que tu laisses partir librement ces gens, Harden, dit Doris. Ils n'ont rien fait de mal. Ils ont simplement essayé de m'aider. »

Harden passa la main dans l'eau, déclenchant une certaine agitation parmi les poissons. Certains étaient déjà en train de mourir. Ils s'étaient rassemblés dans les angles de la piscine et pointaient la tête hors de l'eau comme pour aspirer un air qui ne fût pas contaminé.

« Que sont-ils pour toi, Doris ? Qui sont ces gens ?

— Mes amis. Ils cherchaient seulement à m'aider.

— Des amis ? Qu'as-tu donc besoin d'amis ? Tu as une famille. Tu n'as pas besoin d'autre chose. Personne n'a besoin d'autre chose.

— Ce n'est pas lui, le créateur de ces poissons », intervint Thorn en faisant un pas vers la piscine.

De la main, Winchester effleurait l'eau. Il observait un angle de la piscine dans lequel s'étaient regroupés des tilapias mourants.

« Il les a volés à un centre de recherche du gouvernement. En massacrant une douzaine de personnes au passage. »

Harden jeta un coup d'œil à Thorn.

« Oh, certes, il s'en vante, il prétend avoir réussi ce tour de force. Mais il n'a rien fait du tout, sinon tricher. Il a assassiné les gens qui se trouvaient sur son chemin, comme il l'a fait toute sa vie. Toujours avec de nobles justifications. Il a commencé par tuer parce que c'était son devoir, par patriotisme, puis il a tué pour récupérer sa famille. Mais ce type n'est qu'un vulgaire meurtrier. Rien qu'un fils de pute, un voyou qui doit son éducation à un salopard assassin et qui est devenu lui-même un salopard assassin. Et qui, par-dessus le marché, a appris à sa fille à en être un aussi. »

Winchester eut un bref regard chargé de haine pour Thorn, mais ses yeux se reportèrent bientôt sur Doris ; sa bouche s'adoucit en un sourire de crapule.

D'une voix mielleuse, il lui dit : « Tu sais, ma chérie, le rose est vraiment ta couleur. C'est ce que j'ai toujours pensé. Avec tes cheveux, ton teint... Fraise et crème. Tout est mis parfaitement en valeur. Je le disais justement à Sylvie, l'autre jour. Le rose est de loin la couleur qui te va le mieux.

— Ça suffit, maintenant, Harden. Tu en as fait assez comme ça. Il faut qu'on t'emmène à l'hôpital. Tu es blessé. »

L'homme remonta les marches, jeta un coup d'œil à Thorn, mais revint à Doris. « Ces poissons, Doris..., répondit-il. Est-ce que tu te rends compte que plus personne n'aura besoin de prendre la mer pour aller pêcher ? C'est tout un mode d'existence que j'ai rendu caduc. Plus de pêcheurs. Parce que maintenant, il est possible de produire autant de poissons que l'on veut, sur terre. Bons à manger et d'aspect appétissant. Je les ai inventés pour toi. C'est ton cadeau pour ton retour à la maison. Dédié à Doris Winchester. Ma femme. Ce cadeau. »

Manifestement, les eaux empoisonnées n'avaient pas atteint les blessures de Winchester. Il paraissait aller très bien. Le tigre, en lui, était toujours aussi prêt à bondir. Cependant, dans la piscine, les tilapias se regroupaient en essaim, pris d'une ultime frénésie sous l'effet de la toxine. Harden s'arrêta à mi-chemin des marches, les observa avec inquiétude, puis se tourna vers Sylvie.

« Qu'est-ce qui leur arrive? demanda-t-il. Qu'est-ce que tu as encore fait? »

La jeune femme semblait avoir du mal à parler. Elle s'approcha de la piscine, une larme sur la joue.

« Je voulais que tout soit comme avant, papa. On était une bonne famille. Toi, moi. Ça suffisait. On n'a pas besoin d'elle. »

Harden paraissait ne pas entendre, tout à ses poissons; quant à Sylvie, elle était complètement absorbée par son rêve. Pour Thorn, c'était le moment ou jamais.

Il bondit, renversa Sylvie de côté, lui arracha le fusil de chasse des mains; mais avant qu'il eût le temps de se retourner, le vieil athlète lui porta une manchette à la nuque, et Thorn laissa tomber l'arme. La lumière diminua soudain et il se sentit dégringoler; Harden le rattrapa par un bras, lui fit faire demi-tour et le regarda dans les yeux.

Il obligea brutalement le majeur et l'annulaire de la main de Thorn à se croiser et pressa du pouce dans l'amas de synapses et de nerfs. Thorn sentit son bras s'engourdir, ses poumons se contracter. Winchester se servait de la prise du Dr Ralph Mellon — le médecin de cent soixante kilos en chemise hawaïenne. Le géant qui avait fait la démonstration de cette prise dans le salon funéraire et lui avait engourdi la main de cette manière.

Thorn était paralysé sur place, les jambes en coton, les yeux plongeant dans ceux de Harden, sa conscience des choses réduite à presque rien. Le crépuscule avant les ténèbres éternelles. La prise de Winchester se durcit et Thorn trébucha de côté, vers la piscine, entraînant l'homme.

Chassant tout ce qui restait d'air dans ses poumons, Thorn s'enfonça encore plus profondément en lui... Serra fortement les paupières. Il sentait la pression dans ses oreilles, une torsion brûlante dans sa poitrine, comme s'il se noyait ici, dans l'air de l'été, les dernières molécules d'oxygène consumées par ses muscles, le bras à la fois mort et traversé d'élancements.

De la main gauche, il vint explorer la prise que lui portait Harden, essaya de détacher les doigts — mais c'était sans espoir; l'homme était beaucoup plus fort que Thorn. Et soudain, Harden accentua la pression. Thorn grimaça, vit les lumières se brouiller comme les bulles d'un cachet effervescent, une explosion de neurones, dernier feu d'artifice avant l'inconscience.

Il n'en était pas sûr, mais il avait l'impression d'avoir arrêté de respirer. D'être perdu dans les sombres dérapages de sa propre chimie intérieure, de l'autoconsommation de son sang. Gauche, aveuglé par la douleur, il tendit de nouveau la main, cependant qu'il s'affaiblissait de seconde en seconde, les yeux fermés, remonta le long du bras de Harden, tâtonna sur sa poitrine.

L'homme écrasa encore plus fort la main de Thorn, le repoussa sur la gauche, puis sur la droite, le secouant comme un requin qui cherche à détacher un morceau de chair. La main de Thorn tâtonnait toujours, délicatement, sur la poitrine de Winchester. Plus d'air, au bord de l'évanouissement, au bord de l'eau empoisonnée.

Puis il la frôla du bout des doigts, sans la reconnaître sur le coup. L'esprit soudain vagabond, perdant le sens des mots et des choses, s'éparpillant. Une fois de plus il la toucha, une chose ronde et froide.

Il s'y arrêta, essaya de se la représenter pendant que la grisaille envahissait son cerveau. Mais bien sûr, bien sûr ! Il tenait l'un des pendules, l'une des billes d'acier, il se la représentait maintenant, les yeux fermés. Il referma la main dessus au moment où son esprit vacillait, revenait à lui, vacillait. Il la saisit, l'étreignit dans son poing. Harden sentit ce qui se passait, relâcha sa prise sur la main droite de Thorn, voulut se dégager, mais c'était trop tard pour reculer, trop tard pour pardonner, faire appel à la raison. Ils étaient hors d'atteinte, hors d'atteinte de la loi, hors d'atteinte des règles ordinaires de la civilité.

Thorn tira de toutes ses forces. Comme sur le harnais qui ouvre un parachute. Et sentit Harden se détacher de lui, se sentit lui-même tomber en arrière, comme s'il plongeait dans un ciel liquide, à l'envers, dégringolait à travers une brume bleue pleine de dangers, la corolle d'un parachute s'ouvrant au-dessus de lui et le ralentissant — jusqu'à ce qu'il heurtât sèchement du dos contre le dallage.

Paupières toujours serrées, Thorn relâcha la bille d'acier et la laissa rouler. Il resta là, gisant longtemps dans la somnolence indolente du choc. Il n'entendait que le crissement des insectes nocturnes et le chuintement d'une centaine de projecteurs. Entraîné dans le silence par l'irrésistible courant souterrain de son épuisement. Gisant, tranquille et calme, dans une quiétude luxueuse. Puis il sentit que tout lâchait, y compris sa rage, il renonça même à Darcy Richards, à la douce et terrible souffrance de son absence.

Thorn gisait sur le dallage dur du patio, et l'air de la nuit chargé de rêves lui baignait le visage et lui emplissait les poumons.

35

Un long moment plus tard, un gémissement de femme arracha Thorn à son sommeil. Il entreprit le lent voyage de retour, respiration coupée, vers la surface. Luttant pour retrouver la lumière. Il lui fallut faire appel à toute son énergie pour ouvrir les paupières, soulever la tête, se redresser sur les coudes.

Il resta assis quelques instants, s'efforçant de ralentir la toupie qui tournoyait dans sa tête. Il cligna des yeux, se frotta les paupières et, peu à peu, la scène se précisa. Au bord de la piscine, Sylvie tenait la main droite de sa mère à laquelle elle venait de porter la même prise que Harden avait utilisée quelques instants auparavant sur Thorn — la même, encore, dont Sylvie s'était servie pour tuer Darcy. Et la jeune femme était en train de pousser Doris vers l'eau ; elle sanglotait en silence tout en pesant de tout son poids.

« Tu as menti, dit-elle, tu n'es jamais revenue. Tu as renoncé. »

De sa main libre, Doris frappait sans force contre le poignet de Sylvie. Les yeux fermés, grimaçant de douleur. Thorn se hissa sur ses pieds et tituba vers les deux femmes. Dans le cirage, hébété, un ivrogne qui zigzague vers le bar pour aller prendre un dernier verre.

Les yeux fixés sur la piscine, Sylvie cria encore et poussa de tout son poids sur sa mère. Mais Thorn était là. Il saisit Doris Albright par le col de sa blouse et la fit virevolter. Elle poussa un cri, le tissu se déchira et elle lui échappa.

Il lança son autre main, sa main droite infirme, et l'accrocha par le bras au moment où elle s'écroulait. Il l'agrippa de toutes ses forces, agrippa la femme du vieux marin-pêcheur, l'arracha à l'élan qui l'emportait, et la fit retomber brutalement contre lui.

Doris atterrit sans douceur contre sa poitrine, où elle

resta, pleurant en silence. Puis il entendit un éclaboussement. Et la voix de Sylvie, des propos incohérents exprimant la souffrance. Il repoussa Doris de côté, l'allongea sur le dos et se leva. Dans la piscine, Sylvie se débattait au milieu de la masse des poissons en train de crever, et se dirigeait en pataugeant vers l'endroit où son père flottait, sur le ventre.

Lorsqu'elle finit par l'atteindre, elle le prit par le col de la chemise et l'attira à elle. Elle paraissait au bout du rouleau et ses mouvements devenaient de plus en plus léthargiques. Le film dans lequel elle jouait donnait l'impression d'un ralenti de plus en plus grand.

Elle passa un bras autour de la poitrine de son père dans une esquisse maladroite d'étreinte, le retourna laborieusement, puis voulut faire une première brasse en direction des marches. Mais elle n'y parvint pas ; sa tête plongea sous l'eau et ses bras s'agitèrent. Lorsqu'elle refit surface, elle se mit à recracher de l'eau bleue. Elle leva les yeux vers Thorn, debout sur le bord opposé, et parut sur le point de disparaître en elle-même.

Regard lointain, tout de désolation, comme si elle venait de perdre l'équilibre et de basculer dans le vide. Elle ne le quitta pas des yeux lorsqu'elle commença son lent plongeon dans le ravin sans fond.

Quelques instants plus tard, le corps de Sylvie Winchester flottait, visage tourné vers le ciel, à côté de celui de son père. Tous deux étaient immobiles, entourés des cadavres de tilapias rouges. Thorn resta plusieurs minutes à les regarder, pendant que l'eau se teintait peu à peu d'écarlate. Attendit d'être bien sûr qu'ils ne bougeaient plus, puis se tourna, vérifia comment allait Doris et partit d'un pas chancelant vers la maison.

« Il n'en est pas question, Thorn. Je ne te laisserai pas faire. Jamais de la vie. »

Thorn manœuvrait l'Oldsmobile en marche arrière,

de manière à diriger la remorque vers la rive de l'Okehatchee. Judy Nelson pataugeait dans l'eau à côté de la portière.

« Je te répète, Thorn, que je ne peux pas te laisser faire ça.

— Et qu'est-ce que tu proposes, à la place, Judy ? Que la nature suive son cours, que ces saloperies de tilapias transforment le Golfe en quelque chose comme ta baie, au Brésil ? C'est ça que tu veux ? Laisser un million de poissons déposer chacun cinq mille œufs ? C'est bien ça ? »

Une traînée de sang coulait de l'oreille de Judy, elle avait toute la tempe entaillée, les cheveux poisseux. Elle se tenait debout avec beaucoup de peine et s'appuyait d'une main au toit de la voiture.

Thorn mit le frein à main et descendit. Sugarman, derrière eux, dans l'eau jusqu'aux genoux, lança le treuil électrique et le Grady White glissa lentement vers l'eau. Des fractures multiples aux deux mains, il se servait de son coude pour appuyer sur les boutons.

« Encore une fois, il n'est pas question que tu te mettes à tuer toutes les espèces vivantes, sans discrimination. Poissons, oiseaux, reptiles ! Tu ne peux pas ! Cet estuaire regorge d'une multitude de poissons et d'animaux. Dont des espèces en voie de disparition. Il y a des lamantins, des oiseaux qui nichent sur les rives. Je ne peux pas te laisser faire, Thorn. Je ne peux pas. »

De la main, elle tapotait son étui à revolver vide.

« Ça ne me plaît pas davantage qu'à toi, Judy. Mais je ne crois pas que nous ayons le choix. Si nous attendons demain matin, si nous laissons les scientifiques et les politiciens s'en occuper, il ne se passera rien. Tu le sais parfaitement. »

Judy vint effleurer ses cheveux près de l'endroit où elle était blessée. Elle chancela, se rattrapa en s'appuyant sur le capot de la voiture, regarda du côté des flots argentés qui couraient vers l'ouest, vers le

Golfe. Des poissons sautaient à la surface. Partout dans la cour inondée, des scintillements trahissaient leur présence. Comme si une averse invisible saupoudrait la surface des eaux.

Tout en haut d'un pin, une chouette effraie hulula par trois fois, manifestement mécontente. Son timbre désaccordé irritait l'ouïe à un niveau primitif, biologique, avertissait toutes les créatures à sang chaud des environs qu'elle était furieuse. Qu'elle était sur le point de plonger, bec et serres tendus.

« Le bateau est à l'eau ! lança Sugarman. Alors, tu y vas, ou non ? »

Thorn s'approcha de Judy. Celle-ci ouvrit la bouche, mais pas un son n'en sortit.

« Ça me fait horreur, Judy. Ça me fait bougrement horreur. Mais il faut faire quelque chose. Tu le sais. Et personne n'a proposé une meilleure idée. »

Elle ferma les yeux et se détourna de lui, les lèvres serrées pour ne pas parler.

Thorn se dirigea alors vers le bateau.

« Il va falloir que tu te débrouilles tout seul, mon vieux. Je suis bon à rien », lui dit Sugarman en exhibant ses mains fracassées et ensanglantées.

« Amène Judy dans la maison. Fais-la s'allonger. Que Doris s'occupe d'elle. Elle a peut-être la radio dans son pick-up. Tu pourrais essayer d'appeler de l'aide.

— Sais-tu comment ça fonctionne, ces trucs-là ?

— Pas vraiment. » Il se hissa sur le plat-bord du Grady White et sauta à l'intérieur. « Mais ça ne doit pas être si difficile que ça.

— Bonne chance, vieille branche. »

Thorn abaissa le moteur hors-bord, le lança et partit en eau plus profonde en marche arrière.

Puis il fit tournoyer la barre et s'engagea dans le courant à petite vitesse. Il trouva un projecteur mobile dans l'un des casiers de l'arrière, le brancha et éclaira les eaux. Les tilapias noirs et blancs grouillaient à la surface. Il balaya toute la largeur de la rivière du rayon lumineux. Il y en avait partout.

Il poussa sur les gaz, monta à deux mille tours. A la limite du déjaugeage. Il continua de braquer le projecteur sur l'eau tout en filant vers l'aval; les rangs des poissons s'éclaircissaient peu à peu. Puis, finalement, à environ un mile de la ferme de Winchester, il n'en vit plus un seul.

Il parcourut un demi-mile supplémentaire pour faire bonne mesure, puis vira de cap dans l'étroit chenal, proue vers l'amont. Il coupa les gaz, mit les feux de position et s'accroupit à côté des caisses de grenades.

Il existait probablement une autre solution. Un homme intelligent aurait gardé son calme, envisagé des hypothèses inventives. Un filet en travers de la rivière, peut-être, quelque chose qui pût contenir les poissons dans un secteur donné, les empêcher de descendre plus loin dans la rivière. Une solution ingénieuse n'obligeant pas à tuer toutes les créatures vivantes sur des miles et des miles du cours d'eau.

Un homme plus intelligent aurait trouvé le moyen de trier les tilapias, de les séparer des autres poissons, du reste de la faune, des serpents, des alligators, des grenouilles, des tortues, des loutres, des ratons laveurs, des lamantins, des spatules, des hérons, des aigrettes neigeuses, des chouettes. D'épargner les innocents, de n'exécuter que les coupables.

Thorn n'était pas de ce calibre. Il avait beau estimer que ces créatures fluviales étaient biologiquement ses égales, que leur vie était aussi riche et sacrée que celle de n'importe quel mammifère à deux jambes de la terre ferme, il n'y avait aucun autre moyen de procéder. Pas le temps de trier les bonnes espèces des mauvaises. L'estuaire était contaminé, un fléau venait de s'y abattre. Que Dieu lui pardonne, mais les innocents allaient devoir périr.

La première agrafe de sécurité se dégagea facilement. Thorn tint le levier comprimé sur son ressort, choisit un point au milieu du courant. Il se cala sur ses pieds et lança la grenade. Elle retomba un peu avant l'endroit qu'il avait visé.

Il attendit. Plusieurs secondes passèrent.

Rien ne se produisit. Encore quelques instants. Une mauvaise grenade, peut-être. Restée pendant tant d'années dans l'humidité du cagibi de Winchester que le détonateur était hors d'usage.

Et soudain, une énorme bulle argentée souleva l'eau et l'onde d'un grondement sourd, passa sous la quille du Grady White ; puis, une seconde plus tard, la bulle éclata en un geyser massif qui s'éparpilla en l'air en mille éclats d'argent. Thorn sentit une protestation dans son sang et, pendant plusieurs secondes, il y eut une courte averse d'été, tandis que des vagues parcouraient le chenal comme si un pétrolier venait de passer à cinquante nœuds, laissant un véritable mascaret dans son sillage.

Avant qu'il eût pu lancer sa deuxième grenade, des poissons et une tonne d'autres créatures marines remontaient déjà à la surface. Les cadavres commencèrent à recouvrir la rivière ; on aurait dit que l'Arche de Noé venait de faire naufrage. Thorn lança la troisième grenade. Puis une quatrième. Travaillant lentement, méthodiquement, tout en remontant le courant vers la ferme de Winchester.

36

Thorn avait connu une femme qui avait fait un jour la tournée des magasins à New York et ramené chez elle à Key Largo, entre autres choses, un collier fait de grains noirs brillants. Elle avait mis le bijou dans un tiroir, où elle l'y avait oublié plusieurs mois.

Lorsqu'elle y repensa et voulut ouvrir le tiroir, celui-ci était bloqué. Finalement, elle fut obligée de se servir d'un tournevis pour le forcer, et découvrit qu'il était obstrué par les ramifications et les racines d'une plante étrange. Son collier avait germé. Les grains étaient des graines.

Ce qui aurait pu demeurer à l'état dormant dans une région tempérée avait explosé sous le climat subtropical de Key Largo. Eût-elle quitté sa maison pendant un an, la plante aurait peut-être envahi toutes les pièces.

Il y avait aussi l'histoire du poisson-chat auquel il était poussé des jambes qui le rendaient capable de sortir des canaux et d'explorer les centres commerciaux voisins. Celle des crabes terrestres qui saturaient la Biscayne Bay, tous les printemps, et envahissaient le secteur sur des miles et des miles, le long de la côte. Pendant des jours, on entendait le cliquetis de leurs pattes dans les patios, ils pénétraient jusque dans les chambres, provoquaient des télescopages sur les voies rapides. On pouvait également citer les termites mangeuses de ciment, les insectes qui s'accouplaient en nuages tellement denses, le long des routes, qu'ils interrompaient la circulation. Mâles et femelles reliés, volant sur place, entourés de millions de couples identiques, qui venaient s'écraser en une extase de pâte visqueuse sur les pare-brise. Sans parler des cafards gros comme des poings, des fourmis volantes qui surgissaient soudain d'on ne savait où et saturaient l'espace dans une maison, au hasard, juste avant de disparaître tout aussi inexplicablement.

Liste beaucoup trop longue pour être entièrement citée. La Floride méridionale était riche en phénomènes à courte durée de vie. Des bouts de bois enfoncés dans la terre devenaient des arbres en l'espace d'une nuit, les pollens et les moisissures saturaient l'air au point de le rendre étouffant et irrespirable. Un climat qui crevait tout simplement de son excellence. La région était une boîte de Petri géante dans laquelle le faible comme le fort avaient toutes les chances d'abonder.

Et c'est dans cet écosystème que Winchester venait de lâcher un million de tilapias. Thorn avait fait la seule chose en son pouvoir. Il avait prévenu un désastre, épargné à la Floride et une catastrophe de proportions inimaginables, et la misère.

Pourquoi donc ne pouvait-il dormir ? Pourquoi entendait-il toujours l'écho de ces explosions à chaque fois qu'il fermait les yeux ?

On était début décembre, et la température s'était stabilisée autour de vingt-cinq degrés. Les touristes avaient repris le chemin des sites et des restaurants. Thorn, Sugarman et Rochelle Hamilton étaient en mer, à bord du Chris-Craft de Thorn, le grand trente pieds ventru. Ils étaient amarrés à une ancre flottante, près de Carysfort Reef, et le bateau amortissait la houle comme un transatlantique en cale sèche. A onze miles au large, trop loin de la côte pour la plupart des plaisanciers, ils avaient pratiquement le récif pour eux seuls, en ce lundi après-midi. On ne voyait que deux autres pêcheurs, de l'autre côté du phare.

Cela faisait une demi-heure que Sugarman asticotait Thorn pour qu'il se mît à l'eau. Mais Thorn répondait toujours « non » de la tête, assis sur la chaise de pont de la poupe, une bouteille de Dos Equis à la main, observant Rochelle qui, à l'évier à poisson, vidait un mérou qu'elle avait harponné quelques minutes auparavant et renvoyait les entrailles et la peau à la mer.

« Je ne sais pas pourquoi, finit par dire Thorn, mais je n'ai pas envie de nager. D'accord ? Tu ne peux pas te contenter de ça, et arrêter de me casser les pieds ? »

Le ciel était partiellement couvert de nuages et la brise de cinq nœuds venue de l'est soulevait un léger clapot. Humide, pour un mois de décembre.

Sugarman se tenait sur le premier barreau de l'échelle de plongée, le masque relevé sur le front. Les deux poignets encore dans le plâtre, et les mains prises dans des sacs en plastique pour pouvoir aller sous l'eau. Les interventions chirurgicales étaient terminées. Dans la ferme, cette nuit-là, Harden Winchester avait broyé les deux mains de Sugarman. Lui avait cassé tous les os, les petits comme les gros, et l'avait laissé qui se tordait sur le tapis du salon.

Ça t'apprendra à toucher celle qu'il fallait pas, lui avait dit Harden en entraînant Doris de force.

Il allait cependant peu à peu retrouver l'usage presque complet de ses doigts. Tel était du moins l'avis des spécialistes, au Baptist Hospital. Sugarman avait voulu savoir si cette récupération pouvait se chiffrer. Quatre-vingts pour cent? Quatre-vingt-dix? Cent pour cent, peut-être? La mobilité à cent pour cent? avait hasardé l'un des médecins. Qu'est-ce que vous voulez dire? Je ne dispose même pas d'une mobilité à cent pour cent, et je suis pourtant chirurgien, nom d'un chien! Et le médecin d'ajouter, voici comment on pourrait dire ça, monsieur Sugarman. Votre carrière comme pianiste de concert va connaître un sérieux déclin.... Docteur Laurel et Mister Hardy. Sugarman leur avait poliment souri puis demandé, et les capsules de bière? Je pourrai les dévisser? J'y arriverai?

Thorn prit une autre gorgée de Dos Equis.

Judy Nelson était maintenant sourde d'une oreille. Elle entendait le tintement métallique d'une pelle contre son crâne toutes les minutes de chaque heure. Et Philip Albright avait rendu le dernier soupir une semaine avant Noël. Thorn se sentit coupable de l'avoir remarqué, mais Doris Albright était superbe en noir. Les cheveux blonds, la peau laiteuse, et ces jambes... si Sugarman n'envisageait pas de l'inviter à danser, Thorn aurait tenté sa chance.

« Il y a un requin-marteau de huit pieds qui se promène là-dessous, dit Sugarman. Et une raie-léopard. Sans parler d'un banc de yellowtails à ne pas croire.

— Je suis très bien là où je suis, Sugar. Assis ici. A prendre le soleil. A coincer la bulle.

— C'est à cause de Darcy, c'est ça ? »

Rochelle leva la tête. Thorn se mit à déchirer l'étiquette humide, sur la bouteille de bière, la roula en boule et la jeta dans la poubelle.

« Tu refuses d'aller sous l'eau parce que ça te fiche la frousse, hein ? Tu n'en es pas capable parce que tu penses à elle. Tu es persuadé que tu n'es pas arrivé à temps. Toute cette histoire te revient et, du coup, tu renonces à une des choses que tu aimais le plus.

— Bordel de Dieu !

— C'est vrai, pourtant. Je sais que c'est vrai. J'en ai parlé à mon conseiller. Le type que je vais voir à cause de ma situation vis-à-vis de Jeanne et Doris.

— Tu as interrogé ton psy sur mon cas ?

— Exactement.

— Il va pas m'envoyer ses honoraires, au moins ?

— Ce qu'il m'a dit est parfaitement logique. Tu te punis. En ne faisant pas ce que tu préfères le plus. Une sorte de masochisme. Marquis de Sade, et tout le tremblement.

— Le marquis de Sade ?

— Masochisme, sadisme — les deux facettes d'une même chose. Mais je ne sais pas. J'ai peut-être pas très bien compris ce chapitre-là. »

Rochelle souriait dans son coin. Elle portait un maillot une pièce ultradécent qui s'efforçait de couvrir son corps somptueux sans y parvenir tout à fait. Elle avait jeté une serviette sur ses épaules pour vider le mérou, dont elle levait les filets avec une habileté de professionnelle. Elle avait des taches de rousseur dans le dos. Pas autant que Darcy.

« Je me fais mal pour me sentir bien. Un truc comme ça ?

— Ouais, tout juste. Comme moi avec Jeanne. On en redemande, encore et encore, même si c'est foutu, archifoutu. Le chien qui vient ramper aux pieds du maître qui le bat. Même chose.

— On a le même problème, toi et moi ?

— En effet.

— Alors tu vas plonger, Sugar. Et moi, je vais rester ici à siroter ma bière. On verra comme ça quelle est la meilleure façon de traiter le problème. Une petite expérience contrôlée. »

Sugar retira son masque, cracha dedans, répartit la salive du bout du doigt et le remit — sur son front.

« Qu'est-ce que tu en penses, Rochelle ? » demanda-t-il.

Elle releva brusquement la tête et le regarda.

« Tu tiens à savoir ce que j'en pense ?

— Ouais. T'es une fille intelligente.

— Oh, intelligente... Enfin, bon, si on veut.

— Dans mon idée, c'était un compliment.

— Le problème, Sugar, c'est que l'intelligence n'a pas grand-chose à voir avec des questions de ce genre. Des questions de cœur. Je me dis même par moments que l'intelligence est un inconvénient majeur dans la plupart de nos entreprises. Elle fait tellement de boucan dans notre tête, en permanence, qu'il est difficile d'entendre ce que murmure le cœur.

— Ouais, et bien sûr et certain que je n'ai pas ce problème, observa Sugarman. Ce ne sont pas les points supplémentaires de mon QI qui m'encombrent les neurones.

— Une défense provisoire contre la confusion, dit Thorn.

— Quoi ?

— C'est dans un poème. (Il déplaça son siège pour ne plus être au soleil.) Je ne me rappelle pas de quoi parle ce poème, mais la phrase m'a plu.

— La phrase t'a plu, ironisa Sugarman. Il aime la phrase.

— Une défense provisoire contre la confusion, répéta Thorn. C'est ce qu'on peut espérer de mieux. En faisant semblant de croire que le provisoire va durer au moins un moment. Parce qu'on sait fichtrement bien que ça ne peut être que provisoire, quels que soient nos efforts pour le faire durer.

— Tu comprends de quoi il parle ? demanda Sugarman à Rochelle.

— Oui. Dieu seul sait comment, mais je crois comprendre. » Thorn sourit et se tourna vers Rochelle, qui soutint son regard sans sourire ni froncer les sourcils.

« Je me disais, reprit Sugarman en observant le phare, de l'autre côté des récifs, que je pourrais peut-être arrêter ce boulot de détective privé. Trouver quelque chose d'un peu moins salissant. Qu'est-ce que tu en penses ?

— Quoi, fermer Quidnunc Enterprises ?

— Je pourrais retourner dans la police. Retrouver mon ancien poste. Jeanne serait contente.

— Et Doris, qu'est-ce qu'elle en pense ?

— Elle s'en fiche. Elle est heureuse du moment que je suis heureux.

— Voilà une attitude intelligente.

— Alors, dis-moi ce que tu en penses, Thorn. J'aimerais avoir ton point de vue sur la question. Crois-tu que je devrais laisser tomber Quidnunc ? »

Thorn réfléchit un instant.

« Je ne t'ai jamais vu plus heureux que lorsque tu étais dans ton bureau, occupé à espionner ce qui se passait dans le salon de coiffure. »

Sugarman mit le masque en place, se tourna et fit face à la mer.

Thorn se leva et s'étira pendant que Sugar mordait dans son tuba et le calait dans sa bouche.

« Bon Dieu, Sugar, tu laisses tomber Quidnunc au moment où je me proposais d'être ton Sancho Pança. »

Sugar recracha l'embout et se tourna pour regarder Thorn. « Mon quoi ?

— Ton associé.

— Déconne pas, Thorn. Toi, un boulot ? »

Thorn sourit.

« Ouais, évidemment, si tu présentes les choses de cette façon, ça paraît moins séduisant.

— De toute façon, je n'ai pas besoin d'associé. Bordel, il n'y a que comme ça que je peux arriver à joindre les deux bouts, en ce moment.

— Et au fait, ajouta Thorn, au cas où ça t'intéresserait... Je vote en faveur de Doris. »

Rochelle émit un bruit de gorge qui avait quelque chose d'un avertissement.

« Ouais, je sais. Tu n'avais pas besoin de me le dire. Mais pour moi, c'est plus compliqué. Bon, tu comprends, même si je ne suis pas très heureux avec Jeanne et que je ne l'aie jamais été, il y a quelque chose qui fait que je l'aime encore. Ce n'est pas si simple.

— L'amour est rarement simple. »

En disant cela, Rochelle ne leva pas les yeux du mérou qu'elle finissait de débiter. Sugarman remit masque et tuba en place.

« Bon. Et de quelle taille est-il, ton marteau ? demanda Thorn.

— Gros, je t'ai dit. Sacrément gros.

— Euh... eh bien, si on descendait voir un peu s'il aurait pas envie de se bagarrer, hein ?

— Voilà qui est parler, Thorn. Voilà qui est vraiment parler ! »

Thorn regarda Sugarman sauter dans l'eau les pieds les premiers, refaire surface et se mettre à étudier les coraux et les poissons, au-dessous. Puis il respira à fond et replongea.

Assis sur le tableau arrière, Thorn enfila ses palmes et nettoya son masque. Puis il pivota et regarda les deux autres bateaux qui bouchonnaient sur la houle, un peu plus loin. Deux adolescents en T-shirt étaient assis à la poupe de l'un d'eux. Ils se serraient l'un contre l'autre et s'embrassaient.

Il se tourna vers Rochelle ; elle aussi observait les gosses.

« Tu viens ? demanda-t-il.

— Dans une minute, répondit-elle. Le temps de finir ça.

— Quand tu voudras. »

La brise était tiède et embaumait le clou de girofle, la noix muscade et le parfum entêtant des eucalyptus de terres lointaines. La visibilité était pratiquement illimitée. Il regarda de nouveau les adolescents qui, perdus dans leur étreinte, se fondaient l'un dans l'autre. Cette matinée allait durer éternellement. Ce baiser. Rien de mal ne pourrait jamais arriver à ces deux-là. Rien. Jamais.

DU MÊME AUTEUR

AUX ÉDITIONS ALBIN MICHEL

En plein jour

Bleu Floride

Composition réalisée par EURONUMÉRIQUE

IMPRIMÉ EN ESPAGNE PAR LIBERDUPLEX
Dépôt légal Édit. : 28657-01/2003
LIBRAIRIE GÉNÉRALE FRANÇAISE - 43, quai de Grenelle - 75015 Paris.
ISBN : 2-253-17271-5 31/7271/5